青山明月不曾空

庄电一 著

黄河出版传媒集团
宁夏人民出版社

图书在版编目（CIP）数据

青山明月不曾空 / 庄电一著. —银川：宁夏人民出版社，2016.2
ISBN 978-7-227-06292-9

Ⅰ.①青… Ⅱ.①庄… Ⅲ.①中国文学—当代文学—作品综合集 Ⅳ.①I217.2

中国版本图书馆CIP数据核字（2016）第039597号

青山明月不曾空　　庄电一　著

责任编辑　姚小云
封面设计　庄子幽
责任印制　肖　艳

黄河出版传媒集团
宁夏人民出版社　出版发行

出 版 人　王杨宝
地　　址　宁夏银川市北京东路139号出版大厦（750001）
网　　址　http://www.nxpph.com　http://www.yrpubm.com
网上书店　http://shop126547358.taobao.com　http://www.hh-book.com
电子信箱　nxrmcbs@126.com　renminshe@yrpubm.com
邮购电话　0951-5052104　5019391
经　　销　全国新华书店
印刷装订　宁夏精捷彩色印务有限公司
印刷委托书号　（宁）0000417

开　　本　889mm×1194mm　1/16
印　　张　23　　字　　数　400千字
版　　次　2016年3月第1版
印　　次　2016年3月第1次印刷
书　　号　ISBN 978-7-227-06292-9/I·1629
定　　价　38.00元

自 序

在这世界上，干很多事都是有“门槛”的，或者说都得有资质、资格，迈不过这个“门槛”，就不能干想干的事，后面的事也就无从谈起。比如说，没有取得教师资格证，现在就不能当教师了；没有受过高等教育，现在就当不了记者了；没有博士学位，现在就进不了重点大学了；不通过外语考试，就不能获取有些职称了。有些事，过去可以，现在就不行了。让我们想一想，现在不设“门槛”的事已经不多了，文学创作便是这不多的“社会活动”之一。文学博士可以，小学生也可以；文科生可以，理科生也可以，甚至连大字不识几个的人也可以。新中国成立初期，就有好多不识字的农民被挂上“诗人”的桂冠，也有人一出“扫盲班”就变成了“作家”。就文学创作而言，生活积累、文字功力、灵感激情，往往起到决定性的作用，而学历和功底的作用和影响有时倒退居其次了。大学生写不过中学生、文科生写不过理科生的例证，都不胜枚举。个中原因，没有多少人能说透。

诗人、作家、剧作家，这是多么崇高、神圣、令人敬佩的称呼！在我看来，这些人身上都有耀眼的光环，也理应得到全社会的尊重。即使文学已被边缘化了，写诗的人比读诗的人还多了，小说也没有多少人在读了，什么人都可以自诩为诗人、作家，甚至大师了，我的这种价值观念也没有多大改变，我顽固不化地认为，即使现在文学艺术圈里良莠不齐、鱼龙混杂，但那些真正有境界、有操守、有精品的文艺家，还是值得我们尊敬、崇拜、学习的。

正因为文学创作没有“门槛”，所以无论男女老少，无论有无基础，无论有无天分，都有人跃跃欲试，有人甚至在“文学梦”里沉睡不醒。其中，不自量力者甚多，有人还没学会走路就想跑、想飞了。有人怀揣文学梦想，为写出一句自以为精彩的话而自我陶醉，为一个灵感而寝食不安，为自己的几百个字变成了铅字而兴奋不已。

我自己就是一个做过“文学梦”的人：十四五岁时迷恋上了诗歌，十七八岁时动笔写小说，一写就想写长篇，不到二十岁就尝试着给报刊投稿了，二十岁时写杂文，二十三四岁改弦更张，热衷于写剧本，电影剧本、电视剧剧本、戏曲剧本、话剧剧本，我都写过，其中有的还得到过专家的赏识。在师范学校当教师，我有了一些自由支配的时间，也让我有了多方面的收获，我的名字因此多次出现在全国性、地方性报刊上。当然，现在再审视这些文章，许多都显得幼稚、肤浅，有的甚至是贻笑大方的。即使在二十八九岁时改行当了记者，我也没有放弃对文学的眷恋，更没有完全断了文学创作的念想。就是在我已转行十年之后，我还依据采访素材写了一部三集电视剧剧本。在五十岁之后，我还壮着胆子写出了《银川赋》《中华奇石山记》等文学色彩较浓的作品。

2002年，我在中宣部召开的主题采访活动总结大会上发言，会后一位同事告诉我：有人在听了我的发言之后对他说：这个人肯定是个诗人！从一个十余分钟的发言中，得出这样的判断，是我万万没有想到的，虽然我的发言确实有一点“诗味”。三十年来，我努力在自己的新闻作品中注入文学的因子，居然也有意外的惊喜。有人说我的新闻作品有文采，有的东西甚至不像新闻倒像散文。应该说，我这个“文学爱好者”，一直受益于文学，我本人也是一个不折不扣的文学受益者。

检阅自己四十余年写过的文字，虽然诗歌、小说、散文、杂文也零零星星发表过一些，但其中大量文字因种种原因未能与读者见面，有的可以归于无效劳动。现在再看那些文字，我意外地发现，原来曾被看作是无效劳动的，其实并不完全是徒劳的，有的仍有认识价值，有的则记录了我的探索、追求和心路历程，至少为我此后的探索打下了基础，我不能敝帚自珍，但也没有理由自轻自贱。所以我决定把三十多年前的部分习作“原汁原味”地和盘托出，让它们重见天日，也许，读者能够从中有所领悟。

文学创作需要灵感，当诗人、作家需要灵气。也许是缺少灵感和灵气，我“舞文弄墨”四十年，依然是个文学的“门外汉”，更没有成为诗人、作家。当然，我也不想附庸风雅。因此，我从没有动过申请加入什么协会的念头，因为我不想滥竽充数、浪得虚名。我未必要当个诗人、作家，争自己不该争的名分。诗人、作家，只是我的一个念想，我既未想当专业的诗人、作家，也未想当业余的诗人、作家，更不想让别人把我看作诗人、作家。术业有专攻，我所从事的职业，让我离诗人、作家渐行渐远，虽在其门却难以登堂入室。

我不是一个很专心的人，甚至有点好高骛远。东一鳞，西一爪，东一榔头，西一棒子，抱起西瓜丢掉芝麻，几十年匆匆而过，留下不少遗憾、教训。

人的一生，会有很多遗憾。人的愿望有很多，不能实现的愿望也很多，其中的原因可能比较复杂，有的是个人努力不够，有的是个人才力不够，有的是未能持之以恒，有的是客观条件不允许，有的是时机错过了。对我来说，可能既有才力不足的问题，又有努力不够的问题，但我真的很少懈怠，也不甘心虚度年华，就此而言，我也就释然了。

收入本书的既有诗歌、散文，又有各类剧作，既有抒发个人感悟的杂谈，也有反映社会进步的篇章，既有近期发表的文字，也有三十多年前的旧作，这些文章忠实地记录了我探索的脚步和历程，也折射了一个地区、一个时代的背影。如果有人能够静下心来读一读，我将感到欣慰，如果有人能够提点建议、做点批评，我将十分感激。

是为自序。

目　录

CONTENTS

杂谈时评篇

小说剧本篇

落叶赞

一场秋风刮过，一股寒流袭来，树上的叶子愈来愈少了，而地上的落叶越来越多了，大地呈现一片衰败的景象。随风起舞的落叶，飘忽不定，东荡西游，好像无所依托，无处安身。脚踩在落叶上，发出沙沙的声响。抬脚处，原来完整的叶片已被踩碎，碎得没有形状了。这就是秋后的景象：万木凋零，满眼枯黄，凄凄惨惨戚戚。

难怪唐代诗人李贺要说“自古逢秋悲寂寥”，难怪北宋文学家欧阳修要作《秋声赋》，难怪多愁善感的人要年复一年地悲秋！

在一年四季中，春天带给人的美好最多、希望最多、愉悦最多，因而受到的礼赞也最多，而秋天则没有春天那样的“荣幸”，也很少得到人们那样的“礼遇”。凄惶飘零的景象，也难以唤起人们多少美好的想象。而紧跟在秋季之后的，是更加寒冷且缺少生机的冬季，更令人感到畏惧。所以，很少有人赞美秋季、欣赏秋景，而在秋季赏景且能心旷神怡、精神振奋的人也不多。

古诗曰：“胜日寻芳泗水滨，无边光景一时新。等闲识得东风面，万紫千红总是春。”美景，似乎都让春季占尽了，寻芳，好像都是春季的“专利”，留给秋季的并不多。所以，踏春者众，赏秋者寡。

记得有位名人说：“对待敌人，要像秋风扫落叶般残酷无情”，我想说：秋风扫落叶，也许真的是“残酷无情”，但落叶本身却不是“无情”的，落叶，也许是最多情的，更是最不被人认知的！

初冬的一个清晨，我走进银川的中山公园。我不是来欣赏鲜花的，因为此时很难见到鲜花的踪影了，即使是晚开的菊花，也都凋零了。说出来有人可能不信：我是专门来欣赏落叶的，我要看的，恰恰是落叶的景象。因为昨夜刚有一股寒流袭来，我料定又要有许多树叶落下来了。也许有人会说，落叶有什么值得欣赏的？落叶，除了让人感到凄惨之外，难道还能给人带来别的什么，还能让人赏心悦目吗？

是的，我是为欣赏落叶而来的，眼前的景象也真的让我赏心悦目了。因为我不是来凭吊落叶的，是来感悟人生的。我想说，落叶能够告诉我们的道理，也许比盛开的鲜花还要多。

让我们回顾一下叶子的一生吧！春天，它们沐浴着春风，不仅吐出了嫩芽，而且迅速伸展了腰肢，不出几天就长大了。然后，它们就日复一日地追寻着阳光，从阳光里吸收能量，从空气中吸收养分。完全由它们完成的光合作用，让树根越扎越深，让树干越来越壮，让树枝越长越长，最终长成浓荫密布的参天大树，而它们自己每天都在做简单的、重复的、枯燥的劳动，从不知疲倦，从不知表功，也从没有抱怨。当秋风吹过时，当严寒来袭时，它们丧失了光合作用的功能，也无法再完成光合作用了，它们也就不再吮吸树上的养分了，毅然决然地从树上落下，回归大地。它们落的是那么潇洒、那么悲壮、那么义无反顾！而它们的飘落，不仅是一种自我解脱、自我牺牲、自我救赎，而且是对树木的一种保护。它们离开了树木，树木就可以更好地存活，避免养分流失，等待来年新的生长。

我看到，有些落叶还没有变黄，依然保持着绿色，但它们在经历了一场风霜之后，还是决然地飘落了，以致在大地上铺了厚厚一层。也许，它们觉得自己的光合作用已被摧残了，再留在树上就毫无意义了。

在该长的时候长，在该落的时候落，在该发挥作用的时候发挥作用，这就是树叶！难道做到这些还不够吗？难道在飘落后还要让人精心收藏，才算对得起它们吗？落叶似乎没有这样的奢望，也从没有获得这样的待遇。只有总求回报的人，才会患得患失、感叹命运不公、抱怨付出的多获得的少。

古诗云："落红不是无情物，化作春泥更护花。"这里吟咏的是落花，不是落叶。与落花相比，落叶在"生前"就没有灿烂过、炫目过，也没有像花那样引人注目，而在它们"死后"就更是悄无声息了。即使飘落在地上，也不会发出声响。没有人吟咏它们，也没有人为它们惋惜，更没有人为它们的奉献和牺牲而感动，但它们最终融入土壤、化作了肥料，又让新的生命茁壮成长。

在公园里欣赏落叶时，我发现：许多大树下都堆满了装满树叶的大袋子，有几个园林工人正把这些装满树叶的大袋子装上车。我好奇地走到跟前问："你们这是干什么？这些树叶还有用吗？"一位工人告诉我："我们收集这些树叶，就是为了喂羊！"

噢，落叶，不是废料，不是垃圾，它们还有用！也许，它们作为饲料，又可以让别的生物成长、壮大，它们也可以借助这些生物得以再生，验证物质不灭的法则。

人也是一片叶子。换句话说，人也会像落叶一样飘落。有生长就会有消亡，谁也逃不脱这个规律。但是，只要人也能像树叶一样在该长的时候长、在该落的时候落、在该发挥作用的时候发挥了作用，就算活得值，也就没有什么可遗憾的。因为在社会这棵大树上，曾经有过自己的位置，也曾经为这棵大树增添过养分，那就不枉一生，即使有朝一日从树上飘落了，也是乐得其所。但愿人们在像落叶一样飘落时，也能像落叶一样潇洒、从容、无怨无悔、没有留恋、没有痛苦。

看见落叶，真的不该悲伤，也不要为它抱不平了，更不要再因联想人生的短暂而伤感了。落叶，不仅有知而且有觉，为你悲哀的人们真的误解你了。

（原载2013年《共产党人》第五期）

亲切·亲情·亲缘

——赴台湾疗养见闻

祖国宝岛台湾，过去在我的心中很遥远，简直可以说是“遥不可及”。历史的隔阂，让海峡两岸分隔了太久，我也从没有踏访台湾的奢望。因为去台湾，甚至比出访欧美还难。就是在几年前，我也没有想到自己有朝一日会亲自登临。是两岸关系的改善和“三通”的实现，使两岸的交流变得更加密切、更加便捷。据说，仅2012年一年就有200多万大陆游客赴台。这样，我也幸运地作为宁夏总工会组织的劳模参观访问团中的一员，于2012年7月底至8月初到台湾进行了为期近十天的疗养，得以近距离观察台湾、感受台湾、了解台湾。

过去，我对台湾的印象极为模糊，除了教科书提供的知识和一些零星的文字介绍外，所知甚少。在我的心中，台湾地图就像一片树叶，飘荡在浩瀚的海洋中。说远不远，说近不近。这次身临其境，台湾在我的心中，一下子就变得生动起来了。到了台湾，我才感到台湾对我来说既不遥远，又不陌生。

台湾真的离我们很近。我们从银川飞厦门（经停武汉）用了四个多小时，而从厦门到台北，只需一个多小时。跨过这浅浅一道海峡，飞机虽然只用了这么短的时间，但两岸的同胞却做了几十年的努力。如今，当两岸同胞像走亲戚一样轻易往来时，让人顿生沧桑之感。当飞机飞临台湾上空时，我心中陡然升起一股激动，我不禁在心里呼喊：台湾，美丽的宝岛，我来了，我来看你来了！

台湾对我真的一点都不生疏。踏上宝岛的耳闻目睹，让我脑海中不时蹦出两个字：亲切。虽然到台湾需要办理入境手续，仿佛是在做一次遥远的旅行，但落地后我看到满街都是熟悉的建筑、熟悉的牌匾、熟悉的汉字和熟悉的面孔，听到的都是普通话，吃到的是香甜可口的饭菜，更没有时差的概念，因为台湾的时间与北京时间完全吻合。所有这些，让我感觉自己就是在内地的某个地方在旅行，丝毫没有疏离感。非但如此，对于我们这些来自北方的人来说，到了台湾甚至比到内地的南方一切省份还要感到亲切，因为与一些南方人交谈，有时还有语言障碍，沟通交流也不很顺畅，但在台湾这个问题基本不存在，我们说话，他们都懂；他们说话，我们也都明白。提到历史典故和名人名句，彼此都心领神会；说起祖国的传统文化，大家都能达成共识。而聊起居家生活、教育子女、孝敬老人，更有说不完的话题。难怪，同行者都说，到了台湾，好像还没有走出内地，根本找不出出境的感觉。

在台湾，我除了感到亲切，也感受到了亲情。到机场迎接我们的台北经贸协会副秘书长林励秀女士，一见面就让我们感到可亲。上了专门接我们的客车，她并没有急于介绍台湾的风土人情和行程安排，而是如数家珍地向我们这些宁夏来客介绍起“宁夏五宝”来，请我们评判。如果说的不对，她甘愿受罚。我发现，她不仅知道宁夏的“老五宝”，而且知道宁夏的“新五宝”，甚至比地地道道的宁夏人说得还准确。结果，她的一番炫耀，赢得了热烈的掌声，也一下子拉近了彼此的距离。原来，她去年曾带领台湾的70位校长访问过宁夏，看过宁夏好几个城市的学校，至今还记得这些学校的校名。对宁夏的特产枸杞和“手抓羊肉”更是赞不绝口。当晚，台北市经贸协会理事长刘志旋先生用具有台湾风味的饭菜宴请我们。这位抗日军官的后代，曾筹办多项大型公益活动，对海峡两岸文化、教育交流做出了很多的贡献。他对曾经接触过的宁夏回族自治区副主席郝林海有很高的评价。饭桌上，主客交流非常融洽，欢声笑语不断。大家说的最多的话是“两岸一家亲”。席间，一个新鲜的生日蛋糕被送了进来，让我们颇感意外。原来，主人得知客人中有一个人是当月生人，特意为他补庆生日。全场齐唱“祝你生日快乐”，共同品尝生日蛋糕，几乎所有人都被深深感染，感受到了骨肉亲情。而这位得到了两岸人士生日祝福的人，则比所有人都更加激动：“这是我最难忘的生日！”

除了亲情，海峡两岸还有亲缘，而这种亲缘关系正在不断拓展。1949年，台湾只有600万人，而当年到台湾的国民党军队及其家属约有200万人。现在，台湾有2300万人，其中多数来自祖国大陆，其中很多人有很多亲属在大陆，他们至今都还记得自己的祖居地，知道祖先是从何时、从何地到台湾的，对大陆、对故乡的感情更是一往情深。两岸的大门一旦打开，相互间的频繁走动也就成了自然而然的事。伴随着民间交往的增加，社会团体乃至政府组织的交往也不断增加。我到台湾后得知，到台湾访问的大陆各省、市、自治区代表团已经有很多了，双方的经贸、文化交流也日趋活跃，合作也在不断深化，在有些领域，相互依存、相互促进，谁也离不开谁。两岸同胞和协作单位结下了很深的友谊，交往也日益频繁、日益密切，仅宁夏就有多个访问团已经或准备访台，我注意到，相互转达问候、赠送礼品或托人转送礼品的都很多。

说到两岸的交往，最让我感到意外的是，我到台湾的第二天，居然在台北的一个大型免税店里见到了几位先期来台的宁夏熟人。原来他们是宁夏期刊学会组织来的。在这个场合见面，大家既感到意外，又感到亲切，每个人都是笑逐颜开，感慨多多。

我告诉台湾的朋友：宁夏京剧团曾两次到台湾演出，我都在《光明日报》上做出充分报道，他们闻言都报以欣慰的微笑。

就在即将结束访台时，台风“苏拉”与我们不期而遇。台湾的朋友在我们多滞留的两天里对我们给予了很多关怀。接待我们的台北市经贸协会不仅关心我们的安全，而且耐心地重新安排我们住下，几位负责人还先后出面邀请我们到台北几家久负盛名的特色餐馆用餐。到松山机场候机，得知飞机延误，又细心、周到地为我们每个人准备了食品。

海峡两岸，民族同根，文化同源，血脉相通，地缘相近，感情深厚，两岸同胞有割舍不断的亲情，是任何人都无法离间的。这次台湾之行，让我对此有了更深刻的感受。

在日月潭景区，景区一位负责人说，台湾有日月潭，大陆有日月山。“日”和“月”并起来就是“明”，这也预示着，两岸统一，是大势所趋；只有两岸联合，中华民族才有光明的前途，同行者对此都表示赞同。有人感叹：想不到，台湾同胞能有这样的认识，能说出这么形象、感人的话语！

台湾之行，令人难忘。我想，如果有机会，我还会再来的！

（原载2012年11月30《日光明日报》）

我的“光荣的落选”

人生中，有些事情如过眼云烟，转瞬即忘；有些事情如刻骨铭心，终生牢记。最有意思的是，局外人竟能和当事人一样记住某件事，甚至比当事人记得还清楚。我在十七大代表选举中落选，就是一件被不少人记住并多次提起的事。

距党的十七大代表选举和十七大召开已经过去很长时间了，但一些知情者在碰到我时，仍要当着我的面向其他人提起我被推举为十七大代表候选人的事。他们甚至毫不顾忌我的感受，把我在最后关头的落选完全当作一件很值得夸耀的事，以此向不知情的人介绍。笑称我的落选是“光荣的落选”。

落选，对谁来说，恐怕都不是什么光彩、愉快的事。大概也没有人会区分哪个落选光荣、哪个落选不光荣。至于落选者本人，一般也都不愿提起自己落选的经历。但对于我的这次落选，我却真的没有感到不光彩、不愉快，当然更谈不上丢人现眼了。这也是当知情者提起此事时我并没有任何反感的一个原因。

有人说，你能经过“三上三下”、层层筛选，最终闯入“决赛”，这本身就很不容易。

的确，回顾自2006年下半年开始，长达七八个月的选举过程，确有许多令人感动的难忘经历。其中，有几个关键环节，尤其让人没齿难忘：我最初是作为自治区党委宣传部十几个党支部提名的唯一候选人被上报的。作为一名编制不在宁夏的驻站记者（党组织关系在自治区党委宣传部），能获得这一提名确属不易，这里面寄托着许多人的信任和希望，我被深深地感动了，心里充满着谢意。但是，获得这一提名只是万里长征的第一步。最开始的提名，可能不下千人。而在整个宣传、文化、社科系统，最初被提名的人选就有很多。再扩大范围，在自治区直属机关被提名的人则更多。一般来说，一个厅级单位，只能提一名领导、一名基层工作者。这样说来，能被提名，就不简单了。

按上级要求，宁夏整个宣传文化系统只能产生一个初选人，而当时有多名人选备选。想不到，最后竟然是我“脱颖而出”。这个人选的产生，反映了区直机关100多个厅局委办绝大多数党员的意见。我又一次被感动了！随后，范围越来越小，人选越来越少。在此基础上，自治区党委常委对8个大选举单位（区直机关只是其中之一）共同推荐上来的41名初选人进行圈选，从中确定34人为初步候选人。这次，我没有那么幸运：我没被圈在“圈内”。对此，我很坦然。

令人意想不到的是，就在我心情完全归于平静之时，自治区党委组织部的同志再次找我核实情况。原来，中央决定给宁夏再增加一个代表名额。这样，按要求就要再增加一名候选人。自治区党委常委会议选定了我。但是，这个提议不但要报中组部批准，而且要在报中组部同意之后再由自治区党委全体委员表决。令我更为感动的是：自治区党委的几十名委员竟为我一个人的事专门开了一次会，有人甚至放下手头的工作、奔波几百公里参加这个只有二十分钟的表决会！结果，我在这次补选中全票通过。这样，我便搭上末班车，成为宁夏35名十七大代表候选人中的最后一名候选人。

在2007年6月召开的自治区十届党代会上，到会的400多名党代表对十七大代表进行差额选举。按规定，要从35名候选人中差掉5人。其中，生产、工作一线的13位候选人中需要差掉3人。13人中有妇女6人，还有几位是少数民族。最终差掉的3人均为男性，我便是其中之一。我的落选，引起宁夏各界广泛关注。

宁夏十届党代会召开前后，《宁夏日报》在头版对所有来自工作、生产一线的十七大代表候选人和其他“塞上群英”（共计60人）都进行了报道。而由于版面的原因，对我的介绍刚好排在了大会预选后的第二天，所有这些介绍对我的选举没有起作用。

经过这么多曲折，我好像又回到了原点。

在最后关头与这个崇高荣誉擦肩而过，许多人都对我表示惋惜。有人认为，这可能与照顾某些比例有关。我却不这么看。我认为，主要原因还在自己：我还不够优秀，业绩也不够突出！

能够成为候选人，对我来说就是出乎意料的荣誉了。

大会期间，有关人员在电话里告诉我落选的消息，并说我是高票落选的。这位负责人还让我赶到会场，说有关负责人根据自治区领导的意见要找我谈话，做我的思想工作。我很平静地回答：不必。我没有“思想问题”。我落选了，别人才能选上。这很正常嘛，总得要有人落选呀！这位领导放心地笑了：你能这样看问题，我们很高兴。

我很坦然。这对我来说只是一次普通的经历：我没有增添什么，也毫毛无损。我不再想这件事，也不愿再提这件事。

一年之后，一位自治区党委领导在见到报社领导时对我的落选表示惋惜。据说，这位领导在不同场合多次表达过这个意思。

是的，我作为十七大代表候选人，当了一次“铺路石”。没有我在差额中的落选，别人就不会当选。从这个角度来说，我的落选也可以称得上是“光荣的落选”。

这样，我便“无条件”接受了别人为我做出“光荣的落选”的“历史结论”。

对这段难忘的经历，我并没有多少遗憾，因为我离那个政治荣誉相差实在太远。回想自己由于“家庭出身不好”，曾连着填过3次入团志愿书都未能入团，直到粉碎“四人帮”后才如愿以偿，我真应该感到庆幸：一个当初连入团都那么艰难的人，竟然能够在30年后成为十七大党代表的候选人，这个命运的变化，让我的万语千言，不知从何说起！我只想说一句：改革开放30年来的最大贡献就是对人的解放，就是打破了“左”的枷锁！

这不仅是我难以忘记的经历，而且是我不该忘记的经历：因为这件事反映了时代的变化，也反映了我命运的变化。

（原载2007年《新闻研究》第四十七期）

爱在深秋情更浓

——读林榛散文小说作品集《爱在深秋》

认识林榛有很多年了，也读到过她的一些作品，对她和她的作品都有比较深刻的印象。一种渴望油然而生：希望读到她更多的作品。记得去年我见到她时曾郑重地向她建议：应该出个作品集了！没想到，仅仅过去一年，这部凝聚着她多年心血的书就问世了。当我捧着刚刚由宁夏人民出版社出版、还散发着油墨清香的散文小说作品集《爱在深秋》时，内心是充满着欣喜和满足的。我一口气读了大半本，且一直情绪饱满、毫无枯燥乏味之感。

这是一本很厚重的书：不仅掂在手里有厚重之感——全书有近400页呢，而且内容相当充实——书中承载着作者十几年的丰富情感。在大自然进入秋季之时，作者也即将进入人生之秋的时候，捧出这样一本厚厚的作品集，谁能说这不是她秋天的收获呢？

“爱在深秋”，这个很抒情的书名，为全书奠定了抒情的基调。不仅如此，作者还为书中的每一部分都拟了一个颇有抒情色彩的题目：“风帆一叶”“草稞露珠”“红尘有你”“溪边炊烟”“沿途风景”“青春记忆”，这些优美的、诗化了的文字，可以激发人们许多美好的遐想和阅读的兴趣。就是选入书中作品，也多是抒情散文。有些不该划入抒情散文之列的篇章，也或多或少地带有一些抒情的味道。在这些篇章里，林榛以流畅、优美、生动的文字为我们营造了浓郁的抒情氛围，将我们带入一个纯净、多彩的世界。无论是读一本好书，还是看一场电影、听一首经典歌曲、欣赏一个画展，作者都有所感悟并且都能铺叙成文；无论是看见晚霞飘散、街灯亮了，还是发现沙枣花开了、枫叶红了，作者都从中寻找到了美并且向读者充分展示了美；无论是去北京参加全国政协会议、去北戴河参加业务活动，还是到安徽、上海等地异地采访，作者都捕捉到了被许多人忽视的写作题材，在留下足迹的地方也留下笔迹。在作者笔下，一物，一事，一景，一书，一歌，一剧，皆有寓意，皆可成篇；每到一地，每见一景，每有一思，她都会萌发提笔的欲望、写作的灵感，都能写出一篇感人的作品。读这些作品，可以使人的精神获得一次洗礼。在这些作品中，我们可以看到优秀记者敏锐的眼光、知识女性细腻的情感和散文作家灵动的才思。我想，这些作品无论是对文学爱好者，还是对新闻工作者都是有学习和借鉴意义的。

一个人，如果对自然、对社会、对人生都有深厚的爱，那他就会有丰富的内心世界，就会有多彩的人生，就会写出感人的篇章。

林榛曾任宁夏政协报副总编辑，也是宁夏一名优秀新闻工作者。在繁忙的工作之余，她为我们奉献如此之多的精品佳作，实在是难能可贵的。

值得一提的是，林榛的儿子在2004年的高考中成为宁夏的理科“状元”，被清华大学录取。这是她值得骄傲的事，也是她在中年的又一个收获。如今，教育好子女已成为许多家长头疼的一件事。那么，林榛是怎样把儿子培养成高考状元的呢？这里面有哪些经验值得学习、借鉴呢？这无疑也是人们感兴趣的话题。好在她在本书中对此均有比较生动的记述。读者可以在她的《晚霞绮丽时》《母亲的梦和儿子的兴趣》《给孩子一个多彩的世界》《儿子写作》《儿子当“官”》等篇目中找到答案。这些文章告诉我们，林榛在写作上是成功的，林榛在教育下一代方面也是成功的。这些作品进而也成为本书的一个“亮点”。

如果说本书还有些不足的话，我感觉有些作品略显单薄，给人言犹未尽之感，主题也有待于提炼。此外，将儿子的几篇作文（虽然这几篇均堪称佳作）收入本书中，对本书的完整性有所损伤，如果将其作为附件附于书后，可能会好些。不过，这都无损本书的价值。

（原载2005年1月11日《新消息报》）

长沟流月去无声

——回忆与张贤亮交往的点滴往事

张贤亮先生去世后，本地媒体和外地媒体的记者纷纷来采访我，希望我谈一谈与张贤亮的交往，讲一讲我眼中的张贤亮。

作为记者，我能谈什么呢？我既未与张贤亮共过事，又非张贤亮亲朋至交，对他的了解很有限，为何要采访我？哦，我明白了：因为我在张贤亮去世前一个多月在《光明日报》上发出整版的报道，曾被大量转载，在张贤亮去世后，有些报刊、网站又拿出来转载，我对张贤亮的报道也成为近期最全面的报道。如果再往前追溯，那就是在2012年11月，在张贤亮被包养情妇的谣言所困时，我写出了正本清源的报道，彻底遏制了炒作、平息了事态。有些人可能因此认为，我与张贤亮一定有很深的交情，甚至关系很铁。

其实，这是一种误解。回顾与张贤亮断断续续交往的经历，我才发现，我认识他快30年了，竟没有要过他一本书，没有与他合过影，没有向他索要过签名、题字，没有请他题词、作序，更没有向他提过任何个人要求，我甚至没有与他同桌吃过饭。有人不止一次在我耳边吹风，说张贤亮的字很值钱，向他索字的人也很多，但我从没有为此开过口。尽管这对我来说，可能易如反掌。现在，如果有人让我拿出与张贤亮密切交往的证据，我根本就拿不出来。古人言，君子之交淡如水。我虽然不敢自称君子，但我与张贤亮的交往，真的如古人所说的君子之交，也真的淡淡如水，没有掺杂任何交易，也不带任何功利色彩。

其实，我在1979年就知道张贤亮了。因为喜欢写作，《宁夏文艺》（文学刊物《朔方》的前身）和《宁夏群众文艺》便成为我当时常读的刊物。也就是在这种泛泛的阅读中，我读到了张贤亮发表在《宁夏文艺》上的小说《吉普赛人》《邢老汉和狗的故事》《在这样的春天里》，并且留下深刻的印象，我对他也满怀敬意。记得我当时曾与好友李松柏多次议论过张贤亮，李松柏以不容置疑的口气说：“用不了几年，张贤亮就会坐上宁夏文联主席的座椅！”我当时还有点不以为然：尽管我很欣赏他的创作，但要当文联主席殊为不易，决定的因素有很多，更不可能在短时间内实现。没想到，是我的判断过于保守了：没多久，张贤亮就被奖励三级工资，很快就荣升宁夏文联副主席。没过几年，就真的坐到了主席的座椅上，而且一坐就是十几年！

我这个人有个“怪癖”，不愿意当追星族，也不喜欢锦上添花。既然张贤亮那么知名，也无须别人再为他做什么，我就不必凑热闹了。1985年，我成为光明日报驻宁夏记者，张贤亮是宁夏的文化名人，自然应该成为我重点关注的对象，但我没有往他身边凑，甚至很长时间都没有与他接触。与他的第一次接触，也是第一次采访他，竟不是为他树碑立传、“歌功颂德”，而是专门“找茬”、让他回答社会质疑的，文稿中也出现了不利于他的言论。

这次采访，因一部失败的电影而起。那是1988年，宁夏为庆祝自治区成立30周年要拍摄一部献礼影片。尽管很早就开始筹划了，但到了最后，几个剧本都未通过。自治区有关负责人急得抓耳挠腮，有人提议请大名鼎鼎的张贤亮出马。当然，也有人担心：这么晚了，还能来得及吗？张贤亮会接过这个烫手的山芋吗？不料，张贤亮竟然一口答应了。他临危受命，仓促上阵，很快便拿出了电影剧本《我们是世界》，有关部门邀请西安电影制片厂的一位导演，迅速投拍。但令人遗憾的是，这个电影失败了——只有宁夏自己买了两个拷贝，总共放映不超过10场，社会各界对此议论纷纷。这部电影有什么问题，我们该吸取哪些教训？都需要做出回答。作为光明日报记者，我觉得我有责任来了解并回答这些问题。当时，我当记者只有三四年时间，虽然经验不足、水平有限，但还是壮着胆子去啃这块“没有多少肉”的硬骨头。出乎预料，我的采访竟然很顺利。我至今还记得张贤亮接受我采访时的神态和豁达。他既没有拒绝我的采访，也没有为我的采访设限，更没有对我写稿提出任何要求。当然，他认为他的剧本没有问题，电影拍成那样，与他没有多大关系。当这篇带有点锋芒题为《对电影〈我们是世界〉的思考》的通讯见报并产生较大社会影响时，张贤亮并没有表示任何不满。相反，他还就此对我产生了信任。他向我透露了近期文学创作和一部原稿丢失的情况，使我在《光明日报》上发了一篇独家新闻：《张贤亮新作〈习惯死亡〉将出版》。

因为记者站就在文联的后院，有时我与张贤亮不期而遇，他便主动与我聊上几句，提供一点新闻线索和采访建议，有时也会对一些社会问题谈点看法，希望我给予关注。

由于与张贤亮相熟，我与他的交往也变得很随意。有一次，我推开他的办公室，见来访的陕西作家陈忠实正好在座，二人相谈甚欢，便欲转身离开。张贤亮热情地叫我坐下一块交谈。他热情地向我介绍陈忠实，希望我能采访他、报道他，张贤亮对其欣赏和推崇也溢于言表。

20世纪80年代末、90年代初，主要外景地取自宁夏的电影《红高粱》在德国柏林斩获大奖，到宁夏拍电影、拍电视的剧组也不少。我觉得这是宣传宁夏的好题材，便在1992年的10月和11月分别在《光明日报》《人民日报》上发出两篇报道：《红高粱“红”了镇北堡》《影视界看好宁夏“外景地”》。当时的镇北堡林草试验场场长袁进琳（现为自治区人大副主任）受到启发，就此提出恢复景点发展旅游的建议，得到很多单位的响应（袁告诉我：我的报道被他复印了数百份，广泛散发）。在具体筹划过程中，许多人认为，此事必须发挥名人效应，非请张贤亮出马不可。张贤亮殚精竭虑、不负众望，让两座废弃多年的明代古城堡“摇身一变”，变成如今几乎所有到宁夏的游客都必看的“西部影城”。

记得第一次筹备会是在镇北堡林草试验场一间红砖小平房里举行，我是以特邀嘉宾到会的，好像也是到场的唯一记者。张贤亮在会上的发言，得到了广泛认同。

为了筹集建设资金，张贤亮慷慨解囊，拿出了自己的所有稿费。当然，我也为此也不遗余力地给予了配合和呼应，发表在1993年2月的《宁夏拟建西部影视城》《中国西部影视城第一笔外资到位》《影片〈老人与狗〉引人注目》（西部影视城筹建中拍摄的第一部影片），西部影视城开门迎客后，我又写出《华夏西部影视城在银川落成》《“土”味滋润出荣誉——华夏西部影视城参观记》。记得当时光明日报记者部一位负责人对我如此卖力地报道此事，还颇有微词，嫌我写得太多了。这里想多说一句，尽管我为此也算出了一点力，但我此后带亲友前去游览时，都是自己掏腰包买票，既没有麻烦张贤亮，也没有以此寻求额外照顾。

尽管是由张贤亮挂帅，尽管张贤亮的能量和影响力非常人可比，但西部影视城的建设却没有一帆风顺。有一天，张贤亮亲自拿着几份材料来到记者站寻求帮助。经过简单的对话，我很快了解了原委：原来住在旧城堡里的几个养羊户说什么也不肯搬走，里面洋溢着浓浓的羊粪味。这倒还在其次，最让人苦恼的是，前来拍片的剧组常常受到这些住户的干扰，只要镜头在他们门前晃过，就得交钱。不给钱就不让拍摄。说到这些，张贤亮也是一脸无奈。他希望借助舆论的力量，督促这些住户尽快迁出。对张贤亮的要求，我给予充分的理解，也尽力做了一点可能没起什么作用的工作。令人欣慰的是，经过张贤亮的不懈努力，包括几群羊在内的镇北堡内的所有“居民”最终还是全部搬出去了，镇北堡里的羊粪味也几乎闻不到了。

现在，人们都知道镇北堡西部影视城是张贤亮“下海”的杰作，其实，当年张贤亮创办的公司还开发了其他项目，紧挨着银川市鼓楼（自治区文物保护单位）西墙而建的电子广告屏，非常扎眼，现在人们是看不到它了，但当年却是一个很引人瞩目的“景观”。这个广告电子屏一动工，就遭到银川市文物部门的强烈反对，以致他们多次推倒砌了半截的砖墙，我作为光明日报记者也曾被文物部门请到现场阻止，我同样认为电子屏建在那里是不合适的。但是，这个对鼓楼风貌有一定影响的电子屏，最终还是领到了“准生证”并很快建成了。然而，反对之声并没有因此停息，人大代表、政协委员多次为此提交议案、提案，强烈要求拆除它。后来，银川市人民代表大会审议通过了拆除的议案，自治区文化厅也下达了拆除的通知。1997年6月28日，有关部门在夜间将它悄悄拆除了，我为此在《光明日报》上发出报道：《文物保护范围内岂容兴建他物——“蒙尘”5年的银川鼓楼恢复原貌》。没想到，这篇报道竟引起外地媒体的关注。有人千方百计找到我，约我就此写出更详细的报道并且要求我一定要点出张贤亮的大名，就此进行炒作。我了解他们的用意后，并没有按他们的要求做，更不肯点出张贤亮的名字，此事也就此作罢。

不借名人炒作、不被别有用心的人所利用，是我的一贯作风。况且，对像张贤亮这样的文化名人，我一直是持爱护的态度的。

2004年年初，张贤亮在宁夏文学艺术界联合会第六次代表大会上向担任了18年的“宁夏文联主席”职务告别。我当时写出报道：《张贤亮坦然面对退休》。我在报道中写道：“现年67岁的张贤亮在闭幕大会上感谢代表们同意他退休，也感谢代表们请他担任文联名誉主席。他说，人总是要从岗位上退下来的。我是到了该退下来的时候了。会下，我问他：担任过多少年宁夏文联主席？他不假思索地告诉我：18年，是从1986年6月开始任职的，时间真不算短了。说到自己退下来的感受，他一脸坦然，毫无失落之感。”本来，我是不打算写什么的，因为听到了他的退休感言，有感于他良好的心态，这才动笔。

2012年11月，一条张贤亮包养5个情妇的谣言在网上疯传，几乎到了铺天盖地的程度。一时间，张贤亮的处境真有点四面楚歌。在光明日报总编辑何东平的支持下，我对张贤亮进行了采访并做出公开报道。此前，已有多家媒体记者要采访张贤亮，多被他拒绝了。当我就此提出采访要求时，张贤亮欣然同意。在交谈中，他很激动，像对待知己一样毫无保留地表达了他的心情，其中，既有对此事的不满，也有对一些社会现象的忧虑和思考。他毫无顾忌地向我袒露心扉。记得他当时对我说道：“我对这类低俗化倾向深感忧虑。现实社会特别是网络上弥漫着一种戾气，而少数人对他人‘隐私’的过度关注又为此推波助澜，这是很可怕，也很可恨的。”记得我当时没听清他说的“戾气”，就问了一句，他就耐心地解释这两个字如何写、是何意。这次采访我们谈得很融洽，我了解到希望了解的一切，便写出报道《年过七旬笔耕不辍，躺着中枪令人关注　张贤亮潜心创作“平面”与“立体”文学》。这篇以正视听的报道见报后立即被各大网站、报刊转载，事态也迅速得到平息。4天后，我又就此发表一篇评论：《莫让谣言愚弄社会舆论》。有人说“庄电一给张贤亮解了围”，也有人指责我不该写这样的报道，有人甚至怀疑我从张贤亮那里得到了很多好处。事实上，我在采访后再未与张贤亮有任何联系，我甚至没有打电话告诉他发稿的情况，我以为那可能会有邀功领赏之嫌。我想，我的报道他会关注的，也会有人告诉他的，无须我告诉他。几天后，我听到自治区文联的同志转告，张贤亮看了报道很高兴。

2013年12月，张贤亮获奖小说《灵与肉》将被改编成电视剧，他无偿转让了改编权。我认为这件事具有示范意义，便做了及时报道。

2014年年初，我听到张贤亮患上不治之症的消息，决定作一篇长篇报道，对张贤亮的一生给予总结，让宁夏和外界对张贤亮的成就和贡献有个全面认识，也给病中的张贤亮一点精神安慰。我的想法得到报社领导的支持。为了不打扰病中的张贤亮，也不让他产生误解，我只好进行外围采访，甚至没有与他面对面，也没有向他透露采访的信息，我甚至在报道中只字不提他的病情，以免引来各种猜测和干扰。我很庆幸，这篇题为《张贤亮：好大一棵树》的长篇报道以整版的篇幅，在版面异常紧张的情况下赶在8月8日登出来了。不知病中的张贤亮是否看到，是否获取一点精神安慰？作为与张贤亮相识近30年的记者，我能在他在世时推出了这篇报道，还是感到一点欣慰。

随后，在宁夏乃至全国都有较大影响的省级文学刊物《朔方》在镇北堡西部影视城内颁发首届《朔方》文学奖，张贤亮独得“特别贡献奖”，张贤亮因病未能出席颁奖典礼，因为意识到这可能是他今生获得的最后一个奖项，我也做了专门报道。

作为一名记者，我虽然没有从张贤亮那里得到过任何回报，但我认为也不是一无所获，至少，我从他身上吸取了能量，也学到了一些知识，我为此生能与张贤亮有过交往并且做了一点有益的事感到自豪。

“忆昔午桥桥上饮，坐中多是豪英。长沟流月去无声。”张贤亮，这位非宁夏籍的作家，在宁夏没有虚度年华。他用近60年的岁月，在宁夏书写了自己人生的华丽篇章。如今，他永远离开了宁夏，永远离开了他热爱的人民，但宁夏和宁夏人民不会忘记他。他对宁夏文学事业的影响、对宁夏经济社会的影响还将继续，而且会持续到久远的未来。

（原载2014年9月27日《光明日报》）

在大连邂逅“雷锋”

一个地区的整体形象，是靠一个个人的具体表现来塑造的。而这种塑造不一定要用惊天动地的大事，而一些看起来不起眼的小事，就能够决定一个外地人对这个地区的印象，这种印象会长久地留在记忆里。

不久前，我从大连乘火车到北京，一路上的见闻，让我不禁发出“大连雷锋何其多”的感叹，产生“怎么雷锋都让我碰上了”的疑问。

因住地距火车站较远、且相对偏僻，我对打车赶路难已有思想准备，所以那天便起了个大早，但我与爱人一起来到路口拦车，但眼睁睁地看着各类汽车穿梭往返就是无法上路，内心不禁焦虑起来。无奈之下，我们看见有一辆出租车停在路口，便上前询问，原来这辆车是有人为奶奶去补习班学习外语而专门预定的，不拉别的活。果然，不大一会，就见一位年约70岁的老大娘手拿一本外语书，登上了这辆出租车，我们抱着侥幸的心理，再次上前询问：能否搭一下车、顺路把我们送到可达火车站的汽车站。没想到，这位老人和司机看见我们焦急的样子竟然都爽快地答应了。很快，我们就来到了901路汽车站，原来这里竟然是901路的起点站。司机见我们有两个大箱子，就热情地把车开上路边的停车场，直接把我们送到公交车旁，让我们轻轻松松地上了公交车并且找到了座位。上了车，我们焦急的心情也随之缓解下来。

没想到，这辆公交车在路上竟被堵住了，有一段路竟然像蜗牛一样慢慢爬行。一算时间，我们又有些焦急了，过一站看一下站牌，数一下站牌，算一下时间，越算心里越焦急。这时，坐在身后的一位中年人拍了拍我的肩膀，十分热情地告诉我："这趟公交车路过火车站但终点站并不是火车站。到火车站有两个站可以下车，前一个站离火车站较远，后一个站离火车站较近，你可以在后一个站下车。"过了一会，他又安慰我："不要着急，到站时我会提醒你。"果然，到站时他真的兑现了承诺。

下公交车时，离火车发车的时间已经不多了。正在我不知朝哪个方向走时，一位三十多岁、看起来精明干练的女士轻轻碰了一下我："请跟我走。我就在车站附近上班。"说着，她还主动地要过我手中那件不算轻的手提包，非常亲切自然地说："我来帮你提吧。"那样子，就像是对自己的亲人。一路上，她带着我们绕了好几道弯，走过便捷的地下通道、安全地穿越马路，一直把我们送到进站口，才把手提包交给我们挥手告别。此情此景，让我们深受感动、连声道谢。临别时，我禁不住问她的姓氏，她大大方方地告诉我她姓杨。

在火车上坐定，一看时间，离发车只有七分钟了。好悬！我们感叹：要不是有她带路，真不知要在这里耽搁多长时间，也许就赶不上火车了。

登上火车，邻座一个年轻人见我们的箱子很重，就主动帮我们把箱子放到行李架上。

到了北京，我们还在回味着这段感人的经历：怎么活雷锋都让我们给碰上了？也许，我们没有碰到的活雷锋，在大连还很多吧！

不知道大连现在是否已经被评为文明城市？如果需要投票评选的话，我会为他们投上一票的。

（原载2014年6月20日光明网）

儿子入团的联想

刚上初二的儿子要入团了。得到这个消息，我百感交集。因为儿子只有13岁，比我当年入团差不多早了10年，我是过了22岁才入团的。

不了解情况的人，可能会以为我当年的表现不佳。其实不然。

儿子的入团，让我回想起自己入团的曲折经历。从小学到初中，我一直表现良好，特别是学习成绩始终名列前茅。但是，我入少先队很晚，入红卫兵又是在初中毕业之前，是班里最后一个入的。如果不是学校想要在毕业班实现“一片红”的话，我恐怕还要被关在大门之外。造成这种状况的原因只有一个：我“出身不好”。1972年初，我以第一名的成绩考上高中，入团便成了我强烈的追求，老师、同学们也都对我寄予厚望，积极培养我入团，把我列为重点发展对象。上高一时，团组织就让我填了入团志愿书（对一般人来说，填了这个表，就算入上了）。和我同时填表的人都顺利入团了，我却因“出身不好”仍是个“积极要求进步的青年”。人家看了我表上所填内容就毫不犹豫地把我搁在一边了。到了高二，团支部书记又让我填了一份新的入团志愿书，我又惊又喜，心想这回总该差不多了吧？谁知，为了慎重起见，人家还要“外调”！这一“外调”又抖搂出一些陈谷子烂糠，我入团的事又泡汤了。学校团委书记为此专门找我谈话，让我不要背思想包袱，继续努力争取。我痛哭一场，感到前途无望。虽然我又“继续努力”了，但直到高中毕业也未能入团。在农场参加工作后，虽然有人又找我谈入团的事，但我对此已心灰意冷，也不像原来那样幼稚了。虽然心里仍渴望入团，但也不如上学时那样积极、主动去“争取”了。所以，在农场始终是“团外人士”。1977年全国恢复高考，我凭着自己的实力考出了不错的成绩，我也因此告别农场进城上学，这才在1978年下半年入了团。此时，“左”的迷雾正在逐渐散尽，我也成为一名22岁的青年，虽然终遂夙愿，但我已缺少了应有的激动、幸福和陶醉。现在，我已是有十余年党龄的共产党员了。按说，入党应该比入团难度要大，而我则恰恰相反：入党倒比入团容易得多。

看了儿子从学校带回来的入团志愿书，我不禁感慨万千。我过去填过的团表有许多个页码，所填内容“十分丰富”，除了本人和家庭的情况外，七大姑八大姨所有社会关系都要一个不落的如实填写清楚，否则就是对组织不诚实。这样做的结果，往往把简单的问题复杂化，常常让一些非主要因素起决定性作用。而儿子的团表，只是个折页，正文只有两页，上面只填本人的情况，连父母都只字不提，更不必去填什么“七大姑八大姨”，连“家庭出身”这一过去曾影响千万人前途和命运的栏目也不见了。两份内容迥异的团表，父子两代人截然不同的入团经历，不是很令人深思吗？

（原载1998年2月4日《中国人口报》）

风雨南华山

这次到宁夏山区采访，让我“大开眼界”：虽然不在寒冷的季节，但南部还有雨雪。在几个小时内，我就经历了夏、春、冬三个季节，真是大出意外。

我们此行的目标是海原县县城南、主峰海拔2955米的南华山，目的是了解那里绿化的情况。从银川出发时，气温已经超过20度，同行的一位记者只穿了一件衬衣就上路了。虽然海原县距银川不过300公里，但我想到山区气温可能会比较低，还是带了一件毛背心。

在山下时，天空晴朗，气温也不低，但汽车一开上南华山就感觉气温急剧下降。先是下起了小雨，随后又飘起了雪花。很快，地上便铺上了一层白白的棉絮，很久都没有消失。司机关紧了门窗，我虽然穿上了所有衣物、扣紧所有纽扣，还是感觉寒冷难挨，而那位衣着单薄的记者更是招架不住了。高山上，雨雪纷飞，云雾缭绕，能见度也降到很低。我们如入仙境，颇有点腾云驾雾的感觉。汽车一会穿行在云雾中，一会行驶在盘山道上，一会又杀出重围，回到平坦的地面，气温也从急剧下降，逐渐回升，上下相差30摄氏度，我们也在瞬间跨越了几个季节。

南华山自然保护区管理处主任李瑞告诉我：像这样云雾缭绕的天气，六七月最多，一年中至少有二十多天。这在干旱少雨的宁夏南部山区是极为少见的。不仅如此，南华山上的雨水在周边地区也是最多的：周边地区年平均蒸发量达2200毫米，降雨却只有360毫米，而南华山年降雨则在400毫米以上，最多时达到了600毫米，降雨的时间比周边长，次数也比周边多。这样，南华山就与周边的气候形成不小的反差。

南华山温差何以这么大？降雨怎么会比周边多？我们急切想了解其中的奥秘。在观门山管理站一间连像样的凳子都没有的简陋房间里，我们在瑟瑟发抖中展开了采访。很快，我们便知道了其中的原因：因为南华山上有一片令当地人十分珍惜的水源涵养林！

水源涵养林，在涵养水源、调节气候、净化水质、保护野生动物等方面具有奇异的功效。南华山管理处主任李瑞和海原县林业局副局长田智俊自豪地告诉我们：你们不要小看南华山这片水源涵养林，就是因为它，山上才有50多个大小泉眼，形成100多条沟岔。这里流出的水，除了保证海原县县城5万居民和周边四乡、两镇15万人的生活用水外，还让十几万只羊饮水无忧，南华山也因此被当地人称作“自压水塔”“母亲山”。

南华山总面积42万亩，有林地23.5万亩，其中10.7万亩是近几年栽植的。据了解，南华山原来可没有这么多树。1972年，山上只有12亩林地，40年间，林地面积增加了上千倍。特别是水源涵养林工程启动以来，造林的步伐更是明显加快。为了保护这片宝贵的资源，有关部门清走了原来的马场，将核心区的427户、1868人整村搬迁，异地安置。保护区的森林覆盖率也很快提高到55.95%。

2004年，南华山被宁夏确定为自然保护区。今年，他们向国务院提出申报，希望成为国家级自然保护区，保护力度也将随之加大。

南华山，是黄土高原的一块宝地，是海原县格外珍视的宝山，其作用是无法替代的。

一日过三季的经历，让我记住了南华山和南华山的独特价值。我祝福它！

（原载2013年7月14日光明网）

感悟有妈的幸福，珍惜有妈的时光

有一首歌中有这样的歌词：“有妈的孩子像块宝……没妈的孩子像根草。”对前一句，我有切身的感受；对后一句，我一直没有概念，因为我的妈妈虽然大我35岁，已经过了“米寿”，但她却陪我走过了半个多世纪，我们几乎天天见面，妈妈一天看不到我就会想念我，因为我不仅是妈妈唯一的孩子，也是她感情的寄托。2010年2月19日傍晚，这个关心我的一切、把一生的爱都给了我的人，在我毫无心理准备的情况下突发心脏病匆匆走了。我的心好像一下子就被人掏空了，就像丢了魂一样难受。我真难以接受这样的事实：我没有妈妈了，我成了“没妈的孩子”，把我当“宝”的妈妈不在了！今后，我只能在没有妈妈的关爱中打发时光了。虽然我自己也有了孩子且已成年，但在妈妈的眼中，我永远是她的孩子，是她的“宝”。让我伤心的是：我再喊妈妈时，再不会有人回应！年过半百了，还能喊妈妈那该是多么大的幸福啊！如今，这个幸福不再属于我了。我曾经骄傲地对人说过：“我有四位老人：父母、岳父母，四位老人平均88岁！这样的‘纪录’，在全国也找不出几例。”我的这“自豪”，曾让很多人羡慕。现在，妈妈突然走了，我的“骄傲”也就不存在了，我再也不能向人提起此事了。

我也曾向人说过父母对我过度关心，但当时没有真正体会其中的幸福。相反，语气中还透露出一丝牢骚：工作上、生活上的所有事，都要向他们如实汇报，不能遗漏或延误，他们会与我同喜同忧；我几乎每天都是“早请示、晚汇报”，“出必告、返必面”，如果哪天无故没有去见面，必有电话打过来；我有时有点不舒服，也不敢告诉他们，因为我有一点不适，哪怕只是牙痛，也会令他们牵肠挂肚、寝食不安；我晚上有事外出，无论多晚，父母都要等我回来后才能安心入睡。我不得不提前告诉他们回来会很晚，千万不要等我。有时，我不得不悄悄出去，不说我的行踪；到外地出差，父母一直反对我乘飞机，总认为飞机不如火车安全。为了减少他们的担心，我告诉他们到达的时间，总要比实际晚一些。常常在飞机刚刚停稳我还没有出舱时，就迫不及待地向父母报平安……有一次，我向本单位一个同事讲起这些时，这位同事竟十分羡慕地对我说："有父母关心，那多好啊！那多幸福啊！"他当时的反应令我有点意外。现在，我终于理解他了。原来，他的父亲很早就去世了，他母亲守着他和妹妹艰难度日。不久前，他母亲因肺癌卧床，在经过病痛长时间的折磨后，还是去世了，这对他打击很大，所以他才会情不自禁地说出他心中的羡慕。而我，一直是身在福中不知福啊！有人说：只有失去了的，才会觉得珍贵。失去母爱的人，才明白母爱是多么难得、多么珍贵、多么短暂！应该说，年过半百了，还能享受到母爱，还被当成宝贝，我应该知足了。但是，我还是无法接受母亲没有留下一句遗言就匆匆离去的事实。有一件小事，我直到现在才知道它的意义。耳闻目睹许多老人因骨折瘫痪在床的痛苦和给儿女带来的负担，我曾不止一次地对母亲说："千万注意！不能摔倒了，一摔倒就会骨折。老年人骨折，很痛苦、很难治。如果那样，就既害自己又害别人！""外面下雪了，就别出去了！""路上结冰了，您就在屋里待着吧！"母亲知道此事非同小可，总是回答我："怎么会呢？我会注意的！"母亲是闲不住的人，每天早晚去两次公园，是她的"必修课"，不出去走走，她总感觉胃不舒服，怎么能把她困在屋里呢？这样，母亲仍然每天两次下楼、两次上楼，几次横穿马路，无数次跨越台阶，但她就是从没有摔倒过。这对于一位年近九旬的老人来说，不能不算是一个奇迹！有谁会想到，母亲创造这个奇迹，花了多少心思、加了多大小心！这里面有她自立自强、不愿成为别人负担的信念啊！我现在真有点后悔：我的那些"警告"虽然是善意的，但却给母亲增加了多大的精神压力啊！现在，我倒真希望母亲能留给我好好照顾她的机会，让我在她的床前好好尽尽孝！

没有妈妈了，没有机会再给她尽孝了，也得不到她的关爱了！还有什么能比这些更令人痛苦呢？对那些父母都健在的子女来说，如果不珍惜机会，多多尽孝，就会后悔终生的。

（原载2010年5月《银川晚报》）

沙滩上筑不起摩天塔　石板上栽不活万年松

——由家风家教引出的话题

小时候，常听奶奶说一句俗语："老猫房上睡，一辈传一辈"，说的就是家风传承的道理。

家风，被奶奶称作门风。家风，是由一个家庭或一个家族为人处世的风格、方式、原则决定的。有好的家风，也有不好的家风。记得奶奶在世时常常在家里评说，谁家有根基，谁家没根基。对有根基的，倍加赞赏；对没根基的，则不屑一顾。父亲也常常对我说：鸟随鸾凤飞腾远，人伴贤良品格高，要跟有根基的人多交往，对没根基的人要多加小心。自家人和亲戚要与别人结亲，首先要打听对方家风好不好、有无根基，对家风不好的、没有根基的，往往不考虑，即使他们当时地位显赫、威风八面、家藏万贯，也不动心，目的就是要筑牢人生的根基，避免走上邪路。

石板栽花无根底，是一句老话。换句话说，人是要有根基的，没有根基的人，往往很轻浮，经不起打击，更经不起诱惑，即使凭借某种机缘登上高位，他们也常常不能把持住自己，即使取得了一些成绩，也往往是昙花一现，不能延续辉煌。

过去，有些暴发户，一夜暴富便横行乡里，成为蛮横无理、不可一世的村霸，但没过多久就完蛋了，倒是那些本本分分、耕读传家、勤俭持家的人家，能够长久立于不败之地。

这些年来，被查出的贪官不少，有些人甚至有相当高的级别，官至"地厅""省部"，甚至更高，如果考察一下他们的家庭和他们本人的履历就会发现：其中许多人出身农家，曾经过着贫寒的生活，也吃过不少苦，有的人甚至穷得连裤子都穿不上、连探亲的路费都拿不出，但他们或借助某些外在的优势、或碰到了历史机遇、或靠自己的勤奋刻苦改变了命运，成为炙手可热的人物。按说，他们不应该忘本，但他们没有那样的境界，没有这里所说的根基，没有受到良好的家教，也没有得到良好家风的熏陶，做人没有操守，处事没有原则，行为没有底线，所以一旦得势便得意忘形、忘乎所以，也经不起金钱、美女之类的诱惑，把党和人民赋予的权力当成自己谋私的工具，结果不仅自己身败名裂，而且给党和人民造成巨大的损失。尤其令人惋惜、令人痛心的是，这样的悲剧竟然轮番上演，这样的贪官竟然层出不穷！难道我们还不该认真找一找原因、记一记教训吗？为什么面对同样的诱惑和考验，有人能轻松过关，有人却颓废如泥、一败涂地呢？看看他们的根基、查查他们的家风，有时会让我们恍然大悟的。

人们常说，富不过三代。在现实社会中，也可以找到大量例证。不仅封建社会不乏先例，就连一些“老革命”也养育了不少“啃老”“坑爹”、当了寄生虫还毫无愧疚的后代。

也不尽然。代代兴旺的人家也有，我们可以举出很多这样的例证。有的人家，因为有根基、家风好，即使暂时受挫，也能很快改变命运、扭转困境。有人曾对一种现象百思不解：“怎么搞的，解放前，俺们的日子没有他家过得好；解放了，翻身了，给他家定了个‘坏成分’，也把他家压下去了，让他家几十年抬不起头来，但改革开放后，大家地位平等了，人家没几年就旺起来了，就连人家的后代也比俺家的有出息！横竖都比不过人家，这到底是咋回事？”

在我们身边，这样的例子太多了：许多曾经受过不应有的歧视但却有根基和良好家风的人，一旦有了适宜的条件，就能迅速崛起；而那些曾怀着莫名其妙的优越感的人，却把其所谓的优势当成了包袱，难有什么起色，更不会创造什么奇迹。

不明白这里面的奥秘，正是一些人的悲哀。因为不明就里，这种悲哀也将长期伴随着他们。

有人感叹：人跟人的差距咋那么大呢？为什么小时候大家都差不多，长大后竟会形成天壤之别？是什么决定了一个人的人生追求和走向？

根基、家风，往往在人们看不见、摸不着时发挥作用。一个信念，一个操守，就可以决定一个人的命运。如果说家教是人的心灵鸡汤的话，那么，家风就是人安身立命之基。

当然，家风的作用不是无限的，更不会决定一切，正所谓“龙生九子各有所好”，一个家庭的兄弟姐妹所走的人生道路各不相同，甚至泾渭分明、水火难容。但是，如果一个家庭子女众多的话，我们还是可以从多数人身上看出大致相近的价值取向，而个别人的偏离恰恰说明家风影响的缺失，也从另一个侧面印证家风的影响力。

过去，许多人把光宗耀祖作为人生的一大追求，但这种观念在很长的时间内竟受到了不应有的批判。其实，靠自己的努力为社会做了善事、为老祖宗争了光、以良好的形象在社会上立足，又有什么不好？难道坐享其成、躺在祖宗基业上不思进取，甚至蝇营狗苟、不讲廉耻、辱没祖先倒值得肯定？看看今天有些人的所作所为，不仅让他们的亲人感到脸红，而且会让他们九泉之下的老祖宗不得安宁，受人诟病。

“人遗子，金满盈；我教子，惟一经。”该给后代留下什么遗产？这是值得认真思考的问题。可惜的是，现在有很多人，甚至有些官职很高的人对此都没有清醒的认识。有些贪官所贪财物，在有生之年都用不完，但他们还是贪得无厌、毫无节制地攫取，原来，有不少人是为了子孙后代才贪腐的。结果呢，他们不仅害了自己，而且贻误了子孙。其实，这是一个再浅显不过的道理：“金满盈”，很快就可以散尽、败光，而“惟一经”却可以永续利用。古人都懂的理念，怎么这些现代人就不懂呢？

积善之家，必有余庆；积恶之家，必有余殃。善有善报，恶有恶报。古人的话，是有一定道理的。家风，不仅会影响后代、在后代身上留下烙印，而且会在后代身上得到回报。尽管人类社会已经进入到21世纪，价值观念、生活方式都发生了巨大的变化，但是，培植良好的家风、继承良好的家风、弘扬良好的家风，仍然很重要，这没有，也不会过时，不仅对个人、对家庭有特别重要的意义，对反腐倡廉和社会的文明进步都有意义。

（原载2014年《共产党人》第十四期）

一条家训伴我人生路

很多家庭都有家训，很多人都会终生牢记长辈说过的一些话，长辈的有些话对后代的一生都会产生影响。

我很难具体说我家有多少条家训，因为父母和祖父母教我的有很多，都对我产生过这样或那样的影响。如果说印象最深的，那就是父亲写在室内过门上方的两句话：“积学成宝，酌理增才”，“忠厚传家久，诗书继世长”，我最赞同这两句话。

记得在我很小的时候，父亲就给我讲过《荆树有花兄弟乐，砚田无税子孙耕》的故事，讲解家庭和睦、耕读传家的道理，也就是从那时起，读书学习便成为我最重要的追求。

我祖父、父亲都有文化。祖母也有较高的传统文化修养，对《名贤集》之类的古代典籍，她不仅能倒背如流，而且常挂嘴边，对我产生了潜移默化的影响。在我家里，一直有比较浓厚的学习氛围。

在我两三岁时，祖父就教我认字了。在上学之前，我已经会认几千个字了。当时，祖父用毛笔把字写在比指甲盖略大的纸板上（祖父的小楷字写得非常漂亮），然后放在一个大笸箩里，一个一个地教我读、写。每逢有客人来，祖父总要让我把笸箩拿过来，让客人从中随意拿出字来考我，我从没有被考住过。这时，是祖父和全家人最高兴的时刻，也是我最幸福、最骄傲的时刻。盼望客人来、希望展示“学识”，进而博得几句赞美，便成为我幼时念念不忘的事。伴随着那些“廉价”的赞美，我认识的汉字也越来越多，大有“积学”“成宝”之势。记得四五岁时，我就能讲清“瓜田不纳履，李下不正冠”的原因，知道“水深流去慢，贵人语话迟”的含义，注意不抢话、不大声喧哗，也谨记“食不言，寝不语”“写字不描，拉屎不瞧”的教诲。有一次，我竟然触景生情，随口说出了“树大风声细，山高语音低”的感慨（非我创作），大概是用得比较贴切吧，祖父逢人就夸，着实兴奋了一阵子。

以此方式教小孩认字且乐此不疲，在左邻右舍，甚至更大范围内只有我们一家；在上学之前就能认几千个汉字，也被当地人当作趣闻，口耳相传。

我家最多的就是藏书，而我所见到的藏书，已经是解放以后两次烧书的“幸存者”。据老人说，我家原来的藏书曾经将几间屋子都堆满了。其中不少还是线装书，有的可能还是孤本。可惜，我无缘见到它们的真容。

家庭营造的学习氛围，让我从小就喜欢学习，树立了以学习提升人生境界、实现人生价值的信念。那时，不论是在校内，还是在校外，我都以“学习好”（其实好不到哪去）而“著称”。我因此特别喜欢考试，也期盼考试发榜的时刻。“学习好”，让我找到了自信，减少了自卑，有时甚至有了点成就感。

可惜，好景不长，“文革”时我祖父被批斗，我的家也被抄。批斗，不止一次；抄家，也不止一次。我家那些珍贵的藏书，还没有来得及给我滋养，甚至还没让我真正见识一下，就被打入“封资修”的行列，勒令销毁。经过几天的焚烧，做熟了好几顿饭、烧开了几大锅水，终于让所有“封资修”都荡然无存了。“书香门第”，从此很难再闻到书香。对我倾心培养、寄予厚望的祖父，也在饱受折磨之后病逝。自此，也无人再顾及我的学习了。

从小学读到高中，我始终没有在校内受到良好的教育。我曾经度过一段只带一本《毛主席语录》上学的日子，那时，学习好坏没有人关心了，学习好，也不能赢得别人的羡慕和尊敬。教我的老师，甚至没有几个是学历达标的，大学毕业生更是凤毛麟角。高中毕业时，有些课程还没有学完，有的学科干脆就没开。高中毕业前，正赶上批“回潮”，我们的毕业考试居然是开卷的，可以带回家答题，第二天再交卷，对这样极不严肃的考试，自然没有人重视，甚至连打听一下的兴趣都没有，所以我至今都不知道那次考试的成绩。

这里还应该交代一个情节。当年，我们那里高中的升学率只有百分之十几，如果我不是在2000多人中考了个总分第一的话，以我那令人厌恶的“家庭出身”，恐怕连上高中都没有资格，我应该感谢那次难度很大、又极为严格、形同高考的统考。

我的所学先天不足，如果以此度过一生，我将一事无成。

先天不足后天补！这是我一直坚持的信念。在升学无望的情况下，我仍然没有放弃学习，不论是在校内还是在校外。在艰苦的劳动之余，我唯一的兴趣和爱好就是看书学习。记得有一次，有人以不屑的口气讥讽我在做大学梦。我感到莫名其妙：因为我从没有向任何人透露过我内心的想法。不过，我的行动已经告诉了别人：到农场工作仅仅两个月，我就让家里寄来了我的高中课本。在繁重的体力劳动之余，我不打扑克、不谈恋爱，不参加娱乐活动，在嘈杂的环境中看书、写作。我也因此被连队指导员看中，成为一名没有编制、也没有聘书的通讯员。正是从那时开始，我尝试向农场广播站和新闻单位投稿，我的文字表现力也因此有所提升。1977年，机遇终于光顾了“有所准备的人”，中断了11年的高考，让我在全国五六百万考生中脱颖而出。当年，我所在的农场有百余人报考，上录取线的只有7人，而当年被录取的仅有3人。虽然没有进入应该进入的理想学校，但我却因此走上了人生的新舞台，我的命运就此出现转机。

积学，终于成宝！不利的条件，野蛮的歧视，并没有扼杀我奋发向上的天性，我终于凭借自己的所学将命运牢牢地掌握在了自己的手中。

“积学成宝，酌理增才”的家训，让我改变了命运，也让我不断提升人生的境界。

刘勰的《文心雕龙》中有这样的句子：“积学以储宝，酌理以富才”，我不能断定我家“积学成宝，酌理增才”的家训是否脱胎于此，但我认为二者的含义不尽相同，而“积学成宝，酌理增才”似乎更简洁、明快，好懂、易记，也更能激励人。

积学，是长期的；酌理，也是终生的。琢磨原理，分析原因，掌握规律，可以让我们更有智慧、更好地履行职责、创造性地做好工作。正因为如此，我在几十年的职业生涯中特别注意分析、钻研、总结，因此，我撰写并发表的业务研究文章很多，甚至多到令人产生不能理解的程度。而我正是在“酌理”的过程中，比较快地从“门外汉”变成了“门内人”，有时还不自量力地指指点点、忝居“专家”之列，在有的场合、有些领域也能敷衍几句。虽然至今不敢说已经成才，也不敢说有什么才能，但“酌理”确实让我的能力有所增长。

“积学成宝，酌理增才”！我要感谢这8个字、牢记这8个字、继续践行这8个字。

（原载2014年《共产党人》第二十一期）

我家家风塑造了我

我一直认为，是我家的家风塑造了今天的我——虽然我并没有什么突出的业绩，也不是什么成功人士，但我越来越深切地感觉到：我今天所拥有的一切都与我家的家风有着直接的关系：我的志趣、爱好、追求、价值观念、为人处世的准则都可以从我家的家风中找到渊源。

20世纪30年代，在国难当头之际，我的祖父为了不当亡国奴，毅然抛家舍业、加入东北抗日义勇军并成为其中的一名团长。他自号“平东洋”，率队多次与日寇英勇作战。在作战失败、部队被打散之后，他为了躲避追捕而远离家乡到外省避难，长期无法照顾妻儿老小。有一段时间，家里困难得要四处借债度日，让人体味到了世态炎凉，但一家人仍然无怨无悔。

尽管祖父是讲武堂毕业，能文能武，可以双手写字，在当地也有点影响，但他从不欺凌弱者，对人谦恭有礼。每次骑马回村，他都是还没进村就下马步行。逢人问路，也是先下马后开口。有一年，有人远道而来找到我家，见到祖父就磕头，连连谢恩。弄得祖父丈二和尚摸不着头脑。原来，祖父多年前曾经在关键时刻无私地救助过他，而祖父早就将此事忘得一干二净了，甚至完全想不起这个人来了。

帮助别人不求回报，甚至有意忘记，是祖父、祖母一贯的处事风格。

如果说祖父的所作所为，在潜移默化中影响了我的家国情怀，那么祖母则用行动教我如何为人处事。

祖母是私塾先生的女儿，自小就受到传统文化的熏陶，对古圣先贤的许多经典篇章、名言警句，都能张口就来、倒背如流，我小时候常常听见她在唱诵，也因此记下一鳞半爪。祖母对我家家风的形成和弘扬贡献最大且影响深远。她一生奉行“屈己待人”的人生准则，不贪不占，不欺软怕硬，不投机取巧，不取不义之财，不占别人便宜，与人交往都是以吃亏为先，宁肯亏待自己也绝不亏待他人。

我家原来是个大家庭。虽然经历了两次分家，但都没有产生矛盾，更没有像有的人家那样为财产闹得不可开交，因为祖母总是让别人先挑家里的一切，而她自己则毫不计较。

祖母过门不久，家里要移祖坟。收集长辈遗骨是谁都不愿意干的事，许多人还会有恐惧感，但年轻的祖母却勇敢地接了这个活。她拿着红布仔仔细细地从土里捡拾骨头，没有落掉一块。谁也没想到，祖坟里竟然埋藏了两件分量不轻的金首饰，最终被祖母捡到了。按说，祖母不说，谁也不知道。再说，既然是由祖母来干这件事，所捡东西理所当然应该归祖母所有，但祖母坚持将捡到的首饰交出来，自己坚决不要。

祖母是续弦，前房留下只有四岁的大姑便撒手西去了。祖母不但对待大姑如同亲生，而且对大姑的姥爷、姥姥也像对待自己的亲生父母一样孝敬，彼此更是亲密无间，频繁走动。与大姑姥姥家的其他亲人也走得很近，外人根本看不出他们本来的关系。

祖母年迈了，大姑也年迈了，但大姑还是经常步行十几公里前来看望，把自己舍不得吃的带给祖母。有一次，年过六旬的大姑又来看望祖母。进屋时我刚好在场，大姑告诉我们，路上有人问她：你这么急急忙忙是去干什么？大姑说，我去看望我妈。路人很诧异：你都这么老了，还有妈？大姑为此感到很幸福。

我至今还记得八九岁时的一段往事。那时，家里非常穷，连照明的煤油都要用卖鸡蛋的钱来买，因此，家里连一个都舍不得吃。有一次，有人一口咬定：他看见他家的鸡在我家的鸡窝里下了蛋（此事是不大可能的）。祖母不做任何分辨，便让我把家里所有的鸡蛋一个不剩（约有百个）都送了过去。这样一来，对方不好意思了，只留下二十多个，此后再没有提出类似要求。

在生活最艰难的时候，我家房前屋后种的南瓜、玉米及其他蔬菜常常被偷。有些十多斤重的大南瓜，前一天还长在瓜秧上，第二天就不见了。我们都知道是谁偷的，但祖母偏不让我们说破。祖母对我说，他家的日子比咱家还难，就让他拿吧。后来，我亲眼看见那个人在偷我家种的蔬菜，祖母却说：不要说他，更不要抓他，不要让他太难为情。如果不是太难，他也不会这样。

祖母是远近闻名的大善人，被誉为有德的人、有大德的人。她周济了周边很多穷人，把自己都舍不得穿、舍不得吃的毫不吝惜地送给他人。对上门乞讨的人，祖母总是格外慷慨，食物总比别人给的多。她曾对我说，这些人都很不容易，如果不是逼到这一步，谁也不会这样的！

家境好时，她慷慨帮助穷人；家境差时，她仍然不吝啬。我小时候经常听到人们对她的赞美和由衷的感激。她的口碑，一直延续到她去世以后很多年。

种瓜得瓜，种豆得豆。祖母是1972年去世的，享年78岁。全村人闻讯都来吊唁，有人甚至哭得很伤心。当时，我家“成分不好”（属于错划，已在1980年改正），前来吊唁的人还有顾虑。有的人白天不敢来，就在夜间偷偷来。尤其是村干部，吊唁是要冒一定“政治风险”的，但还是一个不落地前来给祖母磕头。“文革”期间，红卫兵前来抄家，总有人暗中保护我家。祖母只在家里站过一次板凳，就再也没有受到过冲击。有一次，一群红卫兵（当地的初中生）又在深夜来我家胡闹，村里有个青年闻讯，冒着包庇“坏人”的风险进屋阻止，勇敢、巧妙地驱散了这些无法无天的人。

1969年，我家的住宅发生变动，因为借住房屋的主人突然回来了，我家一下子就没地方住了。亲戚朋友和村里乡亲闻讯都热情伸出了援助之手，有出钱的，有出力的，有无偿提供各类建筑材料的，在一无所有的条件下，只用两三个月时间就盖好了三间平房，我们也有属于自己的房屋了。父亲对我说，这都是你奶奶积的德啊！

家风可以决定一个人如何为人处事，甚至影响后代的价值取向。1976年，我家决定卖掉房子离开老家。当时，村里有好几户人家看好我家的房子，尤其看好那块条件优越的宅基地，有人给的价还不低。当时，父亲的一位堂叔很想买这套房子，但他家当时不仅经济困难，而且因为人口多住房紧张。我父亲不假思索就决定把房子卖给这位堂叔。他说，既然自家人需要，我就不能把房子卖给外人！结果，这套房子加上宅基地总共只卖了400元。临了，父亲又退回去50元，只收了350元。钱一到手，父亲就给生活窘迫的亲属寄出了200元，而他自己只留下150元搬家。除去路费，所剩无几。对此，我们全家人都没有异议。

祖母生前曾有个宏愿：我要让我的子孙后代都能成为有用的人，都能帮助别人，都能让人借光！祖母的这个愿望，我一直牢记在心。我虽然没有什么本事，也没有做出什么贡献，但我真的凭借微薄之力、利用工作之便帮助过许多素不相识的人，干过一些伸张正义、雪中送炭、扶危济困的事，我也多次拒绝过各种形式的感谢，我始终认为自己所做的一切都是应当的，而那些感谢、回报都是不该接受、受之有愧的。我常常为自己所干的好事太少、所获的褒奖太多而不安。

与人为善，屈己待人，是我家的家风，也是我的做人准则。不损人利己，不占尖取巧，不为一己私利而伤害他人，宁肯自己吃亏也不占别人的便宜——过去我这样做了，今后我还会这样做，我要把这个家风传扬下去。

（原载2014年3月17日《银川晚报》）

千年古村一脉传

——江西省兴国县长冈乡塘石村见闻

江西省兴国县长冈乡的塘石村名气很大。

最近，我参加中国井冈山干部学院专题培训班学习，来到这个村参观。所见所闻，让我赞叹不已，也让我禁不住提起了笔：原来，这个有千余年历史的古村，不仅是著名的革命村、英烈村，而且是将军村、博士村！它完全可以担得起“英才辈出”四个字。

据塘石村村支书谢爱民介绍，他们的祖先是1000多年前由江苏省南京市的乌衣巷迁徙过来的，谢姓是村里的第一大姓，这些谢姓子弟都是东晋名臣谢安的后裔。

“乌衣巷”？“谢安”？这两个地名、人名，让我想起唐代诗人李白“但用东山谢安石，为君谈笑净胡沙”和刘禹锡“朱雀桥边野草花，乌衣巷口夕阳斜。旧时王谢堂前燕，飞入寻常百姓家”的诗句。哦，原来随着朝代的更迭，东晋豪门王导、谢安的府第变成了寻常百姓的宅院，而王谢的后代竟“不知转入此中来”了！真是世事沧桑。

因为村口有红石码头、村内有18口池塘，这里便被称为“塘石村”。在堪称小型博物馆的村史馆里，我颇为惊奇、如饥似渴地观看了他们展出的实物、图片和其他资料。

也许是文脉相承吧，居住在塘石村的谢安后人都没有辱没自己的祖先。尊师重教、耕读传家的理念，在他们中间有着深厚的基础。历朝历代，都有杰出人物在这里走出。特别是当代，村里竟走出了3位共和国将军，先后有谢名仁、谢友亲、钟梅生、谢湖南、谢名政5位塘石村的人担任过中共兴国县委书记，塘石村仅有名有姓的革命烈士就有116位。在国民党的抗日将领中，也有好几位是这个村的子弟。此外，有近20名博士、教授是在这个村里诞生的，其中有的已是卓有建树的科学家了。这个村也因此被誉为“博士村”。如此之多的英才从一个村中走出，这在全国是极为罕见的。

作为革命村，这里诞生了那首流传至今的“红歌”《苏区干部好作风》：苏区干部好作风，自带干粮去办公，日穿草鞋干革命，夜打灯笼访贫农……当年，毛泽东在这里做了《长岗乡调查》、举办过土地革命干部训练班，还热情地称赞兴国创造了苏区第一等模范。七八十年过去了，塘石村依然保持革命传统和优良作风，在许多方面依然保持着领先的地位。

别看塘石村现在只有3000多亩土地、4000多口人，但村里已经形成了以花卉苗木、烟叶、肉牛、优质水稻为主的特色产业。此外，还有2000多名塘石村人凭借泥工、木工、水电工等手艺，走到外面闯荡世界，发家致富。

几年前，塘石村建起了村史馆，修缮了苏区革命旧址，建起了将军亭、博士长廊、模范广场，修缮了名人故居，大规模改路、改水、改厕、改栏、改房、美化环境，村庄面貌因此焕然一新。所有这些，都让本村人和外来参观者赏心悦目、受益匪浅。

了不起的塘石村，我记住了它。

（原载2013年《党性党风党纪研究》第2期）

啥“成分”？

现在，中国人对“成分”这个特定的名词越来越生疏了，不少青少年甚至不知“成分”为何物了，但中年以上的人却无论如何也不能忘记它在那特定的时代的分量和所起的特殊作用。“成分”一词，对有些人可以称得上是刻骨铭心的。

一个朋友曾讲述了他的亲身经历：

我家在1952年由中农改划为富农，祖父还因此被戴上“富农分子”的帽子。我则“家庭出身不好”，被称为“可以教育好的子女”而被打入另册。那时，我牢记着在我们那一类人中流传的至理名言：“一个人的出身不能自己选择，但道路却可以自己选择。”因此，许多人选择了“与家庭划清界限”的道路，希望成为“教育好的子女”，于是上演了一幕幕人生悲喜剧，但许多人仍然仅仅是“可以教育好的子女”。我那时虽然只是个毛孩子，但脸上仿佛被人刻上了“红字”，总觉得矮人一等，羞愧难当。那时最怕别人问“啥成分”，一声问便吓得全身哆嗦；那时最怕填表，填表时最怕让同学们看见，就像做贼怕人看见一样心虚。“成分”像磨盘一样压在我的心口；“成分”像判决书一样时时处处宣判着我的刑期——“无期徒刑”。记得上小学三年级时，“文化大革命”正搞得如火如荼。我们都“停课闹革命”了，虽然仍照常到校，但并不正常上课，有一天上午上最后一节课时，还未到下课时间同学们就收拾好了书包，下课铃一响，老师还未喊下课，同学们便像箭一样冲出教室，我也随着他们往外跑，老师喊不住，十分气恼。下午上学时，她独独把我叫去，狠狠批评。我感到委屈，便分辩了一句：“别人都跑了，我又不是第一个……”这位年轻气盛的女教师闻言更火了：“你是啥成分？你能跟别人比吗？”一声断喝，不仅喝出了我满眼的泪水，而且也喝得我终生难忘。从此，我时时牢记自己的“出身”，再也不敢与别人盲目攀比了。这“成分”二字确实不可等闲看。有天深夜，一群红卫兵到我家“抄家”，全家人全屏声静气立在那里听人家摆布，连大气也不敢出。这些红卫兵十分蛮横，竟对我70多岁又重病在身的奶奶大声训斥。刚好来家探亲的三姑实在忍不住了，便与他们评理。一个领头的红卫后见半路杀出个“程咬金”来，十分恼火地质问三姑：“你啥成分？”三姑平静地答：“我是贫农啊。”就这一句，对方无二话可说，一招手全撤走了。当时我在一旁曾替三姑捏了一把汗。其实，在城里生活的三姑家不是贫农，只是个“团结对象”中农。再说，细究起来，她还是富农分子的女儿呢。想不到亮了个虚假成分竟把那些无知者给镇住了。要说这“成分”真是害人不浅。因为“成分不好”，我迟迟入不上红卫兵；因为“成分不好”，我表现再好，连填几次入团志愿书，就是入不了团；因为“成分不好”，我受了多少欺负，咽下多少委屈的泪水！最让我铭心刻骨的是，1977年全国恢复高考，我虽考出了远远高于录取线的高分，“成分”又似一头拦路猛虎横在面前，使我难过“政审”关……1980年，也就是党的十一届三中全会纠正了“左”的错误两年之后，家乡传来消息：我家的成分属错划，由富农恢复为原来的上中农……听到这个消息，我为自己那不平的命运倾洒委屈之泪，大放悲声。但这迟到的“纠正”对我来说已无多大意义，也无多大影响了。“左”的不得人心，成分也被渐渐淡化了。20世纪80年代初期，各类表格中虽仍设“家庭成分”一栏，但人们对它已不那么重视了，它对人的命运的影响也微乎其微了。过了几年，有的表格中“家庭成分”一栏没有了，而代之以“本人成分”。进入90年代，连“本人成分”一栏也不见了。我近日翻阅了书柜中几份这样的登记表、申报表、评审表，发现其年代不同所表现的差别，真是感慨万千！难怪年轻人都不知“成分”为何物了……

朋友的经历，令人感慨万千。抚今追昔，真有恍如隔世之感。

“成分”作为一个特定的历史名词，已从现实生活中消失了。被“左”倾思潮浸泡了几十年的“阶级成分”，也被扔进了历史的垃圾堆了，但我们不能忘记：我们的国家和许多无辜的人们曾为它付出了多少惨重的代价！历史的教训是不该忘记的、是需要永远记取的。

（原载2000年1月26日《宁夏法制报》）

银川人有多爱水

如果说哪个城市的人对水一往情深的话，那绝不能漏掉银川，因为我几乎没发现还有比银川更爱水的地方。

也许是因为地处西北干旱地区吧，银川人对水有一份外地人难以理解的感情。有湖、亲水，是他们最感幸福的事；有湖，亲水也被他们看作银川最显著的特点和独具魅力的所在。

银川人爱水，从一些名称上就可略见一斑。现在，不论是当地官员的讲话中，还是普通老百姓的交流中，向外来人夸耀自己的家乡时，“塞上湖城”都是使用频率最高的词语。

银川人对水的特殊感情，可不仅限于“塞上湖城”一词，与“湖”和“水”有关的区名、街道名、小区名、楼盘名、宾馆名、场地名、机构名简直是随处可见、数不胜数。随便在大街小巷走一走，到公交站牌看一看，都能看到许多与“湖”或“水”沾边的名称，都可以领略到银川人对水的偏爱。

说银川是“塞上湖城”，没来过银川的许多外地人往往要在大脑中画个问号，因为他们无法相信这座远在西北高原、且被沙漠三面包围的城市，会与湖水扯上关系，甚而以“湖城”自居。但是，银川戴上这顶桂冠确实当之无愧，因为现在的银川城内及周边真的是沟渠纵横、湖泊众多，每个银川人对此都能如数家珍。西湖、东湖、宝湖、银湖、官湖、三丁湖、北塔湖、金波湖、鸣翠湖、丽景湖、化雁湖、鹤泉湖，就星罗棋布地镶嵌在这片神奇的土地上。

打开银川的地图，也可以发现那上面有很多湖泊的标记，有的连成了串，相当醒目；有的因为面积大，竟占去了不小的空间。当然，也有湖泊因为较小，在地图上没有反映出来，而这，竟不在少数。

有些外地人颇感疑惑：西北高原多以干旱、缺水“著称”，银川怎么会有那么多人喜欢钓鱼，卖各种渔具的商家何以买卖兴隆？

在干旱的大西北，能够坐拥湖城之誉的，恐怕也只有银川了。事实上，银川不仅湖泊众多，有些湖面还相当开阔呢。这些湖泊，以近年才恢复、新挖的居多。2014年端午节期间，阅海湾的水上公园、容水公园又开门迎客了。这些被称作“地球之肾”的湖泊湿地，不仅是这座西部城市的一大特色，而且在很大程度上改变了当地的小气候。

银川不仅有湖，而且有河、有渠。河与渠，让这座塞上古城充满了魅力和灵性，有掩饰不住的灵动之美。在银川市内，西有修于汉、兴于唐、纵贯银川平原的唐徕渠，东有穿越市区的红花渠，还有原在农村现已被圈入城中的引水渠。水渠流经城市，不仅为城市注入了活力，而且成为城市的血脉。至于贯穿市区的排水沟，根本不值一提。当然，影响最大、也最亮丽的自然景观还是黄河。这几年，银川城区逐渐向东拓展，已将黄河揽入怀中。位于黄河东岸、被银川人寄予厚望的滨河新区迅速崛起，黄河也因此变成了银川的城内河。而穿城而过的艾依河，则是一条近年才开凿的人工河。2003年，宁夏将黄河灌区沿线的拦洪库、滞洪区、湖泊、湿地和排水沟连接起来，便成为艾依河。总长达146公里的艾依河，带给银川的不仅是新的景观，还有文化和商机。

最让外地人感到不可思议的是，虽然远离海洋，地处内陆，银川居然有以“海”命名的地方。在银川北郊西湖农场原有渔湖基础上开挖的新景区，最初曾被命名为大西湖，以区别于与它遥相呼应的小西湖。或许因为大西湖在当地人眼中真的大如海吧，或许是银川人太渴望见到海、拥有海吧，这个大西湖最终是以“阅海”这个有诗意的名称闻名于世的。仿佛是有意在“攀龙附凤”，一些与阅海搭界的地名便从无到有、不断增多。

有河，有湖，有渠，还有“海”，一批与河、海、湖、渠、水有关的名称便应运而生了：在银川的公园中，有阅海公园、唐徕（渠）公园、北塔湖公园、丽景湖公园、滨河景观公园、鸣翠湖国家湿地公园；在银川的宾馆中，有悦海宾馆、湖滨宾馆、沙湖宾馆、锦湖饭店、银湖宾馆、隆湖宾馆、溪桥宾馆、海天大酒店、艾依明珠饭店、黄河明珠大酒店；在银川的街道中，有阅海路、黄河路、湖滨街、沙湖路、沙渠路、宝湖路、连湖路、湖畔路、水乡路、清河街、亲水大街、临河大道、尹家渠路。此外，还有与此相关的地名、机构，如金水桥、宝湖湾、山水城、湖滨支行、黄河古渡、湖滨游泳馆、亲水体育馆、滨河产业园、阅海湾中心商务区，差不多都与水有关。

最丰富多彩、也最让人津津乐道的，还是小区、楼盘的名称。这些名称，好像都要向水靠拢、都是以水为荣、都在大打“水牌”，弄得有些名称很相似、很相近：不仅有湖畔嘉苑，而且有湖畔家园、丽水家园；不仅有湖滨小区，而且有临湖小区、唐徕（渠）小区；不仅有陶然水岸、锦林水岸，而且有公园水岸、伊品水岸、金岸水城；不仅有东湖苑、清湖苑，而且有兴水苑、亲水苑、清水苑、颐水苑、水木清苑、水木春苑；不仅有湖畔人家，而且有亲水人家、阅海万家、阅海大世界、阅海新天地；不仅有湖滨花园，而且有湖城花园、观湖一号；不仅有艾依河畔、丽景湖畔、艾依水郡，而且有江南水乡、湖映康城、景观水道；不仅有枕水花园，而且有枕水家园；有些地名还颇有诗意：五里水乡、在水一方、五里一居、枕水人家……让人一看就能产生美好的憧憬和无限的向往，渴望到那里拥有自己的家园。限于条件，我无法将这些地名一网打尽，也不能一一列举，只是将目力所及且具有一定代表性的名称略述一二，但这已足以说明银川人爱水爱到了何种程度。

从一些地名上看，这些小区和楼盘，好像无不离湖近，无不与水亲。其实，有的真有水、真近湖，有的曾经有水、曾经近湖，但有不少只是一个招牌、一个理念，仅仅表达了一种愿望、一种向往而已。有些地方，曾经有的湖早已荡然无存了，但人们仍然愿以湖起名。湖滨街旁原来确曾有湖，但那里的湖在30多年前就被填平了，代之而起的是一座座高楼，但人们依然认为这里还有湖，依然要让新地名与湖拉上关系，这也透露一个信息：银川人爱水、亲水，确实到了无以复加的程度了。

银川人爱水，不仅体现在为街巷、居所和各类设施起个与水相关的名称上。古代的叶公“钩以写龙，凿以写龙，屋室雕文以写龙”，实际爱的是似龙而非龙，而银川人爱水却与叶公不同，他们爱水没有停留在口头和表面上，真有许多令人惊叹的壮举。

由于黄河穿境而过，银川自古就遍布湖泊湿地，银川也曾有“七十二连湖”的传说。但是，由于过去填湖造田、城镇扩张，银川市区内外的湖面一度大幅度萎缩，由新中国成立时的50万亩锐减到30万亩。“七十二连湖”的景观，也变成老银川人遥远的记忆。

近年来，银川充分认识到了湖泊湿地的价值，也彻底转变了发展观念。为此，银川制定了“城内湖泊以治理保护为主、城边湖泊湿地以恢复为主、远郊湿地以自然保护为主”的原则，不仅恢复了城内外的许多湖泊湿地，而且拓展了原有湖泊、开挖了许多新湖泊。

大西湖的开挖和艾依河的贯通，就是银川人的两大壮举。

大西湖的前身，是西湖农场的渔湖。原来不仅湖面小、湖水浅，而且杂草丛生、互不连通。现在，呈现在世人面前并最终以阅海公园命名的大西湖，距银川市中心仅5公里，水面达3万亩，据说已经抵得上3个杭州西湖了。与大西湖同时诞生的，还有因挖湖形成的两座小土山和一个可以容纳数万人集会、可以举办大型文化活动和体育赛事的览山景观剧场。其宏大、壮观和富有创意，足以让所有身临其境的人啧啧赞叹。

穿越银川市区的唐徕渠、红花渠，一般只在灌溉时才有水流，银川过去并没有人工河流经市区，是艾依河的开挖和贯通改变了这个现状。现在，蜿蜒曲折的艾依河在银川市区穿流而过，滋润着市区的环境，也滋润着市区的商业、房地产业。它流经哪里就给哪里带来繁荣和兴旺。难怪，为此倾注大量心血的原自治区党委书记陈建国要为此写下歌词，称艾依河是美丽的姑娘。难怪，这首《艾依河之歌》被大量传唱并引起广泛共鸣。

最让初到银川的人津津乐道的是，银川市区不仅有水船码头，而且有游船在市区与市郊之间穿梭。阅海公园的建成和艾依河水系的贯通，让这个水船码头有点忙。如今，乘船游览银川，已成为许多游客津津乐道的项目和一段难忘的旅程。

目前，银川有湖泊近200处，其中面积在100公顷以上的湖泊就有20多个，湿地总面积达5.31万公顷。这在我国的城市中是不多见的，在西北尤其难得。

如今，银川正在黄河东岸建设“滨河新区”。伴随着一座新城的崛起和几条跨河大桥的通车，黄河东西两岸也将连成了一片，黄河也将名副其实地成为银川的城内河了。不知又有多少新楼盘要拔地而起，不知又要有多少街道、社区、小区、楼盘与“水”结缘了。

“城在湖中，湖在城中”，说的就是银川。如今，谁能说银川不是塞上湖城呢？谁能说最爱水的不是银川人呢？

银川人爱水，不仅爱到了骨髓，而且爱出了水平，爱出了境界。

（原载2014年10月24日《光明日报》，获宁夏好新闻三等奖）

源远流长的文化纽带

——访问韩国散记

在宁夏首府银川至韩国首都首尔直航一周年之际，记者于2月底参加了银川市组织的采访团，完成了对韩国为期五天的采访。虽然除了往返实际在韩国逗留的时间只有3天多一点，所到之处多是走马观花，但还是有一些粗浅的感受。其中感受最深的，还是两国的文化渊源非常深厚。有一条从历史连接到今天的文化纽带，始终维系着两国人民，而这在世界上其他国家是不易看到的。

韩国与我国山水相连，隔海相望，地缘相亲，两国人民自古就有密切的交往，如今更是往来频繁，经济、文化的联系也更加紧密。不要说首都北京和沿海城市与韩国的交往是如何密切，就连远在大西北、人口也不算很多、经济也不算很发达的银川，都与首尔实现了直接通航，每周都有两个航班往返，每周都有300多人无须多大周折就能看到异域风光、感受到异域风情。

非常有趣的是，虽然每一位到韩国的中国人都能感受到异域风情，但也能看到一些并不陌生、且让他们眼前一亮的，随处可见的汉字标志和牌匾便让不少中国人感到亲切。记者一下飞机，就看到“到着”“到达”“转机”等汉字提示。在首尔市政厅，记者参加当地的一场新闻发布会，在大厅入口的接待处就新奇地看到了“信访室”等汉字。在建国大学医院采访时，记者在办理医疗手续的窗口也看到了“过往病历”等汉字。许多景点、饭店也都有汉字标志。

走进具有悠久历史的景福宫，记者发现那里的建筑与我国传统楼阁建筑很相似，不仅勤政殿、仁政殿、德寿宫、庆熙宫、交泰殿等建筑的题匾都是汉字，其他建筑物上也有汉字。导游指着几个刻写在墙壁上的篆字让我们辨认，同行的人都不明就里。本报记者冲口说出是“万寿无疆”四字，引来一片赞叹之声。最让记者惊讶的是，在韩国的国立民俗博物馆里，居然展出了我国古代的大量典籍。记者不仅看到了论语，而且看到了李白的诗，还看到了明代的文书，都是年代很早的印刷品。

以上所述见闻让记者感到：汉字在韩国具有相当广泛的应用基础。在古代是如此，在现代依然是如此。

原来，汉字在朝鲜半岛使用的历史已有1000多年了。1446年，韩国的世宗大王在充分学习、研究汉字的基础上发明了自己的文字，并以此逐步取代了汉字。但汉字在当地仍然具有强大的影响力，汉字的表现力也得到了民众的广泛认同，就是在韩国有了自己的文字之后，汉字在相当长的时间内仍被继续使用。一位当地人告诉记者，到了当代，有些老人还是能够阅读、也愿意阅读汉字文献。

2005年2月9日，韩国政府宣布：在公务文件和交通标志等领域，恢复使用已经消失多年的汉字和汉字标记，以适应世界化的时代潮流，促进与东亚汉字文化圈国家的交流，推动韩国观光事业的发展。为此，他们还推出了《推动汉字并用方案》。毫无疑问，这个重大举措，对加深中韩两国的文化交流具有重要意义和深远影响。

韩国的先民，不仅接受了汉字，而且接受了中国的传统文化。我国古代的儒学，在这片土地上有着广泛而深远的影响，仁义礼智信等信条，也得到普遍的尊崇。

如今，韩国首都被称作“首尔”，“汉城”这个地名不再出现了，但在历史上存在600年的古都、曾被称作“汉阳都城”的首尔，它的历史遗迹已被韩国申报世界文化遗产。当地人告诉记者，一直伴随首尔、堪称首尔母亲河的汉江，作为一个古老的地名，也是受了中国文化的影响。

中韩两国的文化交往一直在延续。在韩国所到之处，记者发现有不少人都会讲汉语，其中有人讲得还很纯正。无论是在首尔的市政厅、建国大学医院、三星电子宣传馆，还是在有韩国的“海南岛”之称的济州岛，都能听见熟悉而亲切的汉语。一问，原来很多人都有在中国求学的经历，北京、长春、延边等地都曾留下他们孜孜苦读的身影。在韩国境内，有不少大学也都开设汉语专业和汉语课。只有50多万人口的济州岛有4所大学，汉语是那里的热门专业。其中，既有韩国学生，也有中国学生。在岛内接待我们的梁小姐能说一口流利的汉语，她就是在岛内的大学学会汉语的。

在济州岛一家小餐馆就餐时，记者居然听到了熟悉的乡音。原来这位远离祖国在这里打工的服务员，竟来自我国黑龙江省的农村，她已签订了为期5年的合同，每月可以挣到1万元人民币。记者进一步了解到，目前在韩国工作的中国人不在少数，而到韩国旅游的人中，中国人所占比例是最高的。为我们这次采访做出周到安排的谈丽娜小姐，则来自我国江苏省的常州市，她是在大学毕业后来到韩国的，不仅掌握了英语，而且自学了韩语，现在她能说地道的韩语。凭着自己的聪明才智和精明干练，她在几次竞争中胜出，担任越来越重要的工作。不仅如此，她还在一些大型活动中多次担任主持人或翻译。现在，她已在韩国扎下了根，不仅与韩国人结了婚，而且已是两个孩子的母亲了。

文化的纽带，地缘的关系，为中韩两国的交流、合作奠定了良好的基础。我们有理由相信，中韩两国政府之间的合作和两国民众之间的交往，都会越来越多，前景也会越来越广阔。

（原载2013年3月14日《光明日报》）

通江达海的韩国“大运河”

——韩国京仁运河“阿拉航道”景观见闻

站在80多米高的“阿拉航道”景观瞭望台上，一条宽阔的人工河尽收眼底。咖啡店、水乡园、客运站、水运码头、人工瀑布、生态公园、文艺广场、自行车道等休闲娱乐设施，在人工河两岸排开，一切都显得井然有序。在专用车道上骑自行车健身的，在河边观光、游玩、散步的，则与这些美丽的景色构成了一幅自然和谐的画面。而来自世界各地的飞机，在不远处的仁川机场频频起降，更是为这幅画面平添了别样的景致。

这就是连接汉江与西海、联通首尔与仁川、有韩国的“大运河”之称的京仁运河。

2013年2月24日，记者到韩国的第二天上午，就对京仁运河进行了实地采访并在运河管理人员的引导下将运河从头至尾仔仔细细看了个遍。有关人员对记者说，你们来得早了一点，再过一段时间，两岸芳草萋萋，鲜花盛开，景色迷人，前来游览的人也特别多。

就是这条通江达海的人工运河，将首尔变成了“沿海城市”，拉近了首尔与外界的距离。世界各国的船舶，可以通过这条运河直接驶进韩国腹地，进入韩国首都首尔，这其中就包括中国许多城市港口的船只。

被韩国人称作“阿拉航道”的京仁运河，全长18公里，拥有两个港区、三座船闸、15座桥梁。它底宽80米，可以交叉行驶两艘40吨级的船舶。

历时三年的京仁运河，是2010年正式动工、2012年竣工的。竣工当年就举行了大型音乐会、马拉松长跑等活动。特别是2012年12月31日举行的庆典活动，竟有1万多人参加。京仁运河的人气，也越来越旺。

中国古代有京杭大运河，韩国现代有京仁运河。别看京仁运河还不到20公里长，但它对韩国却具有不同寻常的意义。有关负责人告诉记者：开发这条运河，是一个古老的愿望。早在800多年前，就有人试图开挖这条航道了。但是，限于以往的人力、物力、财力和技术能力，很难实施这么浩大的工程，这个愿望也一直没有付诸实现。

京仁运河，是在平地与高山间开挖的，这里原来并没有河流，还有大山阻隔。将大山劈为两半，施工量大，施工难度也很大。京仁运河总投资达2.5兆韩元，移动土方达3000万立方米。令人惊讶的是，这个国家级重点工程，政府投资只占五分之一，大部分资金都是管理部门成功运作来的，这也给其他地区、其他国家提供了成功的经验。

为了进一步说明京仁运河的意义，有关人员指着地图做了介绍。从地图上看，开挖这条运河，实在是太有必要了。

既能发展航运，又能发挥蓄水、泄洪等多种功能，既可以改善生活环境，又可以推动旅游产业，京仁运河的社会效益、生态效益、经济效益都已彰显出来了。沿线居民的生活质量迅速提升，两岸也很快变成投资的热土，地价也在很短的时间内提高了3倍。目前，沿河住宅、饭店等设施都在热火朝天地兴建。京仁运河开通带来的繁荣景象，还在不断延续、扩大。

在京仁运河的入海处，记者还看到了风力发电的高塔。原来，这家拥有900多名硕士、博士和200多台尖端设备的公司，在风力发电、水力发电、潮汐发电、海水淡化、水资源综合利用等方面都做出了可贵的探索并取得了可喜的成果，已向全球60多个国家提供了技术服务。

记者在采访中了解到，在宁夏银川市穿城而过的艾依河，也是一条人工河。目前，银川市正在寻求与韩国的技术合作。韩国已经派技术人员到过银川，今年还将选派专家再来探讨更具体的合作。京仁运河的治理理念，也许可为银川艾依河的开发借鉴。这是银川人的愿望，也是韩国有关技术人员的愿望。

（原载2013年3月30日《光明日报》）

银川之歌

君不见：黄河之水天上来，奔流到此久徘徊：分出细流润田野，婉转温柔留关爱！

君不见：贺兰骏马地下生①，海洋消退冰川融：展翼分身做屏障，呵护绿洲献深情。

敞开温暖胸怀，滋润干渴大地，孕育无限生机，黄河用乳汁哺育几多儿女？

展开宽阔臂膀，阻断寒流东跨，保护山下生灵，贺兰山用身躯挡住多少风沙？

贺兰山如父兮，黄河似母！一山一河兮，孕育明珠！山河之间兮，有城兴焉。明珠璀璨兮，光耀国土！

东饮黄河水兮，西枕贺兰山；北控大漠兮，南连金银滩。左拒腾格里东侵兮，右挡毛乌素西迁。沙海绿洲兮，卓然而独立。既占天时兮，又得地利！何城有此灵性？何人有此幸运？世人纷纷动问兮，寻求答案。无须作答兮，有民歌口耳相传。银川人耳熟能详兮，年年传唱年年传："宁夏川，两头尖，东靠黄河西靠山，金川银川米粮川……"

昔之怀远镇，今之大银川！明珠嵌塞上，何处可比肩？

侏罗纪，灵武恐龙②来此栖息，至今酣睡未醒，有罕见化石为证；

水洞沟③，原始人类繁衍生息，打磨石器仍在，有鸵鸟蛋皮为饰；

远古艺术家，山石上刻画④，动物"活"在石上，有神秘符号待解；

历代拓荒者，荒滩中开渠，泽被后世子孙，有千年古渠可观。

江山多娇，引来群雄逐鹿：秦始皇，派大将蒙恬北击匈奴领兵三十万，在此屯田建县；汉武帝，开疆拓土内迁移民七十万，蛮荒化作良田；唐太

---

①唐代史籍载："山有树木青白，望如驳马，北人呼驳为'贺兰'。"20亿年前，贺兰山曾是一片海洋。距今17亿年时，大地发生造山运动，贺兰山破土而出，跃为陆地。距今大约7亿年时，贺兰山遭遇严寒，进入冰川时代。又经过漫长的演变，冰雪消融，才有后来生机盎然的景象。贺兰山曾是古战场。唐代诗人王维诗云："贺兰山下阵如云，羽檄交驰日夕闻。"

②自2004年以来，在银川所辖灵武市南磁湾发现了距今1.6亿年的梁龙化石，这种少见的叉背龙化石，在地球北半球尚属首次发现。

③水洞沟，位于灵武市境内，距银川市区不到20公里。水洞沟遗址，是我国三大著名旧石器时代遗址之一，曾经历过5次大规模发掘。大量出土的打制、磨制石器和鸵鸟蛋皮等工艺品表明，早在3万多年前，人类就在此繁衍生息，而且一直延续到距今5900年左右的新石器时代。

④贺兰山岩画，为我国岩画分布最密集地区。其中，位于银川西郊四五十公里处的贺兰口岩画最为集中，也最为有名。

宗，勒石结盟据此不过百里，谱写和平新篇；李元昊，创建大夏国立国近二百载，煌煌文明耀眼；成吉思汗，征西夏亲率铁骑十万，攻城略地艰难；岳鹏举，“驾长车踏破贺兰山缺”①，饮血餐肉伴笑谈……

银川悠久兮，开发有纪年；银川秀美兮，民间有趣传：金凤飞塞上兮，恋上此田园。身化为城兮，城址在银川。人呼“凤凰城”，美名天下传。

凤凰永留凤凰城，引黄灌溉创繁荣。天下黄河富宁夏，造福千年爱无穷。唐代诗人②诗兴发，留下佳句久传诵：“贺兰山下果园成，塞北江南旧有名”。“银川信是米粮川”③，董老诗句万口传。名人骚客泼墨多，多少名篇赞银川？

薪火相传，文明延续，银川有城史，煌煌两千年。汉初属廉县，继建典农城。典农西迁唐徕东，千年基业定怀远。西夏立国兴庆府，一国之都何灿烂？自治区成立做首府，新银川旧貌换新颜。五十年巨变历历在目，千余载历史有迹可循。

历史文化名城，银川赫然入列，塞上古城岂有虚传？

历代文物古迹，神奇悠然入眼，前代智慧今世景观：

贺兰山岩画，艺术长廊绵延不断，数万幅分布岩石间，令人击掌赞叹；

东方金字塔④，皇家陵墓星罗棋布，风采依稀辨当年，叫人浮想联翩；

明代镇北堡，脱胎换骨西部影城，拍成影片百余部，引人寻踪探源；

更有那玉皇阁，南薰楼，钟鼓楼，典雅壮观；北塔“海宝”，西塔“承天”，拜寺口双塔，高耸云天。

大漠孤烟直，直得奇绝，已是昨日风景；长河落日圆，圆得壮观，凝成历史画卷。

---

①南宋民族英雄岳飞在其《满江红》词中有诗句：“驾长车，踏破贺兰山缺。壮志饥餐胡虏肉，笑谈渴饮匈奴血。待从头，收拾旧山河，朝天阙。”

②唐代诗人，指韦蟾，唐宣宗大中年间进士。他在《送卢藩之朔方》诗中写道：“贺兰山下果园成，塞北江南旧有名。水木万家朱户暗，弓刀千骑铁衣明。心源落落堪为将，胆气堂堂合用兵。却使六蕃诸子弟，马前不信是书生。”

③1963年，老一辈革命家董必武来到宁夏。在《初到银川》诗中，他写道：“银川信是米粮川，秋实如云喜报连。不闻舟子破翻下，来庆农民大有年。”

④西夏陵，位于贺兰山东麓洪积扇上，被外国游客誉为“东方金字塔”，现有9座帝陵、253座陪葬墓。

而今到银川，人人叹奇观。良田沃野看不尽，沟渠纵横到天边，湖泊相连映日月，鱼鳖虾蟹戏其间，麦浪翻滚吟新曲，稻花香里说丰年。此景只应江南有，塞上哪得景这般？游人疑惑生感慨，疑在梦乡到江南。主人笑客知情少，误解多多正本源：“不是江南是塞上，胜似江南数银川！”

西北何处不缺水？独有银川水连天。湖湖相连水抱城，串串珍珠似线穿。银湖宝湖鸣翠湖，阅海鹤泉小西湖，城内城外皆有湖，沼泽湿地水域宽。景观水道连城乡，艾依河畔建家园。湖多鱼肥迷人眼，垂钓童叟频甩竿。

银川人来自五湖四海，多文化汇聚兼收并蓄：黄河文化，移民文化，中原文化，各呈异彩；丝绸文化，西夏文化，伊斯兰文化，相映生辉。大漠风光，江南秀色，迷倒多少游客？神秘文化，回乡风情，恋住多少学人？

敞开胸怀，迎五湖来客，银川海纳百川，胸襟宽阔；建功立业，聚四海英才，银川人才济济，卧虎藏龙。

包容，诚信，自强，创新，锤炼城市品格；务实创新，追求卓越，营造创业氛围。

跳出银川看银川，立足西部建银川：营造中心，辐射周边，带动战略，银川要有大作为；

适宜居住，适宜创业[①]，地绿天蓝，古城要有新景观！

五十里长街贯穿城市三区，十七座大厦装点新区新貌。六大生态景区，环绕城区内外；十条景观林带，护卫道路两侧。四十条航线，连接五湖四海；十二条大道，沟通四面八方。

围湖造田，失误不再；退田还湖，重绘新景：城在湖中，湖在城中，塞上湖城初现雏形；

插缝建楼，往事如烟；见缝插绿，再描绿荫：城在园中，园在城中，园林城市已露秀容。

生态立市，人人皆言银川美；特色建市，古城新貌惹人醉；工业强市，经济指标节节飞；人才兴市，春风和煦大雁归；依法治市，文明和谐新风吹。

西部开发兮，银川勇争先。天降大任兮，请看银川！

---

①银川是周边500公里内的中心城市，辐射人口达1000万。银川将全力创建现代化区域中心城市，力争成为西北最适宜居住、最适宜创业的都市。

乱[①]曰：老夫喜作银川赋，拙笔笨腮力不足。如画美景难描画，君若光临思常住！

（原载2008年第九期《朔方》文学月刊，获宁夏文学艺术奖二等奖，此为《银川赋》的最早版本，2007年4月15日定稿，随即送银川市市委主要领导和银川市委宣传部主要领导审定并获首肯）

银川颂

美哉！凤城银川。往昔大唐中兴地，西夏帝王都；而今西北区域中心城市，回族自治区之首府。山河形胜，得天独厚。回汉和乐，大展宏图。

君不见，黄河之水天上来，奔流到此骤徘徊。细流润田野，婉转眷恋垂关爱。君不见，贺兰骏马海底生，大地造山冰川融。其体化屏障，呵护绿洲献挚诚。贺兰山如父兮，黄河似母！山河相谐兮，孕育明珠。山河之间兮，有城兴焉。东饮黄河水兮，西枕贺兰山；北控大漠兮，南连金银滩。左拒腾格里东侵兮，右挡毛乌素西迁。沙海中之绿洲兮，碧染高原。

凤城银川古兮，远古留遗物。侏罗纪，灵武恐龙来此栖息，今有罕见之化石闻名于世；水洞沟，原始人类在此繁衍，所遗打磨石器尚可目及。远古俊彦，攀崖壁，刻奇画，绵延五百里，堪称人世间之谜；历代英杰，履荒漠，开水渠，蜿蜒千余里，可与都江堰并提。而今岩画神秘之天书，仍然闪烁崖际，待解真谛；泽被子孙之古渠，依然灌溉禾稼，可临柳堤。薪火相传递，文明径续延。银川建城史兮，煌煌千余年。汉初属廉县，继建典农城。唐兴城亦兴，迁之唐徕东，定名称怀远，基业厚且雄。西夏立国兴庆府，一国之都何恢宏。自治区成立为首府，自此一步天一重。

凤城银川娇兮，英雄竞折腰。秦始皇，命蒙恬击匈奴，提师三十万，屯田建县；汉武帝，拓疆土垦荒碛，移民七十万，年丰民健。唐太宗，勒石结盟，距此不远数十里；唐肃宗，灵武登基，大唐中兴百余年。李元昊，都兴

①乱：全篇总结，终篇的结语，乐章的卒章。

庆，兴水利倡农耕，文明灿烂；岳鹏举，仰天啸，“踏破贺兰山缺”，壮怀薄天。元太祖，征夏都，屡攻不破，遍地狼烟。银川自古称紫塞兮，北部边防之要冲。隋明之长城，迤逦数百里，登临恍闻鼓角声。东方金字塔，星罗数百座，令人顿生沧桑情。

凤城银川美兮，美名天下传。“金凤飞塞上兮，恋住此田园。化而为城兮，城址乃银川。凤凰来仪兮，吉祥留人间。”凤凰碑，包蕴回汉腾飞之宏志；南薰楼，透出古城雄踞之风范。钟鼓楼，邓小平登临传播红色火种；省府厅，吉鸿昌于此问政团结回汉。古塔耸云，格调秀挺。北塔“海宝”，西塔“承天”。拜寺口双塔并峙兰山中，灵州镇河塔独矗黄河边。天下黄河富宁夏兮，名人吟客交口赞。唐人有佳句：“贺兰山下果园成，塞北江南旧有名”。董老著新篇：“银川信是米粮川，秋实如云喜报连”。“大漠孤烟直”，直得奇绝，化作历史之风景；“长河落日圆”，圆得壮观，凝成永恒之画幔。

凤城银川奇兮，奇丽人惊叹。西北缺水地兮，银川水天连。湖光山色养人目，湖水抱城空气鲜。城内城外湖串联，沼泽湿地映蓝天。芦蒲簇簇，鸥鹭翩翩，沙渚点点，群鸟关关。古银湖兮，元昊宫苑之荷花荡；月牙湖兮，昭君出塞之泪滴泉。轶闻传说令人神往，“四水产业”兴旺翻番。阡陌如丝渠似线，织就绿色锦缎，农田成档林成网，画成大地棋盘。旱涝保收兮沃田阔；鱼米之乡兮水域宽。麦浪翻滚兮吟新曲，稻花飘香兮庆丰年。游客惊艳感慨生，犹入梦乡到江南。

凤城银川大兮，量大容天下。银川之人来自五湖四海，多种文化汇聚嫣红紫姹。黄河文化、移民文化、南方文化，各显异彩；丝绸文化、西夏文化、伊斯兰文化，相映生辉。回族研究，成果交流海内外；西夏绝学，启锁已掌金钥匙。西部影视城，百部名片于斯诞生；宁夏大篷车，誉为全国文化之旗旌。文脉永续兮，人才辈出。雄文佳什兮，丽天繁星。大漠风光，江南秀色，迷倒多少游客！神秘文化，回乡风情，恋住多少学人！承前启后兮，远瞩高瞻。西部大开发兮，宁夏勇争先。立高标引弦兮，敢做大银川。以民为本，强国富民。迎五洲来宾，置产创业；聚四海英才，卧虎藏龙。关注民生，开市长电话；察民冷暖，听大众呼声。营造中心，辐射周边，带动拉动，大有作为；适宜居住，适宜创业，天高地阔，诚信包容。

凤城银川新兮，新貌醉故人。五十里长街华灯放，辉映夹道景观林。二馆三中心拔地起，恰似雨后发春笋。六大生态景区，连绵环绕城区内外；八大休闲公园，结伴踏歌游者似云。四十条线路，银鹰飞翔通四海；十二条大道，车如流水达八方。压路机碾破兮旧地图；脚手架绘出兮新城乡。最喜经济腾飞，大树茁壮。安居乐业兮，春日朝阳。知荣耻扶危困，蔚成社会风尚；一声声“色俩目”，互致如意吉祥。君不见，人才兴市，已显佳绩。春风和煦大雁归兮，各行各业文武济济。君不见，科学发展兮，共建和谐，大旆猎猎兮，全民戮力。人民幸福安康兮，古城日新月异！

郁郁乎美哉，凤城银川！绚丽多彩之川，充盈勃勃之生机；聚金汇银之川，中华西部之宝地。塞上江南再放异彩，改革开放兮郁茂活力。天降大任兮，瞩目大银川。彩凤高翥兮，阔展鸿翼！

（本篇与自治区政协原副主席、西北第二民族学院原院长李增林教授合作，定稿时间为2007年9月11日。根据光明日报编辑部的新要求，所有城市赋都必须由当地文化名人或著名学者来写，本报记者一律不再参与。因为我已有稿在先，故编辑部破例允许我与他人合写《银川赋》，此后本报记者只负责组稿，再不参与创作，记者站更无编稿权、发稿权。本篇原载2008年《中华儿女》第8期、8月29日《华兴时报》、8月8日《银川晚报》，获民盟宁夏区委会征文一等奖）

银川赋

丁亥之秋，有名江南娇者，乘云御风，自江南北行，做探奇之旅。渐行渐远，景物凄惶，思绪无缰。晴空鸟瞰，丘壑如肠，绿意稀缺，一片昏黄。正昏昏欲睡之时，忽见大块绿洲，似珍珠闪光。西有峻岭敞怀拥抱，东有长河缠绕滋养。此何地也？江南娇好奇之心复萌，探奇之心顿生，乃翩然徐降。但见湖泊相连，沟渠纵横，沃野无疆，稻浪翻滚，鱼虾戏水，硕果盈枝，竟不知身在何处，顿生疑虑：“此景只我家乡有，此地如何似故乡？”

时无是君方与西夏叟对弈于荷花丛中。见江南娇一脸迷茫，无是君朗声大笑：“客何其少见多怪也！岂不闻前人有诗云：‘贺兰山下果园成，塞北江南旧有名’！‘银川信是米粮川’，不是江南胜江南！”

江南娇驻足聆听：“何言‘胜江南’？岂有说乎？愿闻其详。”

西夏叟弃棋子于案，起身作答：“人说西部都缺水，独我银川水连天。湖湖相连水抱城，串串珍珠如线穿。景观水道船行稳，鱼鳖虾蟹畅游欢。湖美鱼肥夺人目，垂叟钓童频甩竿。麦浪吟出和谐曲，稻香飘出丰收年。黄河滋养乳汁甜，塞上湖城不虚传。人人都说江南好，江南焉有此景观？”

无是君接言：“农田成档，林木成网，绘就巨绒毡；沟渠如丝，阡陌似线，织出大棋盘。旱奈我何？涝有何难？灌排通畅保无虞，得天独厚数银川！”

江南娇嫣然一笑：“银川新设耶？何以不闻？”

西夏叟笑曰：“尊客寡闻一何至此！请听吾言：侏罗纪，灵武恐龙到此栖息，罕见化石重现遗迹；水洞沟，原始人类定居繁衍，打磨石器精美无比；秦始皇，北击匈奴雄才大略，蒙恬屯田丰功伟绩；汉武帝，开疆拓土移民内迁，塞北江南雏形初具；唐太宗，勒石结盟消弭战乱，民族团结谱出新曲；唐肃宗，灵武登基平定天下，安史之乱云散烟熄；李元昊，定都兴庆开国称帝，基业横跨两个世纪；岳鹏举，驾驶长车踏破贺兰，神州回荡浩然正气；元太祖，横扫欧亚攻城略地，功亏一篑遗恨无语……多少史剧上演，几多英雄捐躯！”

无是君击掌而咏：“银川有城兴，遥遥千秋冬：汉初属廉县，继建典农城。盛唐迁唐徕，怀远更有名。西夏都兴庆，疆域跨西东。自治区成立为首府，银川变大展新容。历史文化名城，赞美者不绝如缕；名胜古迹遍地，探寻者比肩继踵；贺兰山看岩画，石上艺术说恢宏；西夏陵访遗迹，沧海桑田叹枯荣；海宝塔俯瞰古今，无限美景入眼中；承天寺承载历史，繁华更激塞上情。”

江南娇叹服：“可得闻今日之事乎？”无是君、西夏叟相视一笑。西夏叟曰：“今日事事事精彩，银川景景景不同！西部大开发，银川争先锋。营造中心，魅力无穷；辐射周边，造福四邻。带动战略，大建奇功。务实创新，诚信包容。创业氛围浓郁，争先斗志倍增。”

江南娇问：“银川新貌如何？”无是君道：“耳听是虚，眼见为实。吾二人权充一次向导，伴君游历何如？”

江南娇颔首含笑，鼓噪欲行。三人自兴庆而金凤、而西夏，流连忘返，游兴颇浓。无是君指点景观："五十里长街华灯放，辉映夹道景观林。两馆三中心拔地起，恰似雨后拔春笋；六大生态景区，连绵环绕城区内外；八大休闲公园，市民结伴踏歌如云；四十条航线，连接五湖四海；十二条大道，密切远友近邻。创建卫生城市，众人齐争殊荣；再约环保城市，银川更加宜人。"

江南娇陶醉其中，心向往之："可得久居乎？"无是君、西夏叟会心一笑："何其相似乃尔！"江南娇不解其意："何出此言？"西夏叟拊掌大笑："银川迷人地，民间有趣传：金凤飞至此，迷恋久盘旋。化而为城市：结缘在银川。君留凤凰城，岂止是偶然？凤凰来仪乎？老叟何其幸，今日睹奇缘！"

无是君朗声道："最适宜居住，最适宜创业，此银川人所定之目标：敞开胸怀，迎五湖来客；海纳百川，聚四海精英。众皆叹：塞上明珠，璀璨夺目；人齐言：人才济济，卧虎藏龙。移民文化，黄河文化，南北方文化，相互包容；西夏文化，丝路文化，伊斯兰文化，再现文明！大漠风光，江南秀色，迷醉多少游客；神秘文化，回乡风情，倾倒几多学人？塞上江南，再放异彩；前途似锦，瞩望未来！尊客欲长留于此，不亦宜乎？"

西夏叟笑言："如欲在此寻觅佳偶，老叟愿作伐。"

江南娇赧然，笑而不语。

（本篇与自治区政协原副主席、西北第二民族学院原院长李增林教授合作，为《银川赋》第三稿，也是最终在《光明日报》刊登的文稿，定稿时间为2007年11月28日，原载2008年1月28日《光明日报》，被《宁夏日报》《银川晚报》《华兴时报》及多种网站转载并收入《百城赋》《银川地名故事》等书中，曾被光明日报评为好稿）

中华奇石山记

塞上煤城城东、星海湖湖畔，中华奇石山横空出世。此山虽无名山之盛名，亦无大川之景致，但其化腐朽为神奇之神功、变废物为财富之奇妙、移顽石生文化之巧思，又非名山大川可比，请容我记其神、道其奇、述其巧。

奇石山之“奇”在石之奇：临沂奇石，灵璧奇石，泰山奇石，各地奇石相约来聚；贺兰山奇石、黄河奇石，到此摆擂斗奇。奇石数量之多、个体之大、造型之奇，令人叹为观止。

石之“奇”，更在石文化。奇石成阵，布列成区，相映成趣，尽得风流：石林区、雕塑园、文化园、景观亭、景观桥、擎天柱，错落有致，异彩纷呈；世界名人园、民族之花园、民族团结园、文化精神园、楷模园、教育家园，雕刻艺术，美轮美奂；200多块巨石方阵，凸显古今中外英豪风采。徜徉其间，似在检阅各界名人；留心观察，尽可学到各类文化。在观赏游览之际，经历精神洗礼，堪称意外收获。

奇石山之美，不限于石。石与树、花、草巧妙搭配，方成奇景。灌木迎客细心点缀，松柏多情盛装吐翠，绿草起舞摇动腰肢，鲜花盛开频闪笑脸：林中有石，石在林中，湖光映山色，倒影绘新景，三季有花，四季常绿，怪石争奇，鲜花斗艳，韵味十足。春季登临，绿草如茵，花团锦簇；夏季到此，芳香四溢，浓荫庇护；秋季观景，蓝天映奇石，白云衬绿影。冬季踏访，依旧松青柏翠，照样透出绿意。

奇石山，本无石、无山，亦无树、无花、无草，更无奇可言。说破它的前世今生，令人有沧海桑田之叹、有拍案叫绝之举：昔日，千余万立方米粉煤灰，累累覆压，望而生畏；13米高人造“山”，层层堆积，脏不堪言：风起，粉尘弥漫；雨落，污水四溢。污染顽症，徒唤奈何。“一切为了人民”，执政理念催生奇迹：2006年3月，煤灰场寿终正寝，奇石山应运而生：富有创造力的宁夏石嘴山人，以重整河山的气魄，开始化腐朽为神奇之壮举，积几年之神力写下神来之笔：150万方黄土覆盖粉煤灰场，制污恶魔顿时丢了往日威风。二十余年污染源从此由黑转黄，又由黄转绿，摇身一变，变出新天地：由最脏变为最净、由最丑变为最美。人们由避之唯恐不及，变为欣然前往流连忘返。如今，人们但知奇石山，难寻煤灰场踪影。各地游客纷至沓来，山水园林新城扬名。

中华奇石山如有神助，正展露千种神奇、彰显万般魅力。

（原载2009年5月29日《光明日报》，本篇是根据时任自治区党委书记陈建国批示，在原来发表在《光明日报》上的通讯《山之神·石之奇·绿之韵》的基础上改写的，被刻写在中华奇石山景区入口处的一块巨石上。）

回族礼赞

头戴白帽，银须飘逸，热情好客，说话和气，讲究卫生，注重礼仪，善于经商，追求信义，勤于劳作，不吝气力，信仰虔诚，意念不移……试问：这是哪个民族？人们异口同声：华夏回族，特色鲜明！

问神州大地，何处没有回民？55个少数民族，唯有回族分布最广，一句“大分散，小集中”，道尽回族居住特点，点出回族发展艰辛。甘肃临夏，新疆昌吉，郑州管城，北京牛街……名城胜地难尽数，文明发达天下闻，自治区，自治州，自治县，民族乡，千万人分散各地，天南海北有回民。生活习俗得到理解尊重，民主权利人人行使充分。

问天下百姓，何处回民最多？看六盘山下，黄河两岸，217万回族与汉族兄弟精诚合作，千万亩荒原变良田，黄土高原描绘绿色奇迹，塞上江南呈现崭新景观；独一无二的回族自治区，世纪变迁地覆天翻。

回族，虽形成于中国大地，却与中东、中亚血脉相连。上溯唐宋，经商“番客”初踏东土，奠定基业；元初波斯、阿拉伯人大举来华，落户安家；汉、维吾尔、蒙古各族不断融入，回族日益兴盛。

回族信仰伊斯兰教，文化习俗深受宗教影响；信教就称穆斯林，“五课”修身终生追寻。开斋节、古尔邦节、圣纪节，回族三大节日，既是宗教活动，又是民族节日。回族文化，深得伊斯兰文化之精髓，又吸收汉族文化之营养。饮食习俗，遵守教规，讲究禁忌，博采众长，渐成特色。崇尚节俭，葬礼简单：速葬，薄葬，土葬，无棺，无碑，无分贵贱：三丈六尺白布裹尸，再不消耗更多资源。

回族自古英才辈出，历代不乏杰出人物；政治家、思想家、科学家，灿如星辰；文学艺术家，民族英雄，英名难数清；中华灿烂文明史，回族贡献分量重。元朝赛典赤治滇，政绩令人称赞；明代郑和七下西洋，壮举令世界惊叹；清官海瑞秉持正义，刚正不阿美名传；思想家李贽，著书立传影响后世；清朝英雄左宝贵，抗击外寇正义凌然；更有我党早期革命家马骏、郭隆真、刘清扬，丰碑已树后人心间；抗日英雄马本斋，浩然正气华夏传；马和福创建新政权，豫海自治写新篇；史学家白寿彝，学识渊博多贡献……文艺界名人知多少？京剧艺术家马连良，相声泰斗马三立，著名指挥家李德伦……令人如数家珍，交口称赞。各级回族干部，遍及各个战线：从中央领导到普通公务员，执政为民群星灿烂。银川市新月广场，新塑10位回族人物雕像，人格业绩堪称典范。

凝聚、发展、迁徙、整合！元末明初，回族入宁；全国解放，回民翻身；区域自治，社会繁荣。宁夏大地，因民族团结而充满灵性；千古荒原，因开发而生机勃勃：一片片沙荒地，翻作良田，塞上江南景观神奇；一座座清真寺，争奇斗艳，建筑艺术无与伦比；邦克声声，唤醒沉睡山河；驼铃阵阵，踏出活跃贸易；“善贾回回”，牵来物流畅通；“花儿”悠悠，情动山谷回声；木球圆圆，引出村头欢笑；“踏脚”嗵嗵，令人前仰后合；文学火火，佳作不断拿大奖；艺术旺旺，百花争艳人惊叹；强健、尚武，不畏强暴，回族自古有传统；民间武术，异彩纷呈，流派众多琳琅满目：张家枪、何家棍、马家软功、回回十八肘不寻常，穆斯林八卦太极拳、汤瓶七式拳抖威风。回医回药，自成体系，疗效独特人称颂。有多少文化遗产，需要发掘继承！

历艰辛，尝万苦，50年铸就辉煌；新世纪，新希望，宁夏再写华章！

（原载2008年9月26日《光明日报》，与宁夏社科院刘伟合作，同期配发多幅图片，见报时标题为：《回族·多姿多彩遍华夏》）

短诗一组

以下收录的多为1980年前后的旧作，有的在报刊上发表过，但多数是首次拿出来示人。我将这些都称为“涂鸦”之作，但这些“涂鸦”对我却有不同寻常的意义，因为“诗歌”是我的“初恋”。我从十四五岁开始学写诗（实际写的就是“顺口溜”），曾有过一段“热恋”期，但却一直未入门，所以写出来的文章都有点不伦不类，因此我并不看重这些“练笔”。虽然如此，这些文章却反映了当时的社会状态、记录了我的心路历程，对我此后从事文字工作也有很大影响，故收录于此。

叙事诗

一个新战士的背包

一个新战士的背包，
吸引着人们的目光。
啊，“为人民服务”，
鲜红的大字闪着光芒。
那是妈妈亲手绣的啊，
寄托着亲人的所有希望。
告别家乡，拿起钢枪，
保家卫国，实现理想！
母亲的嘱托，时刻不忘。
“为人民服务”，已经刻在心上。
看，新战士背包里装的是什么？
雷锋日记、领袖著作装得满满当当。
学习将伴随他的新生活，
他将拥有丰富的精神食粮。
背着这个背包啊，
新战士全身充满力量。
看到它就像看到亲人，
想起它就有暖流涌进心房。

（写于1972年12月13日。当时，有新战士入伍，学校组织五六个喜欢写作的同学写散文、诗歌欢送他们，随后又在当地广播站广播，本篇即为其中之一。）

农场住所即景

屋外雨哗哗，
屋内雨唰唰。
倾盆大雨降，
无处不滴答。
鸭棚遭水患，
内外无别差。
床顶吊塑料，
难载大水洼。
床湿久不干，
和衣半躺下。
平地水半尺，
穿靴犹湿袜。
地上杂物游，
难辨属谁家。
脸盆漂何处，
满眼乱如麻。
小鸭窗外游，
墙鼠早搬家。
盆舀床下水，
门前筑水坝。
伏床静读书，
排长大惊讶。
如此苦作乐，
事后可自夸。

（写于1977年7月27日，雨后。收录时有修改。在西湖农场工作时，先是住在有二十多人居住的“马号”（原来养马的马圈），后来搬到队上用土坯临时搭建的“鸭子棚”，与贵州遵义的陆安枢、山东巨野的赵如意、河北保定的任中胜共同生活了两年。那里地势低洼，一下大雨就变成汪洋。一次大雨过后，排长李长青进屋查看灾情，见我独自穿着靴子、在泥水里伏床看书，大发感慨。）

有这样的慷慨，这样的吝啬

有一种人很不一般：
是慷慨，还是吝啬？
让人很难判断。
如果高兴，玩起游戏就流连忘返。
多么慷慨呀，毫不心疼地放走了大把的时间。
如果烦恼，可以讨价还价大半天，
哪怕是多掏了几分钱，
也如同挖了他的心肝。
该珍惜的，并不珍惜；
却把鸡毛蒜皮当成了泰山。
该吝啬的，反倒慷慨，
该慷慨的，反倒小气得可怜。
该怎样评价这种人？
每个人心中都有一个秤盘。
要不要把自己也称一称：
自己该有怎样的财富观？
要不要也问一问自己：
我的慷慨和吝啬该在哪方面？

（写于1980年）

如今“贫农”变“富农”

从前吃“返销”，

年年不分红。
三个儿子打光棍，
女儿穿衣叠补丁。
门斜窗歪房欲倒，
家徒四壁粮囤空。
苦熬熬得头早白，
一年四季锁愁容。
贫农“贫”了多少年，
光荣“光”得只剩穷！

如今粮满仓，
钞票数不清。
梧桐招来金凤凰，
花香引来采蜜蜂。
家用电器嫌屋小，
三层洋楼不显空。
农家喜事连成串，
院里笑声伴歌声。
富民政策抖威风，
喜看“贫农”变“富农”。

（写于1981年）

“老救济”买“彩电”

不是太阳从西边升起，
“老救济”不再要救济，
从前穷得衣露肉，
今天竟买电视机。
男女老少看稀奇，

屋里挤得不透气。
“老救济”只顾咧嘴笑，
老伴一旁着了急：
“傻笑啥？快开机！”
“对着哩，看看咱家的电视机！”
“老救济”笨手笨脚去开机，
瞧这看那不知按哪里。
手忙脚乱出差错，
天线碰倒摔在地。
几个娃娃直起哄，
“老救济”拍拍衣兜不在意：
“这算啥，咱有钱，再买去！”

（写于1983年）

抒情诗

我们都是画家

我们都是画家，
正齐心协力画一幅画。
在西湖农场的荒地上，
我们正细心描画。
画斗渠、画农渠，
再画桥、涵、闸！
画水稻，画小麦，
再画菽、黍、麻！
画电站、画厂房，
再画鱼、蟹、虾！
一幅五彩缤纷的画，

就出自我们手下。
画呀，画！我们细心地画；
画呀，画！我们用力地画；
画呀，画！我们灵巧地画；
画呀，画！我们飞快地画！
画出一个新西湖，
画出一个塞上江南美宁夏。
我们用钢锹当笔，
我们用汗水当墨。
我们的画多美呀，
一点不比画家差！
这幅画，画进了我们改天换地的热情，
这幅画，画进了我们青春怒放的火花，
这幅画，画出了我们的美好理想，
这幅画，画出了我们的长远规划。
我们的画还没画完哪，
我们还要加劲地画！

（写于1975年8月28日，当时我是国营西湖农场的一名农工。）

昂首挺胸的巨人

——献给为捍卫真理而牺牲的张志新烈士

你的头，一直都高高昂起，
纵有千钧压力，也从没有降低。
你虽然没有魁梧的身躯，
却比所有壮汉都更有力气。
你的笔，比刀枪剑戟还要锋利，
你用它解剖懦弱的灵魂，
让小丑骗子不寒而栗。

你的灵魂，晶莹剔透，纯净如玉，
揉不进一粒沙子，沾不上一点污泥。
妖雾弥漫，有人吓得双眼紧闭，
而你却睁着洞察一切的慧眼，
看穿伪装的妖魔鬼蜮。
泰山压顶，有人惊得匍匐在地，
而你却高傲地挺直了身躯。
狂风暴雨，怯懦的燕雀躲进小窝，
而你却像雄鹰勇敢地搏击。
烈火熊熊，朽木变成了灰土陈迹，
而你却像金子光辉无比。
有人忍辱负重、苟且偷生，
爬着，跪着，像狗一样摇尾讨乞。
而你却没有丝毫媚骨，
浑身闪耀着浩然正气。
有人曾把良心廉价出卖，
用灵魂做着肮脏的交易。
而你却保持高尚的气节，
用满腔热血捍卫真理。
罪恶的子弹，
可以穿透你的身躯，
却无法让你屈膝，
可以夺去你的生命，
却无法夺去你的真理！
罪恶的判决，
可以决定一个人的命运，
却不能让真相尘封灭迹。
你的光辉谁也遮挡不住，
历史将永远把你铭记！
你没有伟岸的躯体，

但你却可以顶天立地，
你也是肉体凡胎，
但你的铁骨却硬得出奇。
你是昂首天外的巨人，
没有尺子能度量你的身躯。
你是一面镜子，
照出了多少丑陋的灵魂，
灵魂肮脏者因你而恐惧。
你让多少人看到了差距，
多少人为你感到惭愧、心虚。
你让多少人反思自己，
从此避免多少人间悲剧！
你是中华民族永远的骄傲，
你光彩照人辉映大地！

（写于1979年6月21日）

我们出发了

当你看见清晨读书的身影，
当你听见教室琅琅的读书声，
当你看见深夜攻关的灯光，
当你听见收音机里传来的英语课程，
你可曾听到咚咚的脚步声，
你可曾意识到正有一场看不见的竞争？
未听到预备的枪声，
没得到出发的号令，
何需什么组织、动员，
时代需要就是进军的命令。
从一间间教室，

从一个个哨棚，
从一盏盏灯下，
从一列列车中，
人们出发了，
每一步都迈得不算轻松。
这是一个多么庞大的竞技场啊，
整个中国都在跑道中！
这是一支多么威武的长跑队啊，
没有人能够数得清！
几十万？何止！
几百万？不成！
几亿中国人，
都在竞技的队伍中！
这是一支多么复杂的队伍啊，
有的须发半百，有的稚气童声，
有工，有农，有兵，
有干部，有师生。
人们出发了——
从各不相同的领域，
从各不相同的水平，
用各不相同的方式，
用各不相同的内容，
从来就没有一个起跑线，
每个人的起点都不同。
追回十年浩劫浪费的时光，
重圆曾经破碎的美梦。
人们出发了——
用最适合自己的形式，
填充最想填充的内容。
或看，或写，或听，

或训练，或背诵……
学会一个新的词语，
攻克一道新的难题，
掌握一条新的本领，
打破一项新的纪录，
就等于越过一座山峰！
有的钻进地壳探索奥秘，
有的飞跃太空寻找星踪，
有的撷取数学王冠，
有的考证生物形成，
有的推论社会进化，
有的攀登艺术高峰，
……
几乎所有尖端领域，
都有华人奋进的身影。
几乎所有险峰路障，
都有有志者在攀登。
这不仅仅是学习的竞赛，
也是理想、信念、毅力的验证！
谁的意志薄弱，
谁就会摇摆不定；
谁的斗志消沉，
谁就会被抛得无影无踪！
这是多么激动人心的场面啊，
这是多么令人欣喜的情景！
在这飞速发展的时代，
我们怎能无动于衷？
蒙头大睡者，必将被时代抛弃，
浑浑噩噩者，肯定会毁弃一生。
也许有人会问，

谁将最终获胜？
时间将做出客观评判，
意志将决定谁输谁赢。

当你看见清晨读书的身影，
当你听见教室琅琅的书声，
你能不心潮翻滚、热血沸腾？
你能不对祖国的未来信心倍增？

（写于1979年8月24日）

“理想”的告白

我来了，我回来了！
我重新来到中国的大地上，
回到每个人的心田，
浸透进生活的土壤。
快嘴的喜鹊哟，
请你告诉世界，
告诉每一个人，
就说我回来了，
再也没有绳索捆绑，
我彻底获得了解放！
我挣脱了“左”的枷锁来，
我披着“四化”的盛装来，
我带着人民的愿望来，
我携带莫大的荣誉来，
快为我插上迷人的翅膀，
快让我飞向四面八方！
我来了，我回来了！

快伸展怀抱迎接我，
请准备胜利的喜酒，
请准备出征的行装，
请准备欢迎的队伍，
请把进军的战鼓擂响！
我给你们带来了勇气，
也带来了信心和力量。
我要在你们心里扎根，
还要长叶、开花、吐出芳香！
我亲爱的朋友，
我被迫与你们分离了多少年，
就像苦瓜离开了瓜秧。
“四人帮”硬把我们拆开，
我与你们只能遥遥相望。
我知道你们想念我，
因为没有我就会精神空虚、灵魂肮脏。
但在“左”的淫威下，
你们说都不敢说，
甚至想都不敢想。
那年月，谁想念我，
谁就是想成名成家、有“白专”思想，
谁说起我、靠近我，
谁就有无数个大帽子扣到头上。
我在顷刻间变成了恶魔，
谁心中有我，谁就会受到中伤！
我究竟犯下了什么罪，
要落下如此可悲的下场？
如今，我终于冲破牢笼，
昭雪了蒙受多年的冤枉。
我来了，我回来了！

回到了我应该回到的地方。
我知道，你们都需要我。
因为我带给你们的是精神的力量。
有了我，你们会更有劲头，
有了我，你们会更有方向。
我来到农民心里，
农民会用我架起金色桥梁；
我来到工人心田，
工人会因我登上光荣榜；
我来到战士的胸中，
战士会因我装下五洲四洋；
我来到科学家的大脑，
科学家会因我产生奇思妙想；
我来到园丁的身上，
园丁会因我让百花竞相开放；
我来到学生的心灵，
学生们会因我刻苦钻研、不断向上。
每个人都对我有不同的解释，
我对每个人都有不同的分量，
谁要把我和祖国联系在一起，
谁就会有胜利的希望。
我是财富，
我是幸福，
我是力量！
告诉那些曾经虚度时光的人，
不要因为错过时机而懊丧，
有了我，你们还会有新的希望。
告诉那些失去青春的人，
不要因为两手空空而悲伤，
有了我，你们会追回那些逝去的时光。

为我精心打扮吧！
看谁会让我更漂亮。
敞开胸怀欢迎我吧！
我要和有志气的人，
一起迎接新世纪的曙光！
如果还有人不知道我是谁，
那我就如实地告诉你：
我的名字叫“理想”！
我愿意成为你的朋友，
永远不想离开你的胸膛！

（写于1979年8月24日夜）

被误解的时间

“一寸光阴一寸金”，
古代名言千口传！
有多少人能正确对待时间，
有多少人懂得名言的内涵？
时间不等于金钱，
金钱怎能比得了时间？
多么昂贵的黄金，
买不来一秒时间；
一秒光阴，可以带来无穷财富；
无穷财富，却换不来一秒时间。
世上没有出售时间的商店，
任何技术也无法生产时间。
各国的宝库成千上万，
却没有一座能够储存时间。
失去了就永远失去，

再也不能因为呼唤而回还。
想要拿到时间的支票，
就别想有机会加息兑换。
时间啊，就是这样顽固，
顽固得无人能够改变。
时间，就是这样宝贵，
人生，就是这样短暂。
每个人对时间都有不同的用法，
每个人都有各自的人生观。
切不可预支时间，
懒惰等于把生命缩短。
该把时间紧紧抓在手中，
永远不要把利用留在明天。

（写于1979年8月27日）

不寻常的试卷

“答”，“答”，“答”，
钟表一声又一声响在耳畔。
转，转，转，
分针、秒针转了一圈又一圈。
看，三个指针正在靠拢，
终于重合成了一条线——
这是1979年的最后一瞬，
这是1980年的最初开端。
朋友，你可曾意识到，
正有一张试卷摆在面前？
是的，没有人骗你，
摆在你面前的，

真有一张不同寻常的试卷！
1980年，对你将意味着什么？
你，将怎样度过这一年的时间？
此刻，试卷已经发到了你的手中，
有无数个未知数等你写出答案。
请你填写吧，
如何填写都没有设限。
切莫为此漫不经心吧，
因为这是一张严肃的考卷！
难道仅仅用个头的增高、体重的加添？
难道仅仅用皱纹的叠加、黑发的蜕变？
难道仅仅加了几笔收入、多了几张存单？
难道仅仅玩了几场游戏、下了几回饭馆？
时光已经进入八十年代，
怎能还像从前那样生活？
怎能还有从前那样的价值观念？
“紧跟时代，切莫徘徊！”
这是时间的呐喊，这是形势的呼唤。
在这飞速发展的时代，
在这一眨眼就会落伍的关键，
难道能用
跳不完的舞会，
赴不完的会餐，
无休止的闲玩，
来填写这新的答卷？
这张试卷不是百分制，
成就卓著的，分数可以过万；
虚度年华的，只能得到“鸭蛋”。
能不能回避不答？
答好这张试卷实在太难。

不行，不行，不行！
只要你活着，
就必须一笔一笔填完。
请尽快填写吧，
不见时针已经过了零点？
难道能为这一刻留下空白？
从零做起吧，
再也没有什么比这更客观！
只要能用心血做墨，
你的分数一定相当可观。
“我该怎么办？”
每个人都该问问自己：
别人都在奋力前行，
自己岂能当“督战队”队长，
做“参观团”团员？

（写于1979年12月31日）

高歌向前

——献给一九八〇年元旦

星移斗转，月缺复圆，
飞转的地球，又驶入新的一年。
历史，又打开新的一页，
时代，又展示新的一篇。
翻开一九八〇年的日历，
我仿佛看见果实结成了串；
想着一年要有的收获，
我难以平息心中的波澜。
时代的进步，将像江河入海持续不断；

建设的捷报，将像雪片飞遍地北天南。
什么速度，能超过祖国前进的步伐，
什么力量，能挡住改革发展的巨澜？
科学的脚步，动地震天；
时代的洪流，滚滚向前。
啊，随着时代一起前进吧，
难道能像河中的淤泥沉淀在岸边？
淘汰，是一个多么可耻的字眼，
就像动物散发着臭气的粪便。
看，东风浩荡，晴空万里，
万物竞争，机遇无限。
难道还能满腹抱怨、牢骚不断？
难道还能嫌天气太热、再退回到寒天？
啊，生活不是罗曼蒂克，
它和幻想总是相隔遥远。
理想，不会清香扑鼻，
它永远会带着汗水的苦咸。
怕流汗的，只好放弃理想；
怕吃苦的，只该躺在棺材里面。
奋斗，可以让人如愿以偿，
汗水，能送人到成功彼岸。
新的一年开始了，
新的目标又向人们召唤。
把自己变成一滴水吧，
随着时代洪流永远向前！

（写于1979年12月31日深夜）

抒　怀（一）

国不富来民尚穷，
正需我辈显奇能。
男儿一世空虚过，
见到蠢猪也脸红。

（写于1977年）

抒　怀（二）

庸碌非人愿，
无奈叹平凡。
君曾求医否？
空谈是病源！

抒　怀（三）

三十而立有何立，
回首往事独自泣。
早年理想今何在，
赤手空拳心自虚。
无成岂是命不好，
无能多因少学习。
但惜正午阳光好，
何吝光热照大地。

（写于1987年1月3日）

四十抒怀（四）

来日不多去日多，
光阴怎奈再蹉跎？
年过不惑惑何多，
解惑无端我奈何？
世风劲吹人沉醉，
孤芳独醒难为乐。
深信古贤德功言，
不做流星匆匆过。

（写于1997年1月1日）

抒　怀（五）

壮志未酬鬓先斑，
追忆往事思万千。
多少愿望成虚话，
几分羞愧涌汗颜。
春水东流何曾空，
向隅而泣寻客观。
雁过留影时光贵，
岂因衰老弃残年。

（写于2000年）

回乡偶感

在人生的秋季，

我回到秋季的故乡。
成熟的果实透着清香，
待收的庄稼泛着金黄。
辛劳的乡亲正在收割，
农家的院子摆满粮仓。
远方游子顿时心慌：
我收割的“镰刀”该挥向何方？

（写于2002年9月8日）

明　天

你有你的明天，
我有我的明天，
明天，总是充满着魅力！
明天是希望，
明天酿机遇，
明天会美好，
明天有神奇。
对憧憬明天的人，
我想说一句：
今天过得平平淡淡的，
明天绝不会有什么奇迹！

（写于1980年3月）

啊，青年朋友！（歌词）

朋友，朋友！
青春真美好，

年华多富有！
理想插翅飞，
快乐伴我游！
让生活丰富多彩，
把空虚无聊赶走。
扬起事业的风帆，
驾起远航的飞舟。
我们年轻，永远年轻！
我们要朝气蓬勃，不能暮气横秋，
辉煌的前景在招手！

奋斗，奋斗！
奋斗是希望，
幸福靠追求！
甜在苦干中，
功成在奋斗。
莫让光阴等闲过，
不叫烦恼愁白头。
雁过留影人留名，
从来汗水不白流！
我们年轻，永远年轻！
我们要朝气蓬勃，不能暮气横秋，
辉煌的前景在招手！

（写于1979年10月）

理　想

理想是团火，
熊熊燃烧我。

烧化我的身，
燃干我的血。
化去旧躯壳，
换来新的我。
成灰何足惜，
只求发光热！

（写于1980年）

照哈哈镜

哈哈镜前，
人人看自己，
个个笑翻天。
长的变短，
直的变曲，
胖的变瘦，
扁的变圆。
美丽的变丑陋，
善良的变凶残。
古怪的哈哈镜，
让人把歪曲当笑谈。
往事涌眼前，
让人鼻一酸：
这样的哈哈镜，
我们曾经照过多少年！

（写于1979年）

“无能”颂

有人说他“无能”：
四十年代参加革命，
才当了个管理员，
至今还干在基层。
他哈哈大笑：
“革命早，就该做大官？
做官？咱可没那本领！”
有人说他“无能”：
掌着调动的权柄，
却让自己的孩子务农。
他哈哈大笑：
“权是人民给，应该为人民，
务农，还有什么不光荣？”
有人说他“无能”：
住宅偏小，家具不“硬”，
一身衣服穿了十几年，
却省下钱接济贫困群众。
他哈哈大笑：
“人民还没有都富起来，
我就是先富了，心里也不安宁。”
啊，各位，请不要妄下评语吧，
这样的“无能”岂能嘲讽？

（写于1982年）

不止写给清洁工

你做着社会最需要的事情，
每天都把环境打扫得干干净净。
病菌因此难以繁衍，
蚊蝇因此不能再生。
看得见的垃圾，有人清扫；
看不见的灰尘，谁来洗清？
有多少人的内心还有灰尘，
有多少人的心灵不够洁净？
有多少人在孕育违法的种子，
有多少人在繁衍害人的“蚊蝇”？
难道我们不该向清洁工学习，
像清扫垃圾那样打扫人的心灵？
这才是全社会最重要的事情！

（写于1982年8月2日）

咏物诗

算　式

社会是个长长的算式，
每个人都是上面的数字。
这个数字可以自己填写，
填多填少都是自己的事。
有人数字大得惊人，
有人小得可以忽视。
还有正数和负数可供选择，
每个数字都显示各自价值。

当正数的，在添砖加瓦、积德行善；
做负数的，在损人利己、损公肥私！
是正数、是负数？都由行动决定，
没有人能够替你做主，代笔说事。

（写于1980年）

一对孪生姐妹

幻想和理想，
是一对孪生姐妹。
她们就在我们身边，
常常伴随着你和我。
她们长得实在太像，
却有截然不同的性格：
幻想酷爱夸夸其谈的人，
理想最爱埋头苦干者。
幻想总与空谈的人纠缠，
把他的意志和锐气消磨；
理想常和实干者同在，
送给他力量和收获。
很多人喜爱幻想，
因为它的美超过了嫦娥。
而爱它不需要任何付出，
吃饱睡足、闭目养神就可信口开河；
理想的美好不会轻易外露，
以致常常被人当作老丑婆。
要赢得它的芳心并非易事，
它要你把血汗汇成江河。
不肯付出的，

自然无所收获；
让心血开花的，
定能结出硕果。
空对空——
空谈者与幻想的“爱情”；
实对实——
实干者与理想的赞歌。
啊，年轻的朋友，
你精力旺盛、朝气蓬勃，
你有能力做出判断，
你有权利做出选择，
请在这对孪生姐妹中选择吧，
你到底该爱哪一个？

（写于1979年）

我不是……

我不是月亮，
要靠太阳才能发光。
隐藏了背面的黑暗，
还领受过多的赞扬！
我希望是颗恒星，
虽然看起来不很明亮，
但却能够自己发光。
不必那么引人注目，
也不乞求几句谬奖。

我不是死水，
借助风吹才能荡漾。

没有活力还散发出臭气，
躺在阴沟里还得意扬扬。
我希望是一股清泉，
晶莹透明活力健旺。
一天到晚不知疲倦，
只为了奔向理想的前方。

我不是母鸡，
只会在别人的屋檐下徜徉。
要靠别人的喂养才能生存，
只想在安乐窝里虚度时光。
我希望是只展翅蓝天的雄鹰，
从不把搏击风浪当作苦事，
只要有一口气就不会摔在地上。

飞　蛾

月色朦胧中，
没见你胆战心惊。
你不在黑暗中徘徊，
更不愿苟且偷生。
越过层层黑幕，
不顾一切扑向光明。
花香无法将你挽留，
狂风无法改变你的行踪。
即使化作灰烬也在所不惜，
因为你向往光明也见到了光明。

池　水

有时也会泛起一点波浪，
但那是借助风的力量。
有时也像在向前移动，
但从没有跃出过池塘。
除了上天的恩赐，
自己再也没有能量。
烈日下一天天蒸发，
化作云气四处游荡。

鸡

过惯了让人喂养的生活，
养成了不紧不慢的性格。
虽然翅膀又大又美，
但已完全退化成摆设。
从没有想过展翅蓝天，
从没有想过独立生活：
“天空遨游实在危险，
在檐下窝里才最安乐。”

豆　芽

有了充足的水量，
黄豆就会膨胀。
如果没有肥料滋养，
就不会长成有用的豆秧。
有了充足的食物，
人也可以健壮。

如果没有知识，
就只能是饭袋酒囊。

谷中莠

一年到头，
高高昂首。
以高人一头为荣，
因身材挺拔夸口。
沉甸甸的谷穗把头深深低下，
轻飘飘的谷莠却毫不知羞。
混入谷中来到秋后的麦场，
还在扬扬自得频频点头。
鼓风机一阵吹过，
这才无奈随风飘走。

八　哥

百鸟中数你嘴最巧，
每一句都是学人的腔调。
虽然学得惟妙惟肖，
可有一句出自大脑？

鸵　鸟

被列在飞禽的行列，
也算是个鸟。
但它不再能飞，
只会在地上跑。
有羽毛却不能搏击长空，
竟把贪婪的头挺得高高。

鱼

有人赞扬过你身躯灵巧，
有人羡慕你游技高超。
但我总对你抱有成见：
一旦离开了水，
所有灵气都不知何处去了。

鹦　鹉

主人客人谁不喜欢你？
你嘴里蹦出的都是甜言蜜语。
因为有耍嘴学舌的高超技艺，
你得到了让同类羡慕的待遇：
住金笼，吃等食，
优哉游哉好福气。
于是，你笑山雀整日奔忙，
仍然没有玉食锦衣。
哼出的乐曲无人理解，
孤芳自赏自讨没趣。
山雀抖抖有力的翅膀：
“你哪一句不是学人的腔调，
能否说出一句真正的鸟语？
待在笼中虽然悠闲，
能否体会展翅蓝天的乐趣？”

枕　木

铺在哪里就在哪里固定，
千钧压身也不呻吟一声。

粉　笔

把蜜蜂引向花丛，
将金种播在心田。
当智慧开出鲜花，
它把身躯变成碎面。

圆　规

圆规，
圆轨。
举止有样，
行走有轨。
张多大缩多小，
总有一定之规。
总能把圆画圆，
不会让圆成扁。
心中有个信念，
从不知道后悔。

问　号

总想自己寻求主见，
不肯轻信别人的判断。
总喜欢问一个为什么，
更不愿上当受骗。

（写于1980年）

秋天的果枝

一阵秋风，
叶落翩翩；
一阵骚乱，
果落籽散。
枯萎的败叶被脚踩烂，
只有孤单的树干伸向蓝天。
有人为它不平，
有人为它哀叹，
有人说它不值，
有人说它可怜。
树枝依然高挺着躯干，
既不哀怨也不悲观：
“我茁壮地生长过了，
也有几粒果实奉献。
我对得起大地的哺育，
也没有辜负阳光的召唤。
只有无所作为才会感伤，
只有虚度光阴才会抱怨。
我将积蓄新的能量，
将新的果实奉献明年！”

（写于1981年9月29日）

爱情诗

他比你富有

不要说，他没有你那阔绰的家产；

也别讲，他没有你那可观的存款。
朋友，他比你富有，
因为他的大脑比你丰满。

拿起笔来，他能写出时代的呼唤，
而你只能发出个人的哀叹。
朋友，他比你富有，
他胸中装满了世界，
而你只让一个“自己”撑满。

伸出手来，他能给祖国的大厦添砖加瓦，
而你却只想把砖瓦往自己的家里搬。
朋友，他比你富有，
他拥有壮丽的事业，
而你拥有的却少得可怜。

奔走忙碌，他的时间都被有意义的事业充满，
而你却无所事事无谓消磨时间。
朋友，他比你富有，
他的精神生活非常充实，
而你却过得空虚凄惨。

（写于1980年）

“鹊　桥”

他家住在哈尔滨，
她工作在崇明岛。
从前从未见过面，
是谁好心搭鹊桥？

小伙子们问新郎，
新郎只顾咧嘴笑；
大姑娘们逗新娘，
新娘脸上红云飘。
谜底不揭开，怎能把他饶？
小伙子们要问底，大姑娘们把根刨。
新郎瞧新娘，新娘微微笑。
取来报刊满桌放：“答案这里找！”

“这里找？难道是报刊搭鹊桥？”
你看我，我看你，人人把头摇。

“对，正是报刊搭鹊桥！
我俩科研同目标。
看，他的论文我修改，
我的论文他参考。”

“这是来往的书和信，
这是讨论的意见稿。
看，论文署名是我俩，
志同道合爱情牢！”

“奇、奇、奇！”
“妙、妙、妙！”
婚礼嘉宾惊叹多，
别致的婚礼好热闹。

忽听钟声响，
新郎语音高。

“各位嘉宾请别闹，
我已听见攻关号。
还有个难点未攻克，
原想今晚再商讨，
新婚岂能就忘掉？”
来宾会意告辞去，
姑娘、小伙互打俏：
“你们可别拿我们当花瓶！”
“你们可别用金钱做鹊桥！”

（写于1981年8月1日）

彩　礼

没有四转三响，
没有五柜六橱。
他的大家当，
就是十箱书。
他为难地问姑娘：
“你要多少彩礼？
我恐怕难以满足。”
姑娘神秘一笑，
令人猜测犯糊涂：
“我看你很富有，
我要的你已满足。”
“我的积蓄很有限，
跟我生活会吃苦。”
“你有图书可做彩礼，
除此之外我别无所图，
物资缺乏可以改变，

精神贫困才最痛苦。”

（写于1981年）

对　话

“握个手吧？”小伙子热情地伸出手臂。
“不握。”姑娘断然回绝，脸上似有怒气。
“我……”小伙子满脸狐疑。
“你那些毛病还没有改掉！”姑娘一语破的。
小伙子拍胸一笑：“我一定争取这个权利！”

（写于1981年5月）

信　任

芍药花开得正鲜，
花丛里两人肩挨着肩。
姑娘深情地问小伙：
“对我有什么意见？”
“意见嘛，实在不好谈。”
“说嘛，说什么我都会喜欢。”
“要说意见嘛，只有一点，就是……”
姑娘迎着小伙的目光：“是什么？不妨直接谈。”
“就是你的约会太频繁，
让我的科研常中断。”
姑娘红了脸，
半晌不开言。
小伙直后悔，
急忙赔笑脸。

姑娘开了口，
声音更细甜：
“你的话没错，
年轻奔事业，
此时最关键。
岂能多干扰，
因情误事端？”
小伙好激动，
泪珠滚下脸：
“如此真知己，
理解金不换！”

分 裂

不是见异思迁，
也不是另有新欢，
他却严肃地告诉她：
今后大路各走一边！
她问为什么？
回答很简单：
“不是你缺少温情，
也不是你有多少缺点，
只因你为我放弃了理想，
无谓地消磨精力和时间！”

他不说

试验田的花开了，
露出张张笑脸；
爱情的芽发了，

长在他和她的心田。
“我爱你！”她知道，
他早就想说这句话，
“我爱你！”他知道，
这句话对她比蜜甜。
她期待他早说这句话，
他用沉默面对渴望的脸。
他要等到满园飘果香，
亲手摘下一颗大鲜果，
塞到她嘴里，问她甜不甜……

他知道

他知道，她很爱他的才气，
可他从没有听到一句夸奖的话语。
她深知，他和她十分投机，
可她从未有过过分的亲昵。
一见面，她先说的是学习，
一交谈，她就问那些缺点可改去。
每当他夸口未来，
她总是提醒他注意：
“做到了再说，空谈没有意义。”
“对，说到做到，做到了才有说服力。
如今我既说到了，也做到了——我爱你！”

“我想吻你”

“我想吻你……”
姑娘轻轻推开小伙的双臂。
“你不爱我？还是我配不上你？”

姑娘无声地笑了，脸上露出一丝滑稽：
“你的科研实验还未成功，
现在，还没有权力！”

不被人理解的爱

知道他和她的关系，
“好心人”都来向她“透气”，
有人笑他小里小气，
买张游戏票都要犹豫；
有人说他大手大脚，
成捆买书竟毫不迟疑。
她听了笑而不语，
爱的信念坚定不移。
见她无动于衷，
有人刨根问底，
她神秘一笑：
“我爱的就是他这样的大方和小气！”

（以上有关爱情的诗均写于1981年）

讽刺诗

为某些人画像

手

检查工作：大背手；
福利待遇：长伸手；
徇情枉法：高抬手；
遇到难题：紧缩手。

眼

遇到问题半闭眼，
遇到荣誉瞪圆眼，
遇到权贵露媚眼，
遇到群众翻白眼。

嘴

照抄照转鹦鹉嘴，
汇报成绩百灵嘴，
听到批评老虎嘴，
公款吃喝馋猫嘴。

耳

听恭维——倾耳，
听批评——掩耳，
听发奖——竖耳，
听处分——耷耳。

（写于1981年）

交　易

“你的麻烦事，
我来办理。
我的闹心事，
委托于你。”
“你为我开绿灯，
我为你垫路基。
你好我好大家好，

何乐不为别小气！”

这不是在交易所，
也不是在商场里，
没有第三人，
只有我和你。
天知、地知、你知、我知，
秘密中藏着秘密。

多公平的交易啊，
彼此不亏，
互惠互利。
管他法与纪，
管他东与西！
管他是与非，
管他道与理！
人们都被蒙在鼓里，
谁也不知道里面的秘密：
在这频频发生的交易中，
被廉价出卖的，
是党的信誉，人民的权利！

（写于1981年）

瓜园旧景

吉普扬飞尘，
盛暑日色昏。
瓜园贵客至，
连绵尘接尘。

借问来者谁，
自称是仆人。
春风挂满面，
品瓜话如云。
指示随口出，
啃瓜嘴如盆。
临行车满载，
巧言树先进。
瓜农暗叹息，
双目凝无神。
几番迎往来，
一年血汗尽！

（写于1980年）

瓜园新景

香气十里闻，
甜瓜馋煞人。
吉普车又至，
瓜叟心又沉。
曲意笑脸迎，
甜瓜捧手心。
来人忙摆手，
坐下慢询问：
收入有多少，
政策可顺心？
长谈大半晌，
瓜瓤未入唇。
尊客告辞去，

瓜叟心不忍。
甜瓜送上车，
连说是片心。
来人不肯收，
话语值千金：
不拿一针线，
教导牢记心。
公仆为人民，
身正党风纯。

（写于1982年）

格言诗

磁石吸铁不吸金，
物有本性显精神。
他人爱财你爱才，
千金难买是知音。

人在事中练，
志在苦中磨。
才在学中生，
德在俭中得。

积学水滴成江海，
酌理蠢人变俊才。
细数世上何事难？
屡挫屡败志不衰。

不学休想变聪明，

无能皆为不学病。
无志是人百病源，
无私快活度一生。

育苗栽桃汗水滴，
摘桃需待三年期。
莫道今日躯干小，
待看来年果枝密。

虱子会说猪漂亮，
苍蝇逐臭不嫌脏。
无知能将丑当美，
同质会以臭为香。

一叶挡住眼，
睽睽不见山。
私利迷心窍，
碌碌目光浅。

同在世上生，
价值各不同：
吸血蚊嗡嗡，
酿蜜蜂无声。

杂诗

聚　会

同学一别已多年，
各奔前程相见难。

难得今日再相聚，
握手呼名忆旧颜。
世事沧桑生感慨，
光阴飞度叹流年。
人生苦短多珍惜，
再向未来续新篇。

（写于2001年）

祝贺《吴忠日报》创刊20周年

塞上耕耘二十载，
日报吴忠写精彩。
国计民生跃笔端，
社情民意扑面来。
心系民生笔锋健，
胸怀大局视野开。
博采众长成特色，
再铸辉煌在未来。

（写于2004年）

悼希全

苍天何其妒英才？
诗人不寿我心哀。
为人处世口碑好，
有德有才赞誉来。
几许泪珠流不尽，
几行诗句难释怀。

幸有诗卷留人世，
英名长留常缅怀。

（写于2010年9月。刘希全，光明日报社发行部原主任，2010年7月调任《诗刊》副主编，2010年9月，突发心脏病去世，年仅48岁。）

有感于“从青工到副教授”

1979年，《中国青年》杂志第五期刊登了题为《从青工到副教授》的报道。李慰萱同志动人的事迹和记者生动的叙述，使每一个读者都很激动，正像报道开头所说的那样，它引开了人思想的潮水，拨动人心灵的琴键……

可是，我却听到了一些意外的议论，他们都是看了这篇报道、也都是有感而发的：“从工人变成教授，真了不起！”“是啊，堂堂的副教授，现在大名鼎鼎了！”“副教授每月工资有200多元吧？这可比原来的36元高多了！”随后便是一声叹息：“唉，我哪辈子才能当上副教授啊！”

听了这些议论，我也有话说。对同一个事例、同一个现象，人们会有不同的看法。这大概是由立足点不同决定的吧！你看，他们的谈话中一点不讲别人的苦学精神，只字不提别人对祖国的贡献，而是句句不离“副教授”、仅仅局限在对别人的羡慕上。

在“从青工到副教授”这七个大字中，他们双眼仅仅盯着“副教授”三个字，根本不去注意这个“到”字，更不多想想一个普通工人是怎么“到”副教授的！如果这位工人到现在还是工人的话，他们会认为，他没啥了不起，说不定还会认为李慰萱是个傻瓜、笨蛋呢。他们敬佩的，不是李慰萱二十年如一日，刻苦自学的精神，而是教授招牌；感动他们的，不是李慰萱为科学事业忘我工作的行动，而是如今显赫的地位和鼎鼎大名；他们羡慕的，不是李慰萱为国家做出的重大贡献，而是李慰萱所得到的待遇；他们不希望自己像李慰萱那样辛勤努力，而希望自己轻轻松松就变成大学教授。总之，他们未做贡献而想享受，不花气力而想收获，这实际是舍本逐末。这样认识问题，永远不会有什么进步，只能用一次又一次的脸红，来伴随一次又一次的叹息。一直到两鬓如霜、胡须垂地，也还是如此。

“从青工到副教授”，这一个“到”字，凝聚着多少辛勤汗水，耗去了多少充沛的精力！这一个“到”字，包含着多么坚定的理想和信念，包含着克服了多少困难和挫折，容纳了多少次勇敢的攀登和尝试！这一个“到”字，李慰萱用去了多少日日夜夜！掌握了多少高深难懂的知识！啊，跨过这一个“到”字，他用了整整二十年！啊，是漫长的岁月伴随着他锲而不舍的行动，进而缩短了一个青工到一个教授的漫长距离！这一个“到”字，该有多重的分量、多深的含义啊！

我想，羡慕别人的成就，不如学习别人的精神；看别人硕果显赫，不如看别人刻苦辛勤。我们应该把羡慕变成赶超的决心！

在我看来，令人赞叹的，不是李慰萱的现在，而是他的从前，不是他当教授的时候，而是他当工人的时候。因为如果有人身为教授而不能胜任工作，那不但不值得赞叹，反而要受到贬斥，就像一个农民不会种田一样被人鄙视。在我国的各条战线上，能够一般化地应付本职工作，不是有很多吗？不值得大惊小怪。真正令人称颂的是，李慰萱在那样艰苦困难的条件下意志毫不动摇；二十年顽强奋斗而不改初衷，取得了骄人的业绩仍然再接再厉。其实，早在李慰萱未被提拔为副教授之前，他就具备了相应的水平，而他名义上还是个工人。工作能力超过了党和人民要求，做出的贡献高于党和人民的希望，这才令人赞美！在我们所熟悉的同志中，这样的同志不是很多吗？难道你不认为他们很了不起吗？难道只有在他们身上有了耀眼的招牌（职称、荣誉）以后，你才对他们肃然起敬吗？任何一个了不起的人，他的了不起都不是在他出名之后，而在他出名之前，因为他的伟大是在平凡中表现出来！

值得我们关注的，还有“从青工到副教授”中的第一个字——“从”字。这个“从”字，点明了李慰萱的起点，使李慰萱的事迹更加动人，更有感染力。这就是说，不管一个人的起点有多低，只要他有了雄心壮志，只要他脚踏实地地努力，那么他就能够不断进步，进而实现自己的理想。这说明，起点低并不能决定一个人有无发展，任何以底子薄、起点低、条件差做借口为自己开脱都是说不过去的。有这种认识的人，也是愚昧无知的。

现在，全国需要成千上万各种各样的人才，每个人都可以成为对社会有用的人才。

有水土，就不要担心庄稼不会生长；有志气，就不要担心实现不了理想；有失败，就不要担心没有胜利，有恒心，就不会因困难而彷徨。

（本篇部分内容刊载在1979年《中国青年》第七期）

要讲吸烟道德

在宣传了吸烟的严重危害之后，有不少人戒了烟。但是，吸烟的人还相当多。怎么办？在还不能完全禁止吸烟的情况下，应该大力提倡吸烟道德。有人会问：吸烟，还有什么道德不道德的问题吗？有的。我们常常看到很多会场里烟雾腾腾，剧院、球场等公共场所里香烟袅袅，办公室里也常有人喷云吐雾。在自己家里吸烟，有人更是“肆无忌惮”。这些为了自己快活而不顾他人健康的行为，我们能说是有道德吗？

在公共场所里吸烟，实际上已经构成对其他人的危害，已经在不自觉中做了损人害己的事了。据说吸烟者的妻子得肺癌的人比不吸烟者高2.4倍。这个数据，应该让每一个吸烟者知晓。对于吸烟者来说，首先自己应该严格约束自己，要到无人的地方或指定的地方去吸烟，不可为了满足自己的烟瘾而不顾他人的健康。对于不吸烟者来说，应该理直气壮地站出来，抵制那些吸烟者的不道德行为。为了自己和别人的健康，全社会都应提倡吸烟道德！

（原载1983年10月29日《宁夏日报》）

假如我是一名记者

我们的时代是飞速发展的伟大时代。在党中央的英明领导下，全国人民正满怀热情朝着四化的宏伟目标奋勇前进。每天，都有数不清的新成绩、新纪录要向全中国人民和全世界人民公布；每天，都有无数的先进人物、先进事迹、先进经验要迅速报道。时代的飞速发展，向新闻工作者提出了新的更高的要求。

假如我是一名记者，我一定要站在时代发展的前列，以满腔的热情奔赴采访一线，及时而又迅速地发现生产和生活中的先进典型，并通过自己的笔让他们迅速和广大人民见面，让这些先进典型成为人民学习的榜样，成为推动社会发展的动力。而要准确、客观、公正地报道，就要深入实际调查研究，掌握第一手材料，忠实地履行新闻工作者的神圣使命。

毋庸讳言，生活中有光明的一面，也有阴暗的一面。在现实生活中，还有各种不正之风，还有违法乱纪的行为。由于十年浩劫的影响，有不少人沾染了种种不健康的思想，有些人养尊处优，违法乱纪，其中有不少甚至是握有实权的领导干部。生活中有多少矛盾需要揭露，有多少不正之风需要抵制，有多少坏人应该受到惩处？这又赋予新闻工作者特殊的使命。

假如我是一名记者，我一定要成为无私无畏的勇士，为弱者仗义执言，为人民伸张正义，为生活除残去秽，决不向任何恶势力低头！如果一个记者遇到问题躲躲闪闪，"犹抱琵琶半遮面"，不敢揭露矛盾，或者只会歌功颂德、隐恶扬善，那他就辜负了人民的重托，亵渎了人民记者的神圣称号，他就不配当人民的记者！

生活向记者发出呼唤，需要记者及时而迅速地反映生活；生活向记者提出要求，需要记者准确无误、鲜活生动地做出报道。

假如我是一个记者，我一定要以严肃认真的态度，客观地观察生活，准确地反映生活，不虚美，不掩饰，不做任何夸张和想象的描写，以对人民负责、对党的事业负责的态度来履行一个记者的神圣使命。

这种愿望，这种憧憬，这种决心，藏在我心中已经很久、很久了。

（本篇为即席而作，写于1984年11月16日）

落榜未必不是才

高考结束后，很多考生为落榜而悲伤，有的对自己的能力产生了怀疑，认为自己不是成才的料，从而心灰意冷，萎靡不振。

看问题不能绝对化。实践表明，落榜未必不是才，榜外仍有栋梁才。苏阿芒三次落榜却成为世界语专家；大物理学家爱因斯坦考试也曾落榜，著名生物学家童第周考过倒数第一。古今中外这类例子很多，因为考试落榜是由多种因素造成的。

被高等院校录取的考生只是相当少的一部分，考场上一点疏忽、一道题做错，都可能导致落榜。分数不一定能够全面反映一个人的智力优劣、能力大小。有的考生在考场上因心情紧张、身体状况不好而影响考试成绩；有的考生因对某一学科偏好，结果一两科成绩偏高而总分却不够。另外，学生学习的好坏与学校的师资条件、教学质量也有一定的关系。这说明，落榜者并非都不是成才的料。人生的道路是漫长的。一张考卷不能宣判一生的命运。倘若是考试时成绩优秀，跨进大学校门后却不继续努力了，那么，最终还会成为时代的落伍者。相反，虽然处在大学校门外，只要以落榜为起点，不气馁，奋发努力，同样能走在时代的前列。

大学的校门可以把人关在外边，却不能把知识锁在校门内。只要立志成才，完全可以在校门外学到更多的知识，成为四化建设的栋梁之才。

（原载1985年10月25日《宁夏日报》）

节日文明不容忽视

传统节日能否过得更健康、更文明？这个问题很值得议一议。

我国最重要的传统节日是春节。春节也成为许多不文明行为最集中、最泛滥的时候。

今年的春节刚过，就不断有燃放烟花爆竹引起火灾、造成人员和财产损失的消息。这已经是个“老问题”了：因燃放烟花爆竹引发火灾的、炸伤人眼睛的、造成建筑物损毁的、诱发社会矛盾的，每年都大量发生。

在千家万户团聚的时候，医护人员、消防人员却要为此坚守岗位、严阵以待，甚至忙得不可开交。某市环保部门曾经在燃放密集时测量过噪音和空气质量，结果发现这已经不是一般的噪声和空气污染了。非但如此，燃放烟花爆竹造成的纸屑还污染了环境，增加了环卫工人的额外劳动，而这些垃圾往往在很长时间内也难以清除干净。

最让一些人难以忍受的，还是有些人燃放烟花爆竹的随心所欲、旁若无人、肆无忌惮。你正在欣赏节目时，震耳欲聋的鞭炮声响了，让你什么也听不清；你熬了半夜刚刚入睡，劈劈啪啪的响声又“强行”把你唤醒；你好不容易在短暂的间隙里睡着了，有些人在凌晨要抢放“开门红”，又让你睡意全无。总之，在春节期间，休想安然入睡，也不能睡安稳。对一般人来说也许还好说，对有些老人、病人、婴儿，这无节制、无定时、出其不意的噪声就是一种不小的灾难了。

同样是燃放烟花爆竹，确有文明与不文明之分。如果当地没有做出禁放的规定，那市民就有燃放的权力。但是，这个权力也只能在一定条件下行使，不能滥用、用过头。毫无顾忌地乱放就不妥。如果能在集中时间、集中地点燃放、而不是过晚或过早地乱放，如果再能清扫一下自己一手制造的“战果”，那就应该给予肯定，那里面就有一点“文明”的因素了。

除了春节以外，我国还有元宵节、清明节、端午节、中秋节、冬至等许多节日。在这些节日，都有一些有碍社会公德、有损自身形象、有害个人健康的行为：有的人酗酒通宵达旦，引发不必要的争吵；有的人赌博乐此不疲，造成不应有的矛盾纠纷；有的人满大街烧纸、上贡，弄得城市污浊不堪……就连各式各样的封建迷信活动也乘机借尸还魂，大行其道，从地下转入地上，从隐蔽转向公开。而许多人因为是在过节期间，往往采取宽容、放任的态度，不加指责、不加制止，任其所为。这样，年复一年，既不健康又不文明，既劳累又辛苦，既不利己又有害他人的行为，似乎总也禁绝不了。

传统节日，不应该成为繁衍各种不文明行为的温床，不应该成为藏垢纳污的天然屏障，更不应该成为不讲公德、不讲文明行为的保护伞。相反，过节应该比平时更健康、更文明。一个现代社会的文明人，任何时候都不应该放纵自己，都不应该让自己的行为危害他人。

现在有必要向社会发出倡议：从自身做起，让每一个传统节日都健康文明！

（原载2006年4月1日《光明日报》）

文明·素养·境界

——有感于某颁奖活动中令人遗憾的一幕

近日，宁夏在宁夏人民会堂为一个历时7天的经济文化活动举行隆重的颁奖晚会。因为有事耽搁了几分钟，我应邀到场时场内已是座无虚席，会堂服务员便让我到二楼就座，后来还是在一位大会工作人员的指引下，我才在第四排找到一个空位。

晚会上颁发了难以数清、难以说清的奖项，有哪些单位、哪些个人获奖，我也记不住了。随着颁奖进程，原来满当当的座位出现了松动，有的地方甚至出现成排的空位。晚会进行了一个小时之后，人们发现：前几排摆有领奖者席签的座位几乎全空了。在一个奖项颁发完毕、颁奖嘉宾们从主席台上下来时，我听见一位领导对身旁的人遗憾地说："看，这人都走光了！"

晚会上，我听到了时起时伏的掌声：当宣布某单位、某个人获奖时，有时会激起热烈的掌声，而公布很多奖项时，竟然无声无息。原来，那掌声都是与自己所在的单位、地区有关的，而宣布与自己无关的奖项时，有人就"吝啬"得不愿动一动手了。

晚会共用了一个半小时。散场时，我扫视全场，发现偌大的会场已是空空如也。除了颁奖嘉宾和活动的组织者，其他人几乎都能数得过来。

原来，许多领奖者在领到奖牌和证书之类的奖品之后，没过多久就退场了。有人甚至领了奖没有回到原来座位就径直走了出去。也许，他们只关心自己的奖项、也是奔着领奖而来的，至于还有谁获了奖、获了什么奖，他们则毫无兴趣，当然更不会给不相干的人送去祝贺的掌声。而那些专为本地区、本单位和好友捧场助威的人群，在拿到该拿的奖项之后，似乎再也没有必要留在场内了。

这让我想起在另一个颁奖会上见到的情景。那次颁奖会，也是在宁夏人民会堂举行的。那次会上，多次响起引人发笑的、耐人寻味的掌声。那掌声时断时续，时稀时稠，时多时少。开始，人们还不知道是怎么回事，但很快就释然了：在宣布获奖单时，念到有的单位有掌声，念到有的单位就没掌声。念到有些一等奖时，没有掌声，念到有些二等奖时，掌声竟很响亮。原来，鼓掌者只是听到自己单位的名字时才鼓掌，对其他单位获奖则无动于衷。这样，哪个单位来的人多掌声就热烈，场内好像在进行着一场掌声比赛，所以，每一次掌声响起，都会引来一片笑声。这些掌声和笑声虽然没有响彻全场，但也对会场构成了不小的干扰，以致让许多人难以听清下面的内容。而等到工作人员宣读完毕应该鼓掌时，场内竟没有掌声了。一位与会者就此评论说，自己的单位获了奖，固然可喜可贺，但只给自己单位鼓掌，是不是太小气、太没有素养、太没有风度了？

是否鼓掌、是否提前退席，这好像是不值一提的小事。但就是这样的小事，却关乎会场文明、反映出个人的素养、胸怀、境界和组织纪律观念，就此而言，这类小事还不能小看，也值得关注一下，发生这样的“小事”，就得从深层次上找找原因，从思想根源上解决问题；不发生这样的“小事”，人人都能表现出很好的素养、很高的境界、很宽的胸怀，那就值得为之庆幸。

我们好像应该对此“上纲上线”。

（原载2014年5月8日《银川晚报》）

被“双开”的张家盟16岁就当了中学教师？

不久前，媒体披露了一条消息：浙江省人大常委会原副主任张家盟因“严重违法违纪”被“双开（开除党籍、开除公职）”。此消息之所以令人关注，还因为张家盟曾有几个“头衔”：他是第十届全国人大代表、中共十六大、十七大党代表。

在关注这一条消息的同时，我还特别留意了这位高官的“非凡经历”。按官方通报的简历，张家盟确实经历“非凡”：他1956年7月出生，1972年8月就已经是普陀县芦花中学的教师了，1974年就到浙江大学机械系学习了。也就是说，他16岁就当上了中学教师，18岁就成为工农兵大学生了（按当时的规定：必须有两年以上的劳动经历才有资格被推荐上大学）！当许多人还是个毛孩子、正在高中读书甚至还没有进入高中时，人家就能教中学了。当与他同龄的知识青年还在“广阔天地”挥汗如雨的时候，人家已经坐在神圣的教室里享受知识雨露的滋养了。试问：有几个人能够享受如此“礼遇”？又有谁能说这个人是个平凡人呢？

其实，世上的人多数都是平凡的，有些“不凡”是人为造就的。张家盟的“非凡经历”大概有两种可能：一种是他出生非凡，有非常的家庭背景，或有“贵人”相助。不然，哪个中学会让一个16岁的毛孩子当老师呢？且不说他是否具备那个资格和能力，但就年龄而言，他也压不住阵啊！又有谁愿意让他教、愿意与他共事呢？学校敢于用他，真可以称得上是“不拘一格”了。至于18岁就能上大学，在那个年代可以说是绝无仅有的。另一种可能，就是他篡改了年龄：将出生年月向后推了！从张家盟的经历分析，这种可能性较大。修改年龄，对于他这样手握重权的人来说，简直是易如反掌。当然，这还只是推测，不能作为结论。

现在，确有那么一些人，他们出于某种需要，运用手中的权力、通过不正常手段，修改自己的年龄，但有些经历很难修改，只好维持原貌，但驴唇对不上马嘴，明眼人还是能够看出“马脚”来。某地有一位科级干部竟然“胆大包天”，将自己的出生年月改成父亲去世两年之后，真让人匪夷所思，甚至让人对他母亲的生活作风产生无端的猜疑。真不知这样的简历是如何通过审查的！

篡改档案，是有深刻原因的。现在，任职、提拔、退休、职称评定都与年龄、学历有关，有的还与民族、党派、经历及奖惩有关，有些还是“硬杠杠”。当别的因素都差别不大或退居其次时，年龄问题便凸显出来。有时，相差一两年、相差几个月都大不一样，甚至可以决定一个人的去留、升降。这虽然不一定完全合理，但既然有条文规定，我们也只能坦然接受。但有些人不甘心，便千方百计想改变那些对自己“前途”不利的记载。于是，篡改档案、乱填经历、学历、奖励、甚至改动民族出身，便成为一些人的一贯伎俩。难怪有人感叹：现在，除了性别不能改，什么都能改！那么，这些经过“加工”的档案还有什么可信性可言？

一个领导干部，一个“有身份”的人，首先要讲究诚信、要尊重事实，如果连最基本的信息都造假，那就丧失了基本的准则，与自己的身份、地位、名望也极不相符，这些人造假所造成的社会影响也更加恶劣。因此，这样的造假行为，是不能原谅的，应该“一票否决”。

（原载2011年3月12日《银川晚报》）

活人为何要栽死树?

“活人栽死树”！这是一件十分可悲的事。近些天，宁夏有不少人都在关注自治区党委书记陈建国痛斥“活人栽死树”的事。事情发生在2009年4月15日。那天，在下乡调研时发现路旁堆积了一些尚未栽植就已干枯的树苗，陈建国“勃然大怒”：“这是典型的不负责任！拿国家的钱不当钱，拿国家的事不当事，这样的干部要他干什么！”4月17日，自治区林业局就此发出紧急通知，针对“活人栽死树”现象，对植树的各个环节提出明确具体的要求。这种震慑作用和相应改进措施，无疑是有积极意义的。近日宁夏又传来消息：对此负有责任的单位和人员分别受到处罚。此事到此似乎可以画上一个句号了，但是，“活人栽死树”的事是否就不会再发生了呢？恐怕还不能那么乐观。

其实，“活人栽死树”的事，很早就发生过。记得多年前某新闻单位披露此事，还引起了一场轩然大波。2006年，一位姓李的县长发现刚刚栽下的竟是无根的、根本无法成活的树枝，当即对有关人员提出严肃批评。2009年3月，我作为政协委员到山区农村调研，一位村干部毫不隐讳地告诉我：他们村里退耕还林的成活率尚不到一半。为此，自治区林业局在不久前做出决定：成活率不达标，就不兑付补贴。个别地区年年植树不见绿、成活率不达标的问题，是该认真分析、深入探究一下了。

“活人栽死树”！说起来，很具有讽刺意味。一个大活人，竟在有意无意之间栽下“死树”！这既浪费宝贵的资源，又空耗了许多精力，实在是很可悲的事。

“活人栽死树”，既有主观因素，又有客观因素，有的原因可能还比较复杂。确有极少数人只管栽树不管成活，似乎把树苗埋到树坑就大功告成了，更有个别人为了应付检查验收而胡乱栽植充数。有的树苗栽植时就已死了，有的栽下时没死但注定活不了。有的树苗长途运输，又不注意保水、保温、保湿，运到地方就已半死不活了，如果再磨磨蹭蹭、不及时栽植，那么就成了“活人栽死树”。有的地方一厢情愿，把树栽到了没有水、也浇不上水的地方，几乎等同于栽死树。有的则不考虑树苗的特性和水土、气候条件，在不适合的地方栽植不适合的树种，结果做了大量劳而无功的蠢事。当然，这里面也有许多客观原因。例如，山区群众就向我反映：他们村里退耕还林成活率过低，与山区连年大旱有直接关系。针对各种情况，宁夏林业部门明确要求：要把好起苗关、运输关、假植关，随时起苗、随时栽植、防止裸露；植树要“适地适树，以质为先”，把树栽到有水、能浇上水的地方。

在西部干旱带上，绿色是一种稀缺资源，每一株树木都有很大的生态价值。因而，人们感叹：在那里栽活一棵树比养个娃娃都难。正因为如此，提高植树的成活率更具有特别的意义。

只图数量、不顾质量、盲目蛮干，是“活人栽死树”的主要原因，也是我们必须重视的问题。不要觉得植树最简单的事，好像既不需要多深的学问、多高的技能，但要少发生“活人栽死树”的悲剧，不仅需要认真的工作态度、务实的工作作风、严谨的工作方法，而且需要尊重科学、按科学规律办事。否则，活人还会继续栽死树的。

活人不能再栽死树了！活人完全应该、也完全可以栽活树。

（原载2009年4月光明网）

感受祖国的实力　享受科技的魅力

——喜闻“神九”问天、“蛟龙”潜海

连日来，全世界都把目光投向中国，中国真让人有点目不暇接了。一会望天，一会看海，好像眼睛都不够用了。

6月24日，有两个令人振奋的消息分别从天上和地下传到地面。让我们抬头看天：在无垠的太空，神舟九号在与天宫一号亲吻之后，又实现手工交会对接，3名中国航天员在宇宙空间尽情展示中国人的风采；让我们低头望海：在浩瀚的海洋，中国的“蛟龙”号载人潜水器成功地下潜7020米的深度，3位潜水员从大洋深处发出了最动人的问候，再次创造了历史。天上与地下同时在动作，问天与探海的都是中国人，还有什么比这更令人振奋、更令人鼓舞、更令中国人自豪呢？

这让人想起两句诗：敢上九天揽月，敢下五洋捉鳖。九天揽月，五洋捉鳖，对诗人来说可能只是一种理想、一种抱负。如今，上天入地，都不再是可望而不可即的事，富有创造力的中国人正在创造一个又一个历史。

“神九”升天、“蛟龙”潜海，让我们充分感受到了中国的科技实力、经济实力、中国人的创造力，也让我们看到了科技的魅力、威力、感染力，获得许许多多难得的精神快慰，不仅让人充分享受到科技的快乐、美好和实惠，而且可以调动人们无限的想象力，激发人们更多的创造精神和创业激情。

“神九”“蛟龙”，让我们看到我国载人航天、载人深潜技术的进步，看到了我国科技实力和经济实力的提升，说明中国人已经完全掌握了迈向太空的关键技术，也说明中国在由海洋大国迈向海洋强国的征程中又迈出了坚实的一步。

改革开放30年来，我国各项事业都取得了长足的进步，而科研水平的提高更是有目共睹。中国人有决心、也有能力创造奇迹，完成前人未能完成的事业，甚至实现前辈想都不敢想的梦想。“神九”和“蛟龙”，不仅让我们感受到了祖国的强大和科技的进步，而且为我们上了一堂生动的爱国主义课和科技强国的课。

也许有人认为，“神九”“蛟龙”离我们的现实生活较远，与每个人的切身利益关系也不密切，它们既不会产生鸡鸭鱼肉，也不能平添高楼大厦，但是，它们并不是可有可无、无关紧要的。“神九”“蛟龙”所能解决的问题，也是国计民生迫切需要解决的问题，它们所能包含的、回答的、解决的、证明的，用不了多久就能显现出来，而且随着时间的推移，其意义和影响也将越来越大、越来越多。我们不仅应该有这个眼光，而且应该有这个信心。

让我们为“神九”“蛟龙”欢呼，向“神九”“蛟龙”致敬。

（原载2012年6月27日《光明日报》报眼，将一篇记者的评论放在这么突出的位置极为罕见）

不仅仅要记住几个航天员的名字

像记住了神舟5号的杨利伟，神舟六号的聂海胜、费俊龙，神舟7号的刘伯明、翟志刚、景海鹏一样，人们现在又记住了神舟9号的景海鹏、刘旺、刘洋。一时间，各类媒体都是不遗余力地宣传他们，甚至到他们的家乡，采访他们的亲属、乡邻。尤其是刘洋，作为我国第一个女航天员，受到媒体的关注更多，仿佛是在一夜之间就在神州大地上家喻户晓了，人们投给她的目光也格外多。

宣传航天英雄、记住航天英雄的名字，这是理所当然、顺理成章的，也是值得肯定的。但是，仅仅记住几位航天英雄的名字还不够，需要我们记住的名字应该还有很多。尤其是那些研制宇宙飞船、把他们成功送上太空、又把他们安全接回地面的科技人员及相关工作者，都不能被我们忽视、被我们忘记，因为他们同样了不起！没有他们的科学设计、没有他们的创造性劳动、没有他们的精确计算，一切都无从谈起。没有他们，航天员就不可能成为航天英雄！当神舟飞船成功进入预定轨道、成功变轨、与天宫一号成功交会对接，又成功分离、成功返回、安全着陆，我仿佛看到了我国科技人员孜孜不倦的身影，禁不住要把热烈的掌声送给他们！我想说：航天员是英雄，他们也是航天英雄，他们还是使英雄成为英雄的英雄！因为在很多情况下，航天员是无法掌控局面的，甚至航天员的命运都掌握在他们手中。任何一点差错、任何一点失误，都会将所有成果葬送。但因为他们是工作在幕后、不会像航天员那样风光，所以他们中的多数人也不为人知，所以他们更值得我们敬重，他们的名字更应该被我们关注，他们的贡献也更应该被我们铭记！他们是不该被冷落的！

航天员“一飞成名”，作为他们的家乡人，为之自豪是可以理解的，适当地搞点活动也无可厚非，简要介绍一下他们的家庭背景和成长经历，也是需要的，但是，什么事都应该有个度，如果因此就认为他们不是凡人、把不属于他们的“空降”给他们、让他们的家人亲属都为此沾光，如果过分炒作、把他们的一般经历当作传奇，认为他们的举手投足都是新闻，甚至连某航天员在哪个医院出生也拿出来“暴晒”并引以为自豪，那就有点过分、失当、甚至滑稽可笑了。如此对待航天英雄、看待航天事业，也是浅薄的、无知的，幼稚的，对航天英雄也不是真正的理解和敬重。

我们需要宣传航天英雄、记住航天英雄，也需要宣传并记住那些没有飞上太空的航天英雄，还需要宣传、记住为航天事业默默奉献的科研人员、宣传并记住其他领域所有为祖国做出杰出贡献的英雄模范，但仅仅多宣传、多记住几个人的名字，还是远远不够的，那也解决不了什么问题。我们更需要的是学习航天英雄的业绩、弘扬航天英雄的精神并把他们的精神化作干好本职工作的动力，进而像航天英雄那样为国家出力、为人民建功立业，进而成为一个举足轻重而不是可有可无的人。

（原载2013年光明网）

面对溢美之词岂能“欣然接受”？

如何对待溢美之词，往往能看出一个人的素质和修养。

最近，某地举行一个活动，主持人在介绍一位嘉宾时用了许多溢美之词，有些词语明显夸张、甚至有点肉麻。这时，全场的目光都投向了这位嘉宾，只见他踌躇满志、神态自若、洋洋得意，毫无愧疚之色。轮到他说话了，他对别人言过其实的赞语，居然不置一词、照单全收了。

有一位青年才俊，年纪轻轻就获得了几个奖，有的还是全国性的“大奖”，不少人因此对他刮目相看，赞誉之声更是不绝于耳，他也常常应邀出席会议、参加活动，人们在很多场合都能看到他。会议和活动的主办者在提到他时，总是不厌其烦地点出他获得的几个奖项，而他本人在听这些介绍时总是“面有德色”，从没有觉得絮烦（其实许多听众都感到絮烦了），更没有打断别人的介绍（可能觉得那是很不礼貌的）。末了，人们也没有听到他的嘴里吐出一个谦词。其实，他获得的那个奖，已是几年前的“往事”，在当地几乎是尽人皆知，根本不是“新闻”了。

对别人的溢美之词欣然接受的事，人们早已司空见惯了，这类事也算不得“新闻”了。与把溢美之词瓢泼似的浇给自己的人相比，只算是“小巫见大巫”。在年终总结会上、述职会上、工作汇报上、个人总结上，就有不少人毫不吝啬地对自己使用赞美词，有些形容词居然连成了长串，令人“耳”不暇接。连别人都感到脸红了，他们本人却脸不变色心不跳，依然喋喋不休。

自己干得怎样，要让别人去评价，自己的评价不足为凭。当然，别人的评价，也不能不加甄别即为凭，因为有些话有真，也有假，还有半真半假的，有出于本心的，有别有用心的，有纯属恭维的，有客套应付的。况且，有些话还要受说话者水平、能力、个人好恶、感情因素、熟悉程度的影响，岂可全部采信？

获奖，可喜可贺；获奖者，被人敬重，也理所当然。但是，敬重与否，那是别人的事，自己不应该要求别人敬重，也不应该对本不属于自己的评价照单全收，真的认为自己那么值得别人敬重。如果过分看重过去那几个奖，那以往的那点成绩就会变成包袱，不会成为前进的动力了。正确的态度是，把自己过去取得的成绩、获得的奖项统统忘掉，从头再来。如果实在忘不掉，也不要把它挂在嘴边，非但自己不再提起，也不希望别人提起。就是被别人提起了，自己也应该诚惶诚恐，而不要洋洋得意。

谦虚，永远是我们应有的品德，什么时候都不能丢。面对别人言过其实的溢美之词，应该有个谦虚的回应，至少要表示“愧不敢当”，绝不能“照单全收”。

谦虚不等于虚伪。谦虚，会令人更加尊敬；虚伪，只能令人反感、令人唾弃。不论有多大的成绩，都不能丢掉谦虚，成绩越大越要谦虚。成绩是分母，谦虚是分子，少了谦虚，成绩也就缩小了。翻开历史看看，越是伟大的人，往往越谦虚，而那些有一点成绩就翘尾巴的人，则是渺小可笑的。

我们不能说我们是生活在一个虚伪的世界里，但我们也不能否认，我们始终没有远离虚伪。在我们的周围，确实充斥着各种各样的假话。一些有权者、有钱者、有名者、可以被人利用者，更是会被各种假话包围。如果不辨真伪，那可就要栽跟头了。

人外有人，天外有天。在历史的长河里，个人是十分渺小的，就算取得一点成绩，也是微不足道的。就是拿了全世界唯一的奖，也不见得就真的很了不起。如果因此把尾巴翘到天上去，那只能贻笑大方。

“照单全收”“欣然接受”溢美之词，实在是不够清醒、不够明智的。

（原载2012年7月29日《光明日报》）

岂能让“尊敬的×××”满天飞

有位老专家近日讲述了这样一件事：有一位副省级领导到一个县参加会议，是到会级别最高的官员。于是，大会第一个发言者在走上发言席时第一句话是：“尊敬的×××长”。第二个发言的也是如法炮制。不料，第二位话音刚落，便被“被尊敬的”人打断了：这位领导要求下面的发言者都省去这句话，全场顿时响起一片会心的笑声。后面发言的人，也就不好在“尊敬”下去了。

然而，并不能说每一个“被尊敬的”人都会这样“粗暴地”打断别人的话、不让别人“尊敬”自己。正因为这样做的人太少，所以才会被人津津乐道并引为笑谈，所以“尊敬的×××”才会满天飞，所以逢会必讲“尊敬的”才会成为一种社会现象。

有人注意到，这种现象大有泛滥成灾的趋势。一位上级“大员”到了下面一个地方，地方与之同级的官员称他们“尊敬的”，“大员”反过来也称对方为“尊敬的”。有时到场的同级别的人很多，那也必须一一点到，不能有遗漏。如果漏掉其中某一个人，后果可能会很“严重”。具体到某一个人，有时在某种场合“被尊敬”过，到了另一个场合又不“被尊敬”了，因为到场的有比他级别还高的，显不出他来了。如果仅仅点出对方“尊敬”的人倒也罢了，有许多人还要点出己方被“尊敬”的人。逢会就要“尊敬”顶头上司的，大有人在。副职念念不忘“尊敬”正职的，更是相当普遍。尽管情况各有不同，但有几点是共同的：只有级别低的“尊敬”级别高的，几乎没有级别高的“尊敬”级别低的经周折；“被尊敬”的几乎都是官员，很少有专家学者“被尊敬”的，似乎只有官员才值得“尊敬”，其他人等都不值一提。其实说穿了，“被尊敬”的往往不是针对某个人，而是某个人的官位，彰显的也是官本位，隐藏在背后的也是对官本位的崇拜。

在有些会议上、有些活动中，由于繁文缛节过多，要“尊敬”的人过多，占用的时间也过多，令人耳朵起茧、不胜其烦。

“尊敬的”满天飞，并不是一个好现象。

我国是一个礼仪之邦，保持应有的礼节、礼貌，对别人给予应有的礼遇，是懂文明、有修养、素质高的表现。外国客人来了，重要嘉宾到场，我们热情接待，说几句“尊敬的”，会令人感到亲切。帮助我们的朋友到了，合作伙伴远道而来，表达一下“尊敬”之意，也无可厚非。但是，无论做什么事，都要讲究分寸，都要区分对象和场合，尤其要注意内外有别。过分的客套，反而让人生分了。例如，党内、军内、政府内、同志之间、上下级之间，就完全没有必要让“尊敬的”不离口；工作会议、业务交流、学术研讨、内部活动，就不必那么客套；称对方某人为“尊敬的”，就不要再“尊敬”己方的人了，尤其不要让人觉得这是在巴结领导、讨好上级，尤其不能让同志关系、上下级关系庸俗化。

如果“尊敬的”背后隐藏着许多不良的风气，我们还是认为是小事吗？还能对此听之任之、熟视无睹吗？

（原载2013年2月18日《光明日报》）

过度“质疑”成公害

“质疑”，已经成为一种不容忽视的社会现象，尤其是网上的“质疑”之声，常常铺天盖地，甚至形成一种左右事态的舆论。

前一段时间，围绕杀人恶魔周克华的死，网上的“质疑”就沸沸扬扬，闹得一些人也盲目地跟着“质疑”。本来，悍匪周克华在街头被击毙，是明明白白的事。有周克华被击毙的照片为证，也有周克华的尸体为证，重庆警方还专门为此举行了新闻发布会，这是不容置疑的。但是，偏偏有人要“质疑”：先是有人说他可能是“自杀”，接着有人又说是“误杀”、死者是“顶包”的，被杀的可能是一位外地来办案的民警，而真正的周克华并没有死。有人甚至有鼻子有眼、指名道姓地点出被杀民警的单位和姓名，言之凿凿地指出衣着方面的“疑点”。为了排除误解、以正视听，有关部门不得不一次次出面澄清，先是召开新闻发布会公布了现场图片和ＤＮＡ鉴定，后又公示所谓被“误杀”民警的图片和资料。直到重庆市就击毙周克华召开隆重的表彰大会之后，这种“质疑”才渐渐减少了。“质疑”之声是渐渐平息了，但有关部门为此付出了多少人力、物力、财力，影响了多少人的正常工作，则没有多少人再“质疑”了。

由此联想到此前的一些“质疑”。盛传一时的“郭美美事件”，虽然郭美美与红十字会毫无关系，但还是让红十字会“很受伤”，至今尚未完全“愈合”；河南发现“曹操墓”也曾遭到许多“质疑”，虽然国内许多著名考古专家专程前往考证验证其为真，但仍有人“立场坚定”“锲而不舍”，不肯接受这个定论，弄得有关人员颇为头疼，不得不一次次回应各种“质疑”。

现在，有一种社会倾向：有些人对什么都要“质疑”，对什么都敢“质疑”，对什么人、什么事、什么组织机构都不相信，对毋庸置疑的事也要“质疑”。在一些人的心目中，好像什么都不可信，什么都不值得信。最后，闹得疑神疑鬼，疑人疑己。而这种“质疑”如果只是在自己心中画个问号倒也罢了，许多人还要把它表达出来，偏偏有许多人盲目跟风、随声附和，这就形成一种误导和错误的舆论，散布一种对党、对政府、对党的领导干部和组织机构的不信任情绪，这也在一定程度上影响了党和政府在人们心目中的形象。毫无疑问，这样的“质疑”对人民、对社会都是有害的。

当然，对“质疑”，也不要轻易否定。与“十年浩劫”期间的盲从、轻信和狂热相比，对一些不能轻易相信的事物提出“质疑”，进而明辨真伪、分清是非，无疑是一种社会进步。有许多事，就是在“质疑”声中真相大白的。有些腐败分子，就是在被“质疑”后原形毕露的。有些“质疑”，是有思想、有主见、不盲从的表现。就某种意义上来说，我们应该感谢这些“质疑”、提倡这种“质疑”。但是，“质疑”也是一把双刃剑，它既可以砍伤别人，也会砍伤自己。当过度“质疑”、滥用“质疑”、随意“质疑”时，它带给我们的就只剩下伤害了。

有“疑”才能“质”，无“疑”就没有必要“质”了。无“疑”而“质”，不仅多此一举，而且会让被“质”者受伤，甚至导致亲痛仇快的后果。“质疑”，应该建立在充足的理由、可靠的依据之上，应该体现理性的分析和科学的判断，而捕风捉影、妄加推断、主观臆测，不仅“质”不出“疑”来，而且会引出“鬼”来——过度“质疑”，必将产生社会公害。

人无信不立。一个文明的社会，一定是个有高度诚信的社会。如果没有诚信或诚信程度很低，就称不上是文明社会。那么，这个社会和在这个社会中生活的人也将为此付出高昂的代价。生活在处处设防、谁都不敢相信的社会，那是很可悲的。就此而言，提高全社会的诚信，是比任何事都有重要的事。

我们不能否认，现在确有一些人、一些单位不讲诚信，因而不能赢得人民的信任。这也是各种“质疑”之声不绝于耳的根源。因此，我们还不能和“质疑”说“再见”，但我们在保留这些合理的“质疑”的同时，千万不能过度“质疑”、滥用“质疑”，更不能让“信任”离我们远去。因为过度“质疑”会演变成一种公害。

（原载2013年1月17日《中国新闻出版报》）

莫让谣言愚弄社会舆论

——从“张贤亮包养5个情人”的虚假传言谈起

在互联网上疯传、在社会上沸沸扬扬的“张贤亮包养5个情人”的虚假传言，近日终于“尘埃落定”了：造谣诽谤者最终良心发现，向受害者张贤亮发来短信赔礼道歉。原来，这个只有20岁左右的女孩是为了报复别人才编造谣言的，无辜的张贤亮只是“躺着中枪”的牺牲品。在短信中，这个女孩还说“为了不再伤害您，我将很快从银川消失”。难怪，张贤亮在谈到这段经历时引用了一句成语：“城门失火，殃及池鱼”。

自这个谣言出现在网上以来，我们看到，有关张贤亮的信息，简直是铺天盖地：转载的，议论的，猜疑的，推测的，看笑话的，批评的，大胆假设的，人身攻击的，都不计其数。茶余饭后，有了谈资，别人隐私，有了窥测的机会，有人为此感到格外兴奋。

现在回头看看，有多少人为此耗费了多少笔墨、喷出了多少唾沫！

“76岁的著名作家张贤亮包养5个情人！”看看这个传言，该有多少个“亮点”，该是多么夺人眼球：包养情人的，不是青壮年，而是76岁的古稀老人；被包养的，不是一个，而是5个；如此风流的，不是普通人，而是一个很有知名度的著名作家！如果没有这几个“要素”，哪里会这么轰动？哪里会这么令人“密切关注”“津津乐道”？然而，也正因为如此，这个传言虚假的尾巴，也在不经意间暴露出来，但许多人还是信奉“无风不起浪”“苍蝇不叮没缝的蛋”之类的“格言”，对无辜者进行着“有罪推定”，大发议论、大加鞭挞，甚至义愤填膺。

真相大白了，许多人愕然：这不过是一个醉酒者的恶意报复而已，张贤亮不过是被拉过来垫背的。一个涉世不深的女孩，就这样愚弄了社会，玩弄了社会舆论！

从这个造谣诽谤者的道歉短信中，我们看到了她的追悔，没有看到她的得意，但我们可以想象，当她的造谣引起如此关注、她的诽谤产生巨大杀伤力的时候，她肯定会窃喜：一个不光彩的、毫无根据的小动作，竟能吸引了这么多人的眼球，激起如此轩然大波、牵引了社会舆论！

我不知道关心此事的人在事后是否有被愚弄的感觉，也不知道那些妄加评论的人是否后悔原来的言论，但无论如何，我们都应该为自己的轻信而遗憾、为社会各界对这个谣言的过度关注而感到悲哀，为我们的宝贵精力和公共资源被这样一个无聊的事件野蛮剥夺而痛心！

如果冷静思考一下，我们就会觉得此事不可信、也不需要我们留意，更不值得我们如此过度地关注！稍微有点常识的人，就会做出正确的判断，至少不会轻易相信。退一步说，就算真有此事，有党纪国法在，有与之关系密切的人在，自然会有人举报、有人追究、有人查实，何劳我们这些不了解情况的局外人操心？如果是受害者，自然会找当事人理论、会找各种渠道申述、上告，怎么会在网上发表如此肮脏不堪的内容，甚至不惜为此自毁形象呢？

“包养情人”谣言的出现并不是孤立的，类似的网上流言、社会传言、民间谣言，难道还少吗？现在，是需要我们为此做些反思的时候了：一个有思想、有操守、有信念的人，一个科技发达、高度文明的社会，不能让别有用心的人牵住鼻子走，不能让窥阴癖泛滥成灾，不能被不良思潮所利用，不能让跳梁小丑太得意！

我国正处在发展变革的重要时期，值得我们发挥聪明才智的领域有很多，值得我们关注的事物也很多，何必要为非常无聊的事分散精力、毫无价值地耗费脑细胞呢？

但愿“包养情人”之类的谣言不再泛滥成灾，但愿人们不再过多关注这类无聊的事件。

（原载2012年11月23日《光明日报》）

在城市街头烧纸成了不治之症？

几乎每年农历的冬至，银川的街头巷尾都会有人上街烧纸。就市民在街头烧纸的问题，本报记者曾在报纸上公开提出批评，还为此写过政协提案，银川市有关部门就此发出了禁令、划定了烧纸区域，街头烧纸也一度有所收敛。

12月21日，又一个冬至来临了，银川街头还会重现往年的景象吗？当晚8点左右，记者走上街头察看。在商埠林立、住户很少的解放大街，记者没有看到有烧纸的痕迹，但拐到相对偏僻的街巷，就发现大路两侧的人行道上和树坑、树丛里有许多纸灰和水果、糕点、酒瓶、纸杯、香烟之类的贡品。看那样子，应该是在一两个小时之前烧的。当然，也有“行动”较晚的。在宁夏体育场和凤凰北街之间的一片空地上，记者就见到两处熊熊燃烧的火光，有人正在那里烧纸，而火堆旁边就是一株株树木。

22日早上，记者看到，昨晚街头巷尾的那些灰烬和贡品都被辛勤的环卫工人清除掉了，但留在地面的痕迹仍在，一片片、一坨坨，仍很醒目。

按照传统，冬至是祭奠亲人、为逝去的亲人送寒衣的日子。而像这样祭奠亲人的日子，在一年当中有好几个，这也就演变成一次又一次的街头烧纸“热潮”，周而复始，让人看不到绝迹的迹象。

不忘亲人、感念亲人、祭奠亲人没有错。但祭奠亲人必须讲文明、必须以不影响他人、不危害公共卫生为前提。而上街烧纸、随意丢弃垃圾，不仅是迷信，而且糟蹋财富、污染环境、增加环卫工人的劳动，与现代文明格格不入，为文明人、文明城市和文明社会所不许。上大街烧纸，不应该成为久治不愈、定期“发作”、无休无止的“顽症”！

（原载2012年12月23日《光明日报》）

不放鞭炮，也是一种“贡献”

常常听见有人抱怨现在的空气不好、雾霾天太多，有的人居然要为此离开自己长期生活的地方，个别年轻人甚至想为此移居国外，却很少听到有人说要从自身做起，更难见到有人自觉自愿地从点滴小事做起，为空气净化做出力所能及的贡献。

要为净化空气做贡献，并不是难事，人人都可以做到，有时甚至是不费吹灰之力的。就说燃放烟花爆竹吧，燃放，就是污染空气，不燃放，就是对净化空气的一种贡献。说这句话，是有充分的依据的。据报道，江苏省南京市今年春节首次禁放烟花爆竹，空气质量比往年就有很大改善，有一组数据充分说明了这一点：放与不放，那可是大不一样。哪里燃放，那里的空气顿时就变得污浊不堪；哪里不放，哪里的空气就相对洁净。

人生活在地球上，既可以成为污染环境的“作恶者”，也可以成为改善环境的“建设者”。一“正”一负，可以放大出多倍的效益。空气质量的好与坏，当然会受到自然因素的影响，但主要还是由人决定的。不要小看一个人的作用，如果每个人都只顾自己随意而行、都“破坏”那么一点点，那么环境就会很恶劣；如果每个人都停止破坏、都能做那么一点点有益的事，那么环境就会有很大的改善。坏事再小，累积起来其危害就变大；一件好事不大，积少成多就可能变成大好事。因此，我们每个人都应“不以恶小而为之，不以善小而不为”。

春节燃放烟花爆竹，是我国的传统习俗，对烘托节日气氛具有不小的作用，至今已经延续了上千年，但这个习俗并不是一成不变的，随着时代的发展、科技的进步，燃放的方式、种类也有许多变化。我们可以肯定地说，古人放的绝不可能像今天这么多、烟花的种类也不会像今天这样五彩缤纷、花样翻新！虽然是延续千余年的传统习俗，但是，放不放、放多少、何时放，完全是由个人掌握的，并不是非放不可、非放多少不可，不放并没有错，也不会因此损失什么。

现在的问题在于：古代人口少、燃放的数量和品种也很少，所以对环境的影响也很少，甚至可以忽略不计。现代人口多，所放的数量、品种也很多，那就不容忽视了！越来越多的雾霾天气可能正与此有关，我们就不能再把燃放烟花爆竹当成可以忽视的小事了。

我们不妨戴上“有色眼镜”来看此事。这样，我们就可以看到有的人看不到的现象：燃放烟花爆竹，除了烘托节日气氛，给少部分人带来瞬间的快乐外，还会带来噪声污染、严重污染空气，还产生大量难以清扫的垃圾、酿成安全隐患和火灾事故！我们还应该看到，每年春节，消防机关都绷紧了神经、随时待命，每年都有消防战士在春节期间冲向火海、奋力救灾，每年都有大量医务人员放弃休息、全力抢救伤员，每年都有人为此留下残疾、甚至终生的遗憾，每年都有大批环卫工人为“打扫战场”付出额外劳动、无法早一点休息、与家人团聚。

让我们看一看：为了烘托节日气氛，为了听个响、看个彩，全社会付出了该有多少？付出的难道只有燃放者腰包里的银子吗？难道我们不该算一算经济账、环保账吗？不该考虑一下社会成本和别人的付出吗？如果我们算完了这几笔账，那么我们还会对燃放烟花爆竹乐此不疲、情有独钟吗？

净化空气，人人有责；改善环境，人人可为。但愿明年春节，我们听到的鞭炮声能少些、再少些，我们身边的空气净些、再净些！

（原载2015年2月《光明网》）

有了高雅生活，才能脱离低级趣味

近几年反腐的辉煌战果已经载入史册。在腐败分子纷纷落马的时候，我们在公布的信息里有一个惊人的发现：几乎所有贪官、所有腐败分子都有“生活作风”问题！“生活腐化”“道德败坏”“包养情妇”“与人通奸”“长期保持不正当关系”……对每一个新揭露的腐败分子，差不多都有这样的表述，人们对此早已见怪不怪了。

这差不多都快变成一条规律了：凡是腐败分子，必然“乱搞女人”，凡“乱搞女人”者，必是腐败分子！这个规律，已经屡试不爽了。几乎没有几个腐败分子的背后没有乱搞的女人，几乎没有几个乱搞女人的人不是腐败分子。有些腐败分子的“红颜知己”甚至多达数人，似乎官位越高，占有的女人也越多。

最近，山西省查出的两名女贪官，居然也存在与他人通奸的问题，更是令人大跌眼镜，也让人很自然地想到了一个曝光率越来越高的词：性贿赂，也让人怀疑这里面有没有性贿赂的问题，猜测她们的高位是否是靠性贿赂获得的。

在民间，“包二奶”“养小三”的各种传闻也是不绝于耳，“外面彩旗飘飘、家里红旗不倒”的大有人在，社会上正弥漫着一股骄奢淫逸之风。尤其令人痛心的是，一些为我国传统文化所不齿的行为，居然被许多人津津乐道，不以为耻反以为荣。很少有人仅仅因为“生活作风”问题而受到党纪政纪的处分和社会舆论的谴责。一些本来很丑恶的事，竟被人轻描淡写地轻轻带过，甚至被毫无原则地原谅了、“理解”了、“放过”了。

我们无法一一揣摩每一个的腐败分子的心理状态：他们是以此寻求感官刺激、弥补空虚的心灵呢？还是以此证明自己非同一般、别有魅力呢？他们是对投怀送抱的来者不拒呢，还是以权钱为诱饵引人上钩呢？他们是以此为风流潇洒、快活逍遥呢，还是以此游戏人生、今朝有酒今朝醉呢？但我们完全可以肯定：他们个个都心理阴暗、情趣不高，都是个个都是以丑为美、以恶为善、以假为真，都混淆了是非、对错、美丑的界限，甚至丧失了最起码的人格，让人闻不到“人味”了，他们个个都是知识贫乏、精神空虚、不爱读书看报，都没有操守、品行不端、情趣低下，一直没有脱离低级趣味！

很难想象，一个情趣低下的人，会全心全意为人民谋福利，一个专在女人身上寻求刺激的人，会有什么高尚的情操；一个左拥右抱的人，会廉洁自律、不搞腐败！

苍蝇不叮无缝的蛋。种种迹象表明：一些官员的低级趣味，正被居心叵测的人所利用，成为他们谋求不正当利益的入口，成为肮脏交易屡试不爽的灵药，成为可以导致整条大堤溃败、坍塌的“蚁穴”，如果不加以控制而任其泛滥的话，那么最终必然会导致腐败官员身败名裂、身陷囹圄、家破人亡！到了那时，就悔之晚矣了。

低级趣味，不仅在腐败分子身上表现突出，在一般人身上也有突出表现：有些人以讲述、倾听、传播“黄色段子”为乐趣，有些人以花天酒地、醉生梦死为享受，有些人以大把花钱、挥霍无度来炫耀，有些人以吃吃喝喝、猜拳行令为快乐，有些人以玩物丧志、游戏人生为潇洒，有些人以吸毒、赌博、麻醉自己来摆脱烦恼……留心观察，在我们的生活中，各类低级趣味的行为真不少，对低级趣味一往情深的人也很多。而这样的行为、这样的人，必将降低社会的文明程度，妨碍社会的进步。

反腐倡廉，必须告别低级趣味。低级趣味，是反腐倡廉的绊脚石。不搬开这块绊脚石，反腐倡廉就难以进行。即使制定了严格规定、查出了几个贪官、严惩了腐败，也还会出现反复，甚至会使反腐成果前功尽弃。

脱离低级趣味！一个新课题摆在我们每个部门、每个人的面前。我们有必要在全社会来倡导高雅的生活，让所有人都能脱离低级趣味。

“志士不饮盗泉之水，廉者不受嗟来之食”。在我国经济文化都很匮乏的古代，许多古圣先贤在衣不遮体、食不果腹的情况下仍然能够很高雅的生活、保持可贵的气节和不俗的趣味，他们以自己的行为为后代子孙树立了很好的榜样。我们看到，琴棋书画，陶冶了多数人的情操！耕读传家，造就了多少英才！家训乡贤，成就了多少令人击节赞叹的民风！

到了物质极大丰富、科技高度发达、文明成果比比皆是的今天，可供人们高雅生活的条件前所未有。高雅生活，也有了充分的保障。我们完全有条件、也完全应该保持高雅生活，彻底摆脱低级趣味。

选择高雅生活并非难事，也可以有多种选择，每个人的爱好不同，选择也可以多种多样。琴棋书画，雕刻剪裁，唱歌跳舞，读书写作，鉴赏收藏，可供人们选择的雅趣、爱好，简直数不胜数。各级官员可以有高雅生活，各类知识分子可以有高雅生活，工人农民可以有高雅生活，其他人群也同样可以有高雅生活！生活方式可以有千差万别，高雅的表现也可以异彩纷呈。只要是文明的、有益于身心的、不妨碍他人的、不危及社会的，就都可以称之为“高雅”。

倡导高雅生活、保持高雅生活，是全社会的责任。为此，我们要在全社会营造高雅生活可敬、低级趣味可耻的浓厚氛围，让所有人都能认识到高雅的可贵和低俗的可憎，大力倡导健康、高雅、有益的生活方式。与此同时，我们还要打造书香城市、书香乡村、书香家庭，让整个社会都洋溢着书香。我们的老祖宗早就教导我们：“万般皆下品，唯有读书高”。可惜，这句古训曾被错误地批判，此后就很少有人再提，其实，这句古训在当今社会仍需要进一步弘扬，因为读书不仅可以改变命运，而且可以提高生活情趣。有关部门要定期组织各种高雅、健康、为群众喜闻乐见、能够陶冶人的心灵、可以吸引各阶层人群的活动，把人民的注意力吸引到值得他们投入的活动中来。对于我们每个人来说，都要自觉地、主动地参与各类健康有益的活动，为净化社会环境做出应有的贡献。

如果全社会的人都能向低级趣味告别，以高雅、健康的生活为人生目标，那么腐败行为就会断子绝孙，丑恶现象就会销声匿迹，我们这个社会也将越来越美好。

（本篇是2014年12月为自治区政协大会准备的书面发言材料，刊登在会议文件汇编内）

当好政协委员是一门学问

目前，我国已经建立了国、省、地、县四级政协组织。在宁夏，自治区政协委员有420人，各市政协委员、各县政协委员总人数应在三千人以上。按全国政协的要求，各级政协都要建立基层联系点，每个政协委员也都应有自己的联系点，政协委员的作用将因此得到进一步发挥。那么，政协委员如何才能更好地发挥作用呢？

当好政协委员，写好政协提案！这个提法很浅显、很直白，似乎没有什么“含金量”，这样的表述也没有多少内涵、多少创意。但我认为，一个政协委员真能做到这两个“好”，不是一件容易的事，真敢说自己已当好了政协委员、写好了政协提案的人，恐怕也没有几个。我虽然当了两届政协委员，也写过许多提案，甚至受到过一点表扬，但还是没有这个底气。

政协委员，当到什么程度才算好？政协提案，写到什么水平才算佳？并没有衡量的具体标准。但在政协委员中，确实有作用发挥好的，也确有人把政协委员的作用发挥到了极致，没有辜负党和人民的信任，也有为数不少的政协委员没有或很少发挥作用，有的人甚至是聋子的耳朵——摆设，这无论是对本人、还是对政协组织都是可悲的。所以，我认为，提倡当一个有作为、有贡献政协委员，不当尸位素餐、徒有其名、可有可无的政协委员，是十分必要的。

那么，为什么还要特别提出要“写好政协提案”呢？因为我认为写好政协提案，是一个政协委员参政议政的最重要的手段和最便捷的途径。政协委员参政议政、履行职能，无外乎讨论发言、政协提案、大会发言、专题调研等几种方式，相比较而言，小组讨论影响力较小，重视程度也较低，大会发言，虽然社会影响大、关注程度高，但发言人数有限、发言机会较少，只有政协提案，基本不受什么限制，却能交付有关部门办理并能引起重视，如果能够列入重点督办提案，还可以由领导同志亲自督办，进而达到良好的社会效果，也可以让提案人产生成就感和自豪感。所以，我认为，每个想干点实事的政协委员，都应该在写好政协提案上多下功夫。

我曾想把“写好政协提案”放在前面，因为我认为“写好政协提案”，是“当好政协委员”的前提，写不好政协提案，就当不好政协委员。现在还是把“当好政协委员”放在前，是想说“写好政协提案”是当好政协委员的保障，二者相互影响、相互促进。

我当了7年政协委员，一直把写好政协提案作为自己的努力方向。7年中，我写了20多份提案、七八份书面发言材料，做了4次大会发言，有两份提案还被自治区政协评为优秀提案，有一份提案被列为重点督办提案，由政协主席亲自督办。不仅如此，在政协换届之后，这个提案又被新一届政协列作追踪督办。自治区政协两次大会的提案工作报告中都提到了我的名字和我的提案，有关我在政协的小组讨论和大会发言的报道也比较多。有的提案甚至被媒体称作政协提案工作的亮点。

2011年，我精心采写的通讯《宁东，莫让工业废弃物绊住脚步！》和《宁夏：突破“垃圾围城”》在《光明日报》上刊发，第二年我又进行了跟踪报道，写出了述评式报道《治理工业垃圾，难在哪里？》。随后，我以这两篇报道为基础写成了大会书面发言。这篇发言稿直指“宁夏一号工程”中存在的问题，不遮掩，不回避，不隔靴搔痒，不钝刀割肉，直言不讳，锋芒毕露。当天大会结束时，一位市政协主席见到我竖起大拇指：“你真敢说，说得好！这些话不是谁都敢讲的。”自治区政府一位领导在散会后立即打电话督促此事。自治区九届政协提案委员会主任张全太也在会后给我打来电话，建议我将这篇发言稿改成提案。自治区九届政协主席项宗西在摸底调查之后认为此事可行，才决定将我这份题为《关于采取综合措施治理宁东工业固体废弃物的建议》列为重点督办提案。自治区政府为此多次召开专题会议，专门下发了《关于加强宁东能源化工基地工业固体废物综合利用的意见》。项宗西、齐同生、袁家军等自治区领导亲赴宁东，现场督办。我也随行并在办理提案的座谈会上发表了意见。2013年，自治区十届政协副主席刘小河又率队跟踪督办，我又一次参加并在座谈会上发表意见。现在，宁东已整合了4个大型现代化工业固体废弃物贮存处置场，其中投资8.7亿元的1号贮存处置场，在科学处理、合理利用方面已经发挥了作用。宁东工业垃圾问题，引起有关部门和社会各界的高度重视，作为提案人，看到提案产生如此积极的效果，我感到十分高兴。

2014年年初，我又向自治区十届政协二次会议提交了大会发言材料：《理顺煤电关系，解决供求矛盾，避免无谓的消耗和浪费》。这份发言反映的是宁东能源化工基地的问题：那里守着储量丰富、开采量也很大的煤田，电厂却从别的煤田远距离运煤，造成了巨大的损耗和无谓的浪费。这也不是小事。它涉及宁东的很多大单位，其中不少还是“央企”。能不能碰这个问题、能不能揭开其中的“猫腻”？我以十分谨慎的态度，做了多次采访，也进行了反复推敲，但我觉得只要事实准确、立场正确、选材无误，就没有什么可顾虑的！尽管大会收到的书面发言材料很多、尽管我的材料递交得很晚、有关部门此前已经确定了10位发言人，但有关人员还是为我的这个发言层层请示、积极争取，并最终把我列为第十一位发言人。不出所料，我的发言再次引起广泛关注，对解决这个问题也起到了一些推动作用。

这个发言也源于我的一篇报道。2013年，我发出了独家报道《宁夏宁东：缘何守着煤田用外煤》。在此前后，还没有任何一家媒体、一位记者关注过这件事，更没有人为此写过只言片语，我开了“第一腔”，也算是射出了“第一枪”。

还有一件事也让我很难忘：当政协委员头一年，我就做了一次大会发言，我的这个发言引起自治区领导和有关部门的重视，对推动海原地震博物馆的兴建起了一点推动作用。

政协委员很少有专职的，多数委员都是兼职，都有自己的本职工作。政协委员，既不是职称，也不是一种荣誉称号，更不是一般意义上的职务，政协委员发挥作用，完全取决于自己，而有无使命感、有无参政议政能力、有无社会责任感往往起到重要作用。想发挥作用、能发挥作用的可以，无所作为、徒有其名的也没有谁指责，但这种状况不会再继续下去了，自治区政协从本届开始，就特别注意对委员参政议政的考核，不能履行职责的委员，将不会再心安理得、不受触动。

如果政协委员只是在政协大会期间才参加政协活动、才想到自己是政协委员，才考虑如何履职，那么这个政协委员是很难当好的，就会有愧于人民的重托。政协委员虽然不是“专职”的，但应该是“专业”的，不应该是业余的。一个政协委员，不能总让自己处于“业余水平”、满足于当“业余委员”。所以，自成为政协委员起，我就注意身份的转换和素质的提升。我告诫自己：绝不能贪图虚名，绝不能尸位素餐，绝不能把政协委员当成一种荣誉称号。

当好政协委员，往往离不开本职工作，因为几乎每个政协委员都来自并代表一个或多个界别，了解本职工作、掌握本界别情况，可以使我们更好地参政议政。如果做得好了，还可以推动本职工作。这里面关键是要了解真情、敢说实话、善讲真话，能说到点子上，能抓到要害处，有胆有识，有所作为。如果一个政协委员说话都遮遮掩掩、吞吞吐吐、支支吾吾，顾左右而言他，话到嘴边留半句，那么参政议政、民主监督又从何体现呢？

自2008年年初担任自治区政协委员以来，我一直诚惶诚恐，唯恐辱没了“政协委员”这个神圣的称呼。为此，我向自己、也向其他委员提出自己的主张：不能只当“会议委员”，不能只在参加政协会议时才当委员，而要当“全年委员”，要时时处处注意履行政协委员的职责。如果只是到了开大会时才想到提建议、写提案，那就写不好提案，也当不好政协委员。我的这个观点，引起到“两会”采访的记者的注意，报道出去后也得到广泛赞同。

作为新闻界的政协委员，我一直在想：如何将新闻记者与政协委员这两个身份有机融合，进而发挥双重效应：利用新闻记者工作的便利，不断发现问题，更好地参政议政；利用政协委员的特殊身份，放大新闻作用，更有力地推动工作。经过几年的实践，我有了一些令人欣喜的收获。

这几年，政协委员的身份让我有“如虎添翼”之感，这个身份也确实给我的工作提供了许多便利：我常常把采访到的情况写成提案、“社情民意”或发言材料，也常常在政协调研时发现线索并写出新闻报道，两者互不相扰、相得益彰。政协委员参政议政，要注意发挥自身工作的优势，将自身工作与参政议政融为一体、有机结合。

利用政协提案参政议政，是政协委员履职的一种有效形式。许多委员参政议政的热情高，提交的提案也比较多。但是，我们应该看到，一次政协会议，收到的提案不少，但质量高的提案却不多，有的委员，一口气提交了很多提案，但可以立案并能办出实效的却不多。我曾听到一些办理提案的工作人员反映，有的提案大而空，所提建议很难落实，也很难办理；有的提案，内容过于琐碎细小，不该作为提案；有的提案缺少深入研究，处处都是外行话，让人贻笑大方；有的提案超出了地方政府的办理权限，也超出了地方的财力，让办理机关无法办理；有的提案把已经解决或已经办理过的问题又提出来，让人觉得委员作风漂浮；有的提案，提出来的是当前根本不可能解决的问题，让人很难作答；有些提案“扎堆”，内容也大同小异；有些提案，不是要钱就是要物，超出了地方政府的承受能力，也很难得到满足；还有一些政协委员，热衷于搞“雷人提案”，以哗众取宠为乐趣……

那么，如何才能当好政协委员、写好政协提案呢？什么样的提案算是好提案呢？我认为，问题抓得准、建议提得实、文字写得精、办理能见效的提案就是好提案。

首先要抓关系国计民生和关系到群众切身利益的问题。例如，自治区党委政府提出，要把沿黄经济带作为一个城市来经营，根据这个精神我提出了在这一区域共用一个电话区号、取消除高速公路之外所有收费站的建议，就得到积极的响应，自治区主席刘慧也表示赞同。有的部门积极回应，有的部门强调困难、态度消极，但没有人说我的提案不对。再如，我提出要把“小省区也能办大事”作为“宁夏精神”，也受到广泛赞同，人民政协报还就此刊发了消息。

其次，要抓能够引起社会各界关心、关注的问题。针对许多人过度透支生命、导致英年早逝问题，我提交了提案，也引起相关部门的重视，有关部门邀请我当场办理并请我发表意见。针对汉字书写水平下降问题，我提出首先要在公务员和教师中举行达标考试、书法竞赛的建议，受到办理部门的称赞。针对“柔性引进”人才中的问题，我提交了加强监管、注重实效的建议。

第三，要从工作中、生活中发现问题。一个时期以来，网络媒体发展迅速、突发事件增多、舆论监督频发，但是很多人特别是各级机关干部却缺少应对经验、缺乏应对能力，结果把一件小事弄成了大事，甚至把事情搞得越来越糟，有鉴于此，我提出要“从容面对媒体、妥善利用媒体、正确对待监督”，自治区人力资源和社会保障厅接到我的提案后，就此在宁夏人民会堂邀请外地专家举行专题讲座，还特别邀请我到现场倾听。我提出的禁止在城市大街上烧纸、加强城市停车场建设、不要把马路变成停车场、高速公路应该在水洞沟景区开设出入口的建议，都是来源于我对生活的观察。发展居家养老、增设家庭医生的建议，也是我从现实生活中发现并提出的。

第四，要多从自己熟悉的领域发现线索、寻找题材，这样可以避免提案撞车。政协委员是有界别的，他们分别来自各个行业，有的甚至就是所在领域的专家，很有发言权，所以要充分发挥这个优势，争取外界更多的支持和理解。我曾就党报党刊发行的改革问题，提出过建议，引起自治区党委宣传部的重视。在参加自治区团委组织的专题调研之后，我根据了解到的情况，提出加强对青少年心理健康教育、建立预防机制的建议。当然，要防止自说自话，只站在本单位、本部门的立场发表意见，或谋求不该谋求的利益。

政协委员，应该是敢讲真话的典范，应该是研究问题的专家，应该在社会发展中有所作为！

当好政协委员是一门学问，需要我们不断探索、不断创新，也需要我们长期学习、深入钻研。

作为政协委员，我虽然力所能及地做了一点工作，但平心而论，做得很不够、很不到位、投入的时间和精力也有限，我将在今后尽力弥补这方面的差距。

（本篇是为政协委员培训班所写的讲稿，部分内容刊登于《人民政协报》）

堵一堵进京举办新闻发布会中的“黑洞”

进京举办新闻发布会，处处都需要花钱，其中有些开支的“黑洞”，应该引起我们的注意，切实堵一堵。

热衷于到北京开新闻发布会的人不在少数。招商引资、引进人才，举办文娱活动、体育赛事，或要召开重要会议，许多人首先想到的就是到北京去举办新闻发布会，因为在有些人看来，只有这样才能壮大声势、扩大影响，达到宣传效果。

进京举办新闻发布会，确实有得天独厚的条件。北京是首都，信息最灵通，在北京的中央媒体、行业媒体和外国驻京记者都很多。如果这些媒体都对某一项活动、某一项工作做出报道的话，那将产生多么大的宣传效果！对这种愿望，我们也不难理解。

正因为进京举办新闻发布会有许多优势，所以许多地区、许多单位对此都十分热衷。不仅省级单位如此，就连市级甚至县级单位也趋之若鹜，所以进京举行“隆重”新闻发布会的一直不少。

在北京举办新闻发布会，可不是一件简单的事。一大批人要提早进京精心筹备，协调关系、布置会场、准备材料、邀请记者、宴请嘉宾、赠送礼品、发交通费，每一个环节都足以让人劳心劳神、殚精竭虑，每一个环节都需要有足够的经费支出。有时，为了能够邀请到足够多的新闻单位，居然要调动各种关系、动用各种“力量”，有些人不得不一次次打电话、寄请柬，甚至多次上门邀请。很少有人为此算过账，也很少有人知道其中的“猫腻”，至于花了多少钱、哪些钱该花、哪些钱不该花，几乎没有人能够说得清楚。但数字惊人，可能是没有疑义的。

没有钱，是无法在北京举办新闻发布会的；花钱少，也是开不好新闻发布会的。所以，我们应该问一声：新闻发布会是否都有必要到北京开？

如果留意一下，就可以发现：有些新闻发布会在北京“隆重”举办之后，却很少有媒体报道，除了本地媒体在本地“大张旗鼓”地报道之外，外地媒体、特别是中央媒体却很少报道，有的即使有点只言片语，也是登在犄角旮旯，很不显眼的地方，让人感觉很勉强、很不情愿。有的媒体虽然派记者到会，但并没有采写新闻，只是“捧了个人场”，因为现场不便于展开深入的采访，有的记者看不出有什么值得写的、也没有兴趣做过多的采访，其所在的媒体并不认为这类活动值得报道，甚至很抵触。所以，有些新闻发布会连“花钱赚吆喝”的目的都没有达到。而这么一大批人乘飞机往返、在京逗留多日、吃住在高档宾馆，钱是花了不少，却没有听到几声“吆喝”。

进京举办新闻发布会，何以与举办者的愿望相去甚远呢？根本原因还是这些新闻发布会并没有发布多少有价值的新闻。有些记者即使想写点什么，也常常苦于找不到新闻点。因为有许多新闻发布会只是告诉人们他们将在什么时候开个什么会、举办个什么活动，而这种“预发”的消息，往往是不值得发的。事实上，社会普遍关心、真正值得“预告”的新闻并不多，几乎所有新闻媒体都不愿意刊发这种“预告”性的新闻，所以这类“新闻”也很少“出笼”。其实，有些活动、会议本来就是区域性的、局部的，本身就不会引起多少人关注，更何况它的“预告”消息呢？

有些会议、活动已经举办过多次了，就更没有必要年复一年地去北京举办新闻发布会。我们看到，现在我国的新闻事业已经相当发达，几乎所有中央重要媒体，都在各省市自治区设立了派出机构；在全国各地，都有各类媒体的记者在随时随地地捕捉新闻，漏发重大新闻的事已经很少发生了。有些新闻发布会即使在当地开，也可以邀请到中央、地方各级媒体的记者，也基本可以达到期望的宣传效果，并不一定比进京开的效果差多少。新闻发布会的宣传效果，主要是由发布的内容决定的，举办地点虽有一定关系，但作用不大。如果有新闻价值，在哪里开都差不多；如果没有什么新闻价值，即使到联合国总部去开会，也不会达到预期效果。

现在，我们需要认真审视一下各类新闻发布会，查一查其中的问题，堵一堵其中的漏洞，看一看是否花了冤枉钱？

（原载2013年10月27日《光明日报》）

春节放鞭炮岂能旁若无人？

春节是欢乐祥和的节日，但有些不文明行为却破坏了这种祥和，也让人欢乐不起来，有时甚至让人平添一种不满、怨气、甚至愤怒。随心所欲、毫无节制地燃放烟花爆竹，就是其中的一种不文明行为，其危害尤为突出。

在宁夏首府银川，一进入腊月就鞭炮声不断，到除夕晚上更是达到了高潮，特别是在零点（其实，这个“零点”是公历时间，并非农历的蛇年、马年交界）前后更是万“炮”齐发、“雷”声大作，有时即使面对面也听不清对方的话语，这也不必多说了，因为春节就要欢欢乐乐，而燃放烟花爆竹就是要表达欢乐的心情，此时多数人尚未入睡，也都能给予理解。单说此后几天的燃放，几乎可以用随心所欲、旁若无人、肆无忌惮、毫无节制来形容。初一熬夜的人们入睡还不到两三个小时，那边鞭炮就响了，让人不得不从睡梦中惊醒，这大概是燃放者有意要借此来突出自己吧。大年初一，天还没亮，许多人要抢发“头彩”，便“毫不客气”地一次又一次把人们唤醒。好容易熬过初一了，鞭炮声也少了，人们希望借机补一补觉，但是零星的鞭炮声还是让他们的“美梦”难成真，因为有些人的鞭炮偏偏不在夜幕刚刚降临时放，而是选在深夜12点以后、多数人都已入睡才放，其燃放时间毫无规律可循，简直是有意的恶作剧，让人又气、又恨、又无可奈何。

现在，许多城市、特别是大中型城市居住都相当集中，在有的地方，前面楼上说的话，后面楼上的人都能听见，更何况是震耳欲聋的鞭炮声呢？一挂鞭炮在深夜燃放，就可以惊动半边城，足以让几万人、甚至十几万人心惊肉跳、从梦乡回归现实。也许，这正是燃放者所要达到的效果。

城市，是文明的场所；春节，是文明的节日。一个文明的社会，不应允许不文明的行为任意滋生蔓延。春节，更不应该成为不文明行为孕育的温床和肆无忌惮宣泄的时段。任何人都不应该把自己的快乐建立在别人的痛苦之上，更不能无缘无故剥夺别人休息的权利。总之，人们的行为要有所顾忌、有所节制，不能旁若无人、不能妨碍他人自娱自乐。

从现在到正月十五元宵节还有一段时间，鞭炮也还会燃放一段时间，我们希望有的地方、有的人能够文明一些，让节日的气氛祥和起来，让所有人都能欢乐起来。当然，我们更希望这类不文明行为在以后再不出现。

（原载2014年2月7日《光明日报》）

警惕网上投票被别有用心的人利用

一个时期以来，网上投票评先选优活动很盛行。很多活动在确定候选人之后，都要进行网上投票并最终以网上投票结果作为入选依据。于是，争取票数、谋求高票便成为一些当事人及其所在地区、所在单位的强烈愿望和“扎实行动”，这也为有些人提供了可乘之机，专门以此牟利的人应运而生。这类评先选优活动的严肃性、影响力和社会声誉也因此大打折扣。

“这样的评选极不严肃，也太可恶了，是对所授荣誉称号的亵渎！”一位大学女教师近日向记者讲述了一件事：2013年，她和本地另一位教师被推荐参加一项全国性的评选，评选活动最终要在60多位候选人中确定10位当选者。在进入网上投票阶段，有人打来电话：“看你现在得票不高，需不需要我们帮忙？”打电话的人明确告诉她：只要你交给我们3000元，我们就保证你进入前10名；如果你肯交1万元，我们则保证你进入前3名。这位教师认为，这很不光彩，就一口回绝了。但那些“好事者”并没有放过她，仍然不断地打电话给她，口气也是出人意外地一致：只要你出钱，我就给你投票！这位女教师告诉记者，在整个投票期间，她接过十几次这样的电话，有同属一个单位的，也有不是一个部门的，有“知难而退”的，也有“锲而不舍”“不到黄河心不死”，碰了钉子仍要纠缠的。直到投票截止那一天，还有人打来电话。结果，这位老师的票数没有什么增加，有的人却“异军突起”、得票异乎寻常地上升。

与这位女教师参加同一个评比的另一位小学女教师，在投票阶段也接到了类似电话。她告诉记者：在电话中有人问她，你是由哪里推荐的？然后就问推荐单位的负责人是谁，直接给那位负责人打电话。这位小学女教师还向记者介绍了她此前参加“××杯”评选的遭遇：那次，也要进行网上投票。有一个人先后给她打了四五次电话，明确开出“价码”：200元钱投1万张票。如果肯出3000元，保证进入前10位。这位女教师当即回绝了。不料，此人仍不死心，又接二连三地打来电话。这位女教师的回答毫无商量的余地：“你也不要再打电话了。我是不会为此出钱的。我不是心疼钱，也不会图这个虚名。如果靠这种办法入选，那就毫无意义了，我也不会觉得光彩。”结果，这两次评选，她都榜上无名。

那位大学女教师对记者特别强调：我没有入选，是因为我不够优秀。对此，我处之泰然。但是，如果让我花钱买荣誉，我是绝不会干的，那样得来的荣誉也没有什么值得骄傲的。

有位文字工作者，被某地评为年度人物，随后他又被推荐某项评选。推荐单位明确让他请人在网上为自己投票，但由于此人对此并不热心，网上得票一直没有“突破”，最终他也一无所获。

组织网上投票，主办者可能都有良好的初衷。网上投票，可以引起社会的广泛关注和积极参与，也具有某种教育、引导功能，但目前暴露出来的情况表明：它的积极作用正在丧失，而消极作用正日益凸显，已经到了应该刹车的程度。

有人认为，评先选优网上投票热应该降温。当前，特别要警惕别有用心的人借此谋求不正当的利益。

接受记者采访的两位教师都认为，通过网上投票评先选优，很值得质疑。网上投票，最多只能提供一种参考，绝不能作为主要依据，更不能作为唯一的依据。

（原载2013年12月16日《光明日报》）

文明祭祀是否需要耳提面命?

最近，银川市政府就文明祭祀专门发出通告，银川市民政局则启动了“清明树新风”主题宣传月活动，银川市殡葬管理所发出了文明祭祀倡议书，当地新闻媒体就此也加大了宣传力度。

文明祭祀，已不是一个新问题了，也非银川所独有。银川市有关部门就此做出的规定、发出的倡议也不是第一次了。早在多年前，本报为此就发出过呼吁，本报记者还就此写出了政协提案，引起自治区政协和银川市有关部门的高度重视，在街头巷尾烧纸祭祀行为一度有所减少，但并没有禁绝。每到清明、农历七月十五、农历十月初一、冬至、除夕等重要日子，仍有人以烧纸等传统方式缅怀亲人、悼念逝者、祭祖扫墓。为此，银川市有关部门专门划定了可以用传统方式祭祀的区域，同时严格禁止在其他地方乱烧、乱丢、乱摆、乱放。这种行为，不仅宣扬了迷信、而且浪费了社会财富，更造成不小的环境污染，与现代文明更是格格不入，为银川这样的省会城市所不容，也给已经取得全国文明城市称号的银川抹了黑。

值得人们深思的是，这样显而易见的不文明行为，何以就禁绝不了？何以要有关部门一次又一次耳提面命？难道真的就成了定期发作、无法根治的“顽症”？

银川市为推行文明低碳祭祀，倡导节俭、文明新风做了许多卓有成效的工作。为了破除焚烧纸钱等陈规陋习，银川市倡导种植纪念树、网上祭奠等文明、环保、健康、安全的祭祀方式，对不保留骨灰、进行“黄河葬”的还给予一定奖励。

记者注意到，银川市政府于3月18日发出的“通告”既具体又严格。“通告”明令禁止借殡葬祭祀之名大搞封建迷信活动、禁止随意沿街焚烧冥纸等不文明行为、禁止销售低级庸俗并带有封建迷信色彩的殡葬祭祀用品。对违反规定的，不仅责令其纠正，而且要给予警告和罚款；对不听劝阻、阻碍依法执行公务或借殡葬祭祀活动扰乱社会秩序的，依照《治安管理处罚条例》予以处罚；对因焚烧冥纸引发火灾或其他事故的，依法追究其刑事责任。如果是党员干部，则按规定问责并给予通报批评。

银川市希望通过这些举措推动移风易俗，破除陈规陋习，倡导文明祭祀，美化城市环境，提升城市形象，进而巩固全国文明城市创建的成果。

这些举措能否达到预期效果？让我们拭目以待。如果到了无需耳提面命地纠正不文明行为的时候了，我们的社会就真的进步了、文明了。

（原载2014年3月20日《光明日报》）

我为什么20多年不放鞭炮

这个春节，尽管在外地工作的儿子、儿媳远道归来与我们一道过年，我依然没有买一挂鞭炮、一枚彩弹。算起来，我已有20多年没有放过一个鞭炮了，但我丝毫没有觉得有什么遗憾。我和我的家人完全变成了“旁观者”。有时，我看见有人那么“起劲”、那么“投入”地放炮、甚至对放炮寄寓了那么多的“感情”，竟觉得有点滑稽。

小时候家里经济很拮据，但我还是有买一两挂小鞭炮、三四个“二踢脚”过年的记忆。记得那时候，一挂鞭炮有50响的、有100响的，后来又有了“十响一咕咚”的，每挂鞭炮大概只有两毛钱左右。儿时的伙伴们都舍不得一次放完，就把小鞭炮拆下来，一个一个点着放，这样，一挂鞭炮就可以放上好几天。

参加工作了，也能买得起鞭炮了，但我放鞭炮的热情却没有了，因为我已体会不到儿时放鞭炮的乐趣了，所以我很少买鞭炮。有了儿子后，我才在过年时买上两个“魔术弹”教儿子放一放，但儿子似乎对此也没兴趣，所以在儿子六七岁之后我就再也不买鞭炮了，至今已有20多年。虽然过年不放炮，但我和我的家人并不觉得有什么缺憾。有时“坐在城楼观山景”——站在高楼上看别人放炮，倒也别有情趣。

随着环保意识的提高，我对过年放鞭炮越来越“反感”了，因为我是戴着“有色眼镜”来看此事的，所以，我除了看到燃放烟花爆竹的“负面”作用外，几乎看不到它的“正面”影响。我不否认，燃放烟花爆竹，确实可以烘托节日气氛，也可能给少部分人带来欢乐。但是，我们更应该看到，它还会带来噪声污染、严重污染空气，产生大量难以清扫的垃圾、甚至酿成安全隐患和火灾事故。但是，很少有人会顾及这些，也很少有人会“打扫战场”——将自己制造的垃圾打扫干净，几乎所有清扫任务都强加给了环卫工人，无形之中给他们增加了大量额外劳动。不仅如此，几乎每年春节期间，消防机关都绷紧了神经、严阵以待，随时待命，尽管如此，有时还会顾此失彼，因为由此酿成的火灾，简直防不胜防。同样神经紧张、不得不坚守岗位的，还有大量医务人员，尽管他们放弃休息、全力投入抢救，还是遗憾地看着为数不少的人因此留下终生的残疾、甚至失去宝贵的生命。

近些年，几乎每年都有人因放鞭炮酿成火灾、因放鞭炮而受伤，炸瞎眼睛的，炸断手指的，炸烂皮肤的，烧着衣物的，都不在少数。有些创伤，是终生都无法弥补的。

更令人遗憾、也更令人悲伤的是，南方一些鞭炮厂事故连连，几乎每一次爆炸都造成灾难性的损失，每一次事故都有人家破人亡！而生产烟花爆竹消耗的火药、纸张及其他材料，加工、运输、销售、安检等各个环节消耗的人力和物力，则没有人关注，更没有人为此算一算经济账、环保账。

看看，仅仅为了烘托节日气氛，仅仅为了满足人们听个响、看个亮的愿望，全社会付出了多么大、多么多的代价！

有句针对象牙买卖的广告词说得好：没有买卖就没有杀戮。如果用在烟花爆竹的产销上，这句话同样合适。每年春节的鞭炮销售，都增加了许多家庭的无谓开支，刺激了鞭炮厂的加码生产，除此之外，我几乎没有它给社会、给人民带来多少益处。

因此，我在20多年前就在报刊上公开呼吁禁止燃放烟花爆竹。此后，我又围绕这个问题写了不少文章。1989年年初，我写出了《春节后对春节的反思》。2000年3月1日，我在中国青年报“求实篇”专栏发表评论：《我对爆竹的“成见”》。2011年2月12日，光明日报发了我的“记者来信”《要欢乐，更要文明》，也是针对春节期间包括乱放鞭炮在内的种种不文明行为的。2014年2月7日，我在光明日报上发表的评论《春节放鞭炮岂能旁若无人？》，锋芒所指就更为具体了。

对放鞭炮有这么深、这么久的“成见”，我当然不会再放一个鞭炮。

我庆幸自己不再为此糟蹋自个兜里的钱、自己的钱也不会在火光中“烟消云散”，更庆幸自己没有给本已令人忧虑的环境再“添堵”，没有为pm2.5做贡献。雾霾天气增加与否，与我没有直接关系。

当然，我一个人不买鞭炮、不放鞭炮，对大气质量、对地面环境并不会产生多大影响。但是，如果大家都这样做呢？那就大不一样了：春节的气氛也许会变淡一些，但春节的空气就不会这样污浊、雾霾天气也不会这么多、令人苦恼的噪音也会离人们远去，除了鞭炮厂会减产、工人收入会减少外，其他方面大概都不会有什么损失。

省了钱，又净化了空气、减少了垃圾，何乐而不为呢？

（原载2015年《共产党人》第六期）

一个“老本”岂能吃一辈子？

最近，某省作协两位负责人将职称晋升问题引发成言语冲突，结果被吵得沸沸扬扬。对其中的是非曲直，不太了解内情的局外人很难说得清道得明，我也不想参与其中。不过，其中一方认为另一方在上一次晋升之后并没有新的建树、就不应该轻轻松松地再次晋升的观点，我还是基本赞同的。即：他原来获得的一个大奖，已经在上一次评定时用过了、并且作为重要依据了，就不应该再用了，也不应该再以此为砝码了。

这实际上是提出了一个普遍存在的问题：一个奖项能否终生受用？一个“老本”能否吃一辈子？而在现实生活中，确实有人把一个“老本”吃了一辈子：获了一个不同凡响的大奖，取得了一个令人瞩目的成果，关键时刻立了一个大功，往往就有享不完的“荣华富贵”：职称晋升时被一次次地使用，职务提拔时一次次成为依据，评先选优时一次次增光添彩，“好事”接踵而至，头衔越加越多，荣誉层层加冕，甚至连慰问活动也场场不漏。有的演员成功扮演过一个角色，便镀上了金边、终身受用，走到哪里、到什么场合，仿佛身上都有了光环。有的歌唱演员唱红了一首歌，就变成了“歌唱家”，一首歌能唱十几年乃至几十年，本人也就靠这首歌“红”了十几年、几十年！

如果讲到自己的业绩，十几年前是那两句话，几年前还是那两句话，未来几年也只能是那两句话，那将是一件多么无聊的事！一个但凡有点自尊心的人，都应该为此感到羞愧，也应该为此自责。一个“老本”吃一辈子，无论是对全社会、对某一个行业、某一个领域，还是对“吃者”本人，都是十分可悲的！

一个吃老本的民族，是没有希望的民族；一个吃老本的人，是没有出息的人。

如果一个“老本”真能吃一辈子，那么即使很有创造力的人也会丧失进取心，整个社会也将因此而失去活力！如果一个国家吃老本的人多了，那么这个国家就没有希望！因此，我们不能允许吃老本，更不能鼓励吃老本、让人在早已泛黄的功劳簿上酣睡不醒。让喜欢吃老本的人长期养尊处优、无忧无虑，繁育出来的只能是惰性、僵化、凝滞，奋发图强、不懈努力的人将会越来越少。

几十年前，毛泽东说过一句话：“不要吃老本，要立新功”。吃老本，是不光彩的；立新功，是值得赞美的。

一个国家要不断前进，一个人也要不断进取。我们要鼓励今人超过前人，更要鼓励自己超过自己，有时，超过别人容易，超过自己难。超过前人、超过自己，都是需要政策来激励、需要措施来保障、需要舆论来引导的，这就需要改变一些不合理的评价标准和考核体系，使我们的评价和考核更科学、更合理、更有激励作用。

当然，我们应该历史地看人论事，也不能与以往的一切完全割裂，因为任何人都有一个成长的过程，任何事都有一个发展的阶段，什么成果都不是凭空产生、突然降临的，但以往的一切只能做参考，至多只能做部分依据，而不能作为全部依据，更不能循环往复、永久利用。

看来，我们的价值观念、评级标准、考核体系都该改一改了。

（原载2015年5月18日《银川晚报》）

英年早逝：一个沉重的话题

春节前后，告别人世的人好像明显增多。那些来去匆匆、英年早逝的人，尤其令人惋惜、伤感。我就在银川殡仪馆送别了一个相识近40年的老朋友，为他的早逝流下悲伤的泪水。

今年一月下旬，参加宁夏十届政协第一次会议的政协委员们发现：一位曾经站在上届政协讲台上做过大会发言、在图书馆学方面颇有建树、也应该连任的政协常委，不见了。原来，他在与病魔顽强抗争之后于两个月前告别了人世，终年只有55岁。

没过几天，一位曾经接待过政协调研活动的女副厅长也与世长辞，享年只有57岁。

令人扼腕叹息的，还有很多：宁夏某市政协刚刚完成换届，其中一位副主席当选仅3天就因病突发而过早地结束了自己的人生旅程，年仅51岁；2012年7月下旬，宁夏一位到台湾参加活动的处级干部，竟突然发病死在台湾的宾馆里，年仅50岁。在此之前，也就是2012年3月14日，正在收看温家宝总理答记者问实况的宁夏广电局局长马洪真突然发病，虽然经过及时抢救，他的生命还是永远定格在51岁这个令人惋惜的年龄。在此之前，宁夏刚刚在全国率先实现了广播电视“户户通”。有人说，这位为“户户通”立下汗马功劳的回族干部是累死的。

往前追溯两年：曾经担任过石嘴山市市长和市委书记、后又到自治区政府担任主席助理的田明，在毫无征兆的情况下突然发病，在还没有结束职业生涯时竟提前结束了自己的生命。宁夏新闻出局办公室主任朱世忠，很有写作天赋、也写出了不少优秀作品，有很好的口碑，而且即将升职。2010年8月5日，他在走出某机关大门时突然晕倒，虽然立即被送往医院抢救，但这个充满活力的生命却再也没有焕发活力，至今还有人写文章怀念这位只有48岁的早逝者。而英年早逝的同心县民警海小平，还不足25周岁。

在宁夏社科院，也有两位处级干部相继离世，年龄都没有过50岁。

最近，宁夏刚刚有3位殉职的民警被公安部授予二级英模称号，除一位是与歹徒搏斗而牺牲外，另两位都是因病倒在工作岗位上的，年龄都是40多岁。

而早年因修建红军长征纪念碑过度劳累而殉职的西吉县县委常委、宣传部部长海正生，只有38年的人生。作为他的老朋友，我曾在他辞世后满怀悲痛前去采访，并在光明日报上发表了长篇通讯《海正生生命的最后十五天》。

曾经在戏剧舞台上塑造过鲜活人物形象、也曾在商界叱咤风云的上市公司银广夏的创始人陈川，是坐在寓所的马桶上辞世的，年仅59岁。

某市编办年近50的主任在上班时倒在机关的厕所里，再也没有站起来。

……

够了！够多了！只有600多万人口的宁夏，就有这么多人英年早逝，实在令人震惊、令人遗憾、令人悲痛！限于篇幅，我不能举更多的事例。实际上，这里提到的只是我所知的公众人物，还有许多人没有提及。在我们周围，有多少亲戚、朋友、熟人在盛年悄然离世，让人感叹人的生命竟然如此脆弱！而他们孜孜以求的一切，也因此戛然中止，甚至半途而废，他们的人生也留下了过多的遗憾。放眼全国，近年来有多少人过早地离开这个让他们苦苦奋斗、也令他们无比留恋的世界！

英年早逝！这是一个沉重的话题，也是一个严酷的现实。

电脑操作不当，会死机；人的身体使用不当，会猝死；电脑死机了，可以重新启动；人猝死了，却不可以重生！

在这些过早离世的人中，有的是骤然谢世，让人猝不及防，无限伤感；有的是经历了病痛长时间的折磨，虽然尽全力抢救并耗去大笔医疗费，仍然无力回天；有50多岁的，有40多岁的，有30多岁的，还有20多岁的！有人的寿命，还不足长寿者的三分之一，这真印证了那句古语：黄泉路上没老少。

几乎每一个英年早逝的事例，都向活着的人发出警告。虽然警钟一次次敲响，但很多人好像不为所动，也没有吸取教训，依然固守不健康的生活态度和生活方式，甚至毫无改变，这实在令人遗憾。这也是我写这篇文章的动因。

生活没有旁观者。如果不珍惜生命、维护健康，谁也不能夸口：那样的人生悲剧绝不会发生在自己的身上！

一个人的离世、特别是英年早逝，除了让自己的人生充满遗憾外，还给他们的亲人留下无尽的痛苦、给他们所在的单位造成不小的影响，如果是杰出人物，还会给某项事业和全社会带来无法挽回的损失。因此，我们可以说，英年早逝，不仅是个人的悲剧，也是家庭的不幸、单位的不幸、社会的不幸！

过去，由于战争、饥饿、贫困、医疗水平、自然灾害、政治运动等原因，许多人不能终其天年。现在，生活水平越来越高了，医疗条件越来越好了，人类的平均寿命也越来越长了，但却有为数不少的人不能活到应该活到的年龄，甚至活不到人均寿命的一半，这不仅是本人的悲哀，而且是社会的悲哀。因此，全社会都有责任、有义务通过各种途径减少、以致杜绝这类悲剧的发生。让更多的人颐养天年、寿终正寝，在有生之年为社会做出应有的贡献，也是一种社会责任。

除了患有先天疾病等极个别的人外，父母给我们的，大都是健康的生命和正常的智力。而在活了几年、几十年后，人的知识和才能有差距了，人的身体素质也有差距了：有的人健康，有的人多病；有的人强健，有的人羸弱；有的人长寿，有的人短命。为什么会有这么大的差别？因为有的人能够正确对待自己、合理使用身体、珍惜利用生命，有的人则相反：摧残自己的生命、糟蹋自己的生命、透支自己的生命、挥霍自己的生命。

非正常死亡的原因有很多，我们不能一概而论。但很多英年早逝都不是必然的，都可以从不合理地使用身体、不科学的饮食、不规律的作息、不良的生活习惯、不好的兴趣嗜好、不自量力的追求、不可取的人生理念和对自己的无原则放纵等方面找到原因，过分透支生命、过量消耗精力、过度放纵自己，将脆弱的生命当作取之不尽用之不竭、可以无限度开发的矿藏，则是比较普遍的原因。

我们看到，有的人，公而忘私，夜以继日，全力投入工作，恨不得将一天24小时都用于工作，却不肯为健身留出半小时时间；有些领导人，从早忙到晚，根本没有时间锻炼、甚至彻底忘记了锻炼；有的人，经常加班加点，不能在该休息时休息，一年到头把工作的弦绷得过紧，甚至在身体发出警告了，仍然不肯放松一下；有的人长年累月不休息，也不疗养，其中有人是被强迫加班，有人是自愿加班，希望多拿加班费；有的人，为自己确定了过高的奋斗目标，将人生变成一场博弈，过分追求金钱、地位、学历、职称、职务、待遇、荣誉、房子、车子，不计代价，不讲成本，“奋不顾身”，有些追求远远超出自己身体的承受能力和智力所及，结果消磨了健康、损耗了生命，想要追求的还没有到手，自己的身体倒先垮了；有的人，没有人生目标，寻求感官刺激，流连于歌舞厅、麻将桌和其他娱乐场所，无谓地打发时光，却不肯动一动手脚、活动一下筋骨；有的年轻人，在电脑桌前玩游戏竟然几小时、十几个小时不动窝，腰酸背痛了也不愿到运动场上去活动手脚；有的人，热衷于各种应酬，不惜为此耗去大量宝贵的时间和精力，他们有时间吃喝玩乐，却没有时间健身，结果吃坏了风气吃坏了胃；有的人把烟酒当作最亲密的伙伴，酒要成斤地喝，烟要成包地吸，疾病上身了还浑然不觉……这里面，有的精神可嘉，但做法不可取；有的从追求到作法都有问题。如此对待自己的身体、使用自己的身体、糟蹋自己的身体，都会被身体“记录在案”，都会被“秋后算账”的！

身体不是本钱，可以生出利息；身体不是财富，可以任意挖掘；身体不是公共财物，谁都可以利用。身体只属于自己，一旦出现问题，只有自己承受，谁都不能替代。

健康是福。健康也是人生最大的财富。排除外界因素，一个人的健康基本就握在自己的手中。一个人是否健康，就看他如何工作、如何生活、如何对待自己的身体！

我们不难发现，一些四五十岁就过早辞世的人，几乎都曾在年轻时透支过生命，几乎都曾有危害健康的行为，几乎都没有把维护健康当回事。

其实，许多英年早逝的人生悲剧，并非不可避免，也并非一定发生。

身怕不动，脑怕不用。体育健身，是维护健康、预防疾病的最直接、最便捷、最有效的手段。

我们发现，许多人都没有主动健身的意识，有的人根本没有把健身作为增强体质、预防疾病的最有效手段，而是过分依赖保健品和药物。有人可以一把一把地吃药，却不肯为健身拿出一点时间。

我曾问过许多领导干部，其中有的人很少锻炼身体，有的人从不锻炼身体，坚持正常锻炼的人很少。他们的共同理由是：忙，没有时间。有的人，哪怕只有几百米的路，也是以车代步，似乎步行就降低了身份。

我们也看到，许多单位没有健身场地，也从不组织健身活动，甚至连广播体操都不做。

要健康，就要健身；要少得病，就要多锻炼。无论是机关、单位还是学校，都应该为健身采取必要的措施并留出足够的时间、空间，不能让任何人游离于体育健身之外。每天锻炼一小时，这应该成为最起码的要求。我们要有健身意识，无论多忙都要想着健身，逃避健身是最不明智的选择。为了确保本地区、本单位的人都有健康的身体，各地区、各单位不但要定期、定时组织健身活动，要通过举办丰富多彩的健身活动，调动所有人健身的兴趣。为确保健身，有关部门应该采取一些必要的措施乃至强制手段，建立考勤制度。对坚持锻炼者给予奖励；对无理由不参加体育锻炼的人给予必要的批评教育，甚至扣发奖金。在各级各类学校，则要加大对学生体质考核的力度，将体育成绩列入考核内容，适当提高体育成绩的分值。

珍爱生命，维护健康，莫为人生留遗憾！这不仅是个人的事，而且是社会的责任，让我们都为来尽一份心、出一份力。

（本篇原为政协大会准备的发言材料，原载2013年《共产党人》第四期）

也该讲点“手机文明”

现在，许多会议在事先印好的“会议须知”里都列有一条：“保持会场安静，开会时请关闭手机”。不少会议的主持人都要在会议开始前强调一句：“请关了你们手中的手机。”由此可见，手机对会议的干扰，已到了引起会议组织者高度重视的程度了。尽管如此，人们还是能在许多会场里听到手机的响声，还是可以看到一些人拿着手机朝外走的身影。那响声，有时是此起彼伏，甚至组成了小合唱。有些人居然连走出会场接电话这道程序也免了，坐在原地就与外界“交流”了，安静的会场因此不再安静，开会效果也因此而大打折扣，这是近年来由于手机普及而出现的一道新景观。

难道现代化的通讯工具现在已沦落为扰乱会场秩序的“罪魁祸首”？

手机给人们的工作和生活带来许多便利，但这种便利应以不影响他人、不影响公共秩序为前提。因此手机的使用应是有一定条件、一定范围的，不能不讲场合、不论时间随意地使用。有时，超越了条件、超越了范围就会惹人讨厌，甚至让人难以容忍。

现在，不少会议对手机的使用做出限制性的规定，并非是多此一举。因为有些会议真的让手机搅得不大像样了：一会这个人出去了，一会那里又有手机响了，一会又有人低头打起了电话，一些人因此而左顾右盼，侧耳旁听，注意力分散。这么一来，会场秩序岂有不乱之理？会议庄重、严肃的气氛岂能不受影响？手机扰乱会场的状况，已不再是可以忽略的小事了。

其实，会议可以不必专门为此作出限制规定。因为在会场上关闭手机本是一般的文明常识。这就像不能随地吐痰、公共场所不能高声喧哗一样，是不言自明的道理。如果明知故犯，那就是缺少基本文明素质。

但愿手机搅乱会场的现象不再出现，但愿这方面的规定纯属多余，但愿维护社会文明能变成每个人的自觉行动！

讲究手机文明吧，因为这关系到个人素质。要当一个现代社会的文明人，就不能不讲手机文明。

（原载2004年11月12日《宁夏日报》）

捐资助学不能“厚此薄彼”

一个时期以来，捐资助学活动蓬勃展开，改变了许多贫困面貌，救助了许多失学和即将失学儿童，支持了许多大学特困生，受到贫困地区的欢迎。

最近，记者就这方面情况在宁夏贫困落后地区做了一些采访。据了解，由于一些地区极度贫困，有的家庭每学期几元钱的杂费也拿不出，数额不大的书本也买不起，许多儿童为此而失学。因此，许多同志希望继续加大捐资助学的力度，特别希望经济发达地区能跨地区给予更多的资助。宁夏固原地区6县小学生辍学率达4．7%，约有1万人，中学辍学率达7．5%，总数也有近万人，其中多数是因为贫困。要资助这么多贫困学生学习，不仅固原地区办不到，经济落后的宁夏也很困难。

同时，有关同志还反映，目前外界的捐资助学分布不够均衡。也许与某些地区的宣传、影响、捐资者的主观愿望有关，外界捐助多集中在一些著名革命老区，这些革命老区的办学条件迅速得到改善。据报道，有的革命老区新建的希望小学已达到相当的规模，贫困儿童入学也有了根本的保障。

对此，有些贫困地区的师生羡慕不已。而在这些地区，贫困的不仅仅是学生，更有为他们默默奉献的广大教师。宁夏的固原地区是在缺4000多名教师的困难条件下承担起繁重的基础教育任务的，在那些超负荷工作的人中间，不仅有600位每月只挣一二百元的民办教师，而且有2000多名每月只能拿到几十元的“雇用教师”。就某种意义来说，他们甚至比贫困学生更需要获得资助！

现在，大学特困生问题已引起社会的注意。据悉，有关部门已拟订了相应的对策以保证特困生的学习。但据一些同志反映，有些政策和措施只是针对部属重点院校的，顾及不到地方普通院校，而地方院校自身往往无力解决这一难题。实际上，部属重点院校特困生相对较少，更多的特困生集中在地方普通院校。由于地域等条件的限制，普通院校特困生搞勤工俭学和接受资助的机会相对较少，因此，我们应把这方面工作的重点放在普通院校。

为此，一些同志建议：捐资助学应尽可能兼顾各个地区、各个方面，避免厚薄不均；“手拉手”一助一活动，在现在基础上应考虑以山区贫困教师为对象；解决大学特困生问题应顾及地方院校，动员社会各方面参与进来，进而消灭空白点。

（原载1997年7月7日《光明日报》，中央电视台摘播）

让文物“活”起来

现在，我国各级文物博物馆已有1800多家。展出各类文物达1000多万件。其中有许多艺术性、观赏性都很强的珍品，这些珍贵文物具有经久不衰的魅力。但令人遗憾的是，许多展出这些文物的博物馆却“门庭冷落车马稀”。

博物馆缺少生气，固然有多种主客观原因，但其中一个重要原因却是，许多本来可以活起来的文物一旦上了博物馆的展柜，就变成了“死”文物：

展在那里几年、甚至几十年都不动一下。有的甚至连展出方式也没有一丝变动。

不久前，新疆出土的古尸在全国各地巡回展，收到了良好的经济效益和社会效益。最近。宁夏贺兰山岩画展和西夏文物展在北京故宫展出，为首都人民送去了一个新奇。

无数事实证明：文物“活”了，博物馆也会随之变“活”，其社会作用也会变大。

让“死”文物“活”起来，不仅是完全可能的，更是完全必要的。

事在人为。

（原载1994年7月5日《光明日报》）

莫让“黄宝”变“黄祸”

甘草，是宁夏“红（枸杞）、黄（甘草）、蓝（贺兰石）、白（滩羊皮）、黑（发菜）”五宝中的“黄宝”，宁夏人一直引为骄傲和自豪。但是，在经历了旷日持久的滥挖甘草事件之后，一些目睹了这场生态性灾难的有识之士十分痛心地说：“甘草已变宝为祸了！”滥挖甘草，导致大面积草场沙化、人类生存环境恶化，教训是十分惨痛的。

甘草是如何变宝为祸的呢?

将甘草列入能带来经济效益的“五宝”，是宁夏人认识上的一个误区。宁夏甘草分布在盐池、灵武、同心一带半干旱半荒漠草原，有甘草的草原面积达800多万亩，在这些地方，甘草对减轻土地沙化、草原退化有着十分重要的作用。

据林草专家介绍，甘草具有多种价值，最重要的是它能防风固沙，其次才是药用价值和经济价值。但一些单位和个人目光短浅，急功近利，只把甘草当作具有很高经济价值的“黄宝”，而忽视它的生态价值。一个时期以来，甘草药材加工厂、甘草糕厂纷纷上马，收购、倒卖甘草的单位和个人蜂拥而至，这在很大程度上刺激了农民滥挖甘草。其结果，个别单位和个人虽然获取了经济收益，但人类却为此付出惨重的、难以挽回的代价，这远远不是那点可怜的收入可以抵消的。

我们不该把天然草场上生长的、具有固沙功能的甘草当作可以创造经济价值的“黄宝”。如果要开发利用甘草的经济价值的话，应发展人工种植，用有计划的种植和采挖代替目前的乱采滥挖，在不破坏生态环境的前提下，开发利用甘草的经济价值。

（原载1993年7月11日《光明日报》）

邻里和谐在自律

某市曾发生过这样一件事：有个居民深夜在家中唱歌、跳舞，搅得四邻不安。一个邻居前去制止，结果不但无效，反而引发激烈冲突。最后惊动了公安机关才算解决问题。原来相安无事的邻居，由此种下了矛盾：虽然还是低头不见抬头见，但互不理睬，形同路人。

有人在一幢旧居民楼里搞装修，竟也引发了一场邻里纠纷。装修算什么，哪里不搞，几家不搞？问题不在是否装修，而在于无节制地装修。敲敲打打，乒乒乓乓，到了半夜三更也不停歇。偏偏邻居中有个心脏不好的老人，一听这些声音就心惊肉跳，受不了这种刺激。而老人的儿子是个火爆脾气，便怒气冲冲前去“理论”。偏偏他的“理论”不仅“论”了理，而且“论”了拳，于是就演变成一场混战，结果互有伤残。事后，双方都感到后悔：为了这点小事，真不该酿成这样的后果。

其实，像这样由于一点小事而酿成邻里大战的事例还有很多：有的人彻夜猜拳行令，闹得鸡鸣狗跳；有的人打麻将不知疲倦，搞得四邻不得安歇；有的人住低层把垃圾杂物堆放在狭窄的楼道，让住高层的人行动不便；有的人住高层从不注意把脚步放轻，让住楼下的人不得安宁；有的人加工臭豆腐，不关紧窗门，任由臭味扩散；夜深人静了，有的人还在高声喧哗，放声歌唱；有的人上街遛狗，任其到处乱窜，随地拉屎撒尿……就是这些鸡毛蒜皮的小事，使矛盾丛生、邻里失和，甚至破坏了社会和谐。其事说小很小，其危害说大很大。

现在，城市空间狭小、居住太密。在有些地方，一家有点“动静”，不要说左邻右舍可以“声声入耳”“一览无余”，就是前楼、后楼也可“感受”得真真切切。一人放纵，影响数人。

在人口密集、居住拥挤的城市里，人与人之间磕磕绊绊的事越来越多。如何减少摩擦、避免纠纷？一事当前，先替他人考虑，宁可亏己也不亏人，己所不欲勿施于人，就可以消除、化解许多矛盾。

家庭是社会的细胞，无数个这样的细胞就组成了社会。一个文明的社会，应该是个和谐的社会。矛盾频发、纠纷不断的社会，就谈不上和谐。创造和谐社会，人人都有责任。如果心里装着他人，无论做什么事，都以不妨碍、少妨碍他人为前提，那就会创造和谐。如果一个人心中装着他人，收敛个人私利，那他就是一个品德高尚的人。你心里有他人，他人心里就会有你；你谦让他人，他人也会谦让你。相互尊重、相互谦让的人越多，我们的社会就越文明、越进步。

如果讲究一点温良恭俭让，处处检点自己的行为，知荣辱、分美丑、明是非，很多行为就不会发生了。邻里和谐了，社会安定了，生活也就更美好了。

（原载2006年3月14日《新消息报》）

刹一刹图书过度追求豪华之风

一股过分追求华丽包装、表面风光之风，正在一些图书出版单位蔓延。各种材料、各种工艺、各种包装形式的图书纷纷出笼，令人眼花缭乱、目不暇接。

细心的读者发现，现在的有些图书“档次”越来越高了：不仅所用材料越来越高级，出版式样越来越翻新，而且推介名堂也越来越多样。一位资深出版人向记者介绍了一些出版社的“新追求”：有些图书，不仅要用高档纸，而且要用进口高档纸，不仅动用各种纸张，而且用上了绸、布、皮，甚至从国外进口布料和皮革。为了显示不同一般，有的图书还加了护封、塑封、腰封、飘带、插页、书签、夹丝带、大勒口，采用覆膜、压光膜、UV、激凸等印刷工艺，使图书封面更鲜亮、更美观、更有凹凸感。有的图书甚至烫金烫银，以示高贵。有的图书配有书函，其中有一书一函的，也有一套一函的。有的书不仅被装入盒，而且还在书皮上缀上两根丝带，只有解开丝扣才能阅读，似乎成心给人找点麻烦，不让人轻易就能读到。有的图书被装进礼盒，里面除了图书外，还放置了各式各样的纪念品。有放镇尺、笔筒的，有放磁盘、钥匙链的，还有放其他物品的。有些图书，由于包装过度、“附加”过多而颇有“分量”：有的重达几斤甚至十几斤。有的图书，被弄得金光闪闪，珠光宝气，真不知出版者是想让读者关注图书内容，还是想让读者欣赏这些装饰。有的图书让读者一头雾水：出版社到底是在卖书，还是在卖工艺品？

新闻出版界一位人士笑着说，有的书大概是从月饼的包装上获取灵感，借用了一些保健品、食品的包装技巧吧？

过度“包装”，不仅在图书的封皮、扉页上表现得淋漓尽致，而且在版式设计上也有“突出表现”：有的书不仅在每页的书眉上都有标注，而且在每页的四角和页码上都加上装饰，有的甚至将每一页都弄得花里胡哨，而正文倒被挤得没有多大空间了。有的图书，不仅要出平装本，而且要出精装本。而从书的内容来看，完全看不出有出精装本的必要。不仅如此，有的图书还在开本上大做文章，以致图书的开本越来越多、越来越乱。既有普通开本，又有大开本、异型开本。大大小小，参差不齐，大书与小书竟相差好几倍。而这些图书的开本与内容之间看不出有什么必然联系，有些图书之所以选用大开本，完全是为了追求豪华气派。殊不知，有些开本不仅浪费纸张（剪掉许多边角料），而且不便于阅读、不便于携带、不便于上架。其实，有些一般图书，并不具有反复阅读的价值，也不会因为阅读的次数过多而破损，更没有必要在平装本之外再另出精装本。

当然，这些精心“包装”的图书，几乎都价格不菲。有的甚至贵得令人咋舌，动辄几百元，甚至上千元，令一般读者“望书兴叹”。记者见到一本332页、33万字（其实并没有那么多字）、内容也很普通的图书，定价居然高达160元！有人对如此之高的定价感到不解，反复观察才发现它的特别之处：一是由名人题写书名，二是使用了特别的印刷工艺，三是书皮使用了坚固、耐用、美观的材料。记者了解到，有的图书因为加了特殊“工艺”使出书成本无谓加大。业内人士告诉记者：一本印刷5000册的图书，因为在书皮上采用了激凸技术，平均每本书要增加0.30元费用，而动用布、绸、皮等材料，再烫金烫银所需费用就更多了。一位出版人向记者透露：有的图书，仅封面用材就占去图书成本的一半。有的出版社对这类图书常常采取虚高定价、高折扣率的策略。颇具讽刺意味的是，许多精心包装的图书，不是公款购买，就是免费送人，有的书送人都送不出去，几乎没有人愿意掏钱购买。有的出版社积压最多、占用流动资金最多的也是这类图书。某地搞纪念活动，为每一位嘉宾都赠送了一套红绒封面的高档出版物，实指望他们都会爱不释手。孰料，这些“粗心”的嘉宾在离开宾馆时，竟都不约而同地把这么贵重的出版物“遗忘”在了房间里。有关人员只好收集起来再转送本地人，但也并不如编辑者、出版者想象的那样受欢迎。有一次，某厅级干部到南方某省，当地送了一本画册，他只是翻了一下就放下了。之所以没有带回来，一是因为没有用，二是因为太重不便于携带。

令人遗憾的是，有些精心“打造”的图书，编校质量竟很低，差错率却很高，让读者就像吃着掺满石子、沙子的米饭、喝着漂着苍蝇的菜汤一样难受。最近，记者在一份内部刊物上看到，某出版社好几位责任编辑的差错率都在万分之二以上，感到很意外。有位审读员在审读一本书后，痛心地写下《赫然千处错，伤心一卷书》的审读报告，因为这本装帧讲究的图书，差错率竟高出有关规定的百倍以上，令人难以容忍。

因过度追求“包装”、过分讲究华丽而忽视编校、放松监管，以致错谬百出，完全是舍本逐末、得不偿失。一本书，是否有价值、价值高低，起决定作用的是它的内容，而不在它的装帧是否豪华、包装是否讲究。因此，要把精力、时间、财力用在该用的地方，下对功夫。

图书的价值不在如何编排、包装。内容不好，再好的包装也没有用。豪华包装的图书之所以越出越多，是因为许多人有一些错误认识，以为书出得越漂亮，越能得到领导的赏识、编辑和作者越有面子、读者才会越看好，有的包装、编排甚至是冲着评奖的。

垃圾包装得再漂亮也还是垃圾，华丽的包装并不能改变垃圾本身。

出版图书过度追求豪华，有的是慷国家之慨，有的是耗单位之财，有的是趋个人之利，有的是出于不纯动机，无论哪一种都是有害的：既无谓地消耗资源，又浪费大量时间精力，更助长各种不正之风，因此我们要呼吁刹一刹这种风气：出书的单位和个人，不要为过度包装慷慨解囊了，还是把出书经费用在该用的地方吧！各出版社之间、各责任编辑之间，也不要在这上面攀比、较劲了，还是在出高质量的书、出差错少的书上多下工夫吧！

（原载2010年7月28日《光明日报》）

年关，莫让腐败过“关”

最近，中纪委、监察部就元旦春节期间弘扬艰苦奋斗精神、禁止铺张浪费专门发出通知，向全国各地提前敲了警钟。这个警钟敲得好，十分必要、十分及时。

从以往的一些情况来看，每到岁尾年首，都会有各种不正之风乘机抬头：乱发钱物、请客送礼、大吃大喝、赌博迷信、铺张浪费、行贿受贿，都会乔装打扮、粉墨登场、借尸还魂。于是，腐败滋生、风气下降、坏人得意，少数人受益，多数人吃亏。所有这些都与十六大精神和时代要求格格不入，应当大张旗鼓地禁止和抵制。

年关，不能让各种腐败过“关”。如果让腐败成为“漏网之鱼”，将后患无穷。

年关，对每个人来说，又何尝不是一道“关”呢？该让什么过关、不该放什么过关，这对每个人都是一个考验。对此，各机关、各单位负责人乃至每个普通人都应当有清醒的认识。

（原载2002年12月《宁夏日报》）

评先进评出来的话题

年终评比人意外：一位工作勤奋有成绩的老实人以压倒多数当选，而这位“主任”只有一票（天知道是，某单位发生这样一件怪事：讨论时大家争先恐后地为他们的“主任”评功摆好，似乎这唯一一名向上级推荐的先进非“主任莫属”。“主任”很高兴。有人提议投票表决，“主任”欣然同意。投票结果出不是“主任”自己投的）！“主任”气得拂袖而去，背后传来阵阵笑声。

这咄咄怪事说明，多数人心中的是非观念还是清楚的，但有时又不能不表现出假相，而这种现象往往会使不少人上当受骗。

这桩怪事也反映出某些人的虚伪：何必口是心非呢？说点真话真的就那么难吗？评选先进很多人在原则问题上做交易，这是极为有害的。

当然，一些人所以给人以假相，而将真相掩盖起来，不能统统归之为虚伪，有的是属于私心重，对领导有所惧、有所求，不得不违心地投了他一票；也有人碍于关系和情面，只能表面敷衍，不肯讲真话。在现实生活中，一些圆滑世故的人往往与人相处融洽，而刚直不阿、铁面无私、敢于坚持原则的人反而受孤立。

这件事也告诉我们：一个机关、一个单位增加民主空气，健全民主制度，极为重要，因为很多不正常的现象都是由于缺少民主才产生的。

（原载1991年12月24日《宁夏日报》）

淡化春节好不好？

回想这几年春节的过法，我们可不可以提出这样一个问题：能否淡化春节意识、轻轻松松过节？

一个春节，过得12亿中国人好累、好忙、好紧张。领导忙慰问、机关忙联欢、子女忙探亲、客运紧绷弦、单位忙采购、职工筹过年、东家置酒席、西家等赴宴……春节使人忙得不可开交，春节使人累得筋疲力尽。为了春节，耗去多少人的时间和精力！一个春节让交通部门怕、政府机关忙、供应单位愁、公安机关累、管理部门忧。人们不禁要问：似这样过春节，对国家、对个人究竟有多大益处？

春节如果换一个过法如何？这不仅是完全可能的、也是完全可行的，关键是要转变观念。现在，人员在全国范围内流动，有志者应四海为家，探望亲属何时不可，为什么都要赶在春节去挤车受罪呢？现在人们生活水平提高，平时饮食与过春节已相差无几，为什么还要在春节进行集中的畸形消费呢？领导关心群众生活、下基层慰问，应该是经常性的，何必非要等过春节不可？总之，春节完全没有必要过得这么累，这么忙，这么紧张。

春节，只是我国的一个传统节日。在社会文明高度发展的今天，确实应该换一种过法了。

（原载1995年1月31日《银川晚报》）

人才流动要合理有序

现在，人们越来越认识到人才对国民经济发展的重要作用。合理的人才流动，突破人才部门所有，使人在适合自己的岗位上更发挥光和热。这对国家，对个人都是有益的，但目前一些地方发生的人才争夺战却导致某些人才的不合理流动，这主要表现在：由边远落后地区流向经济文化发达地区；由人才缺乏地区涌向人才富余地区，“损不足以奉有余”；由基层流向上级机关；由中小城镇流向中心城市。这样的人才流动，往往给一些人才原来所在地区和单位造成很大损失，使那里的现代化建设事业受到影响，后继乏人。

人才流动应在有秩序的条件下，科学地、合理地进行。

目前，我国各大中专院校仍实行计划指导下的招生和分配。这种招生和分配决定了我国人才的总体布局。应该承认，我国各类人才的社人地和玻好的配置大体是合理的。多数人才在适合自己的岗位、地区已经和正在发挥着重要作用。不合理的分配毕竟是少数。这些人通过人才流动完全可以找到用武之地，但这种流动应通过一定的途径和手段，有秩序、有计划地进行。而无序的人才争夺大战不仅无助于人才的合理调整反而在一定程度上打乱了我国人才的整体布局。

同样条件的人才，在不同单位和不同地区待遇差别过大，对调动广大人才的积极性不利。各地各级政府应在工作、生活待遇上向边远落后地区的人才倾斜，给在艰苦条件下工作的人才以更多的关怀和照顾，以不致使他们的工作和生活待遇与经济发达地区形成过大的差别。重视人才，注重发挥人才的作用，是富国兴邦的必要保证，人才流动需要合理、有序，纳入科学化法制化轨道。应以不影响我国人才总体布局为前提，在有关部门的监督指导下进行。

（原载1994年4月7日《光明日报》）

不能把政协委员当成“业余委员”

一转眼，我担任宁夏政协委员已经7年了。在此期间，我写了近20份提案、七八份书面发言材料，做了3次大会发言，有两份提案被评为优秀提案，有一份提案被列为重点督办提案，由政协主席亲自督办。政协换届后，这份提案又被新一届政协列作追踪督办提案。有些提案对推动工作产生了积极的作用。自治区政协两次大会的提案工作报告提到了我的名字和我的提案，有关我在政协会上的小组讨论和大会发言的报道也比较多。其中，宁夏日报记者马钦麟以《一份提案的传奇故事》为题所写的通讯，不仅在宁夏日报上刊登，而且被光明日报和许多网站转载，引起广泛关注。

既然如此，我在这里就讲一讲那个有“传奇故事”的提案吧。

这个提案脱胎于我的新闻报道。2011年，我精心采写的通讯《宁东，莫让工业废弃物绊住脚步！》和《宁夏：突破“垃圾围城”》在《光明日报》上刊发，第二年我又进行了跟踪报道，写出了述评式报道《治理工业垃圾，难在哪里？》。随后，我以这两篇报道为基础写成了书面发言稿。这篇发言稿直指“宁夏一号工程”中存在的问题，不遮掩，不回避，不隔靴搔痒，不钝刀割肉，直言不讳，锋芒毕露，足以让人坐不住。当天大会结束时，一位市政协主席见到我竖起大拇指：“你真敢说，说得好！这些话不是谁都敢讲的。”

令我感到高兴的是，这篇发言稿被政协领导和相关负责人“看中”，进而让它在众多书面发言稿中“脱颖而出”。这样，我便得以在自治区政协九届五次会议上以个人名义做了大会发言。果然，一位自治区领导在听了发言后，立即打电话督促此事。

事情到此并没有结束。会后，自治区九届政协提案委员会主任张全太给我打来电话，建议我将这篇发言稿改成提案。自治区九届政协主席项宗西在摸底调查之后，认为此事可行，这才会同有关负责人郑重决定：将我这份题为《关于采取综合措施治理宁东工业固体废弃物的建议》列为重点督办提案。自治区政府为此多次召开专题会议，专门下发了《关于加强宁东能源化工基地工业固体废物综合利用的意见》。项宗西、齐同生、袁家军等自治区领导亲赴宁东，现场督办。我也随行并在办理提案座谈会上发表了意见。2013年，自治区十届政协副主席刘小河又率队跟踪督办，我又一次参加并在座谈会上发言。现在，宁东已整合了4个大型现代化工业固体废弃物贮存处置场，其中投资8.7亿元的1号贮存处置场已经启用。宁东工业垃圾问题，已引起有关部门和社会各界的高度重视，作为提案人，看到提案产生如此积极的效果，我感到十分高兴。

还有一件事让我也很高兴：我当政协委员的第一年就做了一次大会发言，我高兴的并不是这件事本身，而是我的这个发言引起自治区领导和有关部门的重视，对推动海原地震博物馆的兴建起了一点推动作用。

在政协委员中，绝大多数都不是专职的，几乎每个人都有另一份工作，而这份工作才是主要的，政协委员只是兼职。有些政协委员，只是在政协大会期间才参加政协活动、才想到自己是政协委员，才考虑如何履职，如果真的这样，那么这个政协委员是当不好的，也会有愧于这个称号、有愧于人民的重托。政协委员不是“专职”的，但应该是“专业”的，不应该是业余的。一个政协委员，不能总让自己处于“业余水平”、满足于当“业余委员”。所以，一跨进政协的大门，我就注意身份转换和素质提升。我告诫自己：绝不能贪图虚名，绝不能尸位素餐，绝不能把政协委员当成一种荣誉称号。

当好政协委员，往往离不开本职工作，因为几乎每个政协委员都来自并代表一个或多个界别，了解本职工作、掌握本界别情况，可以使我们更好地参政议政。如果做得好了，还可以推动本职工作。这里面关键是要了解真情、敢说实话、善讲真话，能说到点子上，能抓到要害处，有胆有识，有所作为。如果一个政协委员说话都遮遮掩掩、吞吞吐吐、支支吾吾，顾左右而言他，话到嘴边留半句，那么参政议政、民主监督又从何体现呢？真的这样当政协委员，难道不觉得可悲吗？

我的政协委员任期还有几年，我将利用这宝贵的时间争取再做一些有益于国家、有益于人民的事。

（原载2013年12月20日《华兴时报》）

选对象

（小说）

玉兰今年二十五岁，还没对象，家里人都替她着急了。

那位问了，玉兰这姑娘有什么缺欠吗？

其实，玉兰是个百里挑一的好姑娘，人长得聪明漂亮，鼻梁不高不低，嘴唇不薄不厚，脸蛋不大不小，身材不胖不瘦，谁见了都喜欢。

那么，玉兰为什么到现在还没对象呢？原来玉兰是个上进心很强的姑娘，只知道学习和工作，连续几年被评为先进生产者，又成了厂里科研小组的骨干。却把终身大事放在一边，结果一晃二十五岁，这才有点着急了。

说实在的，厂里追求玉兰的小伙子真不少。比较突出的要算是高术和万诚两个人，这两个人各方面都不错。高术长得身材魁伟，仪表堂堂；万诚长得眉清目秀，机灵干练。高术是团支部宣传委员；万诚是车间生产骨干。到底选择谁呢？玉兰心里还没有底。

高术觉得，自己有追求玉兰的优越条件，因此，追求玉兰非常主动。可是，事出意外，从前他写过五次情书，都石沉大海。这不，他又给玉兰写了封“万言书”。

一天下午下班，高术追上玉兰，轻声问：“玉兰，你看了吗？”玉兰害羞地点点头。高术高兴得眼睛一亮，又跨前一步：“玉兰，到公园走走好吗？”玉兰又点点头。

二人来到了公园的花丛深处。高术激动地一把抓住玉兰的手，语调颤抖地说：“玉兰，你知道我的心吧？”

玉兰轻轻地抽出了手，低下了头。

高术重新拉住玉兰的手，激动人心的话像开了闸门一样：“我爱你，我真心实意地爱你，多少个姑娘追求我，我都没动心，因为我就爱你一个。我爱你，不是因为你漂亮，而是因为你聪明好学，因为你积极上进，因为你跟我志同道合！”

高术说到这里，玉兰激动地看了高术一眼，会心地笑了。

高术看见了玉兰的眼神，继续说下去："不要以为我父亲是个厅局级干部，我们家每月有三四百元的收入，我的眼光就特别高。玉兰，优越的家庭条件不是爱情的基础！"

听到这里，玉兰情不自禁地说："你说得真好！"

高术更激动了："玉兰，为了你，我可以牺牲一切，甚至去死！"

玉兰笑着说："别说傻话了！"

"真的！"

这天，玉兰回到家已经是掌灯的时候了，推门一看，表哥王祥已等在家里了。玉兰见王祥正在写日记，就半开玩笑地问："我的记者同志，又发现了什么先进材料？"

王祥回头一看，见是表妹，就高兴地说："是啊，这个材料确实十分感人！"

接着，王祥就绘声绘色地讲述了这次采访的经过："有这样一个人，每月都从自己的工资中节省出十元钱寄给无儿无女、经济困难的赵奶奶。可是，已经五年了，他一直隐姓埋名，谁也不知道他叫什么名字。"

"一听到这个事迹，我就急急来到赵奶奶家。不巧，赵奶奶已经病了十几天了，这天刚见好，就高兴地和我谈了起来。我问：'您老人家病了有人侍候吗？'老奶奶高兴地说：'有，有，有一个小伙子天天来给我煎药、做饭、端屎、倒尿。敢情，那个每月给我寄钱来的就是他！'听到这里，我急忙问：'是他，您知道他叫什么名字，在哪工作吗？'老奶奶直摇头：'我问了几次，他就是不肯说呀。'我们正说着，一个小伙子提着一网兜罐头、点心推门进来。赵奶奶用手一指：'就是他！'一听是他，我急忙上前自我介绍：'我是报社记者，请你谈谈……'我的话还没说完，他急忙抢过话头：'您先等一下，我出去给您倒杯茶。'说完，放下网兜就走了出去，再也没回来。"

玉兰插嘴道："所以，你还不知道他的名字。"

王祥感慨地说："这可真是个好小伙啊！哦，玉兰，你不是还没对象吗？我看……"

玉兰不满地看了玉祥一眼："谁没对象？告诉你，我已经有了！"说完，玉兰就满心喜悦地把高术的人品和与高术恋爱的经过讲了一遍。

这天，玉兰和表哥谈了很久。

第二天是个星期天，玉兰邀高术乘公共汽车去游玩。两人上车刚坐下，上来一个抱小孩的大嫂，玉兰看了高术一眼，然后紧紧盯住抱小孩的大嫂。高术是个聪明人，一下子明白了玉兰的用意，忙说："我们把座位让给大嫂坐吧？"玉兰故意用眼睛瞪着他："那，我们不是要站一个多小时吗？"高术一笑："我们身体好，又没负担，站一个小时又有啥关系！"说完走到大嫂跟前让座。高术心想：玉兰在考验我呢，我索性把好事做到底吧。于是，他又去帮大嫂提包，下车时，又搀扶大嫂下车，看着高术的背影，玉兰满意地笑了。

过了一天，玉兰愁眉苦脸地来见高术："刚才有人给我打电话，说我妈妈病了，要住院，可家里没钱，这可咋办？"

高术注视着玉兰，然后眼珠一转："嗨，这有啥难办的？钱我这有，用多少？"

玉兰思索了一下："恐怕要二百吧！"

高术十分慷慨地一拍胸脯："没问题，跟我去取吧。"

看着高术诚恳的样子，玉兰又满意地笑了。

过了一天，玉兰又来见高术，不安地说："我妈的病好了，不用住院了，可邻居无依无靠的李大爷住了院，我把钱借给他用了！你看……"

高术急忙说："这有啥关系，帮助孤寡老人正是我们应尽的责任，钱够不够？不够再去取！"

玉兰十分激动："够了，够了。高术，你真好！"停了一下，玉兰大眼睛忽地一闪，微笑着说道："你知道吗？这都是我对你的考验！"

高术心里想：我早知道，这还能瞒住我！他笑着点点头说："真正的爱情是经得起考验的！"

玉兰高兴地说："现在，我完全相信你了，高术，明天晚上我请你去看电影好吗？"

"好！"高术乐得眉开眼笑。

第二天晚上，两人兴致勃勃地去看电影。两人边走边说，来到了一片树林前。这里僻静无人，前不着村，后不着店，眼前的树林一片漆黑，让人一看，有些心惊胆战。

玉兰说：“这里真够吓人的！”

高术满不在乎：“不要紧，走吧！”

两人正说着，从树丛中忽然跳出两个人来：一个戴着墨镜，手里提着一把三棱刮刀，一个歪戴着鸭舌帽，叼着烟卷，手握一把寒光闪闪的匕首，两人杀气腾腾地向高术和玉兰扑来。

玉兰惊叫一声：“谁，干什么？”

戴墨镜的人气势汹汹地说：“干什么？把手表摘下来！”

玉兰不服：“想行凶吗？我们也是两个人！”说着朝高术使了个眼色。

谁知高术却颤抖地说：“给，给他吧。只要……放，放我们走就行。”说着摘下了自己的手表，双手递了过去。

可是，戴墨镜的人不接：“谁要你们的破表？”他把手里的刀在高术眼前晃了一下，又一指玉兰，“让她跟我们走一趟！”

高术吓得不知所措：“啊！这……”

戴鸭舌帽的人上前用匕首碰了一下高术的头：“怎么，不行吗？”

高术扑通一声跪在地上：“二位老爷饶了我们吧！你们……你们要啥都行！”

“不行，我们啥都不要，就要这个人！”

高术跪着不起来：“饶了我们吧！”

戴墨镜的人把三棱刮刀一晃，厉声说：“你要再不老实，我就要你的命。”

高术吓得“啊呀”叫了一声，撒腿就跑。

玉兰在背后喊：“高术，你不能……”

高术什么都不顾了，连头也不回，只顾自己逃命。跑着跑着，他撞在了一个人身上，差点把那个人撞倒了。高术惊魂未定，又吃一惊：“谁？饶命！”

来人站定，认出高术：“是我，万诚。高术，出了啥事？”

高术这才喘过气来，说：“玉兰让人，让人抢走了。”

万诚急了：“那你咋不救？”

高术喘了一口气：“我，我，我不敢。”

“混蛋，在哪儿？咱们快去救，快！！”

“不，我去……去报案。”

万诚看见了前面的三个人，不顾一切地冲了上去："站住，把人放下！"

谁知，那三个人闻声果然站下了。

万诚冲到跟前，拉过玉兰，伸手就朝戴墨镜人的头上打去。戴墨镜的人一见这凶猛的架势，慌了手脚，吓得直躲。

玉兰一下子也不知所措，等她认出是万诚时，惊讶地叫出了声："万诚？！"

万诚还在追打着戴墨镜的人。

玉兰忙喊："别打了，万诚，别打了！"

万诚愣住了，吃惊地看着玉兰。

玉兰忙说："他们俩是自己人！"

"什么，自己人？"万诚真有点丈二和尚摸不着头脑了。他朝那两个陌生人看去，那个戴墨镜的人摘下墨镜，朝他点头笑笑。

你知道戴墨镜的人是谁？他根本不是什么流氓，他正是玉兰的表哥王祥。那个戴鸭舌帽的是王祥单位的。这到底是怎么回事呢？原来这是表哥定的一计。那天，玉兰向表哥谈了和高术恋爱的经过，王祥看表妹那高兴的神色，就提醒玉兰要多方面深入了解对方，要进行必要的考验，但今天这个考验，他事先并没有告诉玉兰。高术逃走后，玉兰才发现这是表哥精心设计的一个"考验"。

这时，只见王祥吃惊地注视着万诚："是你？"

万诚也吃惊地看着对方："你不是那个……"

玉兰忙问："你们俩认识？"

王祥高兴地看着万诚，连连点头："不错，不错，就是你。想不到在这儿碰到你！"

玉兰更加莫名其妙了："表哥，你们……"

王祥笑着看看玉兰："玉兰，这就是那个给赵奶奶寄钱不留名的人！"

玉兰吃了一惊："是你，万诚？"

万诚脸红了，忙说："不算什么！"

这时，已跑远的高术看出了点名堂，又试探地返身走了回来，想探个究竟。

玉兰忽然看见了高术，嘲讽地说道："高术，你还有脸回来，你对我可真是情深意厚啊！"

高术急忙辩解："玉兰，你听我说……"

玉兰把头一扭："不听……对了，还你钱！"说着，掏出了那二百元钱扔在高术的面前。

高术没趣地拾起了钱，还数了数。

玉兰激动地来到万诚的面前，不再像平时那样羞羞答答，一把握住万诚的手，十分激动地说："万诚，你有这么美的心灵！我……"玉兰脸唰地红了，说不下去了。

王祥笑着说："你们俩真是很好的一对啊！"

万诚的脸一下子变成个大红萝卜："没什么，没……啊！好，好。"

玉兰忍不住笑了："你呀，就会说个没什么。"

在场的人都笑了，万诚也笑了。

只有高术的头低下了，再也没有勇气抬起来。

（原载1982年《宁夏群众文艺》第六期）

李员外择婿

（新故事）

各位一见这个题目，一定以为我又要翻陈糠烂谷子，讲那老掉牙的故事吧？不，我今天要讲的是实实在在的事，这事就发生在今年。

有人问了：这年头还有员外？

请别着急，听我慢慢道来！

话说赵家庄有个李老汉，旧社会读过几年私塾，平时说话文绉绉的。李老汉共有五个女儿，没有儿子，五个女儿个个如花似玉，手勤腿快，精明能干。过去，人们习惯把姑娘叫千金，李老汉有五个女儿，也就是有"五千金"。李老汉日子过得十分富足，村里人都说，李老汉比旧社会的员外还富呢！于是，人们就送他个雅号：李员外。

这李员外是个农家好手，栽稻种麦，育花种菜，养蜂养鸡，编筐织席，他无所不精，样样都拿得起放得下。再加上女儿们个个聪明伶俐，勤快能干，砖瓦房大门大院，鸡鸭成群；屋里电视机、收录机、洗衣机应有尽有；一日三餐顿顿有肉。李员外不愁吃不愁穿，用一句时髦话说：那就叫小康之家，想啥有啥，日子过得满舒心。可就是有件事让他放不下心来。什么事？宝贝疙瘩小女儿秀云的婚事。

是没人上门求亲？其实上门求亲的人差不多踏平他家门槛了，结果都碰壁而归。李员外总是不满意，秀云呢，更是左一个摇头，右一个晃脑。

最近，李员外为这事还憋了一肚子气。

原来，乡党委尤书记看上了秀云，派了好几个人来做说客，盯住不放，缠住不松，看那架势，好像秀云非得给他当儿媳妇不可。李员外从心里讨厌那胸无点墨的小子，可嘴上又不好明说出来。断然拒绝吧，李员外心里有顾虑，拒绝吧，又找不到说辞。怎么办呢？一时间，李员外愁得三餐无味，夜不能眠。

村里的小伙子们，看上秀云的也不少。可是，有心摘花怕有刺，想要求婚怕碰钉。不知姑娘啥心思？投石问路，几个小伙子一齐央告村里有威望的赵大伯，求他到李员外家去探听虚实。

这一天，赵大伯来到李员外家，李员外一见赵大伯，一拍脑门，心里说：有办法了！于是，李员外分外高兴，杀鸡煎鱼，打酒切肉，十分热情地招待赵大伯。因为是老朋友，赵大伯也就毫不客气。两人推杯换盏，开怀畅饮，喝了个日落平西。席间，赵大伯趁着酒兴，询问起了秀云的婚事。也是李员外心里高兴，加上半斤老酒落肚，不免有些激动，便大声招呼老伴儿：“拿我的笔砚来！”

老伴儿见他这样子，以为他喝醉了，便数落他：“你喝醉了吧，喝着酒又要笔砚干啥？”

李员外不耐烦地一挥手：“让你拿，你就拿去！”

老伴儿只好把笔砚纸墨拿来，李员外不假思索，提笔就写。

赵大伯让李员外这一举动给闹愣了。他知道李员外在旧社会读过私塾，肚子里有点墨水，可不知他这是要搞啥名堂，又不便多问，只好站在一旁看着李员外挥毫。

李员外唰、唰、唰，几笔就写完了。然后，他把写好的字往赵大伯手里一塞，说了声：“拿去！”

赵大伯也有点文化，但他故作不懂，问：“这写的是什么呀？”

李员外指着上面的字说：“这是一副对联。上联是：种麦栽稻，李家才女是行家里手；下联是：育鱼养蜂，女比男强胜新科状元；横批是：不信来比。”

赵大伯还是装作不懂：“写这干啥用？”

李员外爽朗地说：“那些小伙子们不是看上我家秀云了吗，把这副对联让他们看看吧！”

赵大伯哈哈大笑：“你李员外是要搞对联招亲哪！”

李员外十分得意，也哈哈大笑：“看哪个小伙子能当我的乘龙快婿！”

赵大伯把李员外的对联拿给了小伙子们，几个小伙子议论开了。

张大栓问：“李员外这搞的是啥名堂？”

赵二愣气呼呼地说：“这明明是刁难人嘛！”

王天柱深思半晌才开口：“李员外这是让我们跟他对对联，谁对上了，就招谁为女婿。”

张大栓恍然大悟：“对！咱们就给他对上一对！”

赵二愣泄气地说：“我可不会写对联。”

王天柱轻视地看了赵二愣一眼。“亏你还是个高中生！这有什么难的？咱们还能让一个老秀才难住？”

张大栓一拍脑门：“对，要写就写，明天就把对联给他送去！”

尤小江低头不语。心想：回家问问老爹再说！

真有意思！几个小伙子还认起真来了。

第二天，几个小伙子果然托赵大伯把对联送来了。李员外叫出秀云，一起看对联。

只见张大栓写的一副对联是：

瓦房五间，屋里屋外看：应有尽有；果园十亩，房前房后闻：硕果飘香；横批：梧桐招凤。

李员外和女儿相视一笑，然后一起摇头。接着又看赵二愣的对联。只见赵二愣写的上联是：人人挣钱，齐心协力没有一闲人；下联是：个个劳动，勤俭持家全靠两只手；横批是：存款三万。

秀云看完还是摇头没说话，接着又看尤小江的对联。上联是：父当书记，大树乘凉清福享不尽；下联是：母是科长，儿女沾光免受日晒苦；横批是：玉砌凤巢。

秀云把对联丢在一旁，冷笑一声，还是没言语。

最后只剩王天柱的了，只见上面写道：“五谷丰登，国富家富还要富上加富；六畜兴旺，国变家变还要大变快变；横批：变富变富。”

秀云看完所有对联，失望地看了她爹一眼。

李员外看看女儿的神情：“怎么，一个也没看中？”

秀云说：“这些人哪，光知道夸富，看不清农村的发展形势！”

李员外站起身，说：“你的眼力不错，我也一个没看中，正所谓‘英雄所见略同’啊，哈哈！”

李员外用对联招亲的新鲜事一下子传遍了五里八庄。很多人都好奇地来赵家庄探听虚实，也有人说三道四的。

这天晚上，赵家庄夜校上科学种田课，主讲人是秀云，讲的内容是化肥的肥效和施用。这秀云不仅能种田、养鱼养蜂，还懂农业科学知识。因为农村中很多人想学科学种田知识，她就当起了义务教员。

秀云正讲得起劲，从门外进来一个膀大腰圆的小伙子。秀云一看，认识！上回在县城参加新长征突击手代表大会两个人见过面，还谈过话，只是没问彼此的姓名。

秀云客气地向来人点点头，问道：“有事吗？”

小伙子自报家门：“我是王庄的王志，想听你讲课，可以吗？”

秀玉为难了：别人这样客气，真不好拒绝，只好说：“你要听就听吧，我讲得实在不好，听完请多提意见。”

王志点头笑笑，走到最后一排座位上坐下。

课间休息时，王志来到秀云跟前，说起参加新长征突击手代表大会的感受，问秀云最近又有什么收获，最后问了不少问题：为什么人粪尿不能和草木灰放在一起啦，氮肥和什么肥混合施用效果好啦，什么植物施什么肥啦，等等。秀云都耐心地、认真地做了解答。但聪明的秀云早看出来了，这个王志不是不懂，而是有意考她。

秀云于是单刀直入地说：“我看你是假装不懂，有话你就直说吧！”

王志也爽快，直截了当地说：“你爸写的对联我看了。这是我的对联，你看看吧！”

秀云这才仔细看了看王志。只见王志长得虽然虎背熊腰，但举止却有一点学者风度，说话和气、有礼貌。秀云心里便有了一分喜欢。听了刚才王志的谈话，知道他肚子不空，不是个庸俗之辈，又多了一分喜欢。所以，秀云便大方地接过王志的对联。只见上面写着：

“行家里手，休得自夸要有真凭据；新科状元，不懂科学难成大气候。要比就比。”

秀云看罢，觉得气魄果然不同一般，既没夸富，也没夸能，却把问题提到了点子上，秀云此时心里已有三分喜欢了。但秀云转念一想：谁知他真本领如何，也许是说大话，便说：“好，要比就比。”

王志忙问：“比什么？什么时间比？”

秀云说：“现在正好是插秧季节，咱们就比插秧吧！”

王志一口答应：“好！”

第二天，两块半亩见方的稻田，四周围满了人。李员外格外高兴，也兴致勃勃地来观看女儿比赛。赵二愣、王天柱、张大栓几个也来瞧热闹。

一声哨响，早已做好了准备的秀云和王志，分别在两块田里飞快地插了起来。秀云手脚利落，插秧如鸡啄米；王志眼尖手快，插秧像雨点落地。秀云插秧姿态优美，王志干活落落大方。秀云插得横看成排，竖看成行；王志插得方方正正，远近一样。

围观的人都看呆了。

不大工夫，一块田插完了，王志抢先一步上岸，相隔不过半秒钟，秀云也上了田埂。

秀云见王志插秧的本领果然高，不是言过其实的人，心里又添了两分喜欢，加上原来的三分，已有五分喜欢了。

这时，王志来到秀云插过的稻田看了一会儿，然后诚恳地说：“我插得不如秀云好，她插得更整齐，没有一根漂秧。”

秀云见王志不仅有本事，有知识，还这么谦虚、诚恳，心里不禁又增加了两分喜欢，此时，秀云对王志已有七分喜欢了。但她不好意思当众表态，只好脸红红地站在一旁。

旁观的众人开始起哄了：“说话算话！”“王志赢了，就应该答应人家！”“李员外，你做主吧！”

李员外高兴得哈哈大笑：“好！我宣布：招王志为婿！”

王志走到李员外面前，恭恭敬敬地要行礼。

不料，秀云抢前一步，大声说：“慢着！”

众人大惊，王志也把眼睛瞪得大大的。

秀云不慌不忙地说：“苏小妹还三难新郎呢！我这只是两难，还有一难呢！”

众人惊呼：“还有一难？”

秀云说：“对，我这里还有一副对联，请他回去对，如果对上了，再说。”说罢秀云掏出钢笔在一张纸上写了起来，然后把纸一叠，交给了王志。

周围的人本来想看结果，一看这情形，只好散了。

李员外高兴地对众人夸耀：“还是我女儿！”

王志回到家中打开纸一看，只见上面写道：“扫好自家门前雪，君愿已遂。一花独放可是春？还有何求？”

王志一看马上明白了其中的含义：秀云这是问我，是光顾自己富呢，还是要帮助乡亲们一起致富？是目光短浅呢，还是心怀天下？

好一个有志气、有远见的姑娘！王志不禁从心里赞美秀云，也更加爱秀云了。其实，王志从打见到秀云那天起，就对秀云有了好感，他从侧面打听过秀云的情况，知道秀云眼光很高，不敢鲁莽。这回李员外搞对联招亲，倒给他提供了一个良好的机会。

王志针对秀云的对联，很快就写好了一副对联：要管他人瓦上霜，岂能自私？百花齐放春满园，志在富国。

秀云见到王志对的对联十分高兴，王志的志向，果然和自己一样：一个有志的农村青年应该意识到自己的责任，自己富了还不算英雄，帮助乡亲们共同致富，为四化多做贡献才是英雄。看到王志的对联，秀云心里又增加了一分喜欢。但秀云还是不给王志以肯定的答复，她跟李员外一商量，决定亲自到小王庄去一趟，探听虚实。

秀云来到小王庄一看，这里果然是鱼米之乡。只见果园成片，鸡鸭成群，牛羊成圈，真是农村的乐园！秀云一打听，很多家的果树，都是王志帮助嫁接的，很多人家牲畜的病，都是王志给治好的。有一个过去穷得叮当响的老汉还一个劲地夸王志好，有出息。

小王庄的所见所闻，使秀云对王志又增加两分喜欢。到这时候，秀云对王志已经是十分喜欢了。

说也巧，秀云正往回走，见王志正帮一户乡亲修剪果枝，便想悄悄走开，王志发现了她，便向她走来。

秀云只好站住，但是不吭声。

王志着急了："秀云，你到底是什么态度？我把一颗心献给了你，你不能……不能这么折磨人嘛！"

秀云微微一笑，拿出笔又在纸上写了起来。

王志一见，更急了："啊？你又写上了！"

秀云写好后把纸轻轻放在王志手心里，小声说："拿回去看吧。"

王志赌气地说："我不看！"一屁股坐在了路旁的一块石头上。

秀云也不理他，转身就走了。

王志无可奈何地打开纸条，只见上面写了两句话："心有灵犀岂用点？君有彩翼盼双飞！"原来秀云已经答应了！王志高兴地站起来，想去追秀云，可秀云已经走远了。

这一天，赵大伯又来到李员外家。

李员外高兴地说："你来得正好，我这又有一副对联。"

赵大伯开玩笑地说："你家里可没女儿了！还写对联干什么用？"

李员外兴高采烈地说："这副对联，算作我李员外择婿的一个总结吧！"

赵大伯拿过来就念："'夫妻恩爱，志同道合是爱情纽带；白头到老，同心协力是幸福源泉'。"赵大伯一拍大腿："好！画龙点睛！"

（原载1986年《宁夏群众文艺》第一期）

能

（科普相声）

甲：（上场，握乙手）您好！最近忙吧？

乙：不忙。你大概也不忙，走，能跟我去说段相声吗？

甲：说相声？慢着，我先问问你，说相声的起码条件是什么？

乙：这谁不知道？说相声的人得会说、学、逗、唱。

甲：说、学、逗、唱，都离不开嘴。

乙：废话，不用嘴怎说相声啊？

甲：那我再问问你，人为什么能说话？

乙：多新鲜哪？人都是会说话的嘛！

甲：哑巴会说话吗？

乙：哑巴？……哑巴那是不会说话！不过，这说话的原因，我可说出来，那是因为人都有声带，声带一震动就能发出声音来！

甲：那么，死人有没有声带？

乙：有啊！

甲：死人为什么不会说话？

乙：死人……我看你越说越玄了，死了的人，怎么还会说话？那不成了神仙了？

甲：告诉你吧！死人不会说话，那是因为他身上缺少一样东西！

乙：缺少啥东西？

甲：缺能！

乙：缺脓好啊！有脓肉不就烂了？

甲：什么呀？告诉你：是缺能，不是缺“脓”。

乙：这“能”是啥东西？

甲：（打乙一拳）告诉你，这就是能！

乙：啊？“能”就是打人哪？

甲：我是说，我这拳头打出去就有能！

乙：（打甲一拳）我这拳头打出去也有能！（白）我也趁机回敬他一拳！不然就白吃亏了！

甲：那么你说什么是能？

乙：能，就是拳头，拳头就是能！

甲：（笑）这么说吧，有力的物体，能做功的物体都有能量。就说你吧，就有能量。

乙：我也有能量？

甲：是啊！你一天之所以能工作，能学习，能走路，能吃饭，能上厕所，就是因为你有能！

乙：啊，连上厕所也需要能量？那么我身上的能量是不是总也使不完哪？

甲：几天不吃饭行不行？

乙：你几天不吃饭行不行？不吃饭不就饿死了！

甲：那你为什么要吃饭？

乙：为什么要吃饭？我肚子饿了，就想吃饭！

甲：那是因为你身上的能量消耗完了，需要进行补充！不补充，你身上就没劲了！

乙：这话倒对！这么说我身上的能量，全是吃东西得来的啦？

甲：也不一定。你刚生下来什么也没吃，就会哭，这哭的能量，就不是你吃东西得来的。

乙：那能是哪来的呀？

甲：你妈给的呀！

乙：咳！你提这个干什么呀？那么，你倒说说，人吃了饭，为什么浑身就有劲了？

甲：这是能量转化的问题！

乙：什么是能量转化？

甲：世界上有各种形式的能，这些能在一定条件下，可以互相转化，由一种形式的能，变成另一种形式的能。

乙：那么你说说世界上都有哪些能？

甲：每天天黑了，你把开关一开，那边电灯就亮了，这就是电能。

乙：是啊，这个我知道。

甲：每天，你往炉子里加一块煤，不一会儿你就会觉得温暖了。

乙：这就是热能！

甲：对，点燃一支蜡烛，屋时就亮了。

乙：这是光能！

甲：今天你饱饱地吃了一顿肉，身上就有劲了。

乙：那是肉能！

甲：没听说过，还有肉能？那叫化学能！

乙：噢，化学能！还有什么能？

甲：还有太阳能、机械能、潮汐能、地热能、原子能。风有能、河有能、雷有能、闪电也有能……世界到处都有能！

乙：你我也有能！

甲：对了！植物有能，动物也有能！

乙：那么，什么叫机械能？

甲：能运动的物体就有机械能！

乙：那么风啊、水呀、车呀，就都有机械能了？

甲：不错。

乙：什么是潮汐能呢？

甲：你知道海水涨潮、落潮吗？

乙：知道啊。

甲：你知道海潮为什么有涨有落吗？

乙：这我可不知道。

甲：那是由于月球的吸引，海边上的人都知道，海潮总是与月圆月缺有关。

乙：那么说海潮是有规律的了？

甲：不错。这种由月球吸引，潮涨潮落中所蕴藏的能量，就是潮汐能。

乙：那么地热能呢？

甲：地热能，就是地球内部的热能。

乙：怎么地球内部还有热能？

甲：地球内部的温度，可以达到5000度。如果你跳进去，就没命了！

乙：这我可不相信。

甲：你见过温泉没有？

乙：见过，温泉的水，有的还能煮熟鸡蛋呢？

甲：温泉就是地热能！

乙：原子能我知道，原子弹、氢弹爆炸就是利用的原子能，你说说能量是怎么转化的吧！

甲：好！到了晚上，你一拉开关，灯就亮了！

乙：这能量就开始转化了？

甲：对，这就把电能转变成了光能。你把电钮一按，机器就开始转动了。

乙：这能量又转化了？

甲：对，这就把电能转化成机械能，在长江、黄河上筑起一道大坝，再安上电机，就发出电来了。

乙：这能又转化了？

甲：对，这就把水能转化成了电能，总之，各种能量在一定条件下，都可以相互转化。

乙：是吗？

甲：比如你今天吃了肉，有一部分就转化成了热能，你身上有劲了，就有力气干活了！

乙：这能又转化了？

甲：对，又转化成了机械能！

乙：啊，我怎么成了机械了？

甲：比如，我现在打你一拳！

乙：这能又转化了？

甲：这能到你身上就变成热能了！

乙：啊！那我也给你点热能！（打甲一拳）

（写于1980年）

一字见学问

（相声）

甲：人有没有学问，从一字上就能看得出来。

乙：是吗？

甲：一点不错。就拿我这名字来说吧，就起得有很多学问。

乙：是吗？您贵姓啊？

甲：免贵，免贵！姓王。

乙：您，请问芳名。

甲：免芳，免芳！

乙：请讲大名！

甲：免大，免大！

乙：怎么大也免呀？那请说小名！

甲：唉，我说的正是小名。

乙：您小名……

甲：我小名叫保住。

乙：得，得，得，就你这个名，还有学问哪？

甲：你怎能说没有学问？你知道这“保住”什么意思吗？

乙：什么意思？

甲：保住者，保住也，就是不放跑的意思。

乙：啊，你这名就这意思。

甲：小时候我生下来，我妈怕我死了，就起名保住。

乙：就这名还有学问哪？

甲：当然，这只是原意，还有引申意义。

乙：啥引申义？

甲：宝者，宝也，柱者，梁柱也，是说我像宝一样珍贵。像栋梁一样刚强，我往这一站，就像根柱子似的，浑身上下都是宝！

乙：你还浑身上下都是宝呢，我看你就像草包！ 你那个保住的“住”跟梁柱的“柱”，就不是一个字嘛！

甲：（自说自话）像我这名字，含义深刻，你怎能说没学问呢？

乙：啊？你就这个学问哪？

甲：我是说一语双关！

乙：这还差不离。

甲：当然这只是引申义，还有含义。

乙：得，得，得，我不想听你的含义。

甲：我这只是做个引子。我想说，每一个字，你要细琢磨，都有学问。比方说，有些文学作品，如果不仔细分析，往往看不出学问来。

乙：是吗？

甲：比如王安石有一首诗，大家都很爱读，可其中的学问，未必人人皆知。

乙：是哪首诗？你给大家念念。

甲：好。“京口瓜州一水间，钟山只隔数重山，春风又绿江南岸，明月何时照我还！”

乙：啊，这首诗，我也知道。

甲：你知道王安石是怎样写的这首诗吗？

乙：这我哪知道？

甲：其中有一个字，王安石就改了十几次。

乙：哪个字？为一个字改十几遍，有必要吗？

甲：当然有必要了！那个字就是“春风又绿江南岸”中的那个“绿”字。

乙：不就是一个“绿”字嘛？这里面有什么学问？

甲：原来，他用的可不是“绿”字！他先用了“到”字，不满意；又用了“过”字，不满意；又改为“入”字，不满意；又用了“满”字，还是不满意！直到最后，他才改成“绿”字，这才不再改了。

乙：为什么不改了？继续改呀！

甲：因为没有比这个字更合适的了！这个字，可大有学问了。

乙：我看都差不多。

甲：那可大不一样！这个“绿”字，色彩鲜明，精练生动，把春风一吹，江南遍绿的情景全都写活了。

乙：是吗？我看不出来。

甲：所以我说，欣赏能力低的人，就看不出其中的奥妙，不理解诗人的良苦用心。还有一个事，也很能说明问题。

乙：什么事？

甲：唐朝诗人齐己写过一首诗，诗中有这么两句：“前村深雪里，昨夜数枝开。”

乙：这两句诗写得不错啊！这首诗是什么题目？

甲：《早梅》。

乙：哦，是写梅花的，说梅花开得早。

甲：后来他把得意之作拿给诗人郑谷看，郑谷给他改了一个字，意境马上就大不同了。

乙：哪个字？

甲：郑谷把“昨夜数枝开”的“数”字改成“一”字，“数枝开”便变成了“一枝开”。

乙：“数枝开”跟“一枝开”区别就那么大？

甲：你想啊，如果梅花都已经开了很多枝了，那还早吗？改成“一枝开”，那不正和诗题“早梅”对上了吗？

乙：对！这好，这个字真是改得好！这么一分析，我好像明白一点儿了。

甲：所以我说，一字见学问，以上说的是，通过一个字，就能看出一个人学问大的；透过一个字，我们也能看出一个人有没有学问。

乙：一个字，就能看出一个人有没有学问？

甲：是。从前有个人教儿子识字，在纸上写了一个“一”字，结果，他儿子马上就记住了。这个人高兴得很，连连夸儿子聪明。

乙：这小子还不赖！

甲：第二天，吃完了饭，这个人又用手指蘸了水，在桌子上写了个大大的“一”字，儿子却不认识了，这个人很生气，大声骂儿子：“这不是我昨夜教的那个‘一’字吗？”你猜，他儿子说什么？

乙：说什么？

甲：他儿子大吃一惊，表示不信：“啊，只过了一夜，就长这么大了？”

乙：这个儿子是真够“聪明”的！

甲：在生活中，有人没学问却硬要装出有学问，结果弄出不少笑话。

乙：是有这样的人，打肿脸充胖子。

甲：从前有个人，他只认识“四川”的“川”字，却装有学问，有人拿本书向他求教，他拿过书翻了半天，也没找着这个“川”字，找着找着，他忽然一拍大腿，大叫一声。

乙：怎么了？

甲：他找到了一、二、三的“三”字。

乙：那他拍大腿干啥？

甲：他指着一、二、三的“三”字骂着：“老子找了半天找不到你，原来你在这睡懒觉！”

乙：咳！

甲：现在，也有个别人，自己水平低，又不肯学习，偏偏不懂装懂，让人啼笑皆非。

乙：最要命的是，有人手中还有权，常常瞎指挥。

甲：“文革”期间，有一个文化局长，自作聪明，专横霸道，他给下属下了一条命令：不管谁写文章，都要经过他修改，否则就要兴师问罪。

乙：看起来这局长水平是够高的，什么都懂啊？

甲：有一次，有个人写了一首水利建设的诗，其中有这样一句：“铁臂银锨伏龙王”。

乙：好啊！这句诗有点气魄。

甲：好什么呀？局长一看，火就上来了，他骂道：“这些臭老九啊，思想太不健康了！”

乙：这有什么不健康的？“铁臂银锨伏龙王”嘛！

甲：这个局长的水平马上显示出来了！只见他大笔一挥，做出批示。

乙：我想听听这个局长是怎么批的。

甲：局长在“铁臂”下面画了一个红杠，写道：“虚假——手臂是肉的么，怎么成了铁的？”

乙：啊？这局长是这么批的？

甲：局长又在“银锨”二字下面画了两道红杠，批道：“浪费——铁锨用铁做就可以了，为什么要用银的？”

乙：啊？局长还很懂节约呀？

甲：局长又在“龙王”二字下面画了三道杠杠，批道：“迷信——世上哪有龙王？我们是无神论者！”

乙：这位局长的批示，可真是一针见血啊！人家就是有水平！

甲：最后，这个局长干脆把这句诗给彻底改了，那改的水平，就更高了！

乙：快说说，他是怎么改的？

甲：原诗写的不是“铁臂银锨伏龙王”吗？

乙：是啊，没想到，他竟然看出这么多问题来。他是怎么改的？

甲：他改成了“肉臂铁锨挖河沟”。

乙：好，改得好！我真佩服得五体投地！

甲：怎么好？你还佩服得五体投地？

乙：这位局长可是真有水平啊，不愧是文化局局长！

（写于1980年）

景公射箭

（独幕历史剧）

时间：公元前500年的春秋战国时代

地点：齐国都城临淄齐景公宫内，正摆宴席。

人物：

齐景公：70岁，齐国国君

弦章：60岁，齐国大臣

大臣甲、乙、丙

献鱼吏

齐国大臣、宫女若干

幕启：齐景公大宴群臣，景公与大臣们正高兴饮酒。

大臣甲：诸位将军、大夫们，今日是国君生辰吉日，也是全国喜庆之日，国君治国有功，功高盖世，我等恭祝国君万寿无疆！

众大臣：万寿无疆！

景公：（高兴地）诸位举杯，一饮而尽！

众大臣齐举杯饮酒。

景公：（目视众大臣）弦章在否？为何未来？

大臣乙：据说他偶染小疾，据臣看来，未必是实，恐怕是不愿为您祝寿吧！

景公：未必如此！弦章对旁人一片忠心，寡人终生难忘。卿速去，请弦章来赴宴！

大臣乙：（下）是！臣领旨。

大臣甲：启禀主公，何不命宫女起舞助饮宴之兴？

景公：如此甚好！

大臣丙：命宫女起舞！

（一群宫女自内出，在奏乐声中起舞，众大臣欣赏。舞毕，宫女退下。）

大臣甲：主公青年时善打猎，百发百中，箭不虚发，今虽年迈，英雄不减当年。我们何不请主公一射，开开眼界，饱饱眼福啊！

众大臣：好！

景公：寡人年迈，恐不似当年了！（站起，饮酒。）

大臣丙：拿弓箭来！

［一内侍送上弓箭。］

大臣甲：哎呀！这是三百石的弓啊！（对内侍）主公年迈，你怎拿这样的弓来？莫说主公年已七旬，就是英勇善战的年轻武将，也拉不动三百石的弓啊！（对大臣丙）张将军，你能拉动三百石的弓吗？

大臣丙：小将不能！

内侍看看弓，惊奇地看大臣甲，大臣甲向内侍示意，内侍点头会意。

内侍：（故作慌乱）恕臣死罪！容臣再换一张小弓。

景公：不必！（自信地）待寡人试试看！

景公试拉弓，不费力就拉动了。

众大臣：（欢呼跳跃）万岁，万岁！

大臣甲：主公真是英雄不减当年！臣等五体投地！

大臣丙：主公身体如此强健，真乃社稷之福！国家之幸！我等洪福非浅，更有何虑！

大臣甲：（迫不及待地接话）主公定能长寿，虽彭祖也难匹比！

景公：（得意看弓）怪事！这哪里是三百石的弓？分明是二百石的弓嘛！你们都未长眼吗？

大臣甲：小臣眼误！（转移目标）请主公试射吧！

众大臣：对，请主公试射吧！

景公：诸卿请看，这树上面有一果子，看我将它射下。景公射箭，未中。

众大臣：中了，中了！再射！再射！

景公又射，又未中。

众大臣：中了，中了！再射，再射！

景公：（叹了口气，扭头看看点头哈腰丑态百出的大臣，不语。片刻，又不服气地举起弓）你们看，那边树上正有只小鸟，看，那只！

景公举弓搭箭，射去，鸟飞，又未中。

众大臣：中了，中了！

大臣甲：主公真乃神箭！虽百步穿杨的养由基也不敢与您相比呀！

景公：（脸变色，叹气小声地）没有中啊！

大臣丙：中了，中了！我亲眼看见射中的！不然那鸟为何不在树上？

大臣甲：是啊！主公神箭一箭双雕。那树上原来是两只小鸟，主公一箭都射中了。（向左右示意，不一会儿，有人提着两只死鸟上，一支箭刚好射穿两鸟）

大臣甲：主公请看，这就是您刚才射杀的鸟！

众臣一起跪地：主公神箭，天下无敌！

景公：（气愤地看看他们，将弓箭扔在地上，扭身欲走）唉！

（弦章与大臣乙上。）

弦章：（跪）臣弦章来迟，请主公恕罪！

景公：（拉起弦章）弦章啊！你记得晏子离开我们多少年吗？

弦章：（深情怀念地）臣记得，十七年了！

景公：寡人也记得。十七年了！晏子在世时，经常指出寡人的过失，寡人也受益匪浅。然而，自晏子去世至今十七年，寡人再不曾听到有人指出寡人的过失。难道是寡人没有过失吗？是有过失，没人给寡人指出来啊！一想到这些，我就怀念晏子！（流泪，忽然对大臣）你们这些废物还不退下！

弦章：晏子真是贤相啊！为人威武不能屈，富贵不能淫，合而不谄，成而不骄，真是我辈效法之楷模啊！

景公：刚才我射箭明明脱了靶，可是叫好的都异口同声。你说，这到底是怎么回事？

弦章：这是臣子不贤啊！他们的智慧不足以知晓主公的过失，他们的勇敢不足以冒犯主公的脸色。所以，他们只知一味地讨好您、吹捧您，希望得到您的欢心，然后得到封赏！

齐景公：好，说下去！

弦章：我听说主上爱穿什么衣服，臣下就爱穿什么衣服，主上爱吃什么，臣下就爱吃什么。尺蠖吃了黄叶子，身体就变黄，吃了绿叶子，身体就变绿。主公想想吧，您是不是喜欢听别人的恭维话呢？

景公：（沉思）是啊！

弦章：正因为您爱听恭维话，他们才说呀！

景公：不错！古语说："不矜细行，终累大德。"寡人还需在小事上多加检点啊！昔日，寡人听赞颂之声，虽然觉得有些过分，可是未加制止，说明自己还是爱听赞颂之声，有错而不知。有失而不晓，长此以往，岂不要铸成大错吗？

弦章：如果您从心里对谄媚表示反感，今后就不会有人在您面前献媚了。

景公：好！卿言甚善，寡人愿听！

（家奴上。）

弦章：何事？如此匆忙？

家奴：家有急事，大人速归！

弦章：主公！家中有事，恕臣冒昧！

景公：卿一番话，使寡人顿开茅塞，如梦初醒，寡人要拜你为师，改革朝政！卿家中有事，请便吧！

弦章：臣告辞！（与家奴下）

（鱼吏上）

鱼吏：臣捕鲜鱼十车，请主公发落！

（大臣甲、大臣丙急上。）

大臣甲：鲜鱼十车？太好了！

大臣丙：我等又可沾主公洪恩了！

大臣甲：主公，这么多鲜鱼如何发落？

景公：留五车宫内自用！

大臣丙：余下五车就可以给众大臣了！

大臣甲：是啊！你我都该有份！

大臣甲、大臣丙：主公恩情无边！

景公：（对鱼吏）余下的五车鱼全赐予弦章大夫！快去，寡人等着回报！（鱼吏下。）

大臣甲：（吃惊地）怎么没有我们的份？

大臣丙：主公，这次您是否将我等忘了？

景公：没有。我首先就想到了你们，可是我想这鱼不该给你们。你说，你们有何功劳？

大臣甲：有何功劳？（对大臣丙）你说，有何功劳？

大臣丙：干吗问我？你说有何功劳？

大臣甲：主公，臣等天天服侍主公，让主公舒舒服服、开开心心！

大臣乙：主公，臣等搜罗天下美女充实后宫，让主公阅尽人间春色！

大臣丙：主公，臣等采集各国轻歌曼舞，娱乐宫廷，让主公日日沉醉、夜夜笙歌！

大臣丁：臣等……

景公：（冷笑）你们的全部功劳就是歌功颂德，让寡人自我陶醉、忘乎所以吧？

大臣甲、大臣丙：这……

大臣甲：（不服气地）那么，弦章有何功劳？

大臣丙：他竟敢面责主公之过！

（鱼吏与弦章上。）

景公：对，他能面责寡人之过！

大臣甲：当面批评主公，也算功劳？

景公：对！敢说寡人之过，且能当面指正，就是功劳！这样的人，寡人身边还有几人？所以，寡人要赐鱼给弦章！

鱼吏：禀告主公，所赐之鱼，弦章尽皆不受。

景公（问弦章）：是何原因？

弦章：（施礼）主公！臣刚才离宫尚未及家，就听说主公赐鱼，所以又返回来，当面向主公陈词。

景公：卿有何言，但说无妨。

弦章：过去，晏子从不接受赏赐，因为他为的是国家。所以，他能毫无顾忌地指出主公的过失，现在一些人巴结奉承，完全是为了自己，希望得到封赏、重用。所以，您射箭脱了靶，他们还异口同声地叫好。现在，我只给主公提了一点意见，并没有立下什么功劳，怎能接受这五车鱼，无功受禄呢？

景公：不然，卿一言，改我齐国朝纲，胜似雄兵百万，此等大功，何谓无功受禄？

弦章：如今我只进一言，主公便赐五车鱼，日后，倘他人立大功，又该如何处置？似此赏罚不明，何以服众？

大臣甲：大胆弦章！安敢诬蔑国君？

景公：去！休多言！寡人爱听！

大臣丙：（小声对甲）国君今天是怎么了？看来，我们吹吹拍拍这一套不灵了！

弦章：主公！如果我进了几句忠言，是为了得到这五车鱼的赏赐，岂不是跟那些巴结您而希望得到赏赐的人一样了吗？所不同者，只不过是方式不同而已！所以，主公赏赐的这五车鱼，臣决不能收！恕臣不从命之罪！

景公：（叹）真乃高尚之士！

大臣甲、大臣丙：主公！弦章不受，将鱼赏给我们吧！

景公：（大怒）你们还敢讨赏？真是不知廉耻！寡人不办你们的罪，就已是宽恕了！寡人的江山，几乎断送在你们这些阿谀奉承之徒的手里！从此以后，撵出朝廷，削职为民！上卿之位，由弦章接任！

大臣甲、大臣丙：主公开恩！

景公：（大怒）滚！

（大臣甲、大臣丙狼狈下。）

弦章：朝廷之中，此辈尚多，宜彻底清洗！

景公：好！寡人拜你为师！同心协力安邦治国！

弦章：不！臣才疏学浅，恐难胜任，愿荐贤才以自代。

景公：好！你先整顿纲纪。莫负寡人重托！

弦章：待贤人至，臣当让位！

景公：好！

——幕落，剧终

（据汉刘向《说苑》改编，写于1980年1月21日）

正气歌

（独幕历史剧）

时间：公元前549年（周灵王二十三年五月）

地点：齐国右相崔杼官府

人物：

崔杼：齐庄公时右相，杀庄公，立景公，犯下弑君大罪

齐国史官：太史伯，太史仲，太史叔，太史季

南史氏：齐国史官

贾竖：崔杼随从，原齐庄公内侍

庆舍：崔杼帮闲

崔杼内侍若干人

画外音诵白：（文天祥《正气歌》）

天地有正气，杂然赋流形。

下则为河岳，上则为日星。

于人曰“浩然”，沛乎塞苍冥。

皇路当清夷，含和吐明庭。

时穷节乃见，一一垂丹青。

在齐太史简，在晋董狐笔。

大幕在“在齐太史简，在晋董狐笔”的朗诵声中拉开。

幕启，崔杼闷坐，庆舍立侧，家臣奉茶。

庆舍：崔伯父，此番您杀死了无道昏君，可为齐国除去一害！想那齐庄公也实在可恶，竟敢侮辱伯母，真是罪有应得！

贾竖：主公敢作敢为，英明果断！

庆舍：崔伯父，新立国君齐景公年幼无知，齐国的大权，全落在您和我父亲的手里！齐国就成了我们崔庆两家的天下了，真是可喜可贺！

崔杼：（站起）有什么可贺的？昏君虽然昏庸无道，但罪不至死，尤其

是死于臣下之手！我犯了弑君大罪了！犯上作乱，要留千秋骂名的。

庆舍：伯父多虑了！您不是已经对外宣布庄公是暴病而死吗？

崔杼：这种事很难遮人耳目！

庆舍：您身为一国之相，权高势重，哪个不怕？谁敢胡言乱语？还不是您说怎样就怎样？

崔杼：未必如此吧！

贾竖：是啊，最近关于庄公之死，朝野传言很多。

崔杼：齐庄公虽然生活放荡，可治理国家还有一套办法，因此还稍得人心，我这次杀他，肯定有人不服，该不会有人说我公报私仇吧？

家臣：是啊，齐庄公明明是死在咱的家里嘛！

庆舍：您说是病死的，谁敢说是杀死的？除非他不要命了！

崔杼：（忧心忡忡地）不知太史官是如何记载此事？

庆舍：何不召太史伯来问问？

崔杼：家臣，去，把太史伯请来！

庆舍：伯父怎么对他这么客气？何必要用个“请”字？

崔杼：此人非比寻常，一定要恭恭敬敬地请，千万不可造次。

家臣：是！（下。）

崔杼：太史伯为人如何？

庆舍：那太史伯弟兄四人，在京城素有贤名，深孚众望。

崔杼：嗨，我杀庄公也是出于无奈。不杀吧，难平心头之愤，难雪淫妻之耻，杀了吧，又难塞众人之耳，难封天下之口。

庆舍：崔伯父，不必懊恼，更不必后悔！不杀死他，你能身封右相，专齐国大权吗？

崔杼：（沉吟）可是，留下个弑君的罪名，也是洗不掉的耻辱啊！

庆舍：权高能遮日，势重伏鬼神，您是胜利者，历史还不是按您的意志去写？我倒要看看，谁敢说个不字？

崔杼：你是说历史也可以篡改？

庆舍：有何不可？

崔杼：就看太史伯能否顺从了！（太史伯与家臣上。）

太史伯：太史伯拜见相国！（施礼。）

崔杼：（热情相迎）好！今日是我寿诞之日，特邀请你赴宴！来，来，请坐！

太史伯：承蒙相国厚爱，庆寿为何不见宴席？请客为何只请我一人？据我看来，相国召我定是另有吩咐吧？

崔杼：我一来请你赴宴，二来有要事相问。

太史伯：相国，请问吧！

崔杼：庄公驾崩之事，你可曾记载？

太史伯：（从袖中取出竹简）请相国过目！

崔杼：（接过看，不悦）谁让你这样记的？

太史伯：何谓谁让我记？我尊重事实！

崔杼：事实？事实是庄公患疟疾死的！怎么是我杀死的？家臣，拿竹简来，请太史伯重写！

（家臣捧简，递予太史伯，太史伯书写："夏五月乙亥，崔杼弑其君光。"交上。）

崔杼：（念，大怒）好大胆！你不怕死吗？我看你是胆大包天，根本就没把我这个堂堂相国放在眼里！

太史伯：（义正词严）事实是不容歪曲的！

崔杼：（更怒，狂吼）我杀死你！

庆舍：太史伯，识相点吧！不然要遭杀头之祸的！人只有一个头，砍掉了，就不会再长出来了！

太史伯：你杀死我，也歪曲不了事实！

崔杼：卫士！推出斩首！

（两卫士冲上，推太史伯下。）

太史伯：（挣扎）想篡改事实是徒劳的！杀了我，还会有人照样写！（下。）

崔杼：真顽固！

庆舍：连死都不怕！

（二卫士上，一家臣上。）

卫士：启禀相国，已将太史伯斩首！

崔杼：（咬牙切齿）碎尸万段！

家臣：相国，太史伯的三个弟弟候见！

崔杼：好，我正要见他们，让他们进来！

（家臣下，复与太史仲、太史叔、太史季三人同上。）

崔杼：（对太史仲）我已将你哥哥斩首，你将继任太史官之职，我想看看，你是如何记载此事。我杀你哥哥的原因你知道吗？

太史仲：（坦然地）知道。

崔杼：好，我现在命你书写！家臣竹简侍候！

庆舍：太史仲，前车之覆，后车之鉴，事要三思，免劳后悔。何去何从，你自己选择吧！

（太史仲视庆舍一眼，然后书写，递上。）

崔杼：（接，念）“周灵王二十三年五月，崔杼弑国君。”啊！（怒）何无理之甚？难道你也不怕死吗？

太史仲：相国何必要声嘶力竭呢？民不畏死，奈何以死惧之？我敢这样写，就是不怕死！怕死，就不会这样写！怕死，我也不会来了！

崔杼：杀！将他下油锅！

（卫士推太史仲下，太史仲昂然自若，向二弟示意，二弟点头。）

崔杼：（对太史叔）现在由你来写。你两个哥哥的下场，你都亲眼看见了吧？你要是按着我的意思写，我保你今后平步青云，升官发财；你要执迷不悟，就会自食恶果！

太史叔：相国，是不是该轮到我了？（笑）我可不做那样的傻瓜！为了几个字，连命都不要了！历史，还不是一个少女，爱怎样打扮就怎样打扮！

太史季：三哥！你……你太让我失望了！（怒。）

崔杼：（转怒为喜）好，你到底比你的两个哥哥聪明！我保你官运亨通！

太史叔：唉！为了自己能升官发财，何必去管什么良心不良心，何必去问什么事实不事实？良心，对有野心的人来说，一分不值！事实，对谣言家来说，是最荒谬的！相国放心，我定会按您的意思写的！

庆舍：好，太好了！识时务者为俊杰，聪明人转弯就是快，见风使舵、急流勇退才是聪明人。

太史季：（怒，冲上前夺笔，怒打太史叔）你这没骨气的东西！你这出卖良心的蟊贼！大哥、二哥，你们的血白流了！想不到，史学家的正气竟然丧失在你的手里！你真是丢尽了人！

（卫士将太史季拉开，抱住。）

太史叔：（冷笑）你年幼无知，何必认真？我如再像大哥、二哥那样写，我死了不算，你也活不了！白白死人何用？我家弟兄四人死于非命，岂不绝后了吗？

太史季：正气不可侮，黑白不可混，是非不可疑！宁肯为真理而死，也不为权贵低头而生！如果连这点正气都没有，还有什么脸活在世上？

太史叔：正气？正气有什么用？

太史季：正气是立身之本，正气是力量之源！

太史叔：正气，这时候没有用了，邪气却可保住咱俩的性命！

太史季：混蛋！我不需要你为我保住性命，我绝不会像狗一样活着！崔杼，你让我先写，你先把我杀掉吧！我不能受这样的侮辱，让这个没有骨气的人，像狗一样活在世上吧！

崔杼：大胆！一会儿再收拾你！（对太史叔）你快写，写完了，我再收拾他！

（太史叔写毕，交给崔杼。）

崔杼：（接，念）"崔杼弑君，罪该万死！食肉寝皮难解国人心头之恨！"啊？（狂吼）你们都不怕死？

太史叔：生死何足论，正气不可丢！卑膝活世上，不如爬行狗！

崔杼：（咬牙切齿地）推下去！扔在毒蛇潭里，让毒蛇活活咬死他！

太史季：三哥！小弟错怪你了！

太史叔：（大笑）死，有什么可怕？生命从此断，正气传千古！

太史季：三哥，你先走一步，小弟随后就来！

（武士拥太史叔下，太史季拿起竹简，准备再写。）

崔杼：（拉住，抢下）你的三个哥哥都死了，难道你就不爱惜自己的生命吗？你要改写，我就不杀你！

太史季：根据事实，如实记载，这是史官的本分。如果不这样，歪曲事实，颠倒黑白而求生，哪比尊重事实而死掉干净呢？

崔杼：依你说来，这样死，倒比那样活更值得了？

太史季：不错，从前晋国的赵穿杀死了晋灵公，当时赵盾虽然逃向国外，可是还未离开国境。但他身为正卿，却不带兵讨贼，反而听任赵穿继续在晋国担负重任，太史董狐因此就明确记下：“赵盾弑其君夷皋”。你绝对想不到，赵盾看到这个记载，并没有怪罪，更没有加害董狐，因为他知道史官的本分，就是秉笔直书，不能更改事实！所以，他也没有留下骂名。

崔杼：我也是赵盾那样的忠臣啊！

太史季：（侃侃而谈）我即使不写，天下也必有要写之人。不写，不能掩盖你的丑行，而只给天下留下笑话，告诉你，我弟兄四人今日是抱定必死的决心来的！请你用刑吧！

崔杼：（叹气）嗨，你有所不知，我是怕齐国衰弱，不得已才如此呀！即使你如实写出来，天下人也会原谅我的！

太史季：纸岂能包住火？你就不要为自己的罪恶辩护了吧！

崔杼：（捧起简交太史季）给你吧！你爱怎样写就怎样写吧！

太史季：既如此！告辞！

（太史季出，迎面见到南史氏。）

太史季：南叔叔，您怎么来了？

南史氏：听说你们弟兄几个都被杀了，我怕崔杼弑庄公的事，就没有人接着写了，所以特意赶来，接着写下去！

崔杼：（叹）事实难掩盖，历史难歪曲呀！南史氏，我已同意他把弑君的事如实书写了！

太史季：（递简）请看！

南史氏：既然如此，我就回去了。

太史季：走！

（二人下。）

崔杼：嗨！这弑君的罪名该如何洗清？

庄舍：伯父何不找个替罪羊？

崔杼：（惊喜）对！贾竖这小子，原来是庄公内侍，庄公的饮食起居，全是他负责的，通风报信，也是他干的。我现在杀他，不算师出无名！

庆舍：对！

崔杼：贾竖！

贾竖：（内应：在！上）相国唤我何事？现在该给我加官晋爵了吧？

崔杼：封官？你到阎王爷那讨封去吧，讨你杀死国君的大功！

贾竖：相国弄错了，国君不是你杀死的吗？怎么推到我头上了？

崔杼：你还想赖！不是你是谁？卫士！

卫士：在！

崔杼：将弑君国贼贾竖斩首，首级挂旗杆示众，号令天下！

（卫士执贾竖下，贾竖喊冤，骂不绝口。）

——剧终

（写于1980年1月28日）

晏　子

（五集电视剧）

第一集　平乱使楚

齐国都城临淄。

大街上一片慌乱，人们慌不择路地奔逃着。

家家大门紧闭，人心惶惶。

农家院内门里。一农妇问丈夫："出了什么事？"

农夫慌恐地："出大乱子了！国君被杀了！"

农妇吓了一大跳："啊？！谁杀的？"

农夫："听说是国君勾搭相国的夫人蔡姜，让相国崔杼设计杀害了！"

农妇："国君怎么会干出这样下流的勾当？"

农妇："哎，那些个当官的有几个好东西！"

王宫内，一片混乱。

一武士跑进来："国君被崔杼杀死在家中！"

一白发的大臣十分忧虑："国不可一日无君哪！"

另一大臣："快请公子杵臼出来主事吧！"

两个大臣吓得屁滚尿流，向门口走去。

白发苍苍大臣："二位大人！"

两人一惊："啊！"

白发大臣："二位大人去往何处？"

其中一个十分尴尬地："我……"

另一个机灵地："是非之地不可久留！我俩暂避兵乱！"

说着，二人慌忙走出大门。

白发大臣怒骂："无用小人！"

公子杵臼衣衫不整，神色恐慌地在众人搀扶下来到王宫内。

众人齐齐跪倒："臣等参见公子！"

杵臼惊魂未定地："请……起！我年幼无知，不谙政务，诸臣还是另扶他人吧！"

白发大臣诚恳地："公子！国中再无他人可立为君！先君庄公尚无子嗣，公子兄弟戎子、公子牙又皆为人所杀，非公子莫能当此大任！"

杵臼心神不宁地："这，这便如何是好？"

一武将进门跪倒："启禀公子！主公随身卫将贾举被杀！"

另一武将随即进门："报！大将公孙傲、偻堙被乱军所杀！"

又一武将禀报："报！大将州绰、邴师、封具、铎父、襄尹五人，自杀殉主！"

一大臣进门禀报："报！大臣王何、卢蒲癸、申鲜虞叛逃他国！"

杵臼束手无策地："这……如何是好？如何是好？"

探马慌忙进宫跪倒："报，边境正有邻国大兵压境，锐无可挡！"

杵臼大叫一声，几乎瘫倒在地："啊！"

众人慌乱，群龙无首，又有不少人开始溜走。

身材极为矮小，但不失风度的晏子健步走进王宫。

杵臼睁开双眼："是，晏大夫！晏大夫，大臣们死的死，逃的逃，你为何……"

晏子："国家正值动乱之秋，如果人人都为各自名利，国家大事交给谁？公子！先君已死，快发兵讨贼，抵御外敌吧！"

杵臼十分为难地："这可叫我怎么办哪！"

众臣齐呼："公子，快发兵讨贼拒敌吧！"

杵臼一筹莫展："请晏大夫发落吧！"

众臣："对，请晏大夫号令三军！"

晏子走上高台："好！古冶子将军！"

古冶子出列："在！"

晏子："命你率兵五百前去讨贼！"

古冶子："遵命！"

晏子："田开疆将军！"

田开疆："在！"

晏子："命你领兵两万抵御外敌！"

田开疆："是！"

晏子又喊："公孙捷将军！"

公孙捷站在晏子面前："小将在！"

晏子："命你速去崔家收回先君尸首，并追回外逃诸大臣！"

公孙捷："遵命！"

杵臼十分钦佩地："国事全赖大夫之力！晏大夫，你看下一步将如何？"

晏子十分果断地："国不可一日无君，公子宣即大位，以定民心！"

杵臼和众臣点头称是。

众臣："晏大夫言之有理！"

王宫正殿之上。齐景公（即杵臼）身着华服带着平天冠端坐正中。

文武百官列于两旁。

齐景公十分高兴地："托祖宗洪福，赖诸卿之力，寡人已平定叛乱，赶走了入侵之敌。"

文武百官齐呼："主公英明，洪福齐天！"

齐景公："自先君以来，国政不明，兵微将寡，盗贼四起，兵弱民贫，国势衰微，寡人欲重振国威，诸卿有何良策？"

晏子出列："启禀主公！要重振国威，必须富国强兵；要发展生产，必须四境安宁。"

齐景公探询地："以我弱齐如何抵得强秦？"

晏子："弱齐难挡强秦，就要联络其他各国。各国齐心，方保无虞！"

白发大臣赞许地："晏大夫所言极是！"

齐景公："依晏大夫所说，我国应以联合何国为先？"

晏子："各诸侯国中唯楚最强，只要与楚国联合起来，就不怕强秦了！"

白发大臣："楚国人地处南蛮，楚君粗野，不讲信义！"

大臣甲："各国使者不少都有去无回，被扣被杀！"

大臣乙："既然如此，我国还是以避而远之为宜。"

晏子："不过，只要能陈述利害。楚人也未必不通情理。"

齐景公看着几位大臣："寡人正欲派一人出使楚国，缔结盟好，诸位大臣，谁可出使楚国？"

文武百官在齐景公目光的扫视下，低下了头。

齐景公又问："谁愿出使楚国？"

晕子挺身站出："晏某不才，愿为国家出力，出使楚国！"

众臣齐呼："非晏大夫莫能当此重任！"

晏子驱车在路上。

楚国都城郢都王宫内。楚灵王正饶有兴致地欣赏着美女的舞蹈。

一侍妾来到楚灵王跟前，指指自己勒得细细的腰，忸怩作态地撒娇："大王，你看我的腰，这回够细了吧？"

楚灵王笑笑："不行，不行，还不够细！"

女妾："哎呀，还不够细！我已经三天没吃饭了！哎，今晚还不能吃！有人都饿死了！"说着，摇摇晃晃地走了。

楚灵王："寡人就是喜欢细腰！谁的腰细我就喜欢谁！"

蓬启疆在楚灵王身旁坐下："大王，齐国的晏婴近日将来访我国。"

楚灵王笑得两眼眯成一条缝："晏婴？寡人听说此人身材矮小……有趣！哈哈！寡人想……你附耳上来……你看有何妙计？"

蓬启疆与楚王耳语："必须如此……"

楚灵王放声大笑："哈哈哈！妙极了！"

楚国城门。蓬启疆骑马来到城门之下高喊："守城将士何在？"

一武官来到跟前："太宰有何吩咐？"

蓬启疆："传大王号令！命你等在这城门之旁另开小门。门高五尺，不许高一寸，也不许低一寸，倘有丝毫差错，统统斩首！"

武官：“遵命！敢问太宰，开此小门何用？”

蓬启疆：“等齐国使臣到时，将城门关闭，打开小门，让他从小门进城！”

武官一愣：“啊？……是！”

大路上，一辆马车向楚国都城飞奔而来。车夫董明扬扬得意地挥鞭驱马。衣着破旧的晏子端坐在车内。

楚国城门。

一士兵慌忙向城门之上跑来，报告：“齐国使臣到了！”

武官下令：“关闭城门，另开小门！”

蓬启疆哈哈笑着：“有好戏看了！”

城门关闭，一个五尺高的小洞门被打开。

晏子驱车来到城门之下，见大门紧闭。

董明（车夫）吃惊地：“这是为何？为何突然关闭城门？”

晏子不露声色，吩咐：“叫门！”

车夫董明高喊：“开门，开门！齐国相国晏平仲来访！请快打开城门！”

蓬启疆出现在城门之上：“啊，晏大夫！您出入此门，宽绰有余，何用再另开城门？”

晏子不卑不亢地：“这是狗门，不是人出入的！到狗国的人，才从这狗门而入；到人国的使者，应该从人门入！据我所知，贵国城内居住的都是人吧？”

蓬启疆十分尴尬地：“这……大夫息怒，大夫息怒！刚才是小卒们跟您开了个玩笑！”

晏子充满自信地：“这玩笑开得好！”

蓬启疆下令：“大开城门，迎接齐国使者进城！”

城门大开，晏子驱车而进。

蓬启疆恭恭敬敬地站在路旁迎接。

城内街道上，蓬启疆陪同晏子前行。

一群彪形大汉，身着盔甲，手执大刀长矛迎面而来。

彪形大汉来到晏子身旁，看着晏子嬉笑。

晏子不解地问：“如此调笑，所为何事？”

大汉甲拉过大汉乙：“齐国大夫，你来评评理，我二人谁身材高大？”

大汉乙不服气地：“当然是我身材高大。你往哪比？齐大夫，你说呢！”

众大汉齐笑：“哈哈！对，请齐国大夫评理！”

晏子正颜厉色地：“秤砣虽小，能压千金；船桨虽长，终为水用。宝石虽小，价值连城；顽石虽大，不值分文！你二位只知比身高身低，不知比才能大小，品格高下，何等无知，何等愚昧！岂不羞愧？”

众大汉面面相觑，威风顿减。

大汉乙：“惭愧！惭愧！大夫点拨，我等自惭形秽。”

晏子：“我今日是应贵国大王之邀，为两国友好而来，所以身边未带一兵一卒。不知你们身佩利剑，手执长戟，所为何事？”

大汉甲语塞：“这……”

晏子咄咄逼人地：“难道是为了征战杀伐、攻城略地吗？”

众大汉低头不语。

晏子进逼：“你们这样做，难道这是为两国友好吗？”

众大汉无地自容。

蓬启疆大怒：“一群废物，还不滚开？”

众大汉如鸟兽散。

蓬启疆强颜欢笑：“晏大夫，不必介意！请！”

晏子不屑一顾，旁若无人，昂首前行。

楚灵王王宫。蓬启疆陪同晏子阔步而进。

斗成然、阳匄、囊瓦、郑丹等数十员楚国大臣，个个衣冠博带，衣冠楚楚，昂然而进。

晏子上前施礼。斗成然并不还礼，略带挑衅地上下打量：“来客莫不是齐国晏婴？”

晏子有所准备地：“正是。大夫有何指教？”

斗成然：“我听说齐国是姜太公所封的国家。齐国君主是姜太公之后。过去兵将敌过秦楚，商货畅销鲁卫。”

晏子点头：“不错。”

斗成然振振有词地："可为什么自齐桓公称霸以后，宋晋两国讨伐接连不断？早上向晋国投降，晚上又向楚国纳贡，君臣四处奔走，年年不安？贵国君臣不想兴复旧业，重振齐国，反而服侍大国，甘心当强国的臣仆，我真不能理解！"

晏子侃侃而谈："识时务者为俊杰，通机变者为英豪。自从周朝衰弱，五霸兴盛以来，人才辈出，各国形势也因此发生了翻天覆地的变化。凭着晋文公的雄才和胆略，也多次为大兵所困；秦穆公虽然强盛，后代却逐渐衰弱。就说贵国吧，自从庄王以后，也经常受到晋吴两国的侵扰。至于我齐国，由于长期混乱，荒于治理。现在确实国弱民贫。目前，我国百废待兴，百端待举，已有日新月异之变化。今日，我是应邀来访，这是邻国之间的正常交往。何况两国都是王制，并无高下尊卑之分，纳贡之说何来，臣仆之说又有何依据？"

斗成然无言以对："这……"

晏子忽然问："子文是你的祖父吗？"

斗成然茫然地点头："大夫也知小人的祖先？"

晏子："你祖父是楚国有名的大臣，识时通辩，颇有贤能。你说话可不像是他的后代呀！"

斗成然像斗败的公鸡，退入本列。

阳匄见状，愤然出列："晏大夫！"

晏子注视着他，十分沉着地问："您有何指教？"

阳匄做作地问："我有一事不明，不知当问否？"

晏子："大夫但讲不妨。"

阳匄难耐激动，脸一下子涨红了："您自己认为是识时通辩之人，可是，在崔抒庆封叛乱之时，齐国大臣为庄公死去的无数。而您呢？第一，不能以身殉主，而是贪生怕死；第二，不能避位，而是死抱乌纱。为什么您恋恋不舍自己的高官厚禄呢？岂不羞愧？"

晏子从容不迫地："报大节者，不拘小谅；有远虑者，岂固近谋？国君若为江山社稷而死，做臣仆的应该跟着去死；国君若是为个人私利而死，也跟从去死，岂不是愚昧？"

众惊："这……"

晏子继续说："我先君庄公的死因各位大臣都很清楚，他并不是为国而死。您刚才说到很多大臣、卫士为庄公而死，这一点不假。但您知道他们都是些什么人吗？"

阳匄摇摇头。

晏子："他们都是庄公的亲信宠臣，都曾得到过国君的私恩。我虽然寡能少才，但我怎能把自己列入先君的亲信、宠臣之列？又怎能紧步佞臣之后尘，以死来获取所谓'忠臣'之虚名？"

阳匄张口结舌。

晏子："做臣下的，遇到了国家危难，能为国立功的，就为国立功，不能为国立功的，就离开本国暂避灾难。晏某之所以不离开齐国，是为了拥立新君，以防内乱和异国入侵，岂是为了贪图高位？假如人人都离国远走，国家大事又依靠谁？大夫！"

阳匄只好点头："晏大夫所见极是。"

晏子忽然提高了语调："更何况国君被杀之事，哪国没有？贵国之事不远，难道各位都忘了吗？难道各位都是讨伐弑君之人吗？"

（*在晏子说上话时，插入楚灵王杀先君的镜头*）阳匄羞愧难当，低头退回本列。

郑丹昂然出列，盯视住晏子的衣着："大丈夫处世应当威武昂扬，以我看来，大夫恐怕是个小气吝啬的人。"

晏子冷静地："何以见得？"

郑丹轻蔑地看着晏子："请问晏大人，这件袍子您穿了多少年了？"

晏子平静地："二十年。"

郑丹向大臣看了一眼："各位听见了？这件袍子，晏大夫已经穿了二十年了！"

晏子大惑不解："这也值得大惊小怪吗？"

郑丹声调高昂地："大丈夫在英明的国君手下做事，有很高的地位，就应该穿漂亮的衣服，乘高级的车马，来显示国君的恩宠和重用。可您呢？却穿着破袍子，驾驶着瘦马破车，出使国外。难道是您的俸禄不够用吗？您一件袍子，从年轻穿到现在，二十年不换。我还听说，您祭祀时用的血和肉都少得可怜，请问：这不是吝啬是什么？"

楚国大臣像逮住了理，全都放声大笑。

晏子却异常严肃，毫无窘态，也毫无笑意。

楚国众臣见晏子如此表情，戛然停止了狂笑，顿时，大厅里鸦雀无声，人们注视着晏子。

晏子忽然开怀大笑了："您的见识为什么这样浅呢？我只知道，做大臣的应该精心报效国家，体贴民生疾苦，减轻百姓苦难。为此，哪怕是呕心沥血、赴汤蹈火也应在所不惜！只有这样，才能不辜负国君的重用、百姓的希望！至于用高车骏马来显示国君的恩宠，那是奸佞小人之所为！您不劝我忠心报国、克勤克俭倒罢，怎么反倒劝我追求奢华、摆阔炫耀呢？"

郑丹被问得目瞪口呆，面红耳赤。

晏子继续侃侃而谈："我自居相位以来，虽未享受荣华富贵，但靠我生活的穷苦人，就有七十余家。我家虽然节俭，亲友、乡邻们却得到富足，这又什么可非议的呢？说到祭祀时祭品之少，我倒认为，祭品之多少并不重要，重要的是是否出以公心，是否能做有益于人民的事。如果作恶多端，那么祭品再多，神灵也不会保佑；相反，如果一心一意做有益于百姓的事，即使没有祭品，神灵也不会惩罚的！不知各位大臣以为何如？"

众大臣垂头丧气，一时间无人说话，场面尴尬。

过了一会，囊瓦一步跨了出来，咄咄逼人地："晏大夫，我听说成汤身长九尺，而成为贤能的君王；子桑的力气能抵挡万人，才成为著名的将领。古代英明的君王和有才能的人，全都仪表堂堂，身材魁梧，这才立功于当时，名传于后代。而您呢，身不满五尺，力不足以抓鸡，只凭口舌逞能，难道不觉得羞耻吗？"

晏子微微冷笑："夜明珠虽小，光照千载；大木桩虽高，终究要变成死灰。不知大夫知道大将侨如否？"

襄王点头："知道。"

晏子不卑不亢地："侨如可谓身材高大，但却被杀死在鲁国；南宫万可谓力大无敌，结果如何呢？他被杀死在宋国！我自知无德无能，但只是有问就答，并未强词夺理，这怎么是凭口舌逞强呢？说到羞耻，我倒觉得，只知责人不知责己，一味地自作聪明，才最可耻！"

再次出现静场，楚国大臣个个垂头丧气。

有一大臣碰了另一大臣一下，示意他站出来讲话，大臣看了晏子一眼，畏惧地摇摇头。

晏子用轻蔑的目光扫视着楚国大臣："不知各位还有何见教？"楚大臣默不作声。

这时，门外传来一声高喊："大王驾到！"

随着话音，楚灵王在群臣簇拥下阔步而入。

晏子欲上前施礼。楚灵王却惊讶地问："齐国没有人了吗？"

晏子十分沉着地："齐国人呵气能成云，挥汗能成雨，走路的人肩膀碰着肩膀，把胳膊伸起来可以遮住阳光，您怎能说齐国没有人呢？"

楚灵王哈哈一笑："既然如此，为什么让你这样的人来出使我国呢？"

晏子："大王一问，实在难答，实话实说吧，又怕大王生气；不说实话，恐怕要犯欺君之罪。大王，你看该如何呢！"

楚灵王无奈："当然是实话实说。"

晏子："那好，我就说吧。我们齐国派遣使者是有规矩的。"

楚灵王忙问："什么规矩？"

晏子："鄙国规定，贤能的人出使贤国，无能的人出使无能的国家。身材高大的人出使大国；身材矮小的人出使小国。我的身材最小，也最无能，所以，我国国君就派我出使楚国来了。"

楚灵王大出意外："这……"

蓬启疆随机应变地："晏大夫是贤人，晏大夫是贤人！"

众臣齐呼："晏大夫是贤人！"

晏子微笑："怎么，刚才大王不是还对我出使楚国感到意外吗？"

楚灵王只得认输："寡人已知你是大贤人！"又不甘心地向一侍臣示意，侍臣会意，出门。

片刻，两名战士推着一五花大绑的犯人从一小门来到正厅。

楚灵王故作不知："罪犯是何人？"

武士："齐国人！"

楚灵王："所犯何罪？"

武士："偷盗！"

楚灵王注视着晏子，别有用心地："齐国人一贯偷盗吗？"众大臣哈哈大笑。

晏子马上变脸："大王！我听说，橘子生在江南才是橘子，它又大又甜；把它移到江北，就变成了枳，它变得又小又苦。为什么会这样呢？是因为水土不同，齐国人生在齐国不偷盗，到了楚国就偷盗，难道是楚国的水土能使人偷盗吗？"

楚灵王十分尴尬地："寡人别无他意，别无他意！"

晏子走到犯人身旁，抬了一下犯人低垂的头，忽然大声地："我看他未必是齐国人吧？"

楚灵王："这……"

蓬启疆怒喝："还不将囚犯带了出去！"

武士："走！"推囚犯从小门而出。

晏子忽然勃然变色："晏某不才，但自从到贵国以来，贵国君臣上下甚是无理！"

蓬启疆连连道歉："我等知错！晏大夫海涵，海涵！"

众齐呼："晏大夫海涵！"

晏子："莫非说我齐国惧怕楚国不成？若不为两国友好，晏某何至于此？"

众齐声："晏大夫宽宏大度！"

晏子："大王，您想，秦国为什么不敢蠢蠢欲动，进犯楚国？楚国何以能安居乐业，国境太平？"

楚灵王答不出："这，依晏大夫之见……"

晏子："秦国不敢肆无忌惮，是因为有齐楚盟约，如果大王破坏了齐楚盟约，贵国就危在旦夕了！"

楚灵王点头。

晏子："贵国君臣如此傲慢无礼，会有利于齐楚友好吗？"

楚灵王忽然醒悟地："寡人愿世世代代与贵国盟好，共御强秦！"

众大臣："对，齐楚盟好，共御强秦！"

晏子兴奋地："晏某正为此而来！"

楚灵王也异常高兴："来呀！为齐楚友好，寡人要隆重款待贵宾，大宴群臣！"

第二集　辞闲用贤

齐国都城街头市场。

有摆小摊的，有高声叫卖的，但市场冷落，人员稀少。

市场一头，几个农妇边做手工活，边在一起谈论。

农妇甲："晏相国可为齐国立一大功！"

董明（晏子车夫）妻："是啊！听说那楚王和大臣们开始甚是无礼，百般挑衅，晏相国针锋相对，唇枪舌剑，才压下他们的威风！"

农妇乙："你怎么知道得这般详细啊？"

农妇甲："她丈夫就是给晏相国驾车的呀！"

农妇乙："在晏相国身边多么荣幸啊！"

农妇甲："是啊，鸟随鸾凤飞程远，人伴贤良品格高。"

董明妻微微摇头："鸟随鸾凤飞程远。这话不错，可这说的是鸟，如果是苍蝇就不行了！"

农妇乙忽然惊慌地："看，那边尘土飞扬，好像有车马来了！"

远处，田开疆、公孙捷、古冶子骑着高头大马飞奔而来。

市场一角，几个妇女急忙收拾东西，董明妻手脚利落已跑到墙角落躲了起来。

田开疆、公孙捷、古冶子已冲到市场上。

几个妇女收拾不迭，来不及躲避。

田开疆注视着农妇甲："哈哈哈！想不到这里竟有如此绝色佳人！"下马调戏农妇甲。

农妇甲恼怒地："青天白日，怎敢调戏良家妇女？"

田开疆满不在乎："哈哈！这算什么？来人，带走！"

几个随从一拥而上，来抓农妇甲。

一白发老人冲过来："且慢动手！你们是什么人，敢如此无礼？"

公孙捷大怒："闪开，老混蛋！"一脚踢倒老人。

古冶子盛气凌人地："什么人？老子可以告诉你！我们行不更名，坐不改姓。我们就是国君身边的五乘之宾，齐邦三杰！告诉你，老子就是大名鼎鼎的古冶子！"

田开疆："我就是功高盖世的田开疆大将军！"

公孙捷："我就是打虎救君的英雄公孙捷！"

老人口流鲜血："啊！是你们三人？"

古冶子冷笑："现在你知道了吧！我等三人为齐国立过奇功，连国君都让着三分！"

田开疆不耐烦地："少跟这老东西废话！把这娘们带走！把那边的好东西，也统统拿走！"

随从："是！"

老人拼命阻拦，妇女甲拼命挣脱。

正在这时，晏子、高缭、董明等人驱车赶到。

晏子大怒："不得无礼！"

古冶子恭敬地站立一旁："晏相国。"

公孙捷急忙住手："晏相国，小将知罪。"

田开疆斜视了古、公二人一眼，不服气地："哼！晏相国，你来得可真是时候啊！"

晏子语重心长地："田将军！你可不要辜负了主公的重用和希望啊！"

田开疆不屑地："哼，走！"公孙捷、古冶子以及随从上马飞奔，扬起一片灰尘。

妇女甲等人跪下："谢相国相救！"

晏子悲痛惭愧地："莫谢！我也有罪。我是一国之相，治国不严，我对不起国内百姓！"

老人无限感慨，声泪俱下："相国！"

晏子逐一扶起："父老乡亲，请起，请起！"

董明（车夫）提醒着："相国，还有重务在身，何必理这些穷百姓？"

晏子瞪了车夫一眼。

董明粗暴地："闪开道！"

晏子大怒："不得无礼！我晏某才疏学浅，要富民强国，还需各位多献良策啊！"

高缭逢迎地："列位都看到了吧，咱们的相国何等谦虚、礼贤下士！"

晏子不满地急忙摆手。

老人迟疑地："相国，有句话不知当说不当说？"

晏子诚恳地："老人家，请说吧。"

老人目视众人。

晏子会意："好，老人家请随我来！"转身对车夫："董明，你在此等我。"

老人指着董明："这位是……"

董明狂妄地："你连我也不认识？我嘛，堂堂相国的帐前御者！"

老人谦卑地："久仰，久仰！"

董明更得意了："这回认识了吧？你以后见我要以礼相迎！"

老人："是，是！"

晏子恼怒地："董明！不许你这样对待老人！不许……"

老人递眼色："相国，请！"

晏子、高缭、老人等离开市场。

董明高喊："来人！"

两个青年不高兴地走过来："干什么？"

董明命令地："去，把车卸了，喂马！"

青年甲不服地："你凭什么命令我？"

董明大怒："凭什么？你们不知道我是谁？"

青年乙："我早知道你是谁。"

董明火气更大了："那你为什么不听我的吩咐？"

青年甲讥讽地："你不就是个小小的车夫吗？"

董明："小小？我是堂堂相国的……"

青年乙调笑地："车夫！走吧，咱们卸车喂马去！"

青年甲嘲讽地："告诉你，小车夫！我是尊重晏相国，可不是怕你车夫！懂吗？"

青年乙回头吐了一口："不知天高地厚！"

董明大怒，追去："站住！"

董明妻忽然从墙角迎面走出。

董明一愣神："娘子，是你？你也在这儿？"

董明妻冷冷地："我在此多时了，听很久了，也看很久了。"

董明迷惑不解："听很久了？看很久了？你听到了什么，看到了什么？"

董明妻断然地："不用问了！拿休书来！"

董明吃惊地："休书？什么休书？"

董明妻："什么休书？我要跟你离婚！"

董明更不明白了："离婚？为什么？"

董明妻："不用问了，你自己清楚！"

董明委屈地："我清楚？我清楚，咱夫妻感情很深，我清楚，咱夫妻俩互敬互爱。你是贤惠的妻，我是仁德的夫。"

董明妻："不必多言，拿休书来！"

董明急躁地："到底是谁挑拨了我夫妻关系？"

董明妻："何用问别人？问你自己吧！"

董明更不解："我？"

董明妻十分肯定地："正是！"

董明："娘子，到底为什么？快告诉我吧！"

董明妻："你自己做的事，自己不知道吗？你看晏相国对老人是什么态度，你又是什么态度？晏相国身为一国之相，尚能如此；你不过是他手下的一个小小车夫，就不知天高地厚了！如果让你当上相国，那还有老百姓的活路吗？"

董明语塞："啊！我……"

董明妻质问："你说，你有什么了不起？你有什么值得骄傲的？"

董明无言答对："我……"

董明妻："我看见晏相国坐在车里低着头，总显得羞愧的样子；可你呢，却高昂着头，自以为高人一等。你不觉得羞愧吗？"

董明低下了头："羞愧！羞愧！相国常常告诫我要闻过则喜。今日听娘子一番话，我真是受益不浅。和相国一比，我真是太渺小了！"

晏子、高缭、白发老人边谈边向这边走来。

董明恭敬地迎上前去："老人家。我刚才对你无理，现在向你赔罪！"深鞠一躬。

老人笑了："怎么不让我叫你老爷，以礼相迎了？"

董明诚肯地："大人莫把小人怪。我……"

老人学董明腔："你不是堂堂相国的御者吗？"

董明羞愧得无地自容："小人惭愧，小人知错！"

晏子十分高兴地："知错就改是圣贤哪！"

董明难为情地："相国，是我的娘子将我教训了一番。"

晏子大惊："你夫人？这位就是……"

董明妻："奴家拜见相国！"

晏子慌忙还礼："免礼！有你这样通情达理的人，你丈夫怎能不改过啊！"

董明妻："奴家以为，人人都应不断省察自己，检点自己的言行，人无完人，谁能无过？勇于改过，才是贤人！"

晏子无限感慨地："勇于改过，勇于改过。想我自己，自出生以来，过错必是不少。我多希望别人给我指出来呀！可惜没有，我身边就没有这样的人！"

高缭："相国，您太谦虚了！"

晏子警觉地看看高缭："哦？"

高缭讨好地："相国，您的大名传遍海内，您的功名万世流传。您会有什么过错呢？"

晏子："我就没有过错？"

高缭："是啊，您是最贤能的人！"

晏子注意看着高缭："哦，高缭，你跟我几年了？"

高缭一笑："相国，三年了，您忘了？"

晏子回顾着："啊，你已经跟我三年了。可是，三年来，我从未没有听到你指出我的过错，也从未听过你献过一次计谋。"

高缭献媚地："相国，那是因为您没有过错呀！您料事如神，百发百中，还用我来给您出谋献策吗？"

晏子："所以，你只会言听计从，百依百顺。我说东，你从不说西。我说树上能结鸡蛋，你也点头称是。你是一个多么听话的人啊！古往今来，没有人不喜欢你这样的人！"

高缭不知趣地："相国夸奖！"

晏子："你愿意永远跟我做事吗？"

高缭肯定地："愿意！高缭愿意一生服侍您！"

晏子忽然变色："但我却不愿让你再在我身边待下去了！请你走吧。"

高缭不解地："相国，三年来，我并无丝毫差错啊！"

晏子干脆地："但我却不愿再用你这没有丝毫差错的人！"

高缭十分伤心地："我高缭跟随您风里来，雨里去，吃尽了苦头！想不到，倒落得这样下场！别人都说你宽宏大量，我也没少在人前背后称颂过您，给您歌功颂德。今天我才知道，原来您这样不能容人！"

晏子果断地："对，我不能容人！不能容纳像你这样只会人前背后歌功颂德的人！"

高缭伤心地："想不到我百依百顺反倒成了过错了！"高缭一步三摇头地走了。

董明愤愤不平地："相国，你辞了高缭，小人难以理解！"

一官吏："放肆！你敢顶撞相国！"

董明不服地："事做得不对，我就要说，不平则鸣！"

晏子微笑："噢？那么请各位说，如果有一个人在你身边从来不说你的过错，只会一味地唱赞歌，吹捧你，甚至把你的过错也当成好的来吹捧，这是好人，还是坏人？"众人不语，互相用目光探询。晏子十分耐心地："一个人有了过错，就像得了疾病一样，如果不及时医治，那就很危险。如果有人知道你得了病，袖手旁观，眼看着你的病越来越重，你能说他是值得你信任的人吗？"

董明卡壳了："这样说来……小人又错了！"

晏子高声地："我认为那些专找人毛病，并且能直言不讳地指出的人，才是好人，我们应引以为知己，引以为师！"

众人信服地点头。

晏子简陋的住房里。晏子进门，脱那件破旧的袍子。晏子之妻接衣在手，精心收好。

一内侍急匆匆地来到大门口："晏相国！"

晏子急忙迎入："请！有何事？"

内侍："主公宣召，请相国立即进宫！"

晏子有些不安地："何事？"

内侍摇头："不知！请相国着即动身，刻不容缓！"

晏子急忙穿衣。

内侍上马扬鞭，飞奔而去。

齐景公宫殿里。齐景公闷坐一旁。田开疆、古冶子、公孙捷毫无顾虑地相互取笑着，根本没把齐景公放在眼里。

晏子急冲上殿："臣晏婴拜见主公！"

齐景公急忙起身："免！请相国就座！"

晏子："臣看主公气色不佳，精神不爽，不知是何缘故？"

齐景公转身对"三杰"："你三人先退出！"

田开疆不动："哼！"另二人也不理睬。

齐景公发怒了："寡人命你们退下去！"

"三杰"很不情愿地勉强退出大殿。

齐景公无限忧伤地："相国！齐国要大难临头了！"

晏子急问："怎么，有秦国大兵进犯？"

景公摇头："没有。"

晏子又问："有燕赵之兵骚扰？"

景公又摇头："没有。"

晏子："国内有贼兵叛乱？"

齐景公："也没有。"

晏子不解地："那主公为什么说齐国将有大难临头？"

齐景公忧虑重重地："唉！寡人今日上山打猎，人刚爬上山，就听见一声吼叫，从草丛中跳出一只吊眼白额大虎。寡人吓得连忙逃回，可是，没走几步，又碰见一条足有水桶粗的青皮蟒蛇，张着大口，吐着毒舌，寡人连猎也未打成，就神魂颠倒地跑回来了。你说，这不是不祥之兆吗？齐国就要大难临头了！唉，这可如何是好哇？"

晏子如释重负地一笑："主公且放宽心。"

齐景公懊丧地："寡人怎能放宽心？有这么多不祥的征兆，国家岂不要遭难了！"

晏子："主公，臣听说国家确实有不祥之兆，而且有三不祥。"

齐景公急切地："三不祥？哪三不祥？"

晏子："一不祥，国内有人才，主公却不去选拔，而任其毁掉，甚至被敌国所利用。"

景公点头："啊，二呢？"

晏子："二不祥，国家有人才。国君也知道谁是人才，可就是不想重用他们。"

景公："三呢？"

晏子："虽然录用了，却不信任他们，怀疑他们，不给他们应有的权力。"

齐景公恍然大悟："哦！都与用人有关。"

晏子侃侃而谈："有人才而不去选拔，国家大权就会被不学无术的小人所操纵，这样，奸人当道，好人受气，国家只会日趋衰弱；知道了人才而不录用，就会使人才流于敌国，为敌国所用，敌国重用了我国的人才，我国就危如累卵了；录用了人才而不信任，不给实权，人才的才能就难以施展，人才为国家就不会尽心竭力，所以，录用了而不信任，就等于没有录用。如此，国运何日能昌？军队何日能强？人民何日能富？所以，要说国家有什么不祥之兆，这才是国家的不祥之兆！"

齐景公为之一振："相国言之有理！寡人顿开茅塞！那么请问相国，见到猛虎、碰到蟒蛇，不是国家的不祥之兆吗？"

晏子微微一笑："主公！上山见虎，那是因为虎的巢居就在山上；下沟见蛇，那是因为沟里有蛇的洞穴。这同人进屋就可以看见人一样，有什么奇怪的呢？看见虎和碰见蛇与国家有什么关系呢？"

齐景公精神顿好："如此说来，寡人多虑了！"

晏子见齐景公情绪好转，停了片刻，问："主公，您知道治理国家最怕什么吗？"

齐景公摇头。

晏子："治理国家最怕的是社庙里的老鼠。"

齐景公没弄清："什么？社庙里的老鼠？"

晏子十分肯定地："对，社庙里的老鼠。"

齐景公摇摇头："寡人不解相国之意，请相国细细言明。"

晏子："主公，社庙是什么地方？"

景公不解地："社庙是我们祭祀祖先，祭祀鬼神的地方。这还用问吗？"

晏子："对。社庙的柱子是用木头做的，墙壁是用泥土垒的。正因为那是我们祭祀祖先、祭祀鬼神的地方，那里的一切都格外神圣，所以，我们才异常珍重它，爱惜它。可是，主公！老鼠就利用我们珍重社庙的心理，在里面有恃无恐地垒窝筑巢，大摇大摆地出出进进，高枕无忧地生儿育女！我们要用烟熏它吧，又怕烧坏了社庙的大梁和柱子，触犯神火；我们要用水灌吧，又怕冲毁泥墙，招来祸乱。所以，人们对社庙之鼠简直是束手无策了！"

齐景公听出了弦外之音："相国，你说的这社鼠是人吧？"

晏子单刀直入："对，主公！您身边的有些亲信，就是这样的大老鼠！"

齐景公深思："寡人左右的亲信？"

晏子见景公深思，语调铿锵地："主公！国要强大，非用贤人不可！"

齐景公："寡人有你，如有靠山，何必再用他人！"

晏子："晏某不才，还需更选贤人，就算我能为国家出点力，一个人又能怎样呢？贤能的人还怕多吗？只有蠢材才会嫉才！"

齐景公茫茫地："可是，贤人，贤人，贤人为何不到寡人身边来呢？"

晏子："主公身边有那么多阿谀奉承之徒，有那么多社庙之鼠，贤人怎能会到您的身边？"

齐景公醒悟地："如此说来，是这些人堵塞了贤路？"

晏子："对，要得贤人，必除小人！"

齐景公明白了："是啊，相国是说……"

晏子一语破做："主公身边的三杰！"

齐景公摇头叹息。

晏子凑近齐景公："这三杰，飞扬跋扈，有恃无恐，甚至图谋不轨，实为国家之大害！"

齐景公顾虑重重地："可是他们……"

晏子心领神会："是的，此'三杰'过去曾有功于国，有的甚至救过主公的性命，可是，他们居功自傲，横行乡里，已到了不可救药的程度！"

齐景公极为痛心地："是啊！这三杰几乎要把寡人驾空了！寡人几乎失去

人身自由，不管寡人走到何处，他们都形影不离，处处监视，国家大事都不能不通过他们。此三人过去有功，现在有权，寡人深为忧虑。然而，除此三害，无能为力。论武艺，全国无人能敌；欲强擒，必致国乱，后果不堪设想。”

晏子自信地轻声道：“除此三贼，要相机而动……”

第三集　智除三害

田开疆家。

公孙捷、古冶子手握马鞭站在地中央。

田开疆恼怒地一拍桌子：“他妈的，瞒着咱们哥仨！”

公孙捷：“大哥，走，问问他去！”

古冶子：“对，让他知道知道咱哥仨的威风！”

大路上，几匹骏马飞奔而去，荡起一路尘土。

齐景公正殿。侍臣们正忙着准备迎接外宾事项。

田开疆、古冶子、公孙捷身佩宝剑，杀气腾腾闯了进来。

田开疆：“主公何在？主公何在？”

侍臣甲：“不知。”

侍臣乙：“尚在后宫。”

田开疆一挥手：“走！”三人又冲出正殿。

侍臣甲：“三位何事，如此气势汹汹！”

侍臣乙：“不知，他三人一贯如此，连主公也奈何他们不得。”

侍臣甲：“我等也更应谨慎才是，不然迟早会大难临头的。”

齐景公与随从步入正殿。

内侍甲：“启禀主公，已布置完毕。”

齐景公高兴地：“今日鲁昭公亲自来访，一定要好好款待，借以壮我齐国声威。”

内侍甲：“是，从今而后，各国使者将接踵而至，恒公的基业即可恢复了。”

齐景公高兴地：“哈哈哈！”转身欲走。

晏子从大门来到正殿：“主公！”

齐景公：“相国！”

晏子：“鲁国贵宾即刻就到。”

齐景公：“少不了相国从中斡旋。”

晏子：“自然。主公，自辞高缭之后，臣身边尚缺一名随员。”

齐景公：“相国物色好了吗？”

晏子：“臣愿保举一人。”

齐景公无比信赖地：“相国看人自不会错。快宣他觐见吧！”

晏子高喊：“董明觐见！”

董明给齐景公施礼后转向晏子：“相国唤小人有何吩咐？”

晏子莫测高深地：“收起你的马鞭。”

董明一惊：“相国要赶小人走！把小人同高缭一样看待？”

晏子笑着摇头。

董明更加糊涂：“那相国为什么要收我的马鞭？”

齐景公：“寡人命你为下大夫，辅助相国！”

董明大惊：“这……小人无德无能，难以胜任！”

晏子微笑：“你知错就改，毫不讳疾忌医，就说明你能胜任！”

董明：“这……”

晏子：“快给主公谢恩吧？”

董明：“谢主隆恩！”

齐景公高兴地：“平身！今后莫要辜负寡人希望和相国栽培！”

董明：“是！”

田开疆、公孙捷、古冶子气势汹汹地闯进。

田开疆急火火地：“主公！今有鲁国使者来访，为何不令我兄弟三人得知？莫非有什么机密不成？”

齐景公不在自然地：“将军不必多心。寡人正想派人告知，不想三位先来了。”

田开疆仍然很生气：“哼！”

古冶子：“主公！我三人为齐国立下奇功，您可不能对不起我们！”

齐景公：“寡人何日曾忘？”

公孙捷：“倘有人不把我‘齐邦三杰’放在眼里……哼，我这口剑可不是吃素的！”

晏子：（不露声色地）“公孙将军！你不觉得此话有点过分吗？”

公孙捷愤愤地：“哼！”

武士进殿，高声地：“鲁国国君到！”

齐景公：“摆队迎接！”

齐景公为首，大臣排列成队，出殿迎接。

鲁昭公、叔孙婼乘车赶来，见齐景公相迎，慌忙下车。

齐景公：“杵臼迎候君侯！”齐景公施礼。

鲁昭公慌忙还礼：“下国寡人拜见上国君臣！”

齐景公闪身，让出晏子：“相国晏平仲！”

鲁昭公：“久仰，久仰！”

晏子：“晏某迎候贵使！”

鲁昭公朝后一指：“此位是叔孙婼大夫！”

齐景公：“久闻，久闻！”

叔孙婼施礼：“外臣有礼！”

齐景公：“请贵国君臣上座！”

田开疆忽然跨上前来：“慢！尚有我等未与鲁国君臣见礼！”

齐景公皱眉：“你……”

鲁昭公一惊：“将军何人？”

田开疆十分傲慢地：“我嘛，大将田开疆！”

古冶子也上前一步：“我，大将古冶子！”

公孙捷也不怠慢：“我，大将公孙捷！”

田开疆：“我等三人就是声振四海的‘五乘之宾’齐邦三杰！”

鲁昭公唯唯地：“久慕大名，久幕大名！”

晏子从容地：“请贵国君臣上殿！”

齐景公挽鲁昭之手，晏子拉住叔孙婼上殿，坐定。

“三杰”无可奈何地立于阶下。侍臣摆上酒筵。

齐景公：“齐鲁友好，是两国社稷之福，两国百姓之福。”

鲁昭公：“君侯重整桓公基业，振兴齐国，鄙国钦慕之至！”

齐景公：“哈哈！鄙国百端待举，一切尚在筹划之中，望贵国不吝指教。”

鲁昭公：“惭愧，惭愧！”

齐景公高兴举杯：“来，为齐鲁和好，干杯！”

鲁昭公：“对，为齐鲁和好，干杯！”

晏子站起身：“两君欢饮，千载良机。理应有珍物奉献。主公！园中金桃现已成熟，献与鲁国君臣尝鲜如何？”

齐景公恍然大悟：“相国之言极好，寡人几乎忘了。相国，快令人去园中摘桃！”

晏子微微一笑：“臣早已摘来备用。”

齐景公：“相国想得真周到！何不令人献来？”

晏子：“主公，金桃是世上最珍贵、最难得之物，臣应亲自取来献上。”

齐景公：“如此，有劳相国。”

晏子起身：“各位稍候，晏某去去就来。”

晏子向侧门走去。

鲁昭公：“这金桃，寡人为何从未听说过？”

齐景公：“说来话长。还是先公在时，有一东海人献来一枚大桃，名称‘万寿金桃’。”

鲁昭公赞叹地：“万寿金桃，好一美称！”

齐景公：“这桃来源于海外度索山，也称‘蟠桃’。在鄙国已种植了三十余年，枝叶虽然很茂盛，可就是只开花不结果。”

鲁昭公饶有兴致地：“开花不结果？”

齐景公点点头：“今年是首次结果。可惜只有几颗。寡人十分爱惜，所以就锁上园门，由相国亲自拿着钥匙。今日君侯来访，寡人不敢独享，特意献上，请君侯赏光！”

鲁昭公兴奋地：“如此说来，寡人口福不浅。”

晏子引一托盘侍臣从侧门出，盘中有六个大桃。

晏子：“臣奉命取来金桃，献与两国君侯！”

齐景公看看盘子：“只此六颗吗？”

晏子：“树上还有三四颗未熟，所以，只摘了这六颗。”

齐景公高兴地：“好，请相国行酒令，赏桃！”

晏子端起一杯酒，走到鲁侯面前："桃实如斗，天下少有，两君食桃，千年同寿！"

晏子向鲁昭公献酒，内侍献桃，鲁昭公喝酒食桃。

鲁昭公连连赞叹："甘美，甘美！金桃，金桃不枉其名！"

齐景公："此桃是世间罕见之物。"

鲁昭公："相国，快献与君侯！"

晏子与内侍向齐景公献上酒、桃。

齐景公饮酒食桃。

齐景公："果然鲜美异常！叔孙大夫，你的贤名传遍四方，现在又随君出使，应该食桃一颗。"

叔孙婼羞愧地："我的贤能，不如晏相国万分之一！此桃应赐给相国，小臣怎敢占先？羞愧！"

齐景公："既然叔孙大夫推让给相国，那就各赐酒一杯，桃一颗！"

晏子、叔孙婼谢过，食桃，饮酒。

晏子："启禀主公！盘中还有二桃，请发落。"

齐景公："依相国之见？"

晏子："主公可传令各位大臣、将军，让他们自报功劳，论功行赏！"

齐景公："此话有理！"

晏子："那就请主公下令吧！"

齐景公起身，高声地："阶下诸臣！有自信功高盖世，配食金桃者，请出班自奏，摆诉大功，然后请相国评功赏桃。"

齐景公话音刚落，公孙捷迫不及待地大步跨上台阶。

晏子："来者自报姓名！"

公孙捷大声地："大将公孙捷！"

晏子："好，公孙将军，请申报大功！"

公孙捷："从前我跟随主公打猎在桐山，山中突然跳出一只青眼白额虎，咆哮狂吼，直奔主公。在这千钧一发之际，我临危不惧，猛冲上前，不用刀枪，只用双拳。我左手揪住虎的头皮，右手挥拳猛打，只一阵就打死猛虎，救了主公性命，这才有今天的江山社稷。请问，有此奇功，可以吃桃吗？"

晏子："冒死保驾，功莫大于此。可赐酒一杯，赏金桃一颗。"

公孙捷跪接，一饮而尽：“谢赏！”十分得意。

古冶子、田开疆急不可待，没等公孙捷吃完桃，就急冲冲上殿。二人脚前脚后，争执不下。

晏子摆摆手：“请前者先报，后者稍候！”

古冶子上前，田开疆不甘心地退立一旁。

晏子：“来者自报姓名！”

古冶子大声地：“斩龟猛将古冶子！杀只老虎，不足为奇，皮毛小事，何足挂齿！”

公孙捷气恼地：“哼！”

古冶子：“从前，我跟随主公出使晋国，刚渡黄河，忽然天降暴雨，黄河之水波涛汹涌，眼看主公所乘之船就要翻倒，船上人个个提心吊胆。偏在此时，有只天下少见的大龟跃出水面，直奔主公而来，张开血盆大口，叨去主公最心爱的良马，潜入水中。是我不顾生死，脱去衣服，拔出宝剑，跳入巨浪之中与大龟搏斗，终于斩了大龟，救了良马，使主公转危为安，请问相国，有此奇功，可以食桃吗？”

晏子没有疑问：“赐酒一杯，赏桃一颗！”

古冶子接酒一饮而尽，吃桃扬扬得意。

田开疆不等通报，满脸怒气，几步跨上台阶。

田开疆难耐怒火：“我，大将田开疆！曾经奉命讨伐徐国大战蒲隧，杀了徐国的名将嬴爽，俘虏降兵数百人。徐君恐惧，送来厚礼，乞求投降。连郯国国君和莒国国君都闻风丧胆，一齐归附我国，共推主公为盟主，为主公重整桓公基业，立下汗马功劳。试问，这样的大功如何？”

晏子故作惋惜地：“田将军大功比古将军、公孙将军强过十倍，可惜无桃可食了！”

田开疆无比恼怒地：“什么？无桃了？”

晏子：“是的，已无桃可赏了。唉，可惜呀！只好先赐酒一杯，至于金桃嘛，只好等待明年了。田将军，委屈你了！”

齐景公也为他不平：“你的功最大，可惜说得太晚了！因此无桃可赏，将你的大功也埋没了！田将军，你有如此大功，何不早说呢？”

古冶子、公孙捷十分尴尬。

田开疆怒视古冶子、公孙捷："杀只老虎，斩个乌龟，是微不足道的小功！凭此小功，就大加炫耀，田某深以为羞！"田开疆说着说着，忽然抽出宝剑，众人惊骇。

田开疆："我出征到千里之外，凭着血战，才获大功，有这样的功劳和苦劳，反而吃不到桃，在两国之君面前受此奇耻大辱，被万代人耻笑，我还有什么脸立于天地之间？"说罢，田开疆挥剑自刎而死。

众人大惊失色。只有晏子沉静微笑。

晏子感叹地："可惜！一员猛将！早知如此，我该把主公赐我的金桃留给田将军，我真不该居功自傲，惭愧，惭愧！"

公孙捷闻言，拔出宝剑："我的功小，却吃到了桃，田将军的功大，反而吃不到桃。得桃而不谦让，不是廉洁、仁惠；看见朋友死，自己不敢跟从，不是勇敢，留下这贪婪、无礼、怯懦的恶名，何如一死！"公孙捷言罢挥剑自刎，倒地。

晏子急令左右："快去阻拦！"

卫士阻挡不及，公孙捷已死。

晏子感叹："壮烈！真是一位英雄！英雄啊！"忽然目光向古冶子扫去："古将军，你要干什么？"

古冶子踌躇地："我……"

晏子："古将军，你可不能……"

古冶子为形势所迫，大呼："我三人结拜为兄弟，义同亲骨肉，当初有言在先，愿同生共死。现在两人已死，只我贪生活着，于心何安？二位兄长慢走，小弟来了！"古冶子挥剑，倒地气绝。

鲁昭公惊魂未定："这……"

齐景公也惊慌失措："相国！"

晏子从容镇定地："速速收拾三位将军尸首，厚礼葬送！"卫士们抬走三杰之尸。

鲁昭公无限惋惜地："寡人听说此三人皆是天下闻名的勇士，可惜一下子全完了！"

齐景公也惋惜地点点头。

晏子无动于衷地："这全是一勇之夫，虽然过去有点功劳，也微不足道。”

鲁昭公关切地：“贵国像这样的勇士还有多少？”

晏子十分坦然地：“能运筹帷幄之中决胜千里之外、具有将相之才的不少于几十人。至于像他们三人这样，只有血气之勇的，死掉几个对齐国不会有任何影响！来来来！莫为此意外之事扫兴，继续畅饮！”

齐景公密室。晏子与齐景公相视而笑。

齐景公：“相国用奇谋除此三害，固然可喜可贺，但是，国内一旦有变，外敌一旦入侵，将如何处置？”

晏子胸有成竹地：“臣保举一人，一人之才，可胜此三杰百倍。”

齐景公：“何人？”

晏子：“田穰苴。”

齐景公摇摇头：“寡人从未听说此人。”

晏子赞赏地：“田穰苴世世代代都是齐国人，他正直朴实，聪明好学，不肯屈就于贵族门下，所以，他自幼在家读书习武。此人精通兵法，有经天纬地之才。”

齐景公惊喜地：“果真如此！此人与相国相比怎样？”

晏子：“胜臣十倍，此人能文能武，才能拔群，文能服众，武能退敌，主公能用他为将，真是国家之福。”

齐景公疑惑地：“相国，你既然知道他的贤能，为何不早向我推荐？”

晏子：“主公！贤人出仕，不但选择君主，而且会挑剔同僚。那三杰全是鲁莽无知之人，田穰苴是正人君子，怎肯与他们平起平坐，同堂为伍？”

齐景公点头：“此话有理！”

晏子：“所以，除了三杰，臣才推荐田穰苴。”

齐景公忽然摇头：“田穰苴？莫非和田开疆是一族吗？”

晏子：“此人虽与田开疆是一族，但彼此并无联系。况此人品格高尚，怎肯与田开疆同流合污？主公但用不妨。”

齐景公还是一个劲摇头：“莫忙，待寡人考虑考虑。”

晏子不理解地摇摇头。

齐景公后宫。花枝招展的宫女翩翩起舞。齐景公全神贯注地欣赏着。

一内侍来到他身旁："主公，有情禀报！"

齐景公摆摆手，眼睛不离歌女："明日禀报。"

内侍："主公，是边关紧急警报！"

齐景公一惊："啊？歌舞暂停，快宣进来！"

众歌女扫兴地退出。

探马飞跑而进，跪倒："启禀主公，大事不妙！边境告急，晋国发兵进犯我国东阿之地，燕国也乘机侵扰北方！"

齐景公失魂落魄地："啊？这如何是好？快，快请相国！"

晏子坐在飞奔的马车上，急向王宫驰来。

齐景公宫殿之上。齐景公忧心忡忡。

晏子："主公勿忧！这正是主公选用贤人之时！"

齐景公："那田穰苴现在何处？"

晏子："在馆驿中。"

齐景公："快宣此人进宫！"

齐景公密室。齐景公端坐，晏子立于一旁。田穰苴面对面站立。

齐景公："寡人拜你为大将，率战车五百乘，抗拒晋燕之兵。"

田穰苴推辞地："事关国家安危，村夫难当此重任！"

晏子："田先生不必过谦，主公已深知你的才能。"

田穰苴："不过，臣平素地位低贱，主公骤然授予这么大兵权，地位超过了满朝文武，恐怕将士们不服从，大臣们不信任。"

齐景公为难地："这……这该如何？"

田穰苴："请主公派一个地位高、受主公信任，受大臣们尊重的人来当监军，这样，臣的号令才能行得通。"

齐景公问晏子："如何？"

晏子："言之有理！"

齐景公："依将军之见，庄贾！"

庄贾推门而进："臣庄贾听令！"

齐景公："寡人已拜田穰直为大将，现命你为监军，一切需听从田将军号令！"

庄贾："是！"转身看见田穰直，鄙视地："就是他？"

晏子："对！军机大事，非同儿戏！"

田穰直谦恭地来到庄贾面前："庄监军！敌军犯境，十万火急。明日在军营操练兵马，后日出兵迎敌。请监军在明日午时前到达练兵校场，万万不可迟误！"

庄贾傲慢地："放心，误不了！"

第四集　执法如山

军营教场，旌旗招展。

刀枪剑戟，闪闪发光。

士兵个个精神抖擞，整装待命。

点将台上，摆着木表和漏壶，水滴一滴一滴朝下淌着。

几名将校向东方张望，又不安地看看田穰苴。

田穰苴问："派去的人已去几时了？"

将领军："启禀元帅，已去多时了。"

田穰苴："先后派去几人？"

将领甲："三人。"

田穰苴皱皱眉："现在什么时间？"

小梭看木表："启禀元帅，刚刚午时！"

将领甲："操练时间已到！"

将领乙："元帅，怎么办？"

田穰苴果断地："不等他了，准备操练！"

将领甲下令："待元帅将令，兵马操练开始！"

将领们跃上战马，士兵仍拿起刀枪。小校鸣锣击鼓。将领一马当先，排山倒海般向前冲去。

庄府门上，张灯结彩，宾客盈门。大厅内、大摆宴席，一片恭维，喧闹之声。一群阔佬纷纷给庄贾敬酒，庄贾十分得意。

庄贾端起杯："诸位，我庄贾受国君器重，做了监军，一定要把晋兵杀个片甲不回！”

一少壮：“庄监军出马，一定会旗开得胜！”

庄贾得意地哈哈大笑。

一小校来到庄贾面前：“启禀庄监军，将士们已在校场集合完毕，准备操练，专侯监军！田元帅令我来催唤监军！”

庄贾傲慢地：“田元帅？村野匹夫！去，回报他，我现在脱不开身！”

小校不甘心地退了出去：“是！”

庄贾面对众人：“我倒要看看这村野匹夫有何本事？来，诸位，继续喝。请！”

一小校又跑进来：“启禀庄监军……”

庄贾不耐烦地：“怎么又来了？告诉你，我现在没工夫！”

小校愣愣地站着不知如何是好。

军营校场，兵马还在操练。田穰苴自言自语：“军心涣散，将领无能，军纪不整，士兵不振，此数者都可导致败仗！”

小校气喘吁吁地跑来：“启禀元帅得知，那庄监军喝得酩酊大醉，十分傲慢！拒不应招！”

田穰苴：“不用去催他了！”

日落偏西。庄府内室。庄贾醉醺醺地躺在床上。

一家臣轻轻地推他：“监军，起来吧！该上校场去看看了！”

庄贾懒洋洋地爬起来，坐上了马车，一口气冲上来，吐出不少脏东西。

军营校场，一个将军跨步来到田穰苴面前：“元帅，已操练三遍了，传令休息吧？”

田穰苴：“好，传令休息！”

庄贾摇摇晃晃地走来。田穰苴装作没看见。庄贾无可奈何，只好没趣地：“田元帅……”

田穰苴神态严肃地：“庄监军，现在是什么时间？”

庄贾吞吞吐吐地：“已是……酉时。”

田穰苴："昨日约定的是何时？"

庄贾："午时。"

田穰苴大怒："既然是午时，为何到酉时才来？"

庄贾赔笑地："亲友故交听说我做了监军，都来祝贺送行，我多喝了几杯，所以……来迟了。"

田穰苴面向众位将领："我们身为领兵打仗的将军，从接到国家命令时起，就该忘记自己的家；既然已经带领了军队，就该忘记自己的亲属；临阵打仗，连自己的性命都该忘记！现在，晋国和燕国大兵已到边境，我们还能安心饮酒作乐吗？"

庄贾已预感到问题的严重性，连忙赔笑："幸亏没有耽误行军的期限。元帅还是不要过分责怪吧！"

田穰苴勃然大怒："你倚仗着国君的恩宠，怠慢军心，如果临敌也如此，岂不会误大事？"回头问军法官："根据军法，迟误军期，该当何罪！"

军法官："罪该斩首！"

庄贾不服气地："哼！"

田穰苴："来人！"

庄贾："你敢！"

田穰苴下令："捆起来！"

庄贾狂怒："大胆田穰苴！你敢蔑视国君钦命的监军！"

田穰苴怒喝卫士："为何不动手！"

卫士怯懦地："小人不敢！"

田穰苴怒不可遏："动手！不服从将令，按罪斩首！"

卫士上前欲绑庄贾，庄贾怒斥一声，卫士退却。

庄贾蔑视地："我看谁敢动我一动？"

田穰苴更加恼怒："还不给我动手！"说罢，亲自上前，一把抓住庄贾的脖子，庄贾挣脱不得，将领甲拿出绳子，将庄贾捆绑起来。

庄贾依然不服："姓田的，我看你能把怎样？"

田穰苴怒气未息："先押到百尺高竿之下！"

庄贾朝身边人高喊："快去，快报于主公得知！"

一个人飞跑而去。田穰苴见此情景，断然下令："号令全军，将违犯军法的庄贾斩首示众！”

将领乙轻声地：“元帅，斩不得！”

田穰苴一愣：“怎么？”

将领乙：“他是国君的内亲，他妹妹就是庄夫人！”

田穰苴吃了一惊：“啊？”

将领乙：“依小将看来，暂且收监吧！”

齐景公后宫。

齐景公从床上一跃而起：“什么？”

庄贾家臣：“田穰苴要将庄监军斩首！”

齐景公大怒：“什么？这个村野匹夫太放肆了！快，梁大夫，传我的命令，特免庄贾一死！”梁邱据站立一旁：“是！”

齐景公心急火燎：“快，带上我的符节，到校练场救人，刻不容缓！”

梁邱据：“是！”

大路上，梁邱据打马挥鞭。

内宫。庄夫人哭着，齐景公：“寡人一定为你做主！”

军营校场。

刽子手推着庄贾，向外面走去。

庄贾锐气顿减：“田元帅，饶了我吧！有你的好处！”

田穰苴毫不犹豫地：“执行！”

庄贾见哀求无望，转而狂叫：“姓田的，斩了我的头，你的头也长不了！”

大路上，军营大门外，梁邱据猛抽骏马，卫士阻挡不住，一下子闯进了军营。

晏子家，晏子穿上长袍，跨上马车，急急上路。

梁邱据在军营里挥鞭，寻找着。

晏子的马车已驶到齐景公王宫，晏子下车，急急向里走去。

田穰苴一声断喝：“什么人？”

梁邱据未听见，又举起马鞭。

田穰苴怒喝：“站住！”

梁邱据大惊，慌忙下马："田元帅！"

田穰苴："军营之中不准车马冲撞！"

梁邱据慌乱地："是！小人一时性急……"

田穰苴："军法官！"

军法官："在！"

田穰苴："军营中车马冲撞，该当何罪？"

军法官："按军法当斩！"

梁邱据吓得面如土色："啊？我是奉命而来，奉命而来！"

田穰苴："奉什么命而来？"

梁邱据口吃地："田，田元帅！主公听说元帅欲斩庄贾，命小人持节来报元帅，特免庄贾一死。让我乘快马急来，恐怕来不及了。一时慌乱，误犯了军法，误犯了军法！"

田穰苴冷笑："什么？免庄贾一死？将在外，君命有所不受。"

梁邱大出意外："这……"

一刽子手来禀报："元帅，时刻已到，斩不斩？"

田穰苴断然地："斩！"

刽子手："是！"

梁邱据心神不宁地看着田穰苴。

梁邱据胆怯地："既然如此，请让我回报主公吧！"转身就要走。

田穰苴一挥手："慢！"

梁邱据吓得胆战心惊："啊？"

田穰苴伸出一只手："符节何在？拿来我看！"

梁邱据慌忙双手捧过："在这，在这，请元帅过目！"

田穰苴仔细看符："既然有国君的命令，不能斩首。但是，军法不能废除。"

梁邱据浑身发抖："啊？"

田穰苴："左右！"

卫士：（齐声）"在"！

田穰苴："将梁大人所骑之马杀死，代罪人一死！"

卫士："遵命！"两名卫士上前，从梁邱据身旁牵走骏马。

田穰苴：“梁大夫！你可以回禀主公了！”

梁大夫：“是，田元帅！”转身，慌慌张张地走出军营。

梁邱据无精打采地步行。有时咬牙切齿，有时叹息摇头。

大路上，两辆马车向军营驰来。前一辆车上坐的是齐景公，后一辆车上坐的是晏子。

齐景公，晏子步入军营校场。田穰苴迎上来：“主公！相国！”

齐景公：（大声呼唤）“田元帅！”

田穰苴双手捧过帅印：“主公！臣奉还帅印！是杀是罚，请主公处置吧！”

齐景公：（不解地）“这是为何？”

田穰苴：“臣已将主公钦差监军斩首示众，又将主公特使所乘之马杀死。”

齐景公忽然大笑：“哈哈！将军何罪之有？寡人凭什么惩处你？”

田穰苴大出意外：“主公！”

齐景公：“田将军，寡人已知你用兵如神，执法如山，此乃齐国之福！”转头看了晏子一眼，“寡人特来收回免庄贾一死的错误命令！”

田穰苴大恸：“主公！”

齐景公也十分激动：“将军！恕寡人刚才一时糊涂！”

田穰苴泪流满面，忽然跪下：“主公！……”

齐景公亲自扶起田穰苴：“将军！那庄贾就是相国所说的社庙之鼠！斩之有功！将军不必多虑！”

晏子：“主公对将军无比信赖！”

田穰苴发誓地：“臣愿为国献犬马之劳！”

大路上，齐景公、晏子乘车原路返回。

齐景公大殿。齐景公与晏子对席而坐。

探马进来报告：“报主公得知！晋国和燕国听说田元帅军纪严明，执法如山，闻风丧胆，已经退兵了！”

齐景公高兴得哈哈大笑：“知道了，退下吧！”

晏子赞叹地：“田将军果然英雄，不辱君命！”

齐景公无限感慨地："若不听相国之言，几乎误了大事！"

晏子："请主公莫忘臣所说的国家'三不祥'！"

齐景公："寡人牢记在心！国内有人才而不去选拔，一不祥；知道了人才而不录用，二不祥；录用了而不信任，授予实权，就是这'三不祥'吧？寡人记得有误吗？"

晏子感慨地："主公虚心纳谏，实在难能可贵！"

齐景公："寡人文有晏相国，武有田穰苴，更有何虑！桓公霸业复兴了！"

晏子："田将军才是真正的英雄，臣何足挂齿！"

齐景公："田将军英雄，寡人能用，也是相国之功啊！哈哈哈！"

第五集　正人正己

齐景公宫殿。齐景公怒气冲冲地走进，几个侍臣紧紧跟在后面。

侍臣："主公息怒，主公息怒！"

齐景公：（余怒未消地）"气煞寡人！把烛武带进来！"

两武士带着烛武走了进来。烛武吓得一下子跪倒在地。

齐景公怒气冲冲地："烛武，你知罪吗？"

烛武发抖不已："小臣知罪。"

齐景公："你把经过禀告寡人！"

烛武战战兢兢地："是。小臣奉命为主公养鸟，尽心竭力，五年来从未死去一只鸟。那天，我打开一个笼子，往里面放食物，不小心，让一只鸟从笼子里飞掉了！"

齐景公："好啊！你就是这样为寡人养鸟的！还说是尽心竭力！你不知道寡人最爱鸟吗？你不知道那一只是寡人最喜爱的鸟吗？"

烛武连头也不敢抬："知道。"

齐景公更恼怒了："哼！你眼里还有没有寡人？"

烛武："小臣知罪，求主公宽恕！"

齐景公：（更加愤怒）"宽恕？宽恕你，我的爱鸟能找回来吗？推下去斩首！"

众人大惊失色："啊？"

齐景云大怒："怎么？你们知道他放掉的是一只什么鸟吗？"

众人摇头不语。

齐景公："那是东海人献来的，世上最珍贵的鸟！它的叫声优美极了！简直是绕梁三日，你们知道吗？寡人只有这一只！"

众默然。齐景公忽然伤心起来："我心爱的鸟啊！"

一内侍："难怪主公发这么大火！"

齐景公："推出去斩了！"

众臣齐齐跪倒："求主公饶烛武一命！"

齐景公更怒了："你们都替他求情？"

众臣长跪不起："请主公开恩！"

齐景公："让寡人开恩？寡人到哪去找那最心爱的鸟？"

众臣："请主公开恩！"

齐景公："你等快起，倘再多言，与烛武同罪！"

众臣无可奈何，只好起身。卫士拉起了烛武，准备出门。烛武泪流满面。

晏子匆匆走进来："慢着！"

齐景公一愣："相国？！你也是来给烛武求情？"

晏子故意地："不知烛武所犯何罪？"

齐景公："他将寡人最心爱的鸟放掉了！"

晏子故作惊讶地："啊，犯下如此大罪！他真是胆大包天，竟将主公最心爱的鸟放掉了！那只鸟，就是用两座城也换不来呀！"

齐景公："那你怎么还来替他求情？"

晏子严肃地："不，臣不是替他求情的！"

众臣大惊："啊！"

晏子："我是来数落他的大罪的！"

齐景公有点高兴地："众位听见了？"

晏子："主公！烛武犯下了三条大罪，不说明白，他自己死了也不会甘心，群臣听了也不会服气。"

齐景公："对啊！我也想听听他的三条大罪，到底是什么。"

晏子："主公，请让我说完，然后再杀他！"晏子走到烛武面前，大声地，“烛武，你知罪吗？你犯下了三条大罪！你为主公养鸟，却让鸟飞掉，你不知道那鸟是长翅膀的吗？这是你第一条大罪；你使得主公仅仅为了一只小鸟而杀人，让别人认为主公滥施刑罪，这是你第二条大罪。”

齐景公如芒在背，不安地听着。

晏子斜了齐景公一眼：“主公把你杀了，让天下的诸侯都知道齐国的国君把鸟看得很重，把人看得很轻，从而让各国诸侯讥笑，轻视主公，这是你的第三条大罪！”

烛武愣愣地：“啊？”齐景公懊悔地直摇头。

晏子重新来到齐景公身边：“主公！他的三条大罪，臣说完了，请您下令处死他吧？”

齐景公脸涨得通红：“这……不用杀了。”

晏子故意地：“那烛武该怎样发落呢？”

齐景公无可奈何地：“放了吧。”

卫士放开了烛武。烛武跪倒在齐景公跟前：“谢主公不杀之恩！”

齐景公不自然地：“用不着谢寡人！你们都退下吧！”

齐景公后悔地：“若不是相国，寡人几乎错杀无辜，做出误国的蠢事了！”见晏子沉思不语。齐景公奇怪地：“寡人知过了！相国为何不说话？”

晏子：（沉思地）“臣在想一件事。”

齐景公：“什么事？”

晏子：“臣家住在市场附近，刚才来时经过市场，看见很多人在买卖。可是，有的货物叫卖了半天也无人买，有的货物不用叫卖，买的人却很多。”

齐景公兴趣又来了：“什么东西最贵？什么东西最贱？”

晏子：“鞋子最贱，假脚最贵。”

齐景公不懂地：“啊？这是什么原因？”

晏子一针见血：“主公刑罚残酷，动不动就砍去人的双脚，因此，社会上没有双脚的人越来越多，有双脚的人越来越少。这样一来，需要鞋子的人就少了，需要假脚的人就多了。有不少卖鞋的，都被迫改行了！”

齐景公大悟：“啊，如此说来……”

晏子：“主公！那些残酷的刑罚该废除了！”

齐景人点头。

晏子："像刚才那样，因为一只鸟而杀人，能服众吗？"

齐景公："那，难道要废除刑罚不成？没有刑罚，国家岂不乱套了！"

晏子：（循循善诱地）"刑罚不可废，可用轻刑代替。要给人以改过的机会，让人能够重新做人。动不动就斩首，动不动就砍脚，就没有立功改过的机会了！比如马踏青苗吧，这只是偶然的犯罪，又如烛武放飞了一只鸟，都是不慎所致，不是故意所为。怎能不分罪行大小、轻重，也不考虑犯罪原因，都要杀头、砍足呢！"

齐景公颔首不语。

晏子从袖中抽出锦帛："主公！臣草拟了《减刑罚疏》，请过目。"

齐景公：（醒悟地）"好，寡人听从相国的劝诫，再也不滥施刑罚了！"

晏子高兴地："这是国家之福，百姓之福！"

齐景公：（忽然想起地）"相国，寡人尚有一事不明，请相国剖析。"

晏子："主公请讲。"

齐景公："寡人喜欢看女人穿男人的衣服，因此，就让宫女们换上了男人的衣服，谁知，全国所有的女人，也都不再穿女人衣服，全穿上了男人衣服。寡人认为这很不好，但是下令禁止，却没有人听。不知这是什么原因？"

晏子："主公听说过挂羊头、卖马肉的事吗？有的肉店门口挂的是牛头，可是进去一看，桌上摆的却是马肉。现在，主公让后宫全穿男人衣服，却想在全国禁止女人穿男人服装，这就等于是挂牛头卖马肉啊，怎能禁止得了呢？"（齐景公点头）晏子继续说道："要让下边不效法，上边首先要不行。主公要想在全国禁止女人穿男人服装，那就必须先从后宫开始！"

齐景公："好，己不正，难正人！传令，今后不许后宫再穿男人服装！"（内臣："是！"）齐景公激动地："从今日起，整治朝纲！正臣、正民，先正寡人！"

晏子微笑："这就对了！主公举一反三，以身作则，何愁朝纲不正？"

夜。晏子家中，房屋简陋，室内清寒。灯光下，晏子捧简读书。晏子妻在为晏子缝补袍子。晏子妻："这件袍子有三四十年了吧？"

晏子抬了一下头，笑："嗯。你看，不是照样可穿吗？"

晏子妻："按说，你身为相国，不该穿这样的破袍子。"

晏子："身为相国，才更应该穿这样的袍子，这对满朝文武该有大影响啊！我想在国内遏制奢靡之风。"

晏子妻会决心地一笑："还是相国看得远！"

晏子笑道："相国也少不了你这贤内助啊！"

晏子妻："这件袍子不知给你补多少次了，我希望这是最后一次。来，穿上试试！"

晏子站起，妻子为他穿衣。

晏子满意地："看，这不是很好吗？你缝补的痕迹，都很难看到，简直是妙手回春了！下次坏了，你还得给我补啊！啊？"

晏子妻："你呀！真是个老顽固，什么也改变不了你！"

家奴急急推门进来："启禀老爷，太太！主公到！"

晏子吃了一惊："在哪儿？在哪儿？"

家奴："已到门外！"

晏子思索地："天这么晚了，国君怎么来了？莫非说国家有事？快快，准备迎接！"

众人收拾房屋。

晏子："迎接主公！"

齐景公与随从进门。

晏子等人慌忙施礼："臣迎候主公！"

齐景公也慌忙地："相国免礼！"

晏子不安、急迫地："诸侯国中有什么变故吗？"

齐景公："没有。"

晏子："有邻国侵犯吗？"

齐景公："也没有。"

晏子："大臣中有反叛的吗？"

齐景公："也没有。"

晏子如释重负地："既然如此，主公为什么深更半夜降临臣家？"

齐景公一笑，向外招手："你们都进来吧！"

一些侍臣端着各种酒食进来。一群美女花枝招展、携带乐器进来。

晏子愣住了："主公这是何意？"

齐景公笑笑："相国整天为国操劳，实在辛苦，现在有酒肉、美女、歌舞，寡人不敢独享，所以，特意将酒肉和美女移到相国家，和你同享快乐。"

晏子恍然大悟："原来如此。主公，安国家，定诸侯，防强敌，诛叛乱，您应该和我商量。至于歌功颂德，饮酒欢宴，主公身边不乏其人，何必找我呢？"

齐景公有些扫兴地："话是不错，但是，相国为国家立下盖世奇功，寡人从未奖赏，内心不安哪！"

晏子诚恳地："臣自居相位以来，二十余年，无功受禄，一直寝食不安。主公未加惩罚，臣就已经感恩不尽了。怎么还敢有其他奢望？"

齐景公："这……相国过谦了！要说对国家的贡献，无人堪与相国相比。"

内侍："主公，这酒肉筵席……"

晏子："臣实不敢受！还是请主公体谅臣吧！"

齐景公无奈地："好，你们带着酒肉先回！"

歌女："妾等……"

齐景公一摆手："你们也先回宫吧！"

内侍们、歌女们走出大门。

齐景公端详着晏子："相国这件袍子已穿用几十年了吧？记得寡人即位时，相国就穿此袍。"

晏子："是，这没什么。"

齐景公："来呀！（内侍："臣在！"）把寡人带来的千金之裘，赐给相国！"

内侍双手捧过千金之裘。

晏子拦住："主公！此袍虽然破旧，但臣穿用三四十年，同样可以遮风御寒，所以，臣很爱惜，不忍丢弃。至于主公所赐千金之裘，臣不敢受，万难从命！"

齐景公为难地："这……寡人也是一番美意。"

晏子："况且，臣穿用此袍，几十年不换，是想在满朝文武中提倡俭朴、清廉之风！”

齐景公理解地：“啊，既然如此，暂且收起！”

晏子妻端茶，放在景公眼前，然后轻轻走出。

齐景公注视着，似有所感。齐景公凑近晏子：（轻声问）“这就是相国夫人？”

晏子：“正是臣妻。”

齐景公：“恕寡人直言：已经又老又丑了！寡人那里美女如云，明日派人送两个来。”

晏子异常严肃地：“臣夫妻白头到老，是因为情真意笃，并不在于相貌。臣妻虽然又老又丑，但臣与她相处四十余年，情深意切，怎能背叛她？至于美女，主公以为美，臣却无所求！”

齐景公十分懊恼地：“寡人多嘴了！”

晏子：“臣并无责备主公之意。”

齐景公站起身，环顾四击：“相国，这所住宅矮小破旧，又靠近市场，人声嘈杂，寡人给你换一套新住宅吧！”

晏子：“不必。这是臣父亲住过的地方。臣的功德，远远赶不上臣的父亲，这套住宅对我来说，已经受之有愧了，怎敢再有别的贪求？住宅虽小，臣自用已足够了。”

齐景公为难地：“那……相国如今年老了，可否让您的儿子将来继承您的职位呢？”

晏子郑重地：“主公！我的儿子是个平庸的人，不是治国的大器。将来主公要录用他，那可就误国误民了！”

齐景公不解地摇头：“别人都图封妻荫子，只有相国与众不同。”

晏子几乎哀求地：“主公！臣只求此一事，臣死之后，主公万不可录用他，万不可授予重任！”

齐景公不语，不解地看着晏子。

晏子：（见齐景公没有明确回应）“请主公答应臣这唯一请求！”

齐景公忽然双眼流泪，猛地上前抓住晏子，带着哭腔：“相国……”

晏子：“好，臣死也瞑目了！”

剧终

（写于1983年4月18日，据本人此前创作的七场话剧改写）

没有苗圃的园丁

（三集电视剧）

人物：

田凤莲：回族，山区民办教师，出场时20多岁，终场时35岁

丁支书：沙河村党支部书记

马志林：农民，田凤莲之夫

大妞：女，小学生

山娃：男，小学生

马小玲：回族，女，20岁，自愿赴山区任教女教师

第一集

西北高原贫困山区。连绵起伏的荒山，光秃干涸的土地，低矮破旧的农舍，面容憔悴的人群。音乐起，凄婉哀怨的“花儿”，从一个牧童口中唱出。

回族风情浓郁的“叫水村”，镜头从村头一堵残破的土墙向村中推进：土墙上“叫水村”三字依稀可见，一旁是破旧的清真寺，墙跟前蹲着几个头戴白帽、衣衫破旧、满脸愁容的群众。村旁，两间摇摇欲坠的低矮土房，几根已朽的木柱勉强支撑着两面土墙，门窗已出现几个大洞，土房左侧，立着一个歪斜的破篮球架，篮筐已扭向一边。（特写）一块开裂、掉漆的短木板，几个漫漶不清的毛笔字：“叫水村小学”。镜头移向操场，头戴白帽的田凤莲老师正集合学生，四五十名小学生列队集合，脸上洋溢着兴奋的光彩。田凤莲大声宣布：“今天的庆六一活动，我们到村外举行，出发！”

校外，一棵沙枣树下，学生们欢快地做着各种游戏。忽然，天空电闪雷鸣，下起雨来了。田凤莲急忙招呼学生们到土房中避雨。身穿一身解放军服装（政府为救济当地群众发的旧军衣）的村支书丁支书，披一块旧塑料自村中急急跑来。丁支书气喘吁吁，远远地就喊：“凤莲，凤莲！”田凤莲迎上前去：“老支书，出什么事了？”丁支书：“快，学校的房子倒了！”田凤莲像未听清：“什么？你再说一遍！”丁支书瘫软地蹲在地上：“学校的房

子倒了！”田凤莲啊地叫了一声，便不顾一切地拔腿就跑，刚跑几步，她停下来回头对同学们说：“你们都先别动，等雨停了再回去。”说完，她便发疯地向村中跑去。

丁支书急忙站起来：“凤莲，等一等，披上塑料布！”田凤莲头也不回，只顾飞跑。丁支书也顾不上披塑料布，追了上去。村小学两间土房已变成一摊烂泥。田凤莲站在一旁发呆：“我最担心的事终于发生了！”丁支书有气无力地蹲在一旁抽闷烟。几个小女孩哭着拉着田凤莲的手：“田老师，今后我们到哪去上学啊？”田凤莲茫然地：“不知道……”

镜头在田凤莲的脸上定格。

推出片名：“没有苗圃的园丁”。

推出演职员表、音乐起、“花儿”又唱起来。

在倒塌的校舍前，田凤莲老师和小学生们在挥锹铲土，清理现场。丁支书一旁巡视着，用脚踢了踢已腐朽不堪的木桩，摇头叹气地走了。

傍晚，丁支书家。田凤莲十分焦急的：“老支书，你快想个办法呀！总不能让学校就这样没了！”丁支书依然一声不响地抽烟。田凤莲更急了：“几十个孩子要上学呢！你真的一点不着急吗！”丁支书一脸忧愁：“我怎么不着急？我比你还着急呢！我有什么办法？你知道盖一所小学的难处吗？你知道建一所小学要多少钱吗？唉，连着四年大旱，村里连一分钱都没有了，有人都揭不开锅了，你让我拿什么建学校？村里的青壮年，都到外面找活干了。哪还有人？再说，你看看学校旧房里那几根烂木头，连火都点不着，还能再用吗？要盖新校舍，就得买木料，钱从哪来？”田凤莲：“这……难道就这样让村里的孩子变成新文盲吗？”

丁支书：“我是没法好想了。你要有办法，你想去。”田凤莲失望地哭了，默默走出门。

清晨，田凤莲默默地清理着倒塌校舍中的物品。学区主任悄悄地走过来，默默地看着眼前的一切。田凤莲扭头看见了学区主任，满眼含泪，百感交集地叫了一声：“主任……”

学区主任：“凤莲啊，你这里的难处我都知道了。也向县教育局汇报了，你也知道，咱县这么穷，眼下真没能力再盖一所学校，只好等以后再说了，看看能不能再跟上面要点钱。你这本来就是个教学点，只好先撤了。这样吧，我已经协调好了，你这里的孩子都上分水村小学去，挤一挤吧。你也到那去，继续当你的民办教师，每月工资还是二十七块五元！”田凤莲一愣：“到分水村去？那要翻几座山，走二十里路呢！我倒不要紧，可那么小的孩子怎么办？”

学区主任：“这也是权宜之计吧，你准备一下，明天就带学生们过去上课。”

夜，田凤莲简陋的家。田凤莲在收拾东西。一个叫大妞的女孩敲门进来：“田老师，我们明天几点出发？”田凤莲：“你们早上五点钟出发，你把同学们集合起来，大家一齐走。我要比你们早走。”大妞关切地问：“田老师，到了分水村小学，你还教我们吗？”田凤莲：“教，我什么时候都不会丢下你们不管。”大妞拍着手，十分兴奋：“这就好了！同学们都担心你以后不再教我们了呢！”田凤莲：“你去通知每一个同学，明天谁也不要迟到，都要带上午饭，下午放学天就黑了。”大妞：“好，我这就去！”

深夜，田凤莲家。微弱的灯光下，田凤莲还在备课。已钻进被窝的马志林扭过头来轻声催她：“快睡吧，你明天不是要起早赶路吗？”田凤莲头也不抬地：“你先睡吧，我睡不着。我还要再备一会儿课。以后上下班就要起早贪黑了，备课批作业的时间也就更紧了。”马志林叹了口气：“你那个县城里的同学，又托人捎话来了，让你到他那去干，每月工资三百块外带奖金，不比你挣那二十七块五强？”田凤莲摇头：“不行，我走了，这些孩子怎么办？”

清晨，天还未亮田凤莲就上路了。山路崎岖，沟壑纵横。田凤莲艰难地走着，一不小心，她摔在一个小泥沟里，身上沾满了泥土，她爬起来，继续前行。太阳出来了，田凤莲汗流满面地爬过一道山梁，“分水村小学”映入眼帘，田凤莲脸上露出一丝欣喜。正看着，预备铃响了，田凤莲加快脚步向学校奔去。小学校长热情地欢迎田凤莲：“欢迎你，小田老师，你看，老师们把办公室腾出来给你们当教室，你的学生也插到别的班里上课。”田凤莲谦虚地：“今后还请校长多批评、多指导！”小学校长半开玩笑地：“你今天可是迟到了！”

田凤莲掏出一块电子表：“对不起，我明天保证按时到校，啊呀，我整整走了三个小时！”小学校长：“我是跟你开玩笑呢，这段路可真不近啊！”看了一下表，问田凤莲：“学生们怎么还没到呢？”田凤莲也焦急起来：“校长，我去看看！”

山路上，大妞和同学们正在艰难地赶路，一些年龄小的学生被落在远远的后面。大妞满头大汗地朝后面喊：“后面的同学快跟上！”分水村小学，第一节课下课铃响了，同学们从教室走出来，而田凤莲的教室里仍然空无一人。小学校长焦急地：“怎么回事？”田凤莲慌忙原路往回返，终于迎到了大妞她们。大妞看见是田凤莲，十分高兴地喊：“田老师，田老师！我们没迟到吧？”田凤莲苦笑着：“快走吧！”教室里，田凤莲在点名，有许多空位。

田凤莲问大妞：“怎么少了这么多人？”大妞起立：“许多同学嫌路远，不来上学了！”

山娃起立：“海旺跟他爸放羊去了，说上学没意思！”

清晨，田凤莲正准备离家上路。马志林推着一辆新自行车进来：“今天你骑车子去上课。”

田凤莲惊喜地：“哪来的自行车？”马志林神秘地笑了：“我专为你上班买的呗。”

田凤莲不相信：“我不信，你哪来的钱？这车肯定很贵的。”马志林：“这你就别管了，反正不是偷的，你就放心骑吧！”田凤莲感激地：“你真好！”田凤莲骑车走进分水村小学，校园内尚空无一人。田凤莲十分高兴：“今天总算没迟到！”田凤莲走进办公室备课。小学校长走进来，意外地：“小陈你今天来这么早！”田凤莲在班里清点学生人数：“怎么，今天就来这几个人！又少了两个！”大妞略带委屈地：“我去叫了，好多人都不愿意来。”田凤莲十分焦虑地：“这样下去怎么行？”

夜，田凤莲家，马志林已呼呼入睡。田凤莲却辗转反侧，夜不能寐。田凤莲的画外音：“这么多孩子都变成文盲，那可怎么得了啊！”田凤莲的回忆：上高中的田凤莲高高兴兴地背着书包进县城上学。邻居一回族大娘迎面叫住她：“凤莲啊，你这么大个姑娘了，整天抛头露面，东奔西跑的，像啥话嘛？”田凤莲：“我要到县城去上高中。学知识有啥丢人的？你那些老话也该改改了！”病榻前，田凤莲守在重危的父亲身旁，泪流满面。田父气喘吁吁地：“凤莲，爸这一辈子可吃够了没文化的苦头，你看，我那么早就参加了革命，入了党，可我至今只能当个村支书！不是党不重用我，是我没文化，挑不起更重的担子啊！你是咱村头一个上高中的回回女子，你一定要给咱回回争口气，像毛主席说的那样，顶起半边天来！你好好学，学好了回来就教咱村里的娃娃，千万别让他们再当睁眼瞎了！”田凤莲眼含热泪：“爸，我记住了。”

叫水村教学点。教室里小学生乱哄哄地嚷嚷。一男生：“老师咋还不来？老师咋还不来？”

一女生：“咱们先上自习吧！”一男生从外面走进来，“报告大家一个悲惨的消息，老师不干了，到银川干活挣钱去了！”一女生：“老师又走了。咱又成了没娘的娃，谁来教我们呀？咱们还是回家吧？”一男生拾起书包：“走，跟我哥放羊去！”同学们蜂拥着要走出教室。

田凤莲出现在教室门口：“别走，我来教你们。”同学们吃惊地齐声说：“你？”田凤莲平静地：“对，是我。从今后，我来当你们的老师，我保证不走，永远不离开这里！”同学们热烈鼓掌，眼里闪着泪光，一齐跑回自己的座位坐好。田凤莲十分激动地看着大家。（——回忆完）（田父的画外音：“决不能让咱村的娃再当睁眼瞎！”）

床上，田凤莲忽然坐起，眼里闪着激动的光芒，她捅了捅正在熟睡的丈夫。田凤莲兴奋地：“志林，我想把学校办到咱家来！”马志林揉了一下眼睛，恼怒地：“什么，你疯了？”（定格。）

第二集

夜，田凤莲家。田凤莲打开灯，穿起衣服。田凤莲心平气和地对丈夫说：“我没疯，我想了很久，才想出这个办法。”马志林：“在自家办学，亏你想得出！”田凤莲深思熟虑地：“也只有这一条路了。你看，这两天咱村到分水村上学的孩子，一天比一天少，只剩下原来的三分之一了！你想想，那么点的小孩，怎能走二三十里山路？分水村那又不能住宿，照这样下去，他们早晚都得变成新文盲啊！我怎能眼睁睁看着他们再当睁眼瞎？我想来想去，只有在咱自家办学才能救他们！”马志林沉默很久：“咱家哪有地方？就这三间破土房，人都住得满满的，你拿什么当教室？”田凤莲露出兴奋的表情："只要你同意，咱就把这间房子腾出来，白天上课，晚上睡觉！"马志林："那怎么行？再说，全家人都不会同意的！"

第二天清晨，田凤莲的公公身披一件旧衣服坐在小桌前抽闷烟，田凤莲微笑着把一碗稀粥端到公公面前。公公端起碗满意地喝了一口。田凤莲满脸赔笑地："爹，我想跟你商量个事，你看村里那些娃娃上学多可怜！每天都得翻山头，光在路上就得花几个小时。我想……我想把学校办到咱家里来！"公公闻言把饭碗往小桌上一蹾："什么？不行！你还嫌把这个家糟得不够啊？从打你过了门，当了个穷孩子王，你的心思就没在这个家上！你说，家里啥事是你干的？啥是你挣来的？我看，教学点倒塌倒好了，那个穷教师你也别当了！"

田凤莲慌忙说："爹，你听我说嘛……"公公站起身拂袖而去："这个事你就不要再提了！"

马志林有点幸灾乐祸地："看，我就说爹不会同意嘛！"田凤莲委屈地："你不但不帮我说说，还说风凉话！"田凤莲病倒了，卧床不起。马志林兴冲冲从外面进来："凤莲，你城里那个同学又给你来信了！"田凤莲躺在床上看信，画外音："凤莲同学，我这里事业越做越大，特别需要像你那样能拿得起放得下的得力助手。最近我听说你办学很不顺利，你何必非守着那穷山沟不可呢？在此，我再次向你发出邀请，副经理的位置虚位以待，每月工资500元，甚至可以更多，盼你尽快到任！"田凤莲的小姑子也凑过来看信。小姑高兴地："嫂子，多好的机会呀，你快答应去吧！这个穷教师当得有啥意思？"马志林："我早就劝她别干了！"田凤莲："这个机会当然好，收入也比我当这个民办教师高十几倍，可我走了，那些孩子怎么办？村里再也找不到合适的人，外面的教师又派不来……"马志林生气地："你心里只有那些孩子，根本没有这个家！"天黑了，田凤莲躺在炕上发着高烧。小姑端一碗面来："嫂子，吃饭了，你已经两天没吃东西了！"田凤莲未答应，也未接碗，自言自语地："这个教师我当定了！"另一房间，马志林和妹妹在劝父亲。小姑："嫂子就是那个倔脾气，主意定了，十头老牛也拉不回来！"马志林试探地："要不，让她干干试试？如果干不下去了，她也就回心转意了。"公公不太耐烦地："好，你们看着办！"马志林推门进来，田凤莲把头扭向里边。马志林端起碗："快吃饭吧！"田凤莲生气地："不吃，我吃不下。”马志林放下碗：“告诉你一个好消息，爹同意你在家办学了！”田凤莲一下坐起来，不太相信地：“真的？”马志林：“谁还骗你！我和妹妹劝了半天才答应。”田凤莲一下来了精神：“那我马上收拾屋子。”马志林：“忙什么？吃了东西再干也来得及。”

田凤莲端起碗：“对，我还真觉出饿来了。”说着大口吃起来。马志林：“等等，我给你热热再吃！”田凤莲忙摆手：“不用，不用！”马志林高兴地笑了。

乡间土路上，田凤莲哼着欢快的歌，飞快地骑着自行车。办公室。学区主任激动地：“把学校办到自己家？难得你想出这么个办法！不过，办学中的困难你想过吗？”田凤莲充满信心地：“再大的困难我也会克服！就看你同意不同意了。”学区主任仍不放心地：“那你就办办看吧！”

田凤莲到小卖部买了一大堆作业本，骑车往家赶，一村妇迎面走来：“凤莲，弄了辆新车啊？”田凤莲幸福地：“是志林给我买的。”村妇：“你知道这车是从哪买的吗？这是小偷在银川偷的车！”田凤莲吃惊地：“什么？是赃车？”田凤莲家。田凤莲把自行车重重地一摔，厉声地问马志林：“你说，这车你到底是从哪买的？”马志林自觉气短地：“我买的是别人偷来的车，这车便宜，钱还没付呢。”田凤莲厉声：“你马上给我退回去！我是个教师，处处都要为人师表！我怎么会骑这种赃车？”马志林不尽情愿地推车走了。

田凤莲收拾房子，布置教室。丁支书走进来，关切地：“凤莲，还差啥？”田凤莲遗憾地：“就是缺桌凳，房子太小，黑板也太小。”丁支书力不从心地：“慢慢想办法吧。这下，娃娃们不会变文盲了。”田凤莲的新教室，里面只坐了四五个孩子。田凤莲走出屋外，用力摇起铃铛。丁支书远远地问：“娃娃们都来了吗？”田凤莲忧虑地未搭腔。丁支书推开门大惊：“怎么，就这几个人？”田凤莲：“老支书，看来得挨家挨户去叫了。”丁支书一拍手：“好，到各家各户去叫！我去村东，你跑村西，我再把马阿訇也叫上，让他帮我们做工作！”田凤莲出东家进西家。

大妞家。大妞正在炕上做针线活。田凤莲生气地：“大妞，怎么你也不上学了？”大妞小声地：“我爸不让我上学了。他要给我寻个婆家。”田凤莲更加生气：“这么点娃娃寻什么婆家？”大妞父亲走了进来，不服气地：

“寻不寻婆家，是我自家的事，你管不着！”

田凤莲理直气壮地：“你不让娃娃上学，我就要管！你知道吗，不让娃娃上学就是违法！”

大妞父亲一愣：“什么？违法？……你那也叫学校？统共一间黑屋子，一个老师！”田凤莲针锋相对地：“办学条件差，但我保证教学质量不差！”大妞父亲：“我家里穷，供不起她上学读书！”田凤莲：“我不收她的杂费，书本费全免！”大妞父亲语塞：“这……”

教室里，学生或坐或站挤得满满的。田凤莲十分兴奋：“现在，所有失学的同学都回来了！你们不必加入文盲大军了！”

田家院内，田凤莲轻声哼着歌，整理着学生作业。公公从外面进来，不满地环视着眼前的一切。田凤莲面带笑容地：“爹，你回来了？”公公脸绷得紧紧的：“哼！”推门进屋，重重地把门关上。田凤莲自言自语：“爹很长时间没跟我说话了。”

夜，田凤莲在灯下批改作业。小姑子轻轻走进来：“嫂子，你还忙着呢！”田凤莲“啊”了一声，扭过头：“有什么事呢？”小姑子轻声地：“爹说，你不能整天忙着教学，这家务活……咱是个十多口人的大家呀。”田凤莲爽快地：“家务活？我干得少了吗？那好，该我干的活分给我，白天干不完的，我晚上接着干！”

清晨，田凤莲轻手轻脚地起来给全家人做早饭。全家人吃早饭时，田凤莲躲在一边备课。

课间休息，学生们在院中玩耍，田凤莲急忙去洗米。夜间，全家人睡着了，田凤莲又抱来一盆衣服洗。灯下，田凤莲边打哈欠边批改作业。批着批着她睡着了。马志林心疼的：“一天这么忙累，你怎么受得了？我还是那句话：你把这个教师辞了算了！一个月挣那点钱，连嘴都糊不上，有啥意思？”田凤莲急切地：“不！我能顾得来！不让我教书，那是我最痛苦的事。你就体谅体谅我吧！”马志林懈气地：“真拿你没办法！”田凤莲双手按着小姑的肩膀：“好妹妹，咱俩把干家务的时间换换吧，有时我真忙不过来。你早上多干点，我晚上多干点。”小姑爽快地：“好吧，我尽量多干点。”凤莲忙碌的身影。

田家。马志林十分忧怨地：“家里又要断粮了，这日子过得太难了。”

田凤莲："又不是咱一家，连着几年大旱，全村谁家日子不难？"马志林不满地："你挣的那点钱，都给那些学生买书买本子了，对家里一点补贴都没有！"田凤莲愧疚地："过两天学生放假了，我也出去打工挣钱去！"马志林不屑地："就你那身板，能干动重活？"

建筑工地上，体弱多病的田凤莲干着最苦最累的活。包工头走过来喊："田凤莲，你过来！我看这么重的活，你那身板是干不了的！"田凤莲担心被辞掉："不，我能干得动！让我在这干吧！我的劲小，可以多干一会儿！"包工头笑了："我听说你是个民办教师？一个月给你多少工资？"田凤莲："二十七块五！"包工头吃惊地："就挣那么一点？这样吧，你来给我管账，我一个月给你开三百！"田凤莲正色地："我的工资是不高，但是我热爱我的工作！我不会为了钱，放弃我的工作！"包工头连连摇头："不可理解。那你到我这来干活，难道不是为了挣钱吗？"田凤莲："是为了挣钱，挣了钱是为了更好地干我热爱的工作！"

工地，清晨，田凤莲拿锹去干活。包工头亲切地："田凤莲，你来帮我弄统计表吧，让你这样的秀才干那么累的活，有点屈才了。"田凤莲平静地："好吧。"

包工头办公室。田凤莲把一叠统计表抱过来给包工头，包工头欣喜地翻着："你做得这么好！"田凤莲道："学校快开学了，我明天就回去。"包工头不舍地："明天就走？我看你就留在我这长期干吧，报酬我还可以再加点！"田凤莲坚决地："不，还有几十个孩子等着我呢。"

包工头无奈地从抽屉里拿出一把钱："那好吧，这是你的工钱！欢迎你随时来！"田凤莲接过钱颇感意外地："怎么这么多？"包工头："那里有我对你的奖励。"田凤莲："谢谢！"

田凤莲家，马志林接过田的行李："累了吧？"田凤莲从包里拿出几十元钱，当着公公的面交给马志林："这点钱，去拿去买粮吧。"

开学了，田凤莲家的门上挂出一横幅："热烈欢迎新同学。"田凤莲忙着接待学生和家长，登记报名。一位拉着女孩的家长："凤莲，我家总共才凑了这几毛钱，你能不能让娃娃先报名？"田凤莲爽快地："行啊，行啊，你忙去吧，把娃娃交给我好了！"又一中年妇女挤过来："田老师，真不好意思开口，上次我欠的书本费还未交齐呢，这次还是拿不出钱来……”

田凤莲笑着：“没关系，啥时候有钱啥时候交。”一妇女抱着一篮鸡蛋进来：“凤莲，我家没现钱。娃他爹又不在家，我能不能拿这几个鸡蛋来顶。”田凤莲把篮子又放在妇女手上：“你把娃娃留下，把鸡蛋拿回去，有钱念书，没钱也念书！”妇女感激地：“欠你这么多，我这心里不好受啊！”田凤莲平静地：“没啥，没啥。”

夜，田家。田凤莲问马志林：“粮你买了吗！”马志林警觉地：“还没买，有啥事？”

田凤莲不安地：“书费还差三十块钱，你能不能先让我……”马志林生气地掏出钱：“给你，全给你！你就把钱都贴给别人吧，咱一家都喝西北风去！”田凤莲急忙地：“我只是先用几天，过几天就还你。”马志林火气更大了：“还我？那是你挣的钱！你想咋花就咋花！我看你先把脖子扎上好了！”

乡间路上。大妞问山娃：“你知道吗？田老师前天生了！”山娃：“我已经知道了，这下咱们就‘放羊’了！我妈说两个月都不会上课了！”大妞：“那我们该怎么办呀？走，咱们看田老师去！”田家，田凤莲无力地躺在炕上，婴儿在一旁睡着了。大妞的头从窗户上探了一下。田凤莲发现了：“谁在外面？进来吧！”大妞、山娃等轻声走进来。田凤莲：“你们这三天干啥呢！”大妞：“耍哩！有些男娃要上山放羊去呢！”田凤莲果断地：“你去，让同学们都来。”大妞：“干啥！”田凤莲：“我给你们上课。”大妞：“田老师，你这样怎能上课？”田凤莲：“我就在炕上给你们上课！”大妞高兴地：“哎！”一群学生在炕上围在田凤莲身旁，田凤莲轻声讲着课，田凤莲的老奶奶拿着一小篮鸡蛋进来，田凤莲惊喜地：“奶奶！你怎么来了，快坐下！”老奶奶生气地：“你这样要落下病的！你生娃娃才三天！”

田凤莲撒娇地：“奶奶，没关系！”田凤莲在教室里上课，学生聚精会神地听讲。田凤莲讲着讲着，忽然眼睛一黑昏倒在讲台上。学生们哭作一团：“老师，老师！你怎么了！快醒醒！”田凤莲被学生们扶起，在炕上苏醒过来。大妞哭道：“老师，你病了我们可怎么办啊！”山娃也哭：“老师，你这样谁来给我们上课呀？”田凤莲也激动地流下了泪：“同学们放心，我要死就死在课堂上，决不死在病床上！只要我不死，我一定要把你们培养成人，我要让你们比城里的孩子们更有出息！”大妞扑在田凤莲怀里，热泪盈眶：“老师，你真好！”

马志林悄悄走进来，被眼前情景所感染，叹了口气：“可惜，这间房子不能再当教室了。”

田凤莲闻言吃了一惊，猛然坐起：“你说什么？”马志林面无表情地重说一遍：“这间房子不能再当教室了。”田凤莲不解地：“为什么？你变卦了？”（定格。）

第三集

田家（接上集）。马志林慢吞吞地：“娃他叔寻好了婆姨，要结婚呢，爹的意思是让咱们搬出去另住，这房子给娃他叔成亲用。”大妞又哭出声：“我们又没地方上课了！这可怎么办啊？”

田凤莲平静地：“别着急，我们想想办法，办法总会有的。”

田家，马志林在数钱，数完钱把钱放在一边，叹了口气：“跑了这么多天，就凑了这么点钱。要是盖两间土房，差不多够了。”田凤莲急了：“光盖两间房怎么行？娃娃们到哪去上课？无论如何也得盖三间！”马志林无可奈何地：“我是再也借不到钱了！”田凤莲沉思良久，猛然地：“到信用社去贷款！”

田凤莲家在盖新房。丁支书带领乡亲们来帮忙，有人扛来木头，有人抱来苇草。一个八十多岁的回族老人也带着东西来帮忙。田凤莲感动地迎上前去：“老爷爷，您这么大岁数，怎么也来了？”回族老人：“你为咱回回娃子操碎了心，你盖房了，我出点力还不行吗？”

此情此景，使马志林和田凤莲公公深受感动。丁支书感叹：“好心必有好报啊！”

房子盖好了，田凤莲满心欢喜地忙这忙那。公公想上前搭话，又不好意思地走开了。

田凤莲在一间新教室里砌土桌、土台、土凳。同学们高高兴兴地在新房子里上课。

马志林探头进来，这看看，那看看，还用手比画着。夜，马志林扛着一卷塑料布进来。田凤莲不解地问："你想干什么？"马志林："我看见娃们在土桌土凳上面上课，又磨衣服，又磨裤子，没几天就磨破了，我想，能不能把塑料布铺在上面……"田凤莲乐了："你还想得真周到！走，咱们现在就去铺去！"田凤莲和马志林高兴地干了起来，一转眼铺完了。田凤莲直起身，用手敲了敲腰。马志林关切地："累了吧！让我给你揉揉。"田凤莲打趣地："怎么？又关心起我来了？"马志林一脸严肃地："你为全村娃操心，我当然应该关心你，支持你！"田凤莲继续逗他："怎么，不跟我闹离婚了？"马志林："唉，你就别提那回事了！"公公在放羊，割芨芨草，带回来扎扫帚，把扎好的扫帚送给田凤莲："给娃们扫地用吧！"田凤莲欣喜地："谢谢你，爹！"

斗转星移，花开花落，田凤莲由出场时的二十多岁变成了三十五岁。已长成大姑娘的大妞提着一个包裹来向田凤莲辞行。田凤莲一见满眼含笑："看，几年工夫，大妞长成大姑娘了！"

大妞满眼含泪："田老师，我明天就走了。"田凤莲高兴地："你能到北京上大学，可给咱山里娃争了口气！"大妞充满感激地："要不是您培养了我，哪有我的今天？说不定我早就嫁人，生娃娃了！"田凤莲忙拦过话头："快别这么说，我统共才教了你三年，而且是最基础的三年，你能考上大学，主要得力于初中、高中老师，你更应该感激他们！"大妞："您是只教了我三年，教的也是基础知识，可您给我打了个好基础！打不好基础，高楼大厦就盖不起来！我听学区主任说，您教的学生，每次会考，都名列前茅！而且有您在这，全村再没出现文盲！"田凤莲深有感慨地："我的责任还没全尽到啊！"

灯下，田凤莲在批改作业。马志林悄悄站在她身后，心疼地："看你，才三十多岁，就有这么多白发了。"田凤莲叹了口气："时光过得真快啊！"马志林："你当民办教师有十五年了吧？在自家办学也整整十年了！"田凤莲感叹："现在办学越来越难了，乡亲们日子苦，物价一个劲地涨，要不是我一个一个地盯着，多少娃娃都失学了。我都快坚持不下去了！"

马志林不平地："物价涨了那么多，你的工资才涨到五十块，这点钱连你一个人生活都不够！"田凤莲："钱是不多，可是有什么办法呢，我想的是娃娃们的学习苦啊！"马志林："这样办学，真不知道能坚持多久？"田凤莲坚定地："坚持，坚持一天是一天！"

办公室，一位中年记者在看信。男青年画外音："记者同志，在南部山区，有一位在自己家中坚持办学多年的田凤莲老师，她没有教室，没有桌凳，把每月仅有的五十元工资都花在山里娃娃身上，她苦苦坚持了多年，但现在却面临散伙的危险。我把她的事迹告诉给您，希望您能去采访，帮她渡过难关！——一个尊重、信任您的青年。"

记者表情严肃地在记事本上记下此事。

一个北风呼啸的冬日，记者乘吉普车去山区采访。记者在县教育局负责人陪同下，沿山路奔向山村。田凤莲家，田凤莲正在黑屋里上课。特写：小得可怜的黑板，用旧木板搭成的凳子，拥挤的学生、衣衫褴褛的穿着。记者问："这就是教室？"田凤莲："是的，我们在这里上课都快十年了。"院中，几十个小孩子分成两排蹲在地上，一手拿书，一手拿树棍在地上写字，手和脸都冻得通红。记者诧异地问："他们怎么这样学习？"田凤莲轻声地："我这有三个年级，可只有一间教室，只好轮着上课，里面的学生上完课出来，外面的学生才能进去。"记者看了一下手表："现在都十二点半了，你们怎么还不放学！"

田凤莲解释："现在天冷了，我没有柴和煤，只能让娃娃们晚一点上学，早一点放学，靠太阳光取暖，这样，中午就不休息了。"记者心情沉重地合上了笔记本。返回县城的路上。教育局负责人告诉记者："前一阵子，电视台的记者也来过，田凤莲办学上的困难，我们都一清二楚，可我们实在无能为力呀！"

记者办公室，记者在奋笔疾书，两眼湿润。报社编辑部，编辑部编辑在传阅这篇稿件。

报社负责人拍板："发头版头条。"轮转机飞转，报纸分发全国各地。头版头条稿件的特写，标题的特写："没有苗圃的园丁"。各界读者激动地读报。一个离休女干部在写作。画外音："你在贫困山区艰苦奋斗十几年，做了我们没能做到的事，你的精神可敬可佩！把娃娃们从愚昧员解脱出来，这是你的责任，也是我们大家共同的责任！你不是孤军奋战，今寄去二百五十元，容许我以不多的钱，代你还清贷款，余下的钱请给孩子们买些纸笔……"

六十二岁的老教授在写信。画外音：田老师，看了对你的报道，我深受感动，我想以实际行动对您提供一点小小的帮助——每月赠送一百元，这一点帮助是我对您的敬意，也是对您的感谢，感谢您把全身心给了学生，给了教育事业。邮局，一位三十多岁的女同志填汇单，上面写的是一千元。营业员："您没填汇款人姓名。"女同志："请问，能不能不填姓名？"营业员笑着摇头。田凤莲在看信。一位南方女作家的画外音："我是名女作家，我被你的精神所感动，现寄去我的两千元稿费，支持你办学。"（字幕打出捐钱捐物一长串名单。）

教室里，田凤莲捧着这些汇款单热泪盈眶，学生们围在她身边也十分激动。田凤莲的画外音："望着这一张张汇款单，我明白，我手中捧的不是钱，而是一颗颗赤诚的心。"

田凤莲伏案给记者写信，画外音："这真是雪中送炭。特别是这份精神上的鼓励和支持，将成为我的精神支柱，催我奋进。我的家乡很穷，但我热爱她，我感谢生我养我的这方土地，它很贫瘠，但却养育了我和我的父老乡亲，我愿像这方土地一样，竭尽全力，使这里的娃娃都能睁开眼，早日摆脱贫困和愚昧。"教育厅厅长办公室。厅长看完报纸站起身："这么好的老师！我要亲自带人去看看，为她建一所学校，让'没有苗圃的园丁'有'苗圃'！"

马小玲家。马母关切地问女儿："你到底怎么了？拿着那张报纸反复看，吃不香、睡不稳的，你到底有什么心事？"马小玲突然地："妈，我想到田凤莲那去，当一名山区教师！"马母吃惊地："你疯了！放着那么好的化验员不当，到那穷山沟当什么教师？我不同意！"马小玲："妈，我主意已定，我从小就梦想当一名教师，你就别拦我了！"晚上，马家。全家人围在一起，马母和大女儿激烈反对。马小玲一副不听劝的样子。马母着急了："她爸，你倒是说话呀！"马父慢条斯理地："孩子大了，迟早要离开家，离开父母的。小玲有这个志气，我看是好事，她的人生路要靠她自己走，我看咱们还是不要拦她了。"马母生气地："连你也这么说！她可是我的老闺女，从小娇生惯养，从没吃过苦！"马小玲在收拾行装。马母见拦不住女儿，忙说："我要和你姐姐陪你一起去。看看那里到底什么样！"马小玲母女三人上公共汽车，换乘公共汽车，走上乡间土路，又搭乘手扶拖拉机。马小玲一路询问。

田凤莲家，马小玲母女三人风尘仆仆地推门而进。田凤莲惊讶地："你们这是从哪来？"

马小玲："我是从川区来的，想和你一块教这些娃娃。"马志林在另一间房悄声问田凤莲："这可怎么住啊！"田凤莲思考了一会："咱们把中间这个门封住，咱家5口人都睡到边上去，把中间这间腾出来让小马住。"马志林："那也太挤了，不过也只能这样了。"田凤莲招呼马小玲母女三人吃饭，端上三碗面，抱歉地说："山里穷，没啥好吃的，请多包涵。"马母与大女儿上路了，马小玲送行。马母对马小玲说："我看这地方你待不下去，你还是跟我一起回去吧！"马小玲摇头。马小玲姐姐对母亲："让她待几天试试吧。"田家，田凤莲亲切地对马小玲说："我看你还是回去吧，咱这条件太艰苦。再说又没有安排你的条件，在你之前，有四个外地姑娘想来，都让县教育局给挡回去了。"马小玲沉默不语，半晌后才说："好吧，过两天放假，我先回去一趟。"马小玲上路了，同学们依依不舍，流着泪来送她。有人给她送来自己亲手绣的花手绢、鞋垫，有人把自己舍不得吃的苹果送给她。

马小玲热泪盈眶，马小玲走远了，回头一看，小同学还在向她招手。远处，丁支书望着小马的背影对马志林说："我看她是心血来潮，看咱这里这么苦，她这一走，肯定不会再来了！"

川区马家。全家人又坐在一起。马小玲："我也没想到那里那么苦。"马母乘机地："我看你就再也别去了！"马小玲卧室。一女同学对马小玲表示极大不理解："俗话说，人往高处走，水往低处流，你怎么自己去走下坡路？"马小玲："我去山区当教师，虽然没啥收入，但也不能说是走下坡路。"女同学："你自己不认为是走下坡路，社会上可不这么看。我看你还是回头是岸吧！"马小玲沉思地："让我再想想！"马小玲一个人在街上漫步，看见背书包上学的学生。脑中又闪现出区学生为她送行时的感人场面。马小玲的画外音："山里孩子需要我，山里孩子需要我！"她加快脚步回到家中，收拾行装。

山区土路上，马小玲一脸疲惫地背着几个包裹出现了。孩子们欢天喜地地迎上前去："马老师回来了，马老师回来了！"田凤莲微笑着迎上前去，抢过马小玲的背包："村里人都说你不会回来了呢。"马小玲笑笑："我要是图待遇、图享受，就不回来了。"田凤莲："娃娃们天天都念叨你呢。"教室里，田凤莲打开刚取回的包裹，大声对学生们宣布："这是西安一位老奶奶给我们寄来的新衣服，女生每人一件连衣裙，男生每人一件短上衣！"教室里沸腾了，学生们高兴地试穿新衣。田凤莲转身对马小玲："啊，想得真周到，还给咱俩每人做了一件新衣呢！"全村人欢天喜地地盖学校，丁支书、马志林十分活跃地张罗着。

傍晚，学校盖好了，十八间砖瓦房封顶了，施工人员已散去，马小玲高兴地："这下可好了，学生们再也不用在露天上课了。"田凤莲若有所思地不语。学区主任悄悄走过来："凤莲啊，你的转正问题，我们已按特殊情况办了，你的工资也可以翻几番了。本学期，这里的学生要增加到一百二十多人，我们已决定任命你为校长，除你和小马以外，再给你派三个老师来！"

田凤莲和马志林在新校舍周围转着。马志林："你这没有苗圃的园丁总算当出头来了。"

田凤莲没有高兴的表情："校舍有了，还缺桌椅板凳，也没有书报，难题还多着呢。"（定格。）

全剧终

（1996年10月6日完稿）

孝　鸟

（古装电视剧）

画外音：这是一个古老的故事……

一个古老的村落。一间破旧茅房。

房内，大憨娘俩正在吃饭，大憨娘盖着被躺在床上，面容憔悴，看得出已是久病不起了。

大憨狼吞虎咽地吃着，不时地朝他娘瞪上几眼。

大憨娘吃完一碗稀糊糊，拿着空饭碗，朝儿子斜了一眼，怯生生地拿起勺子，盛饭。

大憨一眼看见，怒从心起，上前一把抢下饭勺，大声呵斥：“还吃，还吃，你还没吃饱啊？你不干活，吃那么多干啥？”

大憨娘顿时眼泪汪汪，可怜巴巴地望着儿子的脸。

大憨怒气未息：“你就不能省点啊？我还娶不娶媳妇了？你让我拿什么娶媳妇？”

大憨娘泪如穿珠：“大憨，娘确实没吃饱啊！”

大憨把勺子往饭锅里一扔，锅里的汤溅了他娘一脸：“那你就吃，可劲吃！把这一锅都吃了！”

大憨娘手足无措地愣着。

大憨顺手拿出一把锄头，狠狠地瞪了他娘一眼，然后，猛地用力关上门，走了。

大憨娘扑在被上大哭：“我怎么还不死呀！”

大憨扛着锄头，懒洋洋地走着。

屋内，大憨娘哭：“我从十八岁守寡，守到现在，想不到……”

大憨下地干活。两棵大树下，有一块田地。庄稼长得稀稀落落。大憨看着杂草丛生的田地，叹了一口气，无精打采地锄了起来。锄了几下，朝前面看看，不一会就大汗淋漓了。大憨扛起锄头，来到一棵大树下，把褂子往地上一扔，一头躺在上面，冥思苦想起来。

张五婶走了过来。张五婶快嘴书舌地：“大憨，我看你也老大不小了，该讨老婆了！”

大憨憨憨地傻笑：“可不是呢！”

张五婶：“五婶给你介绍一个你要不要？”

大憨依旧傻笑：“那敢情好，可我这么穷……”

张五婶：“穷不要紧。人家姑娘就看上了你这憨劲！姑娘说了，只要把你娘赶走就行！”

大憨：“这……我娘就我一根独苗，我往哪赶呢？”

（化入）大憨家。大憨娘年轻时。有人上门劝大憨娘改嫁：“趁着年轻，赶快再找一个人家，不然这苦日子什么时候能熬出头啊！”大憨娘自豪地：“我不改嫁，我有儿子，就有希望啊！我这辈子就守着儿子过了！”来人摇摇头：“你会后悔的。到那时候，后悔就来不及了！你这个儿子，能不能指望得上，还难说呢！”大憨娘自信地：“不会的。我的儿子，我信得过！”

（化出）张五婶：“你问怎么把你娘赶走？办法多得很！你自己想办法，难道还要我来教你？反正人家姑娘说了，你要不把你娘赶走，人家就不过门！”

大憨叹了口气：“这老不死的，我怕要打一辈子光棍了！”

大憨陷入苦思。大憨的画外音：“把她药死？哎呀，不行，我，我可下不了这个手，她毕竟是我亲娘啊！”大憨烦躁地踢了踢脚。大憨的画外音：“我把她送得远远的？也不行！她还能找回来，再说，让别人知道，我这脸往哪搁呀！唉，烦死人！先不想它了！”

大憨渐渐进入梦境，鼾声如雷。（化入）梦幻中：鞭炮齐鸣，张灯结彩。大憨身穿大红袍与一个漂亮的新娘，在众人的喝彩声中得意地拜天地。忽然，新娘用手指指着大憨的鼻尖，尖声叫：“骗子，你欺骗了我！”大憨惶恐地：“我没有……”新娘：“你不是答应把你娘赶走吗？可我看你娘还在家里！你要不杀了她，我就走！”大憨唯唯诺诺：“你等等，我就去把她杀了！”说着，大憨抓起一把尖刀就朝后院跑去。后院，大憨娘一见儿子手握尖刀气势汹汹地奔来，吓出一身冷汗：“儿啊，你要干什么？”大憨：“杀了你这老不死的！”大憨娘一下子跪在地上：“大憨哪，你饶了娘吧！”大憨冷酷地：“不行，饶了你，我就没媳妇了！”举刀便刺，刀尖刚到他娘胸口，猛然，晴空一声霹雳，尖刀落地，空中一位神将飞速下来，一声断喝：“逆子！还不受死！”神将手指轻轻一弹，大憨应声倒地，口吐鲜血而死。（化出）“哎呀！吓死我了！”大憨猛然惊醒，坐了起来：“我还活着吗？”大憨傻笑：“做了一个噩梦，怎么会死？”

大憨又躺了下去，他仰脸朝另一棵大树上看去。树上有一个大乌鸦窝。乌鸦窝的特写，一只老乌鸦衰老不堪，有气无力地躺在窝内。大憨失声笑：“原来是一只快要死的老乌鸦！”老乌鸦在窝里哀叫了一声。大憨细细地看了起来：“噢，连翅膀上的毛都掉光了！它可怎么活呢？只好等死了！唉，怪可怜的！”大憨正看得出神，一只小乌鸦口衔一大块食物远远地飞来，落在了窝旁，老乌鸦惊喜地叫了一声。小乌鸦飞到了老乌鸦的身旁。老乌鸦把嘴张得大大的，小乌鸦把嘴里的食物放在老乌鸦嘴里，老乌鸦香甜地吃着，用没有毛的翅膀深情地扑打着小乌鸦。小乌鸦又展翅蓝天，远远地飞走了。大憨惊奇地看着："怪不得老乌鸦死不了！"一位白发白须的老翁，手拄拐杖来到大憨身旁："小伙子，看什么呢，这样入神哪！"大憨回头一看："真有意思！那老乌鸦都没毛了，也飞不动了，幸亏有小乌鸦喂它。"

老翁："小伙子！那不是乌鸦，那是孝鸟！"大憨坚持着："老爷爷，你眼睛不中用了，明明是乌鸦嘛，哪里有什么孝鸟！"老翁："傻孩子，乌鸦又叫孝鸟！"大憨摇摇头："乌鸦就是孝鸟？"老翁十分肯定地："对！乌鸦就是孝鸟。你知道为什么吗？乌鸦小的时候，老乌鸦一口一口把它喂大，等到老乌鸦老了，飞不动了，小乌鸦反过来就一口一口地喂老乌鸦。这就叫'反哺之情'。"大憨惊奇地："所有的乌鸦都这样吗？"老翁："是的，乌鸦代代如此，所以，人们管乌鸦又叫孝鸟！"大憨沉思，如梦初醒："啊，我明白了！"老翁："小伙子，人要不孝顺父母，连乌鸦都不如啊！"大憨轻声重复着："人要不孝顺父母，连乌鸦都不如……哎，老爷爷！"大憨这才发现白发老翁已不在身边了，大憨四顾，连个老翁的影子都没有。大憨拍了拍脑门："真奇怪……"傍晚，大憨扛着锄头回家，边走边自语："人要不孝顺，人要不孝顺……"

大憨走着走着，大憨走到肉铺前。肉铺老板嬉笑着："大憨，你是八百年也不到我这来，怎么，想开开荤吗？"大憨："嗯，砍二斤！"老板不信："真的？拿钱！"大憨摸出几文铜钱往桌上一扔。老板笑了："好，好！这可真是日头从西边出来了！"

大憨家，大憨提着一条猪肉回来。一回到家，大憨就开始切肉，和面。大憨娘慌惑不解地偷眼看着。不一会儿，饺子包成了，大憨把饺子往锅里下。大憨娘的心声："他今天是怎么了？"

大憨捞饺子。大憨娘的心声："包了那么多！他一个人吃不完，能给我几个尝尝？"大憨把一大碗饺子端到娘身边，瓮声瓮气地："娘，吃吧！"大憨娘不敢动手。大憨回头一看："娘，你倒吃呀！"大憨娘轻声地："娘，不敢……"大憨看着娘："娘，我是专门给你包的！"大憨娘心声："这真是太阳从西边出来了！"大憨把碗放在娘手里："快吃吧！要凉了！"大憨娘还是迟疑不动，满脸狐疑，她慢慢用筷子夹起一个饺子，刚要往嘴边放，猛然又放回碗里。叫道："大憨，你先吃！"大憨："不，娘一个人吃吧！我不吃！”大憨娘更怀疑了：“你要不吃，娘也不吃！”大憨无奈，端起另一小碗：“娘，我吃这碗！”

大憨娘：“那你先吃头一个，娘再吃。”大憨把一个饺子放在嘴里。大憨娘这才放心，夹起了一个饺子，忽然，她又把饺子放下了，画外音：“会不会两碗不一样呢？”大憨不解地：“娘，你怎么还不吃呀？”大憨娘猛地推过碗：“你吃这一碗，我吃你那碗。”大憨恍然大悟，他猛地跪在娘面前，痛哭失声：“娘，你把儿子看成什么人了！我再也不会做伤天害理的事了！”

又一天，大憨家。里屋，大憨娘正高兴地试穿着大憨新买来的衣服，外屋，大憨正在用筷子在碗里搅着。大憨娘高兴地对外屋说：“大憨，这个衣服娘穿着正合身！”大憨：“买就要买合身的嘛！”大憨娘：“以后再别买了！留着钱娶媳妇！”大憨：“娘，不把您养老送终，我绝不娶媳妇！”大憨娘：“那可不中！”张五婶推门进来：“大憨，你出来一下！”

大憨应声跟着张五婶走出来。张五婶嗔怪地：“你还不把你娘赶走？人家姑娘可不想等你了！”大憨：“不！我想好了，我要好好孝顺我娘呢！”张五婶：“人家姑娘可要跟你吹了！”

大憨十分干脆地：“吹了正好！这号人我还不稀罕哩！她不吹，我也要吹！”张五婶十分生气：“好小子，你就打一辈子光棍吧！”大憨不在乎地：“我心甘情愿！我说张五婶，你也那么大岁数了，你不教我怎样孝顺父母，反倒叫我干缺德的事，你就不怕你老了以后，你儿子也把你赶走吗？”张五婶气得脸红到脖子根：“好小子，我是为你好！你把好心当成了驴肝肺！我再也不登你家门槛！”大憨笑了：“对了，我正想告诉你这句话！”

张五婶家。张五婶遭到儿子的斥骂，一气之下，张五婶离家出走。其子暗暗得意：“走了正好！”他偷偷地到酒馆里花天酒地。

农田里，大憨在用力锄地，挥汗如雨。

大憨家里，大憨把一碗热饭端到娘的眼前。

农田里，大憨开始收割庄稼。

家里，大憨给娘搓洗衣服。

街头。大憨背着老娘看花灯。

张五婶的儿子悄悄观察着这一切，深受触动：“人家大憨都能那样孝敬母亲，我怎么不能？”他找回张五婶，向母亲道歉，请母亲原谅。张五婶问儿子：“你怎么变了？不骂妈妈了？”

张五婶儿子：“过去，都是儿子不好。我看大憨那样孝敬他娘，心里有愧啊！”张五婶也惭愧地：“我过去让他赶走他娘，也心里有愧啊！”

大憨哼着歌高兴地朝家走，推门一看，愣住了，炕上的被子叠得齐齐整整，娘却不见了。

大憨急了：“娘，娘！哎呀，娘！糟了！”大憨跑出门，边跑边喊，带着哭腔：“娘，你在哪儿？”院里一角，大憨娘正在搓草绳，急忙站起身：“娘在这儿！”大憨惊喜地一下子扑在娘怀里：“娘，你能下地了？我看你的腿！”大憨娘满意地朝儿子点头：“有你这样孝顺的儿子，什么病不能好？你看我，都满面红光了！”大憨急忙拉娘走：“那你快好好歇着吧！谁让你弄这个？”大憨娘：“一点不累。我搓点草绳，卖钱给你娶媳妇！”大憨摇头：“不，娘，不把你养老送终，我绝不娶媳妇！”大憨娘：“傻话！你要是娘的孝顺儿子，就应该给娘娶个媳妇回来！”大憨：“娘，有了媳妇事就多了，你知道她孝顺不孝顺？我不要！”大憨娘哭了：“你怎么不知道娘的心愿？”大憨急哄：“娘，你别哭，我娶，我娶，反正不孝顺的媳妇我绝不娶！”

“大憨！”远远传来一个女人的声音。大憨走出大门：“谁？是张五婶？你怎么又来了？我不是让你别登我家门槛吗？”张五婶不在乎地笑笑：“过去是五婶错了，这回我又给你提亲来了！”大憨：“五婶，你别拿我耍笑好不好？”五婶把脸一绷：“五婶这一大把年纪能跟你耍笑？我要说的这个姑娘，可好了！这门亲事还是人家姑娘自己主动提出来的呢！”

大憨：“我可还是要孝顺我娘的！”张五婶：“咳，傻小子，要不是因为你孝顺你娘，人家姑娘还不找你呢！”大憨不信：“这是真的？”五婶：“这还能假？如今哪，你这大孝子的名，可传遍了五里八村，人人都向你竖大拇指呢！所以，人家姑娘一听说就乐意了。你对你娘都那么好，你对她能不好吗？”大憨：“我可是穷光蛋哪！”张五婶：“咳，人家姑娘不在乎这个，东西全都从家里带，他的爸爸是个大员外！你看怎么样？乐意不？”大憨：“我做不了主，我得先问问我娘。”张五婶：“好个大孝子！告诉你娘，抓紧办！”大憨高兴地跳着往家跑：“我要有媳妇了！我要有媳妇了！”

大憨家屋里屋外张灯结彩，宾客盈门。大憨的新房装饰一新，特别显眼的地方摆着一对石刻的乌鸦。司仪高声喝道：“一拜天地，二拜高堂，夫妻对拜，送入洞房！”神采奕奕的大憨和漂亮的新娘依次做着各种应酬，当听到“送入洞房”时，大憨忽然一摆手：“慢！”司仪不解地：“新郎还有什么事？”大憨慢条斯理地：“还有一拜，我还没拜呢。”众人大惊：“还有一拜？拜谁？”大憨故作神秘地：“拜我的老师！”众人急问，四处寻找：“谁是你的老师？”大憨用手一指石刻的乌鸦：“是它！”众人惊呼：“乌鸦？”大憨：“它使我从逆子变孝子，没有它，就没有我的今天哪！”说罢，大憨与新娘恭敬地向石乌鸦一拜。大憨的声音：“人要不孝顺父母，连乌鸦都不如啊！”声音绕耳，久久不散。

远处，一只小乌鸦口中衔食，急急地向大树飞去。人们凝望着。（定格）

剧终

（完笔于1983年3月13日夜23时16分）

管宁割席

（古装电视剧）

汉代。大路上，有两个身背包裹的青年人在走路，北风吼叫，二人手拉着手，十分亲密。其中身体较瘦的是管宁，较短较胖的是华歆。

小酒店。管宁和华歆落座。华歆十分高兴地斟了两杯酒，一杯放在管宁跟前，一杯端在手里，站起身说：“你我邂逅相遇，一同拜师求学，如此有缘，志同道合，何不结拜为弟兄？”

管宁也高兴地举杯：“正合我意！”华歆：“你贵庚多少”？管宁：“我年方弱冠，二十二岁。”华歆：“我年方二十三岁，如此，我是愚兄了！哈哈！”管宁离席施礼：“仁兄在上，受小弟一拜！”华歆急忙扶起：“贤弟多礼！来，你我兄弟，今日开怀畅饮！”

管宁，华歆来到一个清净的院落前，敲门。一童子开门：“请问二位找谁？”华歆谦恭地：“我们找李先生。我们是从远方来拜师学习的。”童子："二位请进，先生，有人求见。"一白发苍苍的老先生精神矍铄地从里屋出来："二位找我何事？"华歆："我俩是特来向先生求学的，这是杜员外给您的亲笔信。"华歆掏出推着信递了过去。李先生看罢信："好，既然是杜员外举荐，二位就住下吧！"管宁、华歆施大礼："谢先生收录之恩！先生受弟子三拜！"李先生哈哈大笑："免礼免礼！不过，为师有言说在先，你二人在此求学，需自食其力，自种自吃。不知你二人能吃下这苦否？"华歆稍迟疑："这……能！"李先生："管宁，你呢？"管宁："先生，一个立志求学拯救天下的人，难道还怕这点苦吗？"李先生赞叹地："好！不过这里临近街道，车马喧闹，不知你们能否专心学习？"华歆肯定地："能，从今以后，我两耳不闻窗外事，一心只读圣贤书。"李先生："好！你们准备工具，明天就到菜园锄草！"华歆、管宁卧屋内。华歆稍有不满地："怎么咱们刚一来，就让干那么苦的活？"管宁一笑："大概先生以为万物以农为本吧？干就干吧，不然，你我可就四体不勤，五谷不分了！"华歆叹了口气："唉，求学真难啊！"

第二天清晨。管宁、华歆起床。在书童的引导下来到后院菜园锄草。菜园里，管宁在前面锄得很起劲。华歆则无精打采，锄两下，看看手心，不时地摇头叹息。

菜园墙角的树荫下，李先生和书童趴在墙头上窥视着他们锄草的情景。管宁在前面锄着。忽然，锄头发出"当"的一声响，一块黄金露出土外。管宁的心声："是块黄金。"仍然继续锄草，并不多看。华歆锄草赶了上来，忽然，他惊喜地叫出了声："黄金！"上前一步拾了起来，捧在手上端详半天："真是块黄金！"华歆不禁朝前面的管宁望去。管宁用斜眼溜了华歆一下，不动声色地继续向前锄。华歆捧着金块，仍爱不释手。墙头上，李先生与书童见此情景相视而笑。华歆又朝管宁看了一眼，心声："他早看见了！他没拿，我也不能拿啊！"华歆无可奈何地把金块向很远的地方扔去。李先生与书童又相视而笑。

正房里，李先生端坐。管宁与华歆恭敬侍立一旁。李先生："这几卷书你们拿去，先读吧；从今日起，你们就潜心苦读。记住，你们要专心致志，不要心猿意马。"管宁："是，学生领教。"华歆："学生谨遵先生吩咐。"

管宁与华歆坐在炕席之上，摇头晃脑地念书。正在这时，街上人声嘈杂。华歆扭头问："出了什么事？"管宁似未听见，依然读着。门外传来喊声："闪开，闪开！新宰相驾到！"华歆惊讶地："新宰相？新宰相是谁？看看他有多威风！"华歆放下书本，拔腿就从大门跑了出去。管宁依旧读书，目不斜视。华歆跑到人群中，一睹新宰相风采。车马大队穿街而过，围观的人很多。华歆暗自赞叹："如此气派，也不枉为人一世！"

房内，李先生从里门进。管宁急忙站起，让坐。李先生手抱一叠书："华歆呢？"管宁："他出去了！"李先生侧耳听了一下："从大门出去的？"管宁答："可能是吧。"李先生莫测高深地一笑："唉，看热闹去了。好，这套书我只送给你一人。"管宁双手接受，十分感动地："谢先生栽培！"李先生："好，你用功读吧！孩子，为师看出你是个苗子，相信你是能长成参天栋梁的。"管宁："弟子当头悬梁、锥刺股，不辜负先生愿望！"李先生朝外走："好，我走了。"管宁拿起书爱不释手。华歆面色红晕推门进来，重又坐在炕席上，羡慕地感叹："看看人家，真气派！我们兄弟何时才有出头之日啊！"管宁站起身，拿起一把刀子。华歆大惊："贤弟，你要干什么？"管宁不语，用刀把炕席划为两半，两人隔开。华歆更不解："贤弟这是何意？"管宁严肃地："从今后你也不是我的仁兄，我也不是你的贤弟了。你我志趣不同，很难成为朋友，咱们今后各走各的路！"华歆百思不解："这是为什么？这是为什么？这是为什么？我并没有做错什么呀！"

剧终

（完笔于1983年4月11日夜23时40分）

灭烛绝缨

（古装电视剧）

时间：春秋时代。

地点：楚王宫中，楚庄王正大宴群臣。

楚庄王端坐正中，文武百官坐于两旁，全戴着帽缨。一支大蜡烛高悬。

楚庄王满脸兴奋，举杯站起："为了庆贺胜利，诸卿再饮此杯！"

楚王爱妃也站起："干杯！"文武百官齐齐举杯，一饮而尽。

忽然，一阵疾风吹来，蜡烛摇晃了一下，灭了。宫中顿时大乱，一片漆黑。

楚庄王高喊："快拿蜡烛来！"一片混乱中，只听爱妃尖叫一声："谁？敢如此无理？"挣扎声，男人喘气声。只听一个男人的声音："哎哟，坏了！"楚庄王大声问："出了什么事？"爱妃循声来到楚庄王身边，气冲冲地："大王，有人趁黑想调戏我！"楚庄王怒问："什么？"爱妃："有人趁黑调戏我！我已经拔下了他的帽缨，等拿来蜡烛的时候，看谁的帽子上没有帽缨，就把他抓起来，重重治罪！"黑暗中有人恐惧地叫了一声："啊！"这时，一个内侍举着蜡烛向宫中走来。黑暗中一阵骚乱。楚庄王忽然高叫："站住！先把蜡烛熄灭！"内侍不解地站住了："这……"楚庄王发怒了："我让你把蜡烛熄灭！"内侍只好熄灭蜡烛。爱妃委屈哭叫："大王！"楚庄王高兴地："好，你去重新点支蜡烛送来！"内侍："是！"楚庄王高声说："今日请诸卿与寡人同庆胜利，要一醉方休！现在我提议：各位都把帽缨拔掉！尽情痛饮！如有不拔掉帽缨者，寡人定要处罚！"黑暗中，一阵拔帽缨之声。一个女人的哭声阵阵入耳。楚庄王："莫哭。都拔掉帽缨了吗？"文武百官齐声："拔掉了！"楚庄王："好，拿蜡烛来！"内侍又拿来蜡烛，并点亮原来的蜡烛。黑暗驱散，宫中又一片通明。楚庄王十分高兴地："来，诸卿开怀痛饮，莫为刚才一点意外扫兴！"文武百官举杯畅饮。一武将轻声赞叹："大王真是海量啊！"

楚庄王卧榻内。爱妃伏在床上哭泣。楚庄王坐在她身边，态度温和地："你是我最宠爱的人，别人调戏了你，我心里也不好受。可是，酒是我请文武百官们喝的，喝醉了酒有些失礼并不奇怪，所以，不能过分责怪他们。况且，你年轻貌美，寡人也不该一时高兴就将你带入宴会厅，与百官见面，此乃寡人之过，寡人之过。"爱妃依然哭着。楚庄王："真的是寡人之过。寡人怎能用自己的过错惩罚别人呢？你要惩罚，先惩罚我吧！"爱妃又伏在楚庄王怀里边撒娇边哭泣。

鼓声震天，旌旗蔽日。晋楚大军正在楚境上厮杀，战斗十分激烈。楚庄王亲自督战。一武将满身血迹地来到楚庄王面前："大王，晋兵十分勇猛，我军抵敌不住！”楚庄王：“这便如何是好？此战关系到楚国安危！决不能退却！”

身后一年轻武将出现在楚庄王面前：“大王，臣手下战士个个英勇。请命臣率手下冲锋陷阵，臣愿拼将一死，保卫楚国河山！”楚庄王注视着年轻英俊的武将：“好，楚国的安危，系于一身！”年轻武将率领战士着冲了上去。他身先士卒，异常勇猛，不一会就把晋兵杀退了。楚庄王连连赞叹：“英雄！真是英雄！”

年轻武将已满身血迹，但仍在顽强厮杀。晋兵节节败退，楚兵步步追赶。楚庄王兴奋地：“乘胜追击，杀他个片甲不回！”

战争结束。楚庄王来到战场上，找到了伤痕累累的年轻武将，他遍体伤痕，倒在地上，气息奄奄。楚庄王：“将军，你为楚国立了大功！”年轻武将摇头。楚庄王：“寡人平时待你并不特殊，对你也没有特别恩宠，你为什么如此舍生忘死呢？”年轻武将：“大王！三年前，小将酒醉失礼，犯下了弥天大罪，可是大王不但不惩治我，反而宽恕了我。小将心中十分感激，早就下决心，要用自己的生命来报答大王。即使粉身碎骨，也在所不惜。”楚庄王点点头，又凝神想了想：“你说的是什么事？你又到底是谁，我怎么一下子想不起来了？”年轻武将低下头，然后又抬起：“不瞒大王，我就是那夜宴会是调戏王妃，被王妃拔去帽缨的人！”

楚庄王恍然大悟，凝目思索，看了看年轻武将点点头：“啊，原来如此。快，来人，把这位楚国的英雄抬下去！一定要救活他。”

剧终

（1983年4月14日夜22时5分完笔）

马前泼水

（古装电视剧）

汉武帝时代，江南会稽。

荒凉的农庄。夜，一切都笼罩在黑暗中，村里寂静极了。一声鸡啼打破清晨的宁静。一幢茅草房里的油灯亮了。一个四十多岁，读书人模样的人爬起来穿衣服，拿起一个发了黄的书凑在灯前看了起来。他就是朱买臣。

忽然，他身旁的女人爬起来一口气吹灭了灯，嘴里不满地嘟囔着："这么早就起来看书！你就不能省点油？"说话的是朱的妻子崔氏。

朱买臣无可奈何地叹了口气，重又躺下，片刻，他又不甘心地爬起，披衣出门。

朱买臣手拿书卷在黑暗中走着，把书凑在眼前，什么也看不见，叹息一声："这天怎么还不亮啊！"屋内，崔氏鄙夷地哼了一声："这个没有出息的书呆子！"

清晨，朱买臣和崔氏在吃饭，已裂纹的破木桌上只放着一小碟咸菜。

朱买臣端着缺沿的破瓷碗喝着稀粥，手中还拿着书，不时地看上一眼。屋里陈设极为简陋。崔氏不满地斜了朱买臣一眼："书呆子，什么活也不会干，饭可不少吃！"朱买臣急忙放下碗筷："罪过，罪过，吾已吃饱矣！"崔氏："我最见不得你这酸溜溜的样！"朱买臣惶恐地："是，是，领教，领教！"崔氏气得不再说话，她简单收拾了一下，准备出门。朱买臣探询地："娘子这是又要……"

崔氏："你又不能干活，我不出去做工，这个家怎么过？"

朱买臣："惭愧！惭愧！可惜我是个文弱书生，手无缚鸡之力，有劳娘子，有劳娘子！"崔氏出门走了。朱买臣急忙拿出《尚书》摇头晃脑地念了起来。

王员外家。崔氏在给王员外缝补衣服。王员外热情地端起一杯茶："朱大嫂，歇息歇息吧！"崔氏受宠若惊，慌忙起身，双后接茶："不敢，不敢，谢谢东家！"王员外："不必客气，这是你的工钱。"掏出大把铜钱放在崔氏眼前。

崔氏一惊："怎么会这么多？"王员外莫测高深地笑了："给你，你就收下吧。"崔氏十分感激地收起："如此多谢了！"不禁向王员外多看了几眼。王员外迎着崔氏的目光颇有深意地笑笑。崔氏不好意思地低下了头，又拿起了衣服补起来。王员外依然盯住崔氏，良久才问："请问朱大嫂青春多少？"崔氏："奴家虚度三十又三春。"王员外："呀！大嫂年过三旬，还有如此风韵，真是风采不减当年啊！"崔氏羞涩地："东家过奖了，奴家实在丑陋不堪。”王员外忽然来到崔氏身旁，轻声说：“我的娘子，刚刚过世，如果大嫂不嫌弃，我愿意……”

崔氏恼怒地站起身打断话头：“请员外放尊重点！我崔氏是有夫之妇！”王员外大为扫兴，面孔涨红：“实在对不起！我实在一片好心！我是看你如此青春美貌，受这般苦难，于心不忍！”崔氏：“我家相公熟读诗书，将来总有出人头地的一天，那时我们就贵不可言了！我也可以享福了！”王员外一声冷笑：“请问朱大嫂，你家朱买臣今年多大年纪？”崔氏：“四十有五。”王员外冷笑：“已经四十五了！请问什么时候是出头之日？进了棺材才是出头之日吧？”崔氏语塞：“这……”王员外忽然放声大笑：“你那希望不过是水中捞月！”崔氏懈气地叹息一声，痛苦地摇了摇头。

朱买臣家，傍晚。朱买臣手不释卷，孜孜不倦，嘴里仍念念有词，崔氏气愤地推门进来，见朱买臣在念书，大吵大嚷地：“你还有完没完？”朱买臣急忙放下书卷：“好，好，不读了！”崔氏讥讽地：“你也是男子汉大丈夫，居然让我养活你，你不觉得羞愧吗？”朱买臣：“惭愧！我也想做点什么，只是一来读书人做粗活，让人轻视，面子上过不去；二来我确实四体不勤，五谷不分，身体虚弱，没有力气。”崔氏闻言无可奈何叹息一声，看了看可怜巴巴的丈夫。忽然，朱买臣一跺脚，大声说：“也罢！豁出老脸不要了！命尚且难保，还管什么笑话不笑话？好，我明日就去干粗活！请娘子分派吧！”崔氏半惊半喜：“你不怕苦？”朱买臣：“怕倒是有一点，但不能总让你一个人偏劳啊！”崔氏高兴了：“明天跟我上山砍柴去吧？”朱买臣干脆地：“行！”一声鸡啼。朱买臣从床上爬起来。崔氏：“你又起来这么早？”朱买臣精神十足地：“今天不是要上山砍柴吗？我想早点起来准备准备。”崔氏高兴地：“你还真来劲了！”

山上。崔氏和朱买臣在挥刀砍柴，两人距离较远。朱买臣砍得很笨拙，半天砍不下一根来，不一会，手上就磨出了血泡。他疼痛地看看手，无可奈何地苦笑摇头，然后又用刀砍了起来。血顺着刀把流了下来，汗水顺着朱买臣疲惫的脸上流下来。他一屁股坐下去，又拿出书念了起来。崔氏背着一大捆柴来到他身旁，一见朱买臣又在念书，又好气又好笑：“哎呀，你这个书呆子！”朱买臣慌忙将书收起：“我实在是太累了！我接着干，接着干！”说着拿起刀又站起身。

崔氏大惊："怎么你手上打血泡了！让我看看。"朱买臣不让看："不打紧，不打紧！"崔氏心疼了："哎，算了，别干了！收拾收拾回家吧？"朱买臣摊着两手："这——"崔氏帮助收拾砍下的柴，大惊："砍了大半天，才砍这几根呀？"

朱买臣无地自容："羞愧，羞愧！"崔氏失望地："你呀，也就是认识几个字！那顶不了吃，也顶不了穿！"

下山的路上。崔氏背一大捆柴，朱买臣背一小捆柴，一前一后走着。崔氏大步流星地在前面走，朱买臣有气无力地紧跟在后面。朱买臣喊："娘子！"

崔氏站下等着他。朱买臣："娘子，让我背那捆大的吧！"崔氏笑："别看你是男子汉，劲没我大！你呀，背一小捆还跟不上呢，换大捆更不行了！快走吧！"

朱买臣诚恳地："我看你太累了，于心不忍。"崔氏催促："别换了，快走吧！"二人下山，不一会又拉开了距离。崔氏只顾低头走着，忽然听见后面一片嬉笑声。崔氏回头一看，朱买臣拿着一本书摇头晃脑地念着，一群人围在他前后，取笑他。朱买臣不屑一顾，依然低头念书，忽然一脚踏空，差点跌倒。周围的人又开心地大笑了。一个穿破旧短衫的樵夫打扮的人哈哈笑着："瞧这个书呆子！"另一个樵夫："真是四体不勤，五谷不分啊！"壮年小伙："看那穷酸样！"

朱买臣轻声自语："君子不患权位不高，而患德之不崇，不耻禄之不伙，而耻智之不搏……君子固穷……"有人嘲讽他："什么固穷啊，你想不穷，去当官呀！"

崔氏走过来，努气冲冲地冲那几个人喊："你们取笑一个穷读书人干什么？"又转身怒斥朱买臣："你这书呆子，还不快走！"朱、崔二人负柴前行。后面几个人的讥笑声又传来。老年樵夫："看这位娘子长得如花似玉，可惜嫁了这么个不争气的男人！"另一樵夫："鲜花插在粪堆上了！"壮年汉子笑着："要是嫁了我，也不至于受这份罪呀！"崔氏闻言又欲发作，但她叹了口气，摇摇头忍住了，可是气没处消，转眼看看朱买臣，越看越不顺眼："你还不快走！净给我丢脸！"朱买臣："污辱斯文，我何过哉？"崔氏怒气中烧，一下子放下背上的大捆柴："来，咱俩换换，你来背这大捆！”朱买臣毫不在意，依然不动肝火，“早该如此，早该如此！”崔氏背起小捆柴，怒冲冲地朝前走了。朱买臣吃力地背起大捆柴：“好重也！”艰难地向前走去，想追上崔氏，但崔氏已经看不见影了。朱买臣自语：“想我朱买臣今年已经四十有五，尚且如此穷困潦倒，不知出头在何日！唉，好不伤心也！”朱买臣挤出几滴辛酸的眼泪。忽然，他又哑然失笑了：“哎，何悲之有？昔先圣孟子曰：‘故天将降大任于斯人也，必先苦其心志，劳其筋骨，饿其体肤，空乏其身，行拂乱其所为，所以动心忍性，曾益其所不能。’”朱买臣叹息一声：“当年，姜太公做买卖，买卖赔本；卖面，面让风刮去，何等困厄！八十岁还无所作为，然太公不因此而悔志，后来遇到周文王才受到重用，开周朝八百载天下；我朱买臣不过四十有五，比太公得遇文王还少三十又五年！来日方长，来日方长！”朱买臣自我安慰着，步履加快了。

崔氏背柴来到集市上。王员外远远走来：“朱大嫂！”崔氏站下，羞愧地：“王员外……”王员外伤感地叹了口气：“唉，我看见你受这份罪，实在伤心……”挤出几滴眼泪。王员外忽然一招手：“来人哪！”一个佣人走过来：“主人有什么吩咐？”王员外用手一指：“这捆柴，咱们买下了！”小伙子背着柴走了。

王员外掏出一大把钱放在崔氏手里：“这是柴钱。”崔氏：“哎呀，这么多！这我可不敢接受！”王员外：“拿着吧，穷乡近邻的，我看你真可怜哪！”崔氏：“那就谢谢员外了！”王员外：“说外话了！朱大嫂，你太死心眼了！”王员外意味深长地盯视着崔氏。崔氏似有所悟，也注视着王员外清秀的面孔。

市场另一面。朱买臣背着一捆柴，为难地站着，小声自语：“不知这柴如何卖钱？”过了一会，只好用背书的腔调卖了起来：“卖柴，卖柴！”不知怎么，朱买臣又背起书来：“卖柴，卖柴！黄鸟，黄鸟！无集于榖！无啄我粟！此邦之人，不我肯榖。言旋，言归！”旁边一小伙子对老年樵夫问：“那边背柴那个人在说什么？”

老樵夫：“好像是个疯子！”壮年汉子：“走，看看热闹去！”二人来到朱买臣身边哈哈大笑，打断了朱买臣的背诵：“又是这个书呆子！”老樵夫：“跑到市场上背书来了！”朱买臣惊喜地：“二位想买柴否？”老樵夫开心地大笑。朱买臣大惑不解："请问长者因何发笑？"老樵夫止住笑："你看我是干什么的！我就是砍柴的！你倒向我卖柴！可笑、可笑！"壮年汉子："真是个书呆子！"

一个官绅模样的人走了过来："这柴是谁的？"朱买臣忙点头："是晚生的。"

官绅："你要多少钱哪？"朱买臣为难了："这……大人看着给个价吧！"

官绅微微一笑："两枚铜钱。"朱买臣："两个铜板就两个铜板吧，只要大人觉得公道就行。"旁边的小伙子觉得不平欲插言，老者一把拉住。小伙子轻声："这个傻瓜！"

崔氏数着手里的铜元，往家里走着。背后两人的议论声传入她的耳朵："我今天见到一个老头一边卖柴，一边背书，可笑死了！""你知道那个老头是谁吗？他叫朱买臣，是一辈子也没出息的货！"崔氏停止数钱，回头看了一眼。愤愤地加快了脚步。

朱买臣家里。崔氏一个人躺在床上生闷气，翻来覆去。朱买臣口中念念有词推门而进。崔氏背过脸去。朱买臣关切地上前询问："娘子有何不爽？"崔氏粗声粗气地："没有。"朱买臣高兴地："如今，我朱买臣学会砍柴，也学会卖柴了！"崔氏一翻身坐起："柴卖了多少钱？"朱买臣伸出两个手指："两个铜版。"崔氏大怒："啊？那么大一捆柴，才卖两个铜板？至少也能卖八个铜板！"

朱买臣："这，我上当了！我上当了！欺人骗人，罪孽不浅！"崔氏忽然大哭："我再跟你过，还有什么意思，还有什么盼头！你自己不争气，让我也跟着你丢人现眼！"朱买臣忙劝解："娘子莫哭，莫哭！是我不好了。"崔氏："我原来看你是个读书人，指望你有一天能出人头地，好跟你享享荣华富贵，当个官太太。没承想，你竟然这么没出息！"朱买臣："娘子莫急，莫急！我一定会有出头之日的。"崔氏："你要能做官，除非日头从西边出来！"朱买臣："莫讲此言，莫讲此言！"崔氏："我要跟你离婚！你把我休了算了！"朱买臣："这怎可以？你我已是十几年的恩爱夫妻！"崔氏："我决心已定！"朱买臣："没有一点商量的余地？"崔氏："没有。"朱买臣眼里溢出泪水："你就不顾十几年的夫妻感情？"崔氏："人生一世图个啥？不就图个吃饱穿暖吗？可我跟了你，只有受不完的罪！

你还是饶了我吧！”朱买臣叹了口气：“也罢。你崔氏这些年跟我受尽了苦，是我对不起你。你能找到吃饱穿好的地方，就去吧！”崔氏一喜：“那你快写休书。”朱买臣：“好，就写。今后，任凭你改嫁。”朱买臣提笔写休书。崔氏高兴地接过来：“这回可算出苦海了！”朱买臣蹲在地上，痛哭失声。

崔氏又安慰他：“你也别太难过，今后自己好好过日子吧！”

清晨。鸡啼声。朱买臣有气无力地爬起来。他无精打采地拿起刀和绳子，出门。远处，一片锣鼓鞭炮声传来。朱买臣情不自禁地闻声望去，送亲的队伍远远而来。一群小孩从朱买臣背后超过，朝前面跑去：“看热闹去了！看热闹去了！”送亲的队伍越来越近了，队伍周围围满了人，把朱买臣也围在了中间。轿子来到朱买臣的眼前。一白发老翁拍拍朱买臣的肩膀：“这不是朱买臣吗？”朱买臣：“老伯，正是晚生。”坐在轿子里的人闻声，把轿帘轻轻撩开一条缝，朝外着着：轿中人正是崔氏。白发老翁：“你知道那是谁吗？”朱买臣不感兴趣地摇摇头。白发老翁：“她就是你原来的娘子！”朱买臣朝轿子望去：“是她？这么快？”朱买臣从轿帘缝中看见了崔氏，崔氏也看见了朱买臣，四目相对。朱买臣泪水盈眶，忍受不了这种难堪，他向人群外挤去，但挤不出。良久，人群散去，朱买臣向山上走去，边走边叹息：“这么快！人各有志，人各有志！”

王员外家内外张灯结彩，人群熙攘，十分热闹，王员外和崔氏在拜天地。

山上，朱买臣在吃力地砍柴，不时地摇头叹息。北风吼叫，雷花飘舞。眨眼又是春暖花开。清明时节，到坟地上供的人络绎不绝。朱买臣衣衫褴褛，面容憔悴，背着小小一捆柴有气无力地慢慢从山上走下来。手里依然拿着一本书，不时地看上几眼。朱买臣来到一片坟地旁边，看见好多人在扫墓，闻到香味，他咽了一口唾液，贪婪地向坟地看了一眼，自言自语：“好饿也！我已两日粒米未进了！”朱买臣又向前走了几步，实在走不动了，一屁股坐在了路旁，萎缩成一堆，手里的书抛落了，他吃力地伸手去捡。坟地里，衣着华丽的崔氏和王员外正在一个坟头前磕头祭扫。完毕，二人开始收拾供品。崔氏一抬头发现了缩在路旁的朱买臣。“是他？”崔氏的心声，又仔细看：“真是他！想不到他落到这步田地！”崔氏眼里不禁溢出泪水。王员外发觉了：“娘子为什么如此悲伤？”崔氏抽泣起来。王员外心慌了：

“到底怎么了？”崔氏用手向路旁的朱买臣一指：“那就是妾故夫朱买臣，想不到他落到这么可怜的地步！”王员外冷笑。忽然，崔氏悲哀地叫道：“夫君！妾有一个小小的要求，不知你能否答应？”

王员外豁达地：“说吧！只要娘子想做的，我都答应！”崔氏：“我想，我想把上供撤下来的酒饭送给他！”王员外一笑：“这算什么？我和你一起去送好啦！”

王员外和崔氏端着酒饭来到朱买臣身旁。朱买臣闭着眼睛，嘴里微微在动，好像在背书，王、崔二人来到他身旁，他并未发觉。崔氏看着看着，眼里又热泪滚滚，她不忍看下去，把脸扭向一边。王员外见朱买臣并未发觉，便咳嗽了一声。朱买臣一惊，睁开了双眼，一眼看见了头上镶珠挂玉、衣着华丽的崔氏，愣住了。

崔氏轻声说了句：“吃吧！”朱买臣不知如何是好：“这……”愣了一会，他终于拿起了一个馒头，一口咬去半个，狼吞虎咽地吃了下去，顷刻，又拿起第二个馒头。崔氏目睹了朱买臣的狼狈相，和王员外点了一下头，含泪走了。朱买臣看了崔氏一眼，又狠命吃了起来，王员外在旁暗自冷笑。不一会，杯盘狼藉，他已把所有的饭菜都吃完了。朱买臣懂规矩地把碗碟放好，恭恭敬敬地交给王员外：“谢谢，谢谢！”王员外面无表情地：“不必。”朱买臣背上柴走了。王员外轻蔑地看着他的背影。朱买臣背柴向市场走去，朱买臣自言自语：“我这样在家死等，哪有出头之日？看来，非得上京城长安不可！”

市场上，一个官吏模样的人正在督促人往车上装货物：“快装，快装，明天一早就要起程！”朱买臣来到官吏身旁：“请问大人，这货运往哪里？”官吏不大爱理他：“长安！”“长安？”朱买臣心中一喜，“请问，可以让我做个运货的吗？”官吏怀疑地看了他一眼：“你？”朱买臣急忙说：“我不要工钱！只想随车到长安。”官吏一听，高兴了：“好！明天一早就动身！”朱买臣家，朱买臣奋笔疾书，容光焕发。一长串木轮车向长安驶去。

长安城内，朱买臣手拿一封信向皇宫走去。皇宫门前，朱买臣把手中书信交给门卫：“朱买臣上书求见皇上。”卫士：“请到馆驿等候宣召！”朱买臣只好转身回去。朱买臣在街边流浪，李豪迎上前：“您是朱先生吧？我叫李豪，久仰大名了！”朱买臣惶恐地：“不敢。在下正是朱买臣。”李豪爽快地：“今后但有用人之处，小人愿牵马坠镫。”朱买臣：“承蒙不弃，诚惶诚恐。”

朱买臣回到馆驿，店家迎上前去，十分不满地：“朱先生，你住店的钱已有三日未交了！”朱买臣为难地：“这……以后一定交齐！”店家：“什么以后一定交齐！我看你根本就交不起！我把话说明了，五天内，你要再不交齐房钱，我可要扔你的行李卷了！”朱买臣唯唯诺诺：“好好！”朱买臣回到自己房间，懈气地躺在铺上，自语：“我上书已有三个多月了，至今不见皇上宣召，都说当今皇上少年有为，招贤纳士，我看是徒有其名！子曰：‘凤雏不至，河不出图，休矣，休矣！’”李豪来拜访：“先生勿忧，稍待时日。”长安街上。朱买臣一个人毫无目的走着，一个官吏打扮的人发现了他：“这不是买臣兄吗？”朱买臣眼睛一亮：“是庄助贤弟？”庄助拉住朱买臣：“是我呀！想不到在京城里见到同乡旧友！”朱买臣：“真令人欣喜之至！”庄助打量着朱买臣：“买臣兄为何穷困潦倒到如此地步？”朱买臣叹了口气：“唉，一言难尽！我上书求见皇上，等了三月有余，未见宣召！盘缠已尽，所以狼狈至此！”庄助颇为同情地：“求见皇上不难，小弟可以打通关节，替兄引见！”朱买臣欢欣鼓舞地：“如此甚好！贤弟何时引我去……”庄助哈哈大笑：“看你这身穿着，怎好面对圣颜？”

朱买臣自惭形秽：“这……唉！”庄助：“买臣兄不必多虑！小弟与你换一套新衣就是！”朱买臣：“多谢贤弟！”庄助：“同乡好友，何必客气？凭买臣兄胸中之才，一定会受到皇上重用！”朱买臣摇摇头，信心不足：“现在还吉凶难卜。”

皇宫内。汉武帝在与朱买臣面谈。只见朱买臣慷慨激昂，眉飞色舞。汉武帝含首微笑。朱买臣越讲越起劲，汉武帝不住地点头。墙外，庄助不安地来回踱着。庄助自语：“皇上召他已经三个时辰了，怎么还不见出来？莫非……”朱买臣出来了，春风满面。庄助迎上前去：“买臣兄，为何这么久？”朱买臣得意地：“皇上与我越谈越投机，所以才这么久。皇上开始拜我为大夫，继而又拜我为会稽太守！”庄助十分高兴地：“那不是回老家做太守吗？想不到皇帝如此器重仁兄，一下子就委以如此重任！”朱买臣得意地大笑：“哈哈，想不到我朱买臣到五十岁时才得志！”庄助：“恭喜仁兄，贺喜仁兄！”朱买臣忘乎所以：“看今后谁还敢小看我朱买臣？哈哈！”庄助看朱买臣得意的样子，脸上掠过一丝异样的表情。朱买臣毫无察觉，依然神采焕发地向前走。庄助看着朱买臣的背影：“还未做官，就如此轻狂！此人难以久处！”朱、庄二人在街上走着。朱买臣兴致勃勃，庄助沉思不语。李豪迎上来：“先生！此去如何？”朱买臣得意地：“皇上命我为会稽太守！”李豪合掌欢呼：“皇上果然慧眼识人！”朱买臣得意地大笑。一直沉默的庄助忽然开言：“买臣兄！”朱买臣止住笑，看着庄助。庄助神态严肃：“买臣兄从此前程万里，自然不会再有用小弟之处。小弟就此告别，望买臣兄前途保重！”朱买臣大惊：“贤弟，我正要与你开怀畅饮，为何半路相辞？”庄助摆摆手：“不必了！谢了！”说罢，庄助毅然转身。朱买臣依然不大在意。李豪对庄助的背影注视了良久，似有所感。

馆驿门外，朱买臣与李豪一前一后走来。李豪由衷钦佩地：“先生一番言论，弟子顿开茅塞！不胜钦敬之至！”朱买臣得意地：“哪里？李豪，我看你少年有为，此次你随我到会稽，一有机会，我定要提拔你！”李豪：“谢谢先生！”朱买臣：“富贵不还乡，如衣锦夜行！”

朱、李二人来到馆驿门口。以店家为首，所有的人都跪地迎接朱买臣。朱买臣假装不懂：“诸位这是干什么？”店家：“小人等迎接朱太守，给朱太守请安！”

朱买臣哈哈大笑：“免礼，免礼，诸位请起！”众人齐呼：“谢朱太守！”老板恭恭敬敬地：“小人有眼不识泰山，多有冒犯，还望朱太守海涵！”朱买臣豁达大度地：“休要介意，休要介意！只是不要扔我的行李就行了！”店家羞愧满面：“小人不敢！小人已备有崭新的被褥，供老爷使用！这还不算，小人还准备丰盛的菜肴，款待老爷！”朱买臣敷衍一句：“让你破费了！那么却之不恭，只好从命喽！”看了李豪一眼。李豪笑笑，未开口。老板大声张罗起来。

大路上，朱买臣、李豪等人乘着高头大马拉的木轮车向公稽赶来，后面跟着骑马的卫队。朱买臣转身对李豪：“李豪，就要到会稽了，咱们先不要声张，给他来个微服查访。”李豪：“好，先生。先生高见。”朱买臣对车上其他人：“你们先行一步。”

镇上饭馆里。里面已坐了一些人，其中有当年曾耻笑过朱买臣的老樵夫和壮年汉子，还有骗过朱买臣柴的官绅。几个人正在议论。壮年汉子：“王员外这一死，又撇下崔氏一个人了。”老樵夫：“这崔氏的命也真够苦的，当年嫁了个书呆子朱买臣，受了多少年罪，改嫁给了王员外，王员外又让强盗杀了，家产也被抢光了，让崔氏一个人怎么活呀！”壮年汉子：“是啊，还不如我把她娶过来呢！”老樵夫讥讽地：“你也不撒泡尿照照自己，人家跟你不？”朱买臣穿着破旧的衣服推门进来，在一个小桌旁坐下，要了可怜的一点酒菜，一个人喝了起来。

老樵夫轻声地：“这不是那个书呆子嘛？”壮年汉子：“是他？好长时间没见了，我还以为他死了呢！”官绅哈哈笑着：“这个傻瓜，头一回卖柴，一大捆才卖两文铜钱，让我捡了个大便宜！”壮年汉子来到朱买臣跟前，拍拍他的肩：“我说朱买臣，你还没死呀？像你这样的人，活个啥劲？”朱买臣不动声色。忽然，外面车马喧闹，一群人闯了进来。为首几个官吏慌恐地说：“小人等迎接来迟，请朱太守回衙！”朱买臣不慌不忙地站起来：“不必多礼！”壮年汉子等人大惊：“谁是新太守？”朱买臣微笑不语。李豪一指：“这就是朱太守！”

众人齐齐跪在地上。“啊！”壮年汉子磕头如捣蒜：“请太守老爷饶命！”老樵夫：“请太守老爷开恩！”朱买臣大度地：“各位请起，俗话说，大人莫把小人怪，宰相肚里能撑船嘛！我是不会跟你们一般见识的！你们看，我朱买臣还是从前的朱买臣吗？哈哈！”李豪见朱买臣得意的神态，微微摇头。朱买臣在成群的官吏百姓的簇拥下前行，围观的人越来越多，崔氏也夹在中间。朱买臣在人群中发现了崔氏，崔氏向前挤着，不一会挤到朱买臣眼前一下子跪在地上，泪如雨下。朱买臣故作惊讶：“这不是王家的大娘子吗？”崔氏抬起头：“老爷，我不是王家娘子了！他被人杀死了，我还是一个人，老爷，大人不记小人过，请把我收下，就当个使唤丫头吧！”李豪走到朱买臣身边，轻声问：“这就是先生的结发妻子？实在可怜！”朱买臣点点头：“可她不能守穷，又改嫁了！”李豪：“虽然如此，也情有可原，我听说贫贱之交不可弃，糟糠之妻不下堂，望先生三思。”朱买臣看了李豪一眼：“可她已经不是我的糟糠之妻了。我自有道理。来呀！”一小官吏应声：“小人在，大人有何吩咐！”朱买臣：“去端一盆水来！”

人群中议论开了：“端一盆水干什么？”“不知道！”小官吏端一盆水

来了。朱买臣接盆在手，把水一下子泼在地上。众人又惊：“这是何意？”朱买臣对崔氏：“看见了吧？你要能把泼出去的水再收到盆里来，我就带你回去。”

众人哄笑，崔氏羞恨满面，站起身，摇摇晃晃地走了，李豪看着这一切直摇头。

夜，朱买臣寓所，李豪十分诚恳地：“先生，我听说您一次在路旁饿得要死，是崔氏给你饭菜，救活了您？”朱买臣点头。李豪：“弟子听说受人点水之恩，当有涌泉相报，先生即使不能与她破镜重圆，也应当周济她，让她得到温暖才是，我看她十分痛苦，为人不可妄恩负义，先生是否前去探望一下？”朱买臣大怒：“此事非你所能干预，休要多言！”李豪十分不快地退出。

清晨。李豪慌里慌张地敲朱买臣的门，朱买臣问清来人并披衣开门：“何事如此惊慌？”李豪气喘吁吁：“先生！崔氏昨日当众丢丑，羞愧难当，已于昨夜悬梁自尽了！”朱买臣无动于衷：“知道了！此等小事也值得大惊小怪？大丈夫处世，当从容不迫，临难不惊！你如此毛手毛脚，不沉着稳重，有失身份！”李豪无奈地：“弟子领教！只是这崔氏后事如何处置？”朱买臣：“关你我何事？自有人去处理！”李豪：“可她无亲无故啊！”朱买臣决然地：“休要多言”！

李豪摇头出门。一青年迎上来：“崔氏已悬梁自尽，乡亲们让我来禀告朱太守，如何料埋后事。”李豪一愣，随即平静地：“朱太守已知，命我代他处理。走吧。”

青年：“这可要用不少钱哪。”李豪：“朱太守已把钱给我了。”

送殡队伍在徐徐前行。李豪神态严肃地跟在后面，李豪的心声：“我满以为找到了一个知识渊博、才华横溢的先生，想不到他心胸竟如此偏窄！”

衙门内。朱买臣一边饮酒，一边欣赏着美女的歌舞。李豪推门而进，见此情景，欲出。朱买臣招手制止：“歌舞暂停！”众歌女退去。朱买臣面向李豪：“有事吗？但说无妨。”李豪：“先生我有一言相告。古人说，腐朽之木不可雕，粪土之墙不可污；我李豪才疏学浅，不堪造就，深感为先生弟子，有辱先生名声。今特来辞行。”朱买臣大惊：“这是何言！你是我的左膀右臂！我正要提拔你呢！你怎能告辞而去？”李豪：“谢先生美意！小材不堪大用，李豪去意已决，万难强留，望先生保重！告辞！”说罢，李豪目无反顾，挺胸而去。

朱买臣凝视着李豪的背影，口中重复着：“他去了，他去了。”

剧终

（1983年3月27日夜23时15分完笔）

和氏璧

（七场戏剧）

人物表：（以最初出场年龄算起）

卞和：26岁，祖传玉工，颇识玉器

卞氏：21岁，卞和之妻

真玉：8岁，卞和之子

楚厉王：60岁，公元前757年~公元前741年在位

楚武王：32岁，公元前740年~公元前690年在位

楚文王：40岁，公元前689年~公元前676年在位

公孙满：30岁，楚国管玉器的官员

王辉：22岁，楚国玉工

姜仁：32岁，王宫官员

卞执：22岁，卞和之弟

张氏：20岁，卞和邻居

乡邻，宫女，内侍，家奴若干

第一场　得璧

春秋战国时代。楚国荆山下：群山环抱，山下一风景秀丽的村庄。

幕启：卞和身背行囊，兴冲冲上。

卞和：（唱）群山颔首露笑容，江水欢唱懂人情。

卞和从包里取出石璧，爱不释手地反复看着，接唱：

荆山之下得宝璧，卞和心中喜盈盈。

（白）宝玉啊！宝玉！

（接唱）世人不识多少年，枉作乱石到处扔。今朝落入知己手，哪能让你久埋名！（装入口袋。走到家门口，喊）夫人，夫人！内应：唉，来了！

卞氏：（上）看你乐的！得到什么宝了？

卞和：（高兴地）哎，你还真会猜，我今天真得了一块宝。

卞氏：（不以为然地）算了吧！（唱）家住荆山世代穷，生来天定是苦命。苍蝇不往这里飞，老鼠不在这打洞。富贵除非日西升，充饥岂能用画饼？

卞和：（从包里掏出璧）你看，这是什么？

卞氏：（接过，看）我当是什么宝贝？原来是块破石头！你呀，真是！（扔了）

卞和：（心疼地捡起，用衣襟擦拭，唱）愚人眼里玉成石，难怪至今野地扔！

卞氏：（唱）说它是玉谁能信，它和石头何不同？

卞和：（唱）浑璞有瑕终是玉，顽石难把玉冒充！

卞氏：（唱）看它表面无光彩，从何显出有玉形？

卞和：（唱）人无慧眼惑真假，表面假象难辨清。

卞氏：（唱）别人说石你说玉，有何根据能证明？

卞和：（唱）祖宗五代是玉匠，辨玉奥妙我最通！

卞氏：（半信半疑地拿璧看着）这么说，它真是一块宝玉？

卞和：（高兴地）一点不错！

卞氏：夫君！（唱）宝石拿去献楚王，我家发财沾大光。从此再不受贫穷，搬出草房住楼房。

卞和：夫人！（唱）捐献宝石理应当，不贪富贵不求赏。且喜宝石天下知，卞和为国增大光！

（恶霸带两名家奴上，卞和忙将璧藏起。）

恶霸：卞和，听说你得了一块宝石，能赏脸让我观赏观赏吗？

卞和：郎员外，小人并未得什么宝哇！

恶霸：撒谎！本员外要看尚且不能，如果要你的，大概更不行了！实话告诉你，我今天就不是来看宝的，我是来要宝的！

卞和：（气愤）你也太不讲理了！

恶霸：跟你这平民百姓，有何理可讲！你还是痛痛快快把宝交出来吧！

卞和：你不要仗势欺人！

恶霸：（大怒）好大胆！竟敢辱骂本员外！今天若不交宝，我要你的命！

卞和：民不畏死，奈何以死惧之？要玉，没有！要拼命，我倒有一条！（顺手抓起一把锄头）

卞氏：（吓慌）千万不能动武啊！夫君，什么烂石头，给他们吧！

卞和：不！（卞氏将璧拿出，欲交恶霸，卞和一把夺下）你怎么这样糊涂？交给他们，就完了！

（恶霸向家奴示意，家奴出其不意，一把将璧夺过，交给恶霸，卞和欲夺回，被两个家奴拦住）

恶霸：（得意忘形，狂笑）怎么样？还不是到了我手里？痛痛快快交出来多好！

卞和：（怒）强盗！

恶霸：（细看璧，失望地）我当是何宝物！原来是块顽石！（摔在地上）咳，枉费我一片苦心！早知是石，何必如此！家奴，走！哼，卞和，这次便宜了你，以后算账！（恶霸与家奴下）

卞和：（对璧）宝玉啊，宝玉！幸亏你轻易不被人看破，不然，就不知你要落入何人之手了！

卞氏：咳，因为这块烂石头，差点闯出祸来！我看它就不是吉祥之物。

卞执：（和张氏等众乡亲上）哥哥，听说你得到一块宝玉？

卞和：（转怒为乐）看看吧！（递璧）就是它。

卞氏：咳，别提它了！刚才因为它，差点惹出人命来！

卞执：嫂子，是怎么回事？

卞氏：郎员外硬来抢，你哥哥不给，他们就动了手。结果，一看是块烂石头，就扔掉了。

张氏：这个郎员外头顶生疮，脚底下流脓！

卞和：看来，此璧不可久留。

卞执：那怎么办？

众人：快把它献给楚王吧！

卞和：对！我明天就去郢都，见楚王！

——幕落

第二场　献璧

时间：前场二十天后

地点：楚王宫内，金碧辉煌，明烛高悬，大厅宽敞明亮。

幕启：楚厉王上台，一群宫女、内侍紧随左右。

楚厉王（坐下，唱）：祖宗开下万年福，子孙坐享心满足。人活一天乐一天，哪管日落和日出！国内事，今尹办，御强敌，将军足。国君无事一身轻，吃喝玩乐在天府。是非真假何需问，说我糊涂我不糊涂！哈，哈，哈！来，来，来！歌舞侍候，给寡人散心！

（一群舞女身着各色艳服上，在优美的音乐声中翩翩起舞。王府官员姜仁上，见王正高兴，侍立一旁，欲言又止。舞毕，宫女退下，姜仁欲言）

楚厉王：箜篌再奏！

（一女抱箜篌自内上，演奏《阳春白雪》《清角》。曲终，楚厉王意犹未尽，欲言，姜仁忙上前叩头）

姜仁：大王，今有荆山布衣卞和求见！

楚厉王：不见！寡人兴趣正浓，改日升堂再见！

姜仁：大王，您已经三个月未临朝了……

楚厉王：何人因何事敢来败寡人之兴？

姜仁：大王，卞和自言，有宝物来献，已候半月了。

楚厉王：（高兴地）宝物？寡人最爱玩这个了，快宣此人进宫！

（众宫女退下）

姜仁：（喊）宣卞和进宫！

内侍：（喊）传大王旨，卞和进宫！

卞和：（步履匆匆上，唱）等候半月不招见，盘缠花光好心烦！有心赌气回家转，百里白跑玉未献。左也等，右也盼，让我左右好为难！且喜今日得召见，美玉从此天下传！（对楚王）草民卞和参见大王！（跪下）

楚厉王：平身！有何宝物快快献来！

（卞和双手捧宝玉献与楚厉王，楚厉王接过看，片刻，气愤地扔在地上）

楚厉王：我当是何宝玉！原来是块烂石！

卞和：（小心翼翼地捡起来）大王，这不是烂石，真是宝玉！

楚厉王：（恼）大胆！何处刁民，竟敢以石充玉，欺骗寡人！

卞和：（跪）草民不敢！

楚厉王：（冷笑）不敢？你以石充玉，是为了求赏吧？

卞和：（站起，义正词严地）不，小人献璧，一来为此璧枉被世间蒙蔽多年，请大王昭示天下，还其本来面目。二来为我楚国争光，显我“南蛮”竟有此异宝！三来请玉工雕琢，除瑕去垢，使之光彩照人！草民毫无求赏之意！

楚厉王：好张巧嘴！竟敢欺骗寡人，嘲笑寡人无知！不求赏？你不求赏，我也要“赏”你——赏你“回老家”！来人，推出去斩了！

（卫士上，拉卞和，卞和昂首哈哈大笑，面无惧色）

楚厉王：你死在眼前还笑什么？

卞和：（唱）好笑楚王枉长眼，有眼无珠真可怜！难怪荆楚多灾难，昏君执政是当然！

楚厉王：刁民！你胆大包天！竟敢以下犯上！推出去，杀了！

姜仁：（拦住卫士，然后跪下）大王息怒！卞和乃村野匹夫，未见过世面，大王何必与之计较？臣观此人朴实、正直，不像是行骗之人，既是行骗，为何又不求赏？大王要杀，恐怕要冤枉他了！

楚厉王：（怒气未消）不杀难解我心头之恨！

姜仁：大王要杀他，那就请玉工来验，若果是石，大王再杀不迟！

楚厉王：（勉强地）那就命玉匠来吧！

姜仁：有请玉匠公孙满！

（内侍：公孙满见驾！）

公孙满：（上，唱）大王身边受宠爱，享福全靠吹和拍。但能求得大王乐，甘变叭狗把尾摆！身当玉官十几年，无能照样吃得开。何必操心刻石事？轻轻闲闲乐优哉！（跪）臣公孙满拜见大王！

楚厉王：（着急地）平身！寡人命你验石，你从实讲来！你看它到底是顽石还是宝玉？

公孙满：（接璧在手，唱）看此石有点像玉，又觉得与石一般。不学无术我难断，说错岂不成笑谈？（白）咳，这可让我好为难！唉，就这么办！（接唱）不懂装懂也能断，顺从王意无风险！（察言观色，低声下气地）大王，您看呢？

楚厉王：我看，我看就是块烂石头！

公孙满：大王圣明！看法正与臣同。大王是鉴别宝玉的专家，当然说是什么就是什么，岂能有错？

楚厉王：（高兴地）好！卿言正合孤意！（颇得意地，对姜仁）怎么样？寡人眼力不错吧？此番尚有何说，推出斩首！

卞和：（卫士又欲推卞和，卞和挣脱，唱）卞和虽死不足惜，可惜美玉受蒙蔽！世上再无识璧人，真假颠倒无尽期！

姜仁：（跪）大王，此人并无欺骗大王之心，或许是他孤陋寡闻，不识玉石，还请大王开恩，饶恕他吧！

楚厉王：不行！寡人的话就是法令，有令必行，岂能更改？

姜仁：大王，如今杀死献宝之人，今后谁还敢来献宝呢？恐怕，天下的宝物都要落入别国了！

楚厉王：（一愣）噢，此言有理！然而，寡人金口玉言，岂能反悔？如果寡人说话不算数，岂不遭天下人耻笑？也罢！不杀他？那就削去左足吧！（卫士推卞和出，口呼：得令！）

——幕闭

第三场　残归

前场半年后，景同第一场。

幕启：卞和：（拄着拐杖，行动艰难地上场，唱）叹楚王无知又昏庸，献珍宝无功反加刑。恨真玉无人识（拿出璧），（白）宝玉啊，宝玉，（接唱）何年何月放光明？刖左足，难行动，沦乞丐，讨为生。一路尝尽人生苦，死亡边缘又重生！身虽残，志不改，叹苍天不恤真情。此恨何时了，此愿何日成？唉！家中娇妻眼望穿，怎知万事全变空！大祸临头如何讲？人生变故怎言明？

卞氏：（头蒙毛巾上，见卞和背影，迟疑地）敢问您是……啊！夫君！

卞和：（一惊）夫人是你？家中可好？

卞氏：（唱）你上京城半年整，我在家中苦伶仃。孤身只影无依靠，形影相吊无温情。婴儿生下满两月，至今未见父面容。当你富贵忘了本，真想投河断此生！今朝终于回家转，云散日出满天晴！（猛一下看见卞和的拐杖，又看卞和左脚没了，大哭，唱）何人残忍用酷刑，丈夫受苦妻心痛！（喊）快说呀！

卞和：（叹气）唉，痛不可言，恨难尽言！（唱）献宝不成惹王恼，诬我欺君动重刑。

卞氏：啊！原来是因为那一块烂石头！我早说过，那是顽石，不是祥物，果然如此！（向卞和伸手）顽石何在？

卞和：夫人！（掏出玉石）在这里！

卞氏：（接璧在手）顽石啊，顽石，你害得我夫妻好苦啊！（哭）如今还要这害人之物何用？（扔掉）

卞和：（急忙拾起）哎呀！你怎么这么手重，此乃绝世珍宝，摔坏岂不可惜？

卞乐：（气愤地）啊？你还拿它当珍宝啊？难道砍去左脚不够，你还想连右脚也不要了吗？

卞和：（坚决地）为此珍宝能见天日，我千刀万剐也在所不惜！

卞氏：（无奈地）好固执啊！（质问）你是爱你的夫人，还是爱这块烂石？

卞和：（惊讶地）夫人，怎么突然要这样问？

卞氏：你要爱我，就扔掉这烂石，咱们夫妻风雨同舟，共度饥寒；你要爱烂石，咱俩就各奔前程，从今后各不相干！

卞和：我都爱呀！（唱）夫妻恩爱情意深，鸳鸯成双怎能分？你我终生同甘苦，共育儿女长成人！

卞氏：不行！必须扔掉！这块顽石就是灾难，我一见到它就心惊胆战，你只能选择一个！

卞和：你，你，你难道真要逼我吗？

卞氏：（绝断地）快说！你到底是爱妻子还是爱顽石？

卞和：（迟疑后果断地）也罢！想我已成残废，生活不便，行动困难，终究是个累赘，而你还年轻，我不忍拖累于你……罢，罢，罢，从今以后，你走你的阳关道，我走我的独木桥！

卞氏：（悲伤痛苦地）难道你就真的无情无义吗？

卞和：（哭）我……我这是为你好啊！

卞氏：为我好？就这样一刀两断？好狠心啊！（唱）三年恩情从此断，看他绝情不留恋。往日欢爱如水流，泪流成河何日干！

卞和：夫人！（唱）卞和不是狠心人，难忘夫妻情意深。只因难舍传世宝，不愿让你误终身！

卞氏：夫君，我并非看你残疾，就势将你抛弃，我怎忍心让你一人受苦难？只要你扔掉那块烂石头，也再莫提献宝之事，我夫妻仍可言归于好。

卞和：这……让我扔掉它断断不行！

卞氏：你……

卞执：（上）哥哥！（抱住卞和）献璧致残之事，弟已尽知，那楚厉王真是太残忍了！小弟见哥哥受此重刑，满腔愤恨，怒火中烧！大丈夫安能受此屈辱！弟一定替哥哥报仇！

卞和：（急忙拦住）二弟，这可使不得！

卞执：哥哥，我且问你：这（从卞和手中拿过璧）到底是什么？

卞和：我坚信，这是一块世上少有的宝石！

卞执：（高兴地）好，我相信哥哥的话！如今我倒有一个好办法。

卞氏：（惊喜）他叔，你有什么好办法？

卞执：哥哥不是要让宝玉扬名天下吗？

卞氏：是啊！

卞执：楚厉王既然如此昏庸无知，难道宝玉只能献给他不成？

卞氏：你是说……

卞执：天下诸侯几十个，献给哪一个不行呢？听说秦伯就很爱玉器，如能把宝玉献给他，岂不是好？

卞氏：好！可是你哥哥脚残不便，怎能远涉秦国？

卞执：嫂嫂，我愿携璧到秦，如得秦伯欢心，不求重赏，只求借兵，引秦国大兵，踏碎楚国郢都，杀死厉王，以泄我恨！

卞氏：（拍手）好，好，太好了！

卞和：（气恼地）好，好什么？这是卖国，我就是把宝玉砸碎也不能这样做！

卞氏、卞执：（吃惊地）啊？

卞执：国王这样昏庸，我不想再在楚国待下去了！

卞氏：你想到哪去？

卞执：到秦国去，搬救兵！

卞氏、卞和：（吃惊）啊！

——幕闭

第四场　镜破

前场八年后，卞和家。

幕启：卞和在桌前往竹简上抄字，八岁的儿子真玉立侧。

真玉：爸爸！这些书抄完了，得了钱就可以吃白米饭了吧？那些糠饭，我一点也不想吃了！

卞和：（苦笑）将来日子会好的！爸爸要做一顿白米饭，只让你一个人吃。

真玉：不，不，我要爸爸、妈妈和我一块吃！

卞和：好，一块吃！

真玉：爸爸，妈妈怎么还不回来？

卞和：妈妈在给人做工，到很晚才能回来。

真玉：爸爸，后天是我的八岁生日，您答应给我添一身新衣的。

卞和：真玉，家里生活全靠你妈一个人，吃了上顿缺下顿，哪有钱给你添新衣？等你十周岁时，再给你做新衣。

真玉：爸爸，咱家为什么总是穷呀？

卞和：真玉，爸爸是个残废呀！

真玉：爸爸，你是怎样残废的，为什么总不肯告诉我？

卞和：小孩子家，不要什么都问！

真玉：（故意地）你不说我也知道！

卞和：（吃惊地）你知道什么？

真玉：（认真地）一定是你犯了罪，才被楚王砍去了左脚！

卞和：（气恼地）我犯了罪？（自语）我犯了什么罪？（对真玉）你这话听谁说的？是不是听你妈说的？

真玉：不是，还有，我还发现了一个秘密！

卞和：（更吃惊）你又发现了什么？

真玉：（摸爸爸的腰兜，拉出一个布包）这是什么？这么重，为什么总带在身边，寸步不离？

卞和：你想知道包里装的是什么吗？（拿出玉石）

真玉：（接过看）噢，一块烂石头，有什么稀罕的？

卞和：你懂什么？这是宝玉！世上再也难找的。

真玉：（伸伸舌头，做个鬼脸）爸爸干吗要生气啊？

卞和：真玉，爸爸就是为献它，才被楚王刖去左脚的，爸爸如果死了，你要接着把它献出去，但绝不能献给外国人。你一定要让世人知道，这是块真宝，爸爸也绝不是贪财、行骗的人！记住了？

真玉：（点头）记住了！

张氏（上）：啊，卞和大哥，大喜！

卞和：什么喜？我还会有什么喜事！

张氏：听说楚厉王死了，现在楚武王继位。无道昏君死了，黎民百姓无不拍手称快！

卞和：好，太好了！

真玉：爸爸，老王死了，新王即位，这宝玉不是可以再献出去了吗？

卞和：（异常高兴地）好孩子！你真聪明，爸爸正是这样想的呀！

卞氏：（上，接话）你是怎么想的呀？是不是还想再献那块烂石头呀？（断然地）把它给我！我看你是没吃够一只脚的苦哇！大概右脚也发痒了吧？

卞和：（握紧宝玉）不，我不能给你！我还要再献上去！

卞氏：你居然还抱幻想！难道新国王就不昏庸了吗？

卞和：我不信他们都昏庸，总有识货的人！

卞氏：我看你就不识货！老实说，我根本就不相信它是块玉！（抢）我今天非把它砸碎不可！

卞和：你敢砸，我就跟你拼命。

卞氏：（唱）一意孤行不听劝，执迷不悟死心眼。（叫）你，你，（唱）你若再敢冒风险，全家遭殃祸难免！

卞和：（唱）坚持真理志不变，自信辨玉有慧眼。（叫）你，你，

（唱）你不知真伪吓破胆，快快放手莫阻拦。

卞氏：（唱）再献必无好结果。

卞和：（唱）千难万险抛一边！

卞氏：（唱）一人犯罪累全家。

卞和：（唱）怕受拖累躲一边！

二人争夺起来，张氏解劝，真玉急得直哭，跑下。

卞氏：（放手）好！我不跟你抢了！可惜我一片好心对待你！八年前你脚残之后，我父劝我离婚，为我选好新婿，是我念你身残无靠，死也不肯，八年来我含辛茹苦，忍饥受寒照顾你，想不到，你如今这样对待我！要想和你断绝关系，我早就断了！为何要等到此时？好，你既然把我们感情如此看轻，而对那块石头那般看重，我们也就无法再在一起生活了！你献你的宝去，我过我的苦日子，从此天各一方，井水不犯河水。若得富贵，你一人享；若受灾难，你一人担！

卞和：夫人！我求你！不要这样……

卞氏：你如此绝情，我也没办法了！

张氏：大嫂，你不能扔下大哥！

卞氏：不是我扔下他不管，而是他抛开我不顾！

卞执（盛装上）：哥哥，嫂子，你们好！

卞和：二弟，你怎么回来了？

卞执：哥哥！（唱）弟在秦国受重用，八年官阶步步升。来接兄嫂同富贵，璧献秦国建大功。

卞和：原来如此！（唱）纵使位高权势重，叛国身价鸿毛轻。此般富贵真下贱，志士羞煞无地容！

卞执：（唱）弟弟好心兄不解，人各有志难求同。我行我素我心定，弃暗投明建新功！

卞和：二弟，事已至此，我说你也无用，说什么你也不听。如今厉王已死，武王即位，我欲再献璧，可是我行动不便，你能送我到郢都吗？

卞执：这个？（犹豫地）弟可办到！只是马上就要行动，我必须尽快返回秦国。但愿武王不会像厉王那样昏庸！（忽然想起）你走了，嫂子怎么办？

卞和：嫂子？你嫂子要和我分开了！

卞执：嫂子，这是真的吗？

卞氏：不是我要和你哥哥分开，而是你哥哥要和我分开。

卞执：哥哥，嫂子，你们同甘苦共患难这么多年，怎忍心分离？

真玉（上）：妈妈，我也要跟爸爸一块献宝去！

卞和：不，真玉，你还是跟你妈在一起吧。爸爸此去，生死未知。

真玉：爸爸，我不让你走，你要和妈妈在一块！（又拉卞氏）妈妈，你不能和爸爸分开！（哭）

卞氏：（也哭）真玉，别哭！（全家哭成一片）

——幕落

第五场 再献

前场十天后，楚王宫内。

幕启：楚武王端坐正中，姜仁跪倒于地。

姜仁：禀告大王，今有荆山卞和奉宝候见！

楚武王：卞和？莫不是以石充玉欺骗先王，被先王刖去左足的那个卞和？

姜仁：正是此人。不知此番献何宝，是否宣他进宫？

楚武王：寡人要认一认这个卞和，却看他献何宝物？

姜仁：传！宣卞和入宫！（金鼓声中，卞和拄拐上，跪倒，目视姜仁）

卞和：草民卞和有珍宝来献！（姜仁接璧递与楚王）

楚武王：平身！什么珍宝？莫不是你献与先王的那块吗？

卞和：正是（站起），这是天下无双的宝物。

楚武王：（怒）大胆卞和！你先用此石欺骗先王，今日为何又来蒙蔽寡人？

卞和：大王，先王武断，误听谗言，不容臣言，也未请真正懂行的名家判断，致使此宝蒙尘多年，听说大王英明，草民才再献此宝。

楚武王：什么看我英明，分明是看我年幼，再番行骗，当寡人不知吗？大胆刁民，今日竟敢在王宫辱骂先王，真是罪该万死！

卞和：草民不敢，草民献此璧并无半点欺诈之心，更无求赏之念！

楚武王：巧言令色。寡人难信！

姜仁：现有玉匠在此，何不请来一验？

楚武王：寡人洞若观火，明察秋毫，岂容刁民欺骗？

姜仁：不过，不请玉匠，无以服人。

楚武王：既如此，请玉工验看，若果是玉，寡人赦之无罪，若是石，寡人当刖去其右脚！（姜仁下，片刻，公孙满，王辉随姜仁上）

公孙满、王辉：（跪）臣公孙满，王辉拜见大王！

楚武王：免！（二人起）公孙大夫，你看此是何物？

公孙满：（接璧看，愣）又是那块顽石！（看卞和）是你？怎么你又来了？

公孙满：（唱）见此人见此石我内心发慌。

卞和：（唱）见奸贼见此景我怒火满腔。

王辉：（唱）看此璧让我心头甚喜。（接璧）

公孙满：（唱）几年前我一言断送他健康。

卞和：（唱）此鼠辈滥竽充数丧尽天良。

王辉：（唱）真美玉堪称珍宝举世无双！

公孙满：（唱）不管真假我绝不反口。

卞和：（唱）看起来此番还是夙愿难偿。

王辉：（唱）没有慧眼就难辨真相。

公孙满：（唱）没有本事我也能混时光。

卞和：（唱）恨奸臣黑手遮天没指望，

王辉：（唱）楚国有此宝我脸上有光！

公孙满：（想先声夺人）大王，此石先朝臣已看过，并非良玉，实是顽石。

王辉：（不满地）公孙大人，您太轻率了！

公孙满：王辉，你年纪尚小，不知世事。

王辉：说我不懂世事倒也罢了，但我却懂这玉工之事，我自幼曾投名师，求学雕玉之技，真玉假玉，我自有判断。

公孙满：（怒）你识得什么？难道我不如你？我胡须比你头发都长！

王辉：多活几年何足自炫？如此压制别人岂非蛮横？

公孙满：你胎毛未退，怎敢藐视前辈！

姜仁：公孙大夫！你也太武断了，前番你妄下结论，致使卞和失去左足；此次又只凭嘴说，妄语害人，请问，你有何根据？

公孙满：有何根据？我的话就是根据！我当玉工的几十年资历就是根据；姜大夫，你身为朝廷重臣，不维护国王威信，难道还要拆国王的台吗？难道你是想说先王错了吗？你是要诽谤先王无知吗？你辜负了先王对你的信任！

姜仁：岂有此理！（对楚王）大王，您看这……（气下）

王辉：空口无凭，实测有据。我看剖开此璧，是石是玉就不言自明了！

楚武王：（不耐烦地）剖什么？你懂什么？还不退下！

王辉：（欲辩）大王……

楚武王：（怒）退下！今后再言此石为玉者，腰斩！

（王辉将璧交与卞和，怏怏不快下）

楚武王：公孙大夫，你说，到底是石是玉？若有半句谎言，寡人定不轻饶！

卞和：请大王剖开验看，若果是石，小人甘受刑法。

楚武王：谁来问你？刁民安敢多言！我相信眼力，何用剖开？多此一举！公孙大人，你说！

公孙满：（跪）大王！这是一块毫无价值的顽石，根本无须大王费心！臣若虚言，皇天不佑！

楚武王：大夫请起！（对卞和）你还有何话可说？

卞和：（昂首）你根本就不让我说话，不听我说话，我与你们也无话可说！你们有眼无珠，可叹，可怜！从今以后，我再也不会向你们来献玉来了！

楚武王：（得意地）你觉得再也骗不了我们了吧？推下去就刑！号令天下，今后有谁再敢欺骗寡人，以此为例！

公孙满：（兴高采烈地）大王英明啊！

楚武王：哈，哈，哈！（卞和被卫士推下）

第六场　求璧

三十年后，卞和村庄，景物变化较大。

幕启：白发苍苍的卞和正抱璧哭泣。

张氏：（上，见状）卞和大哥，武王一死，国内无人悲伤，怎么只有你垂泪不已？（卞和不语）难道不是他砍去你的右脚吗？难道你忘记那些深仇大恨了吗？如今武王死了，你应该高兴啊，为何反倒悲哀？（停了一会，卞和仍不语）你已经哭了十几天了，四五天没吃一点东西了，古稀之人怎能受此摧残？啊！你的泪哭干了，血都流出来了！你这样悲伤，我真搞不懂，到底是为什么？

卞和：（半晌，止泪）张家妹妹，我家真玉若活着的话，今年该有三十八岁了吧？

张氏：是了，三十八岁了！啊，你原来是在想想念妻儿啊！自从那一年你们分离，已经三十年了！不知他们流落何方，是否还在人世？

卞和：（无限感慨地）唉，三十八年了！真玉，就是在我头一次献璧那一年生的！可是，三十八年了，“真玉”，你还埋没在世间！除了我一个人，无人承认它，无人珍重它，无人喜爱它！

张氏：（恍悟）啊！你哭的还是那块石头，不是为了妻儿啊！你的双脚都被砍掉了，难道你还不死心吗？

卞和：是的！我的愿望还没变。也绝不会变！

张氏：难道这些年的苦，你还没吃够吗？难道你还想再去献吗？

卞和：唉，要让人接受真相，让人认清一个人，怎么就这么难呢？

张氏：到了这个时候，你还图什么？难道你还想求赏吗？

卞和：我并不是想求赏！我已年近七旬，将不久于人世，求赏还有什么用呢？我还能享受几天啊！若仅仅为自己，我也不至于到这步田地！

张氏：（不解）那又为何？

卞和：我所恨的，本来是良玉，却硬说是顽石；本来是正直无私的人，却硬说是贪财行骗！是非颠倒，黑白混淆竟到了何种程度！这样长时间，我都无法辩白，没有机会说明。真玉白白受诬蔑，贞士白白受侮辱。可悲啊，可悲！

张氏：原来如此！我懂了。

卞和：如果我不能亲眼看见此玉为世人珍重，只好含恨而死了！我毕生的心血，也就付诸东流了！

张氏：不知刚即位的楚文王是否也同厉王、武王一样武断、昏庸？

卞和：那些养尊处优的人，有几个不昏庸呢？能耐心地听百姓说话的，就算是好的了！咳，可惜呀，可惜，如今我就是想再献，也无法行走了！（大哭）

张氏：大哥，保重身体要紧，像你这么大年龄，何必自寻苦恼？走吧，到我家去吃点东西！

卞和：这些年，你的帮助，我都历历在目啊！

（张氏把卞和扶上小车，下。王辉与姜仁上。）

姜仁：（唱）听人传卞和抱璧哭不已，几日夜泪水流干血相继。大王感动心又疑，特派我索璧接人京城去。

王辉：（唱）告奋勇自请同来鉴真玉，前一番奸臣当道难进语。人微言轻难申辩，仗权势谎言成真理！

姜仁：王辉，咱们已到荆山，且让车马停下，咱二人进庄找寻。（张氏上）

王辉：老人家，请问卞和家居何处？

张氏：就在此地，请问，您二位是……

王辉：我们是朝廷命官，来接卞和。

张氏：接他何事？

姜仁：文王要看他的宝石，这……

张氏：（高兴地）这太好了！他连续多日悲痛欲绝，正为此事。怎么，连新即位的大王都知道了？

王辉：请问您是他何人？

张氏：我们是多年的乡亲。

姜仁：烦请带我们找一下（张氏下）

姜仁：可算找到了！

王辉：又要和真玉见面了！（张氏推小车上，卞和坐于车中）

王辉：（高兴上前）您老人家还认识我吗？（卞和注视，摇头）

姜仁：兄弟，你还记得我吗？（卞和又摇头）我就是在楚王面前，几次保你的那个人哪！可我既没有保住你的脚，又没保住你的玉。我，真无能啊！

王辉：老伯伯，我就是你第二次献璧时的那个小玉工呀！当时，我虽然认出了那是块真玉，但因我是个无名小辈，在武王面前说不上话，还是让那块玉埋没了三十年，我真无能、真惭愧呀！

卞和：原来是您二位！你们怎么远途跋涉来到这里？

姜仁：新即位的大王，听说你怀抱玉石痛哭几日几夜，非常感动，特让我与王辉来接你去郢都。

卞和：谢谢！可惜我没有双脚，不能去了！

姜仁：尽管放心，我们有车，可以坐车前往。

王辉：您跟家里人告别一声，我们就上路吧！

卞和：家里人？（沉痛地）我家里已经没有人了！

姜仁：怎么回事？原来你一直是一个人生活？

张氏：唉，说来话长了！三十年前，他妻子因不满他一再献璧，就和他分离了，还带走了唯一的儿子，至今下落不明，杳无音信！

王辉：卞伯伯，您为此宝弄得家破人亡，身残体废，这牺牲太大了！

姜仁：可是，这么多年，一个人如何生活？

张氏：亏他写一手好字，给人抄书，又靠手艺做点零工，才勉强生活。

姜仁：真不易呀！

卞和：多亏张氏像亲妹妹一样照顾我，不然，我可能早就不在人世了！

王辉：多谢您了，老人家！（掏银子给张氏）

——幕闭

第七场　正名

一天以后，楚王宫内。

幕启：文王端坐，文武大臣列于两旁，年迈的公孙满也在列。

王辉：（上）启禀大王，卞和与璧全部接到！

楚文王：好！王辉，寡人命你检玉！此番一定要慎重，不可一看了之，妄下结论。要剖开验看，循名责实！

王辉：是，大王英明！

公孙满：大王，此石我已检过两次，决无差错，何必多此一举？

文王：（恼怒地）住口！休得多言！王辉，寡人将重任交付与你，若玩忽职守，当心头颅！

王辉：是！（下）

楚文王：公孙满，先朝不曾亏待过你，你为何不忠心耿耿？闹得满朝皆骂？

公孙满：大王，我公孙满已是三朝元老，辅佐先王，治理国家，劳苦功高，你不尊重便罢，为何如此不信任我？

楚文王：你自己知道！自我即位，已有多人奏本弹劾你，寡人正在核实。

公孙满：（不满地）你要卸磨杀驴了。

楚文王：等检过玉石再与你分说！

王辉：（上，唱）光芒四射真奇宝，空前绝后天下少。王辉竖起大拇指，卞和慧眼能识宝！

（跪）禀大王，玉石剖开，经雕琢，去杂质，确是珍宝！

楚文王：好啊！快，献上！（王辉奉上宝玉，文王接过）

楚文王：（看）好啊，太好了！想不到我楚国竟有此奇宝！

众大臣：（跪）贺喜大王！

楚文王：此非寡人一人之喜，是全楚国之喜！王辉，你且说说，为何卞和两番献璧不成，致使真宝埋没了四十年？

王辉：先王只相信自己，不相信事实，岂有不错之理？如果那时的玉工没有任何偏见，也不满足于肉眼草草一看，而是剖开仔细验看、细心雕琢，那么，这个宝玉早就为天下所知了！卞和也不会两番受刑了！

楚文王：言之有理！各位听着：今后但凡辨别事的对与错，物的真与假，都不要以何人的话做根据，更不要草草了事，要认真考查，不能武断！

众大臣：大王英明！

王辉：大王，卞和为此家破人亡，身残体废，实属不易。其情可嘉，其功可赏。

楚文王：好，请卞和进宫！（门官：有请卞和！）

卞和：（上，于车中施礼）草民卞和拜见大王！

楚文王：免！卞和，你先受寡人一拜！（施礼）

卞和：（慌）大王，折煞草民了！

楚文王：卞和，你为献宝枉被砍去两只脚，蒙受奇耻大冤，此皆先王武断之过。寡人代先王向你请罪！并布告天下，为你恢复名誉！

卞和：不敢，不敢！小人感恩不尽！

楚文王：卞和，你献的宝，壮我楚国声威，为我楚国争光！想你双足全无，身残而守志不移，家破而信念不变，此等精神，何其崇高！

姜仁：卞和立此大功，大王理应厚封！

众大臣：请封卞和！

楚文王：（高兴地）好！寡人封你为终身大夫！赐黄金三千两、玉帛二十四，车马三十辆！

卞和：谢大王恩典！不过，大王所封的，草民一概不受！

众大臣：（意外地）这是为什么？

公孙满：这些你就是几辈子也用不完哪！

楚文王：难道你是嫌少吗？

卞和：不，您封的已经多得不能再多了。

楚文王：（惊奇）那是为什么？难道你不是为了求赏吗？

卞和：大王！（唱）卞和不是势利人，岂用双脚买赏金？含辛茹苦几十年，怎为奖赏苦终身？

楚文王：卞和，寡人是一片好心啊！

卞和：大王，您一片好心，草民理解。请您想想，难道我卞和抛妻舍子，断足残身，是为了讨赏金吗？

一大臣：是啊，这样做未免太愚蠢了。

卞和：我如受赏，就会留下个追名逐利的臭名，原来的洁白就污浊了！我也会受后世耻笑！

众大臣：这让人太难以理解了！

王辉：他的心情我最能理解！大王，臣相信，他是不会受封的。臣也明白，他为什么不受封。

楚文王：既如此，罢了！（转头看见公孙满）公孙满，你还有何说？

公孙满：（跪）臣有罪，请大王饶恕！看在我三朝元老的份上，宽恕我吧！

楚文王：三朝元老？不提三朝元老，我倒不气，一提三朝元老，不由我怒火满腔！你整整害了三朝！我能宽恕你吗？从此以后，削职为民，永不录用！滚！

（公孙满爬起窜下）

众大臣：大王英明！

楚文王：卞和，所封之物，你全不受，让寡人心不安哪！好吧，为了纪念你，就将这块玉命名为“和氏璧”，让天下人，让千秋万代都记住你的名字！让你的事迹流传千古！

幕落·剧终

（根据《韩非子·和氏》改编，初稿作于1979年10月29日）

从现在开始

（电影文学剧本）

北方某市，机械制造厂大门口。

锣鼓喧天，人声鼎沸。几个胸戴红花、身背行李的男女青年，走出大门。

人们兴高采烈地与他们告别。年轻英俊的方刚握住一个戴红花的青年的手：“真羡慕你们啊！可惜我被耽误了！”戴红花的青年：“相信明年你也能跨入大学生的行列！”崔大志插了进来：“我崔大志不是夸口，两年以后一定要考上研究生！决不能庸庸碌碌地活在世上！”另一青年：“好，崔大志，你真有大志！希望你早日把理想变成现实！”崔大志一拍胸脯：“那当然。”

人群外面，几个姑娘在叹息。刘娟：“唉，咱这一辈子算完了！”

女青年甲：“完？不！各人干个人的，他们上他们的大学吧，有苦等着他们呢！我们来个大吃、大穿、大享受！人生不就是几十年吗？”

女青年乙：“对，人生一世，吃穿二字！什么也没这个实惠！”

女青年乙拉住刘娟，女青年甲拉住于美秋：“走，于美秋，刘娟，咱们上街买衣服去！”于美秋抽出手：“我不去。”刘娟也抽出手：“我也不去。”女青年甲：“不去？那你们想干啥？”“我们想看一会书。”女青年甲：“看书？那有啥意思？太枯燥了！”于美秋看着她们的背影摇头。

戴红花青年握住方威的手：“方副主任，再见了！希望咱们厂早点改变面貌啊！”

方威满腹心事地：“不易啊。”于信正出现在人群中，有人发现了他。

一老工人上前一把握住他的手："老于，你可回来了！"群众七嘴八舌地："于厂长！""于厂长！"一中年女工："政策落实了？冤案平反了？"于信正微笑着点头。老工人："老于，你的工作安排了吗？"于正笑着挥挥手："回厂！还是老差使！"老工人惊喜地："好，官复原职了！工人们都就盼你回来呀！"

于开激动地上前："爸爸！"政工科长挤出人群，来到方威面前，神秘地："方副主任，你知道了吗？老厂长回来了！"方威沉思地："他回来？是调回来的吗？"政工科长心事重重地："是的，官复原职。他该不会记仇吧？"方威显出复杂的表情。

于信正激动地望着人群。心声："继往开来的新时期开始了！"

街上，车辆络绎不绝，川流不息。一队队学生唱着高昂的歌曲在前进。打着"新长征突击队"旗帜的队伍在前进。内燃机车在原野上飞奔。草原上，马群在奔驰。天空中，一架架飞机穿过云霄。

随着以上镜头的变换，推出片名：**"从现在开始"**。

夜，男职工宿舍，方刚、崔大志等几个青年正热烈议论。

方刚："今后，都要凭本事吃饭！靠耍嘴皮子的再也混不下去了！"

崔大志："要是再从工农兵里推荐大学生，今天走的那几个人，哪个也上不了大学！"青年甲懊丧地："我们这代人，算是被彻底耽误了！"方刚："被耽误的，岂止是一代？那是几代人啊！"

另一男青年宿舍，于开与李少江等几个青年打着扑克。李少江吸了一口烟："于开，你爸爸官复原职了！我爸爸的问题也快解决了！咱们哥们受气的日子过去了！"于开往嘴里放了一块奶糖："是啊，是咱们出气的时候了！"

女青年宿舍。于美秋在织毛衣，刘娟在旁指点着。女青年甲、乙在熟练地用扑克算命。女青年甲拉着刘娟的手："刘娟，你呀，能发财，恋爱也美满，就是常犯小人！"刘娟弄乱了扑克牌："我才不信呢！"女青年甲又熟练地重新摆起牌："美秋，你命运好……"于美秋头也不抬："好啥？受了十几年气！"女青年甲："如今，你爸爸官复原职了！"

方威家，方威正收拾桌上的书籍、稿纸。方妻意外地："怎么，今天不熬夜了？这可打破了你四五年的习惯了。"方威不语，依旧收拾书。方妻：

“老厂长回来，你知道不？”方威往床上一躺，心事重重地：“形势对我越来越不利了。怕就怕他回来，偏偏他就回来了！”方妻：“你干吗那么怕一个老头子！”方威：“咳……”（化入）“文革”中，批斗于信正的大会正在进行着。方威精神抖擞地走进会场，跨上斗争台。政工科长：“方主任，你来得正好！”方威看了弯腰低头的于信正一眼：“交代得怎样？”政工科长：“很顽固，拒不认罪！”方威：“看来，他还没有尝到无产阶级专权的威力！”方刚（少年）闻言，走上台，把于信正扶在膝盖上的双手踢开，于信正险些跌倒。方刚狠狠地踢他：“我让你装蒜，我让你装蒜！”方威领头高呼：“加强无产阶级专政！”群众跟着齐呼。方威一把拉起于信正的衣领：“你这叛徒、内奸，竟混到无产阶级阵营里来。老实交代你的罪行！”于信正声音不高但却铿锵有力：“工作中的缺点错误可以交代，我已经做了交代。但我不是叛徒，没什么好交代的！”方刚呼口号：“蒙混过关死路一条！”群众齐呼：“蒙混过关死路一条！”于信正：“说我是叛徒，有什么证据？”方威双手叉腰：“证据？上边有证据！你竟敢负隅顽抗！”方威左右开弓。于信正的嘴角流出殷红的鲜血。方威仍不放松：“说！你是怎样出卖同志的？”

（化出）方威：“咳，当时我真相不明，被别人当枪使了！”方妻：“都是这场‘文化大革命’搞的！这回回来，他不会报复我们吧？”方威：“这么大的仇，他能忘吗！”方妻：“账应该记在‘四人帮’身上啊。于厂长要是那样也太没觉悟了！”

方威：“想报复，还用他亲自出马吗？”

青年宿舍。方刚：“光怨恨有什么用？过去虚度了光阴，留作了今日的悔恨，难道还能继续虚度光阴，永远不停地悔恨下去吗？”崔大志：“是啊！”方刚：“要奋斗，就必须从现在开始！”方刚起身去找书。崔大志一把拦住他：“咳，看你急的？明天再学也不迟！”方刚：“不，不能拖。”青年甲：“方刚，你说咱们该怎样学？”方刚：“我看不一定只有上大学才能成才，自学照样可以成才。自学一定要结合实际，咱们厂生产工艺很落后，我看咱们就从改进技术学起吧！，不能上大学，在工厂里当个技术骨干也行啊。”青年甲：“好！”崔大志不以为然地摇摇头，想说什么又没有说。

另一青年宿舍。于开等几个人喝得醉醺醺的。于开一拍李少江的肩膀，口齿不清地："哥们你说得对，是骡子是马，拉出来溜溜！"李少江满意地点点头："一言为定。"

女青年宿舍门外，深夜。崔大志轻轻敲门，小声地："刘娟，刘娟。"宿舍内。于美秋："是谁？"刘娟没好气地："能有谁？崔大志呗。"刘娟慢腾腾地出门，冷冷地："这么晚了，你来干什么？"崔大志忐忑不安地："我给你的信都看过了？"刘娟从衣袋里掏出已揉烂的信纸："对不起，没工夫看。"崔大志不接："你还是看看吧！这是我一颗火热的心啊！"刘娟无动于衷地："对不起，咱配不上你呀！你是了不起的人嘛！"说罢关门进屋。崔大志拿着揉乱的信，愣愣地站立："配不上？"

于信正家，深夜，墙上的挂钟打十一点。桌上放着用碗扣着的饭菜。纪英（于信正之妻）："唉，这死老头子，跑哪去了？"老工人家。于信正与老工人促膝交谈。于信正端起一杯茶："……这么说，方威没有跟'四人帮'黑线跑？"老工人："是啊，有一回……"（化入）一辆小轿车在公路上飞驰着，车里坐着戴墨镜的工作组组长和两个成员。工厂大门口，轿车停下来，工作组组长等人下车，四处查看，只见工人们都在车间里紧张而有秩序地劳动，再扫视墙上，连一条标语也没有。工作组组长面色难看地朝厂主任办公室走去。厂主任办公室。工作组组长拉着官腔："方副主任，外面反击右倾翻案风的浪潮一浪高过一浪，为什么你这里冷冷清清？你看，连一条标语都不贴，这成什么样子！揭批会开过几次了？生产停下来没有？要让工人阶级坐下来参加斗争嘛！不要再为错误路线生产了！"方威冷静地："我对这场斗争认识不足，工人们也不感兴趣。"工作组组长气愤地一拍桌子："这么说，揭批会你一次也没开！"方威坦然地点头。工作组组长："要赶快布置！"抬头看见墙上"百年大计质量第一"的标语，更为生气："这种提法不妥呀！应该说百年大计，反修防修第一！"方威："不，我不同意你的说法。难道工厂总出废品就能反修防修？"工作组组长忍住气恼，故作耐心地："同志，你这种情绪很危险啊！请你不要忘记，你是'文化大革命'中'杀'出来的干部，你应该坚持毛主席的革命路线，捍卫'文化大革命'的成果！"方威针锋相对："正因为要坚持毛主席的革命路线，我才这样做！"工作组组长暴跳如雷："我要向上级告你！"方威毫不示弱："告吧！告诉你，这种对不起良心、对不起人民的干部，我早就不想当了！"工作组组长："我听说了，你在走白专道路！"公路上，小轿车顺着原路飞驰。车内，工作组组长："看来，无产阶级阵营也会分化的！新干部中有不少靠不住啊！"一组员："也难怪，他是'臭老九'出身嘛！"（化出）于信正："后来怎么样？"老工人："后来，风言风语说要把方威送学习班，又听说上面有人反对。结果没过多久，'四人帮'就倒台了！"于信正："这么说，方威是个好干部哇！那么，厂里连年亏损，工人们干活没劲，又是啥原因呢？"老工人："唉，干部闹矛盾，工人不团结……"

于信正家，纪英已经躺在床上睡着了。于信正悄悄推门进来，纪英睁了一下眼，又装睡闭上了。于信正来到床边。轻声地："纪英，你睡着了？盖好被子。"纪英不动。忽然猛地坐起，于信正吓得后退一步。

纪英满脸怒气："你还回来干什么？"于信正抱歉地笑笑："刚回来，在厂里各处转了转。"纪英："你心里就没有这个家！饭菜给你热了几次，左等右盼，你也不回来！"说罢端起桌上的菜。于信正赔着笑："不用了，我在集体食堂吃了。职工们对食堂意见很大，我下去一了解，发现不少问题，这下可好了，这些问题很快都能解决！"纪英不感兴趣地打断话头："我的工作解决了没有？"

于信正："你呀，当材料科副科长！"纪英不满地："副科长？不行！我从前当的是正科长，现在倒成了副科长！啊，就这么落实政策呀！受了这么多年冤屈，不但没升，反而还降了！不，副科长我不干！"于信正面孔变得十分严肃："不干？局长官大，我看你干不了！不嫌自己水平低，倒嫌自己官小！不感谢党的恩情，倒向党要官要权！你还像个党员的样子吗？"纪英避开于信正炯炯的目光："咱先不谈这个，我问你，全厂为我们平反昭雪，恢复名誉的大会什么时候开？"于信正干脆地："不开了！"纪英吃惊地："不开了？这是谁的决定？"于信正："我！"纪英眼里溢满泪水："你？是你？！你为什么要这样决定？你忘了全家受的冤屈了吗？你真是好了疮疤忘了疼，只配永远住牛棚！"于信正在屋内踱着步，然后站在张志新的画像前，半晌才说："过去蒙受不白之冤的是我们一家吗？全国有千千万万啊！如果谁都像你这样耿耿于怀、哭天抹泪，那还怎么搞四化？要向前看嘛！不忘过去，不忘什么？是不忘过去的经验教训，不是不忘自己的委屈！更不要像记住自己的功劳一样记住自己的委屈，并把它当作今天向党讨价还价的资本！”纪英：“你少来这一套！”于信正缓和了一下语气：“你想，生产任务这么紧，哪能停下来开什么平反大会？”纪英退步了：“只要半天就够了！”于信正：“半天？半天也不行！那也要耽误十万元的产值呢！给我们平反的事，上级有文件，就行了！”纪英：“不行。过去是大会上挨批的，现在就要在大会上平反。”于信正气恼地：“你太自私了！”纪英十分委屈地：“啊？我自私？真想不到，过去受苦受难时，咱们没有分歧；现在平反了，矛盾却来了！”于信正语重心长地：“那是因为你跟不上形势了！纪英啊，我的老伙伴。过去，你是老低头，现在你是老回头。还是抬起头来，向前看吧！”

清晨，大街上各种车辆川流不息。于信正骑自行车上班。不时地和人们打着招呼。

厂长办公室里。于信正放下手提包：“怎么，方副厂长还没来？”政工科长：“刚才他爱人来请假，说方副厂长病了。”于信正皱了一下眉头：“病了？我去看看。”

工厂大门口。方刚拿一本书走来。边走边看。于开和胖子李玉江迎面走过来。方刚与于开几乎相撞，方刚左脚踩在了于开脚上。方刚一愣：“对不起！”于开狞笑着：“哼！”

工人宿舍。方刚收起书，练了几下拳，动作熟练。一工人：“方刚，有两下子！”方刚笑：“防身嘛！”

车间里，于开正拿着一副沾满油污的新手套发火：“你们看见谁用了我这双新手套？”一女工：“方刚用了。”于开：“啊，又是他！”正在这时，方刚走了进来。于开气势汹汹地迎上：“方刚，你认识我吗？”方刚一愣：“于开，你这是什么意思？”于开双手一叉腰：“认识就好。不过，你认识的是过去软弱可欺的于开，现在，我请你认识一下今天的于开！”方刚吃惊地：“你要干什么？”于开：“你昨天用这双新手套了吗？”方刚看了一下：“用了。怎么？这是我的手套，还是你姐姐给我拿的呢……”

（化入）方刚在车床旁车削零件，于美秋、刘娟站在一旁。方刚忙不迭地：“美秋，去把我的手套拿来！”于美秋答应着到工作台上去找，结果没找到，一看远处一个工作台上放着一副新手套，就拿了过来。于美秋：“给！”方刚戴上手套又忙了起来。一下子沾满油污。

（化出）方刚："我真不知道是你的。对不起。要不，我赔你一副！"于开冷不防一拳打在方刚脸上："我让你狡辩！"又一拳打过去。胖子李少江上前一把抱住方刚，装作拉架："不要动手，不要动手。"方刚一摸脸。沾了一手血，平静地回头对胖子说："请你放开我。我没有要动手的意思！"胖子不撒手。于开趁势冲上前劈头盖脸地打来，方刚并不还手，只是躲着。忽然，身后的胖子一拳将方刚打倒。方刚痛苦地闭上了眼睛。于开冷笑着："小子，你想想从前是怎么对待我的吧！"方刚睁开眼。眼前出现：（叠印）少年方刚给少年于开戴高帽子的场面；少年方刚逼少年于开干活的情景；少年方刚痛打少年于开的情景。

"痛恨！过瘾！""走！"于开和胖子看了方刚一眼，扬长而去。方刚看着于开的背影，眼前又出现上小学时的情景：（化入）少年方刚和少年于开，少年于美秋在一起高兴地荡秋千；少年方刚把自己的一个大饼分成三份，分别递给少年于开、少年于美秋；少年方刚与少年于开戴着红领巾一起上主席台领奖。

（化出）方刚大呼："是谁使我们结下的冤仇啊！"于美秋、刘娟等人跑上前来。于美秋抱起血流满面的方刚："方刚，是怎么回事？"方刚昏过去了。一辆救护车急驰而来。

工厂车间。崔大大等工人在议论。崔大志："这是于开的报复！"青年甲："是啊，于开为什么忽然变得这么凶？还不是仗着他爸爸官复原职了嘛！"

方威家。方威与于信正在谈工作，方威半躺半坐。政工科长跑进来："不好了！于开把方刚打伤了！"于信正急问："人怎么样？"政工科长："人事不省，已送医院了！""真没想到！"于信正飞快跑去。方威看着于信正背影："哼，没想到？！说了一大堆好话，全是假的！"政工科长："这还了得？说不定，哪天打到您头上呢！"方威："受气的日子到了！"起身，掀开被子。政工科长："副厂长，您的病？"方威穿鞋下床："我没病！"

医院病房。方刚躺在病床上看书，观众可看见封面的"机械制图"几个字。于美秋提着水果兜悄悄进来。方刚："你怎么又来了？"于美秋放下水果："好些了吗？"方刚："好多了。我想明天就出院。"于美秋亲切地："你好好养着吧。方刚，你真的不恨我弟弟吗？"方刚一笑："我怎能恨他？咱们都是极左路线的受害者啊！小时候，我和他是多好的朋友，可是，到了‘文化大革命’时……”（化入）少年方刚装大人腔，对一群出身不好和父母有“问题”的学生训着话：“说，你们同不同家庭划清界限？”少年于美秋：“我划！”少年方刚：“好，这才是好样的！”其他同学七嘴八舌：“我也划！”“我也划！”少年方刚一指少年于开：“于开，你呢！”少年于开低声地：“我爸爸是好人。”于美秋向于开使眼色：“你……”少年方刚一挥手：“去，那边去！到毛主席像前低头认罪，不叫你，不许直腰！”（化出）方刚继续说：“过去，是我认识不清；如今是他认识不清。‘四人帮’这些年在人与人之间制造的裂痕已经够深的了，我们怎能在加深它呢？”

方威家。窗户上挂着窗帘，方威正在桌上画着图纸。政工科长推门进来：“副厂长，于厂长召集开会。”方威恋恋不舍地放下笔尺。政工科长：“你这套技术改革方案怎么样了？”方威：“快了。”政工科长：“这可是你三四年的心血呀！”

厂部会议室。厂领导正在开会。会已开了好长时间了。于信正：“……于开的检讨书交上来没有？拿来我看。”政工科长递上检讨书。于信正：“怎么，就这一页？这叫什么？检讨一点也不深刻。拿回去，让他重写！关于医疗费和工资处理问题，你们研究了没有？”政工科长：“还没有，想等您的指示。”于信正微微一笑：“怎么？因为是我的儿子不好处理是吗？这样的胆量还能搞四化大业？我又不是狼，不吃人！”干部们都笑了。政工科长斜眼看了方威一眼，方威面无表情。于信正：“既然大家不说，我说！全部住院费和方刚住院期间的工资从于开的工资里扣除。于开必须在车间做深刻检查！”政工科长：“于厂长，以往医药用费全由厂里出。”于信正：“怎么，由厂里出？今后要破这个例！”一老年干部：“对！是该破！”于信正：“于开打了方刚，不论是作为父亲，还是作为厂长，我都有责任！我今天先向各位做个检讨！今后，不管是老干部，还是新干部，都要加强团结，互相学习，取长补短！谁再计较‘文化大革命’中的个人得失，挑事闹事，就严肃处理，毫不留情！这次会后，各科室、各车间都要发动群众讨论：咱厂落后的原因是什么？造成上上下下不团结的根子是什么？”散会路上。方威与政工科长慢慢走着。政工科长：“于厂长可真会收买人心啊！”

方威冷笑："哼，刘备摔孩子！"

甲车间里，老工人："要说嘛，工人们不团结为啥？都是极左路线和派性斗争搞的！"

乙车间里，也开着同样的讨论会。方威妻："账，应该记在'四人帮'身上！"

丙车间里。于美秋："闹派性，可把我们这一代人害苦了！"

丁车间里。刘娟："现在，全国上下都在一心一意干四化，谁要是再算历史旧账，那就太渺小了！"

于信正家里。于信正教训于开，从屋里的气氛来看，已经说了一会了。于信正在地上踱了几步，然后坐了下来："你好好想想吧！"于开低头不语。于信正忽然大声地："怎么，你还没想通？"于信正又想说什么，崔大志推门进来："于厂长，厂里有急事找你，请你现在就走！"于信正穿上外衣，欲出门又转身："等我回来再说，我的话还没完。"于信正和崔大志出门。于开估计于信正已走远，听不见，用不服的语气："你不用训我！我不迟到，不旷工，月月超额完成生产任务！"于美秋推门于开吓了一跳。于美秋："你在跟谁说话？"于开满不在乎地："我在自言自语，你又去医院了？跑得可真勤哪！"于美秋："你更应该去看看他。"于开冷笑："我？去看他？"于美秋："你把人家打了，人家一点都没怨你，他的头脑比你清醒。"于开："恨我又怎样？现在不是过去了！啊，你是不是很佩服方刚啊？大概你还爱他吧？要不要找个人帮你们穿针引线哪？"于美秋气恼地："你……"跑出屋子。

材料科办公室。于得正："纪英没来？"一干部："来了，说是到局里办事去了。"于信正："办公事，还是办私事？"干部："公事，公事。"

局长办公室。只有局长、纪英两个人。纪英："局长，你看，我这么多困难，您给解决不？"局长十分耐心地："眼下大家都有困难。我们整个国家都有困难，光你一家有困难？咱们共产党人应该为国家分忧，哪能还给国家增加困难？"纪英："那，我的住房应该解决吧？从前我住的是楼房，现在住平房，又矮又小，家里人口多，都住不下。我家老于是死脑瓜。您给写个条子。"局长："几口人啊？"纪英："四口，可孩子大了，要成家。"局长："几间房？"纪英："三间，又矮又小。"

局长："四口人住三间房，这还少吗？我八口人才住三间哪！你去看看工人都住多少房子！纪英啊，还是少想想自己，多想想群众吧！"

清晨，工厂内。一群工人围着刚出院子方刚。崔大志："这么快出院干什么？要是我呀，非睡他半年不可！"青年甲："方刚，我说你也是五尺高的汉子，你就那么熊？白白挨打？"青年乙："方刚，跟他干！难道还受他的气吗？咱哥们帮你！"方刚："不能那样。于开是谁？是我们朝夕相处的工友，我们怎能把拳头伸向自己的工友呢？"崔大志："他可把拳头伸向你了呢！"方刚："那是他的错。我要再那样的，我就是错上加错了！"

局长办公室。方威："局长，我申请调动的报告，您看过了？"局长平静地："看过了。局里不同意你调动，你说，给你往哪调？你在大学不是学机械的吗？一调就用非所学了！你愿意吗？"方威："其实，我……"局长站起身来："小方啊，你是怎么搞的？过去在'四人帮'的重重压力下，你很有魄力，现在搬掉了绊脚石，你怎么反而成了小脚女人了？"方威叹了一口气："地位难处啊！"局长："小方啊，要相信自己的同志！"

厂内的一条林荫路上。于美秋在前面走，于开不情愿地跟在后面。于开不想走了："姐姐，到底什么事呀？"于美秋不露声色地："走吧，到时候你就知道了。"于开只好又起步。前方不远处的墙角，方刚正站着，头上还缠着绷带。于开看见方刚，愣住了："啊！是你？"转身欲走，于美秋一把拉住了他。方刚微笑着："我想跟你好好谈谈。"于开蛮横地："没有什么好谈的。想让我向你赔礼道歉吗？没门！"方刚："我没有那个意思。我是说，咱们应该向前看，别再计较……"于开不耐烦地："少来这一套！我懂你的鬼把戏！"于开一甩手，走了。方刚："我的话还没说完！"于开头也不回："我没工夫听你的废话！"方刚出神地望着于开的背影。

书店。方威抱着四五本厚厚的新书走出来。

于信正家。于信正一个人忙着做饭，他做得很熟练。纪英闷闷不乐地进来，把提包一扔，一屁股坐在沙发上。于信正头也不抬："你怎么这么晚才回来？"纪英："到局里。咳，又白跑一趟，什么事也没闹成。"于信正放下手中的炊具："你就不该去跑。"纪英气得一跃而起："不该去跑，不该去跑！你什么事不干，还在一旁说风凉话！你去问问：家里这些事，谁家不是男人去跑？"于得正："不要跟那些人比！一个共产党员竟跟落后分子比，那还叫什么共产党员？”纪英：“共产党员也不能不顾家啊！”于信正：“厂里的事我都忙不过来……”纪英突然爆发地：“你就知道厂，厂，厂！不怪别人都议论，老于这回上台，比从前更厉害了！连命都不要了！”于信正：“对，这话说对了！”

方威家。夜，方威的办公桌前堆满了稿纸、三角板等。政工科长正和方威小声交谈。政工科长：“咱们这些人越来越倒霉了。听说其他地区的撸的撸，换的换，还有被拘留审查的。说我们是靠打砸抢起家的。唉，说不定啥时向咱们头上开刀呢？”方威：“‘文革’时，我是造了几天反，可没打、砸、抢，也没跟‘四人帮’跑。审查我好了！能把我怎样？”政工科长：“识时务者为俊杰，我看咱们还是急流勇退吧！”方威：“你是说辞职？”政工科长：“对，树大招风。”方威点头。政工科长一指桌上的书稿：“你就更有时间搞这个了！”

厂长办公室。于信正拿着方威的辞职书：“要辞职？这咋行呢？搞四化，主要靠你们年轻人，我们这些老家伙不光精力不行，能力也差，文化水平也低。跟不上形势了！我正想向上级打报告，让你当厂长，我来当助手呢！小方啊，对我有什么意见尽管提，撂挑子可不行啊！”方威：“我水平低。再说在‘文革’中也犯过错误。”于信正哈哈大笑：“谁没犯过错误？就说我吧，过去也没有看清‘四人帮’的真面目，有一个时期还把他们当好人呢。这不也是错误吗？要说思想上，认识上的错误，谁都有！”方威：“过去，我糊里糊涂地批斗过您，今天一想，真是后悔死了。”于信正豁达大度地：“何必再纠缠那些事？同志，要解放思想啊！”

方威默然。于信正像猛然想起了什么：“啊，对了，过几天我要去外地开会，很长时间才能回来。厂里的工作，由你主持。”方威不安地：“厂长，我能力有限……”于信正习惯地一挥手：“咳，年轻人哪来那么多顾虑！”

厂内林荫路。方威骑车自言自语：“我怎能没有顾虑？”路旁，老工人和一中年女工的议论声传了过来。中年女工：“方威搞生产呱呱叫，不能让他下台！”老工人：“是个好苗子！不用这样的用啥样的呢？”中年女工：“听说他正搞什么革新呢！”方威闻言，宽慰地舒展了眉头。崔大志迎面走来：“副厂长，看见刘娟没有？”方威：“啊，刚才还在车间里，找她有事吗？”崔大志不自然地笑笑：“有点事。”方威：“我听说你准备考研究生？年轻人有闯劲啊！”崔大志有些脸红：“那是将来的事。嗯，最近怎么一下班，就看不见你弟弟了？”方威：“我弟弟变了……”（化入）方刚清晨在书店排队买书；方刚边走路边背外语单词；方刚深夜在灯下苦读；方刚向方威请教；方刚与方威一起讨论问题；方刚用凉水冲头；（化出）方威：“他说了，要把被耽误的青春夺回来！”

深夜。街上行人稀少。崔大志与刘娟在散步。崔大志急切地：“刘娟，我把我的心里话都掏给你了。难道你真的无动于衷吗？”刘娟依旧沉默地走着，忽然站住冷笑：“你真的爱我吗？”崔大志眼睛一亮：“我敢对天起誓，若有半点虚假……我，我给你跪下都行！”刘娟：“先不要起誓。我先问你，你爱我什么？”崔大志愣住了。刘娟笑笑：“看，连这个都说不上，还谈什么爱不爱的呢？”崔大志急辩：“我，我爱你的原因很多，我说不完！”刘娟：“那么，你让我爱你什么？”崔大志语塞：“这……”刘娟：“难道你让我爱你的吹牛皮、放空炮吗？”刘娟扭身走了，崔大志傻愣愣地站着。

工厂内小路旁。中午，崔大志等着方刚。崔大志：“方刚，你找我？”方刚：“最近学得怎样？”崔大志：“我现在又不学数学了，正在搞文学创作。我觉得我可以成为一个作家。看吧，我的长篇小说很快就可以问世！”方刚蛮有兴趣地：“我可以拜读吗？”崔大志：“正在构思，还没动笔。”方刚一愣：“还没动笔呀？你准备啥时动笔？”崔大志漫不经心地：“快了。”方刚：“快了？是啊！如果不抓紧时间，进棺材也快了！”崔大志脸一红：“放心，我会实现我的远大理想的！”方刚：“实现理想，要花毕生的心血啊！如果理想只是在脑中想一想，嘴上说一说，那这理想只是空想！空想，有时也会让人激动得不得了，但却没有丝毫作用，你说呢？”崔大志沉思着。方刚从兜里掏出一张纸：“我这有一首诗，送给你看看吧。”崔大志狐疑地接过纸，看了起来。方刚的画外音：“《一对孪生姐妹》：幻想和理想是一对孪生姐妹，但她们都有截然不同的性格。幻想酷爱夸夸其谈的人，理想最爱埋头苦干者。幻想总与空谈的人纠缠，把他的锐气消磨；理想总和实干者同在，并给他力量和收获。也许有人喜爱幻想，因为她的美超过了嫦娥。而且，爱她不需要任何牺牲，吃饱睡足即可……理想的美往往不外露，以致有人把她当丑婆。与她相爱并不容易，她要你把点点心血汇成江河。不做任何牺牲的，当然毫无所得；心血开花的，一定能结出硕果。空对空——空谈者与幻想的‘爱情’；实对实——实干者与理想的赞歌。啊，年轻的朋友，你精力旺盛、朝气蓬勃！请在这一对孪生姐妹中选择吧，你，到底喜爱哪一个？”崔大志凝神细想，似有所悟。

夜。老教授家。老教授赞许地看着求教的方刚：“你能学到这样的程度，不容易啊！”方刚：“王教授，我还差得远啊！心里急得快冒火了。”老教授：“好，知道了差距，学起来就有方向了！你结合生产实际自学，这条路子走对了！”方刚：“我常来打扰您，真过意不去。”老教授摆摆手：“别说那个，培养人才是我的责任，小方啊，老师希望你成才啊！”方刚激动地望着老教授。

深夜。有两个黑影在街上晃光。方刚走在回家的路上。一个黑影从方刚身旁跑过。远处传来女人的喊声：“抓贼啊！抓贼啊！……”方刚闻言向黑影追去。原来的黑影闻声转过身来，原来一个是于开，一个是胖子李少江，二人带着墨镜。于开：“有贼？走，抓去！”二人以为方刚是贼，便向方刚追去。最前面的黑影钻进了小胡同，方刚失去了目标，寻找着。于开和李少江追近了。李少江一惊：“是方刚？！他不会是贼！”于开狞笑：“正好！出一出上回没出完的气！”二人追到方刚跟前，不由分说，伸手就打。方刚：“干什么？”李少江：“抓贼！”方刚：“我是抓贼的！你是李……”于开：“骗谁？打的就是你！”方刚认出来了：“于开！我是方刚，你不认识吗？”于开：“打的就是你，让你小子坏！”方刚欲逃：“快，别让贼跑了！看！”一个黑影从不远处跑过。于开哪里听，趁方刚不备，狠狠一拳打倒方刚。然后，于开、李少江用脚乱踢方刚，方刚昏了过去。于开还不肯罢休。李少江：“快，来人了！”两个人飞跑。刘娟、于美秋气喘吁吁地跑来。刘娟：“我看，你的钱包追不回来了！”于美秋发现血肉模糊的方刚：“啊，是方刚？！”刘娟：“快！”于开和胖子向厂里跑去。于开：“糟了，这小子认出我来了！”李少江满不在乎：“好汉做事好汉当，怕啥！”崔大志迎面走来：“啊？是您二位！干啥去了！”于开神色慌张地：“我们，上街转转。”于开急忙走过，崔大志怀疑地注视。医院病房。方刚的头和胳膊都用纱布包着。警察：“……你认识那两个人吗？”方刚迟疑了一下：“不认识。”警察：“那么，那两个人与小偷是同伙吧？”方刚：“这个……不清楚。”警察：“那么，他们的相貌你总看清了吧？”方刚：“当时天太黑，没看清。”警察：“请你不要有顾虑。人身安全是受法律保护的！”

办公室里。政工科长向方威报告：“偷于美秋钱包的小偷已抓到。跟打方刚的两个人根本不是同伙！”

方威的办公室。警察：“根据判断，凶手就在你们厂内！”方威一惊：“厂内？”方威眼前闪出于开的面孔：“难道是他？”警察急问：“是谁？”方威避开不谈：“现在不好说，还是查吧！”敲门声。方威：“进来！”崔大志进门来不及坐：“副厂长，我反映一个情况。”方威看了警察一眼：“说吧。”崔大志：“就在方刚被打的那天晚上，我看见于开和李少江半夜里从外面慌慌张张地跑回厂，李少江身上好像还有血迹。”警察点头：“好，我们要深入了解。”

公安局办公室里。纪英：“这不过是一场小小的打架事件，你们怎么把我儿子抓起来了？”公安局干部：“小小事件？把人家左臂都打折了，还算小小事件吗？”纪英忽然声音放低：“你连这点面子都不肯给吗？过去，你跟老于是一块住牛棚的难友。再说，老于刚恢复工作，这事闹出去，影响多不好啊！”公安局干部义正词严地：“法律铁面无私，不讲面子！过去住过牛棚，今天才更应该无私地为党工作！”

另一间公安局办公室。一公安干部：“纪大姐，这个事只能从被打者那里想办法！”

医院病房。纪英提着满满两大包点心、罐头、水果进来。纪英亲热地：“方刚啊，你伤好些了？”方刚点头，让坐。纪英十分抱歉地：“唉，真对不起你。让你受了这么大委屈，骨头接好了？”方刚微笑地：“接好了。谢谢您的关心。”纪英叹了口气：“听说公安局要从重处理于开。唤，我就这一个宝贝儿子……”方刚：“认错就行了嘛！干吗非要处理呢？”纪英惊喜地：“你真是个好孩子，你能不能把打架的经过……”方刚用右手从被子下面拿出一张纸：“我已经写好了，您看看吧！”纪英接过，看。脸上的表情最初是惶惑的，继而变成喜悦，接着又变成十分激动，最后，她热泪盈眶。随着纪英眼神的变化，出现方刚的画外音：“事情的经过是这样的：那天晚上，我从老教授家回来，听见后面有人喊抓贼，就去追赶；结果路旁的于开和李少江误以为我是贼，就来抓我，当时天黑，看不清楚，他们误将我打伤。这完全是一场误会，于开和李少江不是故意的，也没有责任……”纪英热泪盈眶地：“好孩子！你的心真好！”方刚诚恳地：“我只希望今后消除误会！”纪英：“那，这个事情经过……”方刚伸出手：“由我交给公安局同志！”

公安局办公室。公安局干部：“既然他能这么写，事就好办了！”纪英长松一口气：“太好了！”

于开和胖子李少江从拘留所里出来。胖子：“我听说方刚没有说出是咱俩。他只说不认识。”于开迷惑不解地看着李少江。

方威家。方威气愤地：“怎么，把于开放出来了？不行！我要上告！”方妻：“告什么？你弟弟自己写的经过，把于开开脱得一干二净。白纸黑字写得清清楚楚，你怎么告？”方威气恼地：“咳！”一下子坐在沙发上。

工厂车间里。工人们在议论。崔大志：“这到底是咋回事呀？这么重的案子，几天就放出来了！”刘娟：“你不知道，是方刚自己写的经过。才把于开他俩放出来的！”青年甲：“方刚真是窝囊废！”老工人摇头：“我看不见得。”忽然，崔大志高喊：“看，于厂长回来了！”于信正大踏步走过来，身背旅行包。

于信正神态严肃地推开家门。纪英迎上来：“老于！……”于信正不理睬她：“我都清楚了。于开在哪儿？”纪英有些慌乱：“看，看方刚去了。”于信正扭头就走。纪英：“你？……”于信正头也不回，径直走去。

方刚躺在家里的床上。于开拉着方刚的手，于美秋站在一旁。于开激动地：“妈妈把实话都告诉我了，我真对不起你。”方刚：“过去的事就不提了！”于信正推门进来。于开吓得不知所措：“爸爸……”于信正不理他，直到床边，无比沉痛地：“这都是我的过错！”此时，方威出现在门外，欲进未进，听着。方刚：“不，是‘四人帮’的罪恶！”于信正：“对！是‘四人帮’的罪恶！是十年浩劫的恶果！但是，我教子不严，也是有责任的！谁的罪过，谁负责任！‘四人帮’的罪过，自有人民清算；我的罪过我自己承担，我请求上级处分我；于开是犯了法的，一定要法办！”方刚急了：“不，于厂长，你听我说！”于信正摆摆手：“好！现在就走吧！”伸手拉于开。于美秋抱住于信正：“爸爸，你不能啊！”纪英从门外冲进来，抱住于信正："你糊涂了！"于信正大吼："放手！"于美秋和纪英吓得一惊，松开了手。于信正指着于开的鼻子："你真是混蛋透了！您想想，要不是打倒了'四人帮'，你能有今天吗？你不好好工作、好好学习，一再闹事，你说，你对得起谁？"于开低头不语。纪英咕噜一句："受了这么多年的气……"于信正大吼一声："还有你！受了一点冲击，就把共产党的优良品质都丢尽了！讲条件、摆功劳、喊委屈，处处打个人小算盘，你还能为党干什么？"纪英不服地："我没有投靠'四人帮'！我没有参加任何犯罪活动！"于信正："这是功劳？这是起码的人格！"于信正说完拉于开又要走。方刚在床上大喊："于厂长，我求求你，不要把于开带走！"屋里所有人的目光一下全射在方刚的脸上。有惊讶，有嗔怪，有赞许，有感激，有猜疑。方刚："我跟他都是'四人帮'的受害者。现在，'四人帮'完蛋了，再也不能让伤口流血，让他继续受害了，于开呀，你的仇人不是我，是万恶的'四人帮'！我们是朋友，是兄弟呀！"于开激动地扑向方刚，痛哭："方哥哥，我真糊涂啊！你打我吧，狠狠地打！"方刚连连摇头："不，不！"于开："就是爸爸不送我，我也应该自己投案哪！爸爸走吧！"方刚："于开，你回来！"于开再次扑在床上。方威忍不住从门外进来，抱住于信正，流着泪："老厂长，我真糊涂啊！"于信正："不，我的好同志！"紧紧抱住方威。

感人的歌声响起。窗外，云开雾散，天格外蓝。

于信正家。方威兴冲冲地推门而进，扬了扬手中的一叠纸："老于，咱们研究这套改革方案去！"于信正高兴地接过来："好，真不愧是技术员出身！这就走！"纪英从里屋出来："大星期天的，哪去？连晚饭也不吃了？等等！"她转身进屋，从锅里拿出两张冒着热气的饼："我防着你们这一手哪！给，一人一个！"方威笑着接过来，放嘴里咬一口："好香！"纪英满意地笑了。

工厂车间里，明灯高照。方威身穿工作服，熟练地开着车床。于信正和方刚在一旁打着帮手。于美秋、刘娟全神贯注地看着。钻头飞钻，铁屑像花一样飞舞。方威注视许久："一切正常！"于美秋刘娟高兴地："成功了，成功了！"于信正高兴地："这样一来，能提高多少功效？"方威毫不含混地："百分之六十以上。"于信正："好！这里面方刚也有一份功劳啊！"

方威笑笑：“他是出了个好点子，但功劳是集体的！”

于信正家，纪英一个人在桌上看书学习。于信正推门进来，一见纪英在学习，打趣地：“怎么样？这个副科长好当吗？”纪英认真地：“不好当，要不我就天天学习了？”于信正继续打趣：“要不我就说，你不要嫌官小，就这点事，你还不一定干好呢！”纪英嗔怪地：“打人不打脸，骂人不揭短，你老揭人家短干什么？”于信正哈哈一笑：“常让人揭揭短，有好处啊！”

车间里。工人们在休息。方威进来，高兴地：“于开回来了！”方刚惊喜地：“好，我去接！”

路上。方刚飞快地骑着自行车，方刚发现于开，更起劲地蹬着。于开也发现了方刚，加快了脚步。方刚放下自行车，向于开跑来：“于开！”于开也扑过来：“方哥哥！”方刚与于开紧紧拥抱。方刚：“大家都就盼你回来！”

厂会议室里。方威正在台上讲解“机械零件”。崔大志、方刚、于美秋、刘娟等上百名青年在台下边听边记。崔大志听得特别认真。于美秋捅了刘娟一下，一指崔大志，两人都无声地笑了。刘娟又偷偷注视了一下崔大志，满意地笑了。老工人和于信正悄悄出现在后排座位上。老工人小声地：“老于，你这个文化补习班办得可好了！”

下课了，大家都往外走，刘娟问崔大志：“都听懂了吗？”崔大志点点头。刘娟：“那你给讲讲好吗？”崔大志高兴地：“好！”

体育场上。于信正与青年工人们一起打篮球。于信正一举手，投篮命中。观众一片喝彩。

青年游艺室。于信正手拉二胡给刘娟的独唱伴奏。

大雪过后，一派节日气氛。厂部礼堂正举行新年联欢会。于信正、方威等场领导坐在台上。刘娟、崔大志、于美秋、方刚等紧挨着坐在台下。于信正站在话筒前：“现在宣布先进生产者名单！方刚、刘兴江、万昆、刘娟、崔大志……”台下。崔大志一捅刘娟：“听见没有？咱俩的名字挨着呢！”刘娟：“看你高兴的！”崔大志更高兴了：“这回你不说我吹牛皮、放空炮了吧？文化补习班考试，我还考了第三名呢！”刘娟一笑：“算你进步了！”崔大志更进一层：“那，咱们俩……”刘娟故作生气地：“去，什么咱们俩，别套近乎！”于美秋插进话来：“你们俩在那嘀咕什么悄悄话呢？”崔大志针锋相对：“你们俩说什么私房话呢？”于美秋看了方刚一眼，脸红了。刘娟故作严肃地：“听会！”这时，只听于信正说道：“……现在，还要宣布一个事！我们厂的方刚自学成才，经过技术考核，被破格录用为第三车间技术员！”全场热烈鼓掌。于美秋：“自学真能成才啊！”崔大志：“我要早学就好了！说不定比方刚……”刘娟翻了崔大志一眼，他只好停下话。于美秋：“我想学，方刚，你说晚了吧？”方刚：“一点不晚。”于美秋试探：“那，也没人教啊！”方刚诚恳地：“如果你不嫌弃，我来！”于美秋顽皮地一笑：“那好，学生这厢有礼了！”（学京剧念白）方刚忍不住笑了。

台上开始演文艺节目，逗人发笑。于信正、方威也跟着笑了。于信正忽然止住笑，对方威：“对了，我忘了告诉你，上级给我们一个到外国参观学习的名额。决定让你去。”方威意外地：“我去？不，还是您去吧！”于信正：“你年轻、精力充沛嘛！今后厂里的重担就落在你的肩上了。”方威不解地注视着于信正。于信正继续说：“局里已同意了我的报告，你出国回来以后，就让你就任咱们厂的厂长。”方威：“你呢？”于信正笑笑：“我给你当参谋，当助手呀！”方威心里发慌：“那怎么行？我能力有限哪！”于信正开朗地：“好啊，抓紧时间学啊！”这时，报幕员来到话筒前：“下面请于厂长表演节目！”于信正忙摆手，群众热烈鼓掌，喊号：“于厂长，来一个！”于信正推不脱，只好站起来，抱歉地：“没有准备。我讲几句话吧！同志们，昨天，一场浩劫，十年混乱，给今天留下个乱摊子，我们正在收拾乱摊子，并且已经大见成效了！明天，是大有希望的！”

群众热烈鼓掌。于信正继续说：“我们要十分严肃地告别昨天，满腔热情地苦干今天，充满信心地迎接明天！奋斗吧，从现在开始！”群众又一次鼓掌。屏幕上反复出现“从现在开始”几个大字。几个大字完全占据屏幕。

剧终

（初稿：1980年2月，改稿：1982年8月15日深夜）

支 柱

（电影文学剧本）

北方一美丽的农村小镇。绿树环抱，小溪绕村而流。

夏，傍晚，吴相（19岁）和田平平（18岁）沿着小溪远远走来。

吴相向小溪中投一颗石子，一石激起层层浪花。

田平平双手摆弄着长长的辫子，注视着河里的浪花。

天空中，一对喜鹊凌空飞过，发出喳喳的叫声。

吴相高兴地碰了田平平一下："平平，你听！喜鹊都叫了！"

田平平忽闪了一下大眼睛，朝吴相点点头。

吴相有点焦急地："高考录取通知书咋还没来？这像在等法院宣判一样。"

田平平平静地："快了吧，可能就这两天了。"

吴相有点惊异地："我看你沉着得很，一点也不焦急。我可不行，要是再不来，我可要急疯了！"

田平平笑笑："不至于吧？吴相，如果我考不上，该怎么办？"

吴相稍一愣："怎么办？明年再考！不考上，不罢休！"

田平平微笑："可是，人生的路，不止这一条啊！"

吴相："可是一旦被录取，就等于走上了康庄大道！走别的路，就跟走独木桥一样，怎么，你没有信心了？"

田平平："没有，不过我们思想上要有准备。我并不认为，考上大学就是上康庄大道，干别的工作就是走独木桥。"

吴相："我不是那个意思，我是说考上大学就有了成长的良好条件了。那真是：海阔凭鱼跃，天高任鸟飞！平平，让我们一起大展才华吧！绝不虚度一生！"

田平平："你的雄心壮志，我佩服。不过，如果你考上了，我没考上，咱俩的关系……"

吴相一把抓住田平平："你怎么又提这个？我不是早说了吗？不管将来

发生什么变化，我永远爱你！”

田平平激动地扑在吴相怀里：“吴相，你真好！我更爱你！”

吴相反问：“如果你考上了，我没考上呢？”

田平平摇摇了头：“不会的，你比我学得好，即使是那样的话，我也不变心！”

夜，田平平在灯下精心绣着花手帕。一双并蒂莲已经绣成，田平平深情地凝视着。

田旺走到窗前：“平平，你还不睡呀？”

田平平急忙藏起手帕：“就睡。”

夜，吴相在床上辗转反侧，回忆起与田平平共同学习的情景：

吴相与田平平在用英语对话；

清晨，吴相和田平平在上学路上边走边讨论问题；

深夜，教室的灯光下，吴相和田平平在孜孜苦读。

吴相走到田平平跟前：“走吧，明天再做。”

田平平头也不抬：“我要攻克这个堡垒。”

吴相放下书包：“好，我来陪你。”

小花园里，吴相和田平平各自在埋头算题；

忽然，吴相站起身，狂喜地高呼：“我算出来了！算出来了！”

田平平钦佩地抬起头看他，吴相忽然一把抓住田平平的手：“平平……”

回忆到此，吴相微笑了。渐渐地，吴相闭上眼睛，进入梦境：

大学校园里，吴相和田平平同堂听课；

实验室里，两人一起做实验；

音乐演唱会，两人表演男女声二重唱；

现代化的企业里，两人在一起指挥生产；

温暖舒适的小家庭里，两人幸福地生活……梦乡中，吴相微笑的脸的特写。

清晨，吴相拿着信飞快地向田平平家跑来。

田旺在扫院子：“吴阳，什么事，这么高兴啊？”

吴相："一会你就知道了！平平在家吗？"

田旺："在屋里。"

屋内。田平平正在书桌看书，闻声放下书本，站了起来。

吴相进屋，兴奋地扬了扬手中的信："平平，看，我的录取通知书！"

田平平兴奋地接过来看："太好了！生物系，太好了！你不就喜欢这个专业吗？"

吴相："我真幸福，我的理想实现了！"

田平平亲切地："上了大学以后，你更要加倍努力。"

吴相不太在意地："当然，平平，你的通知还没来？"

田平平坦然地："我的通知，大概不会来了，我的成绩刚刚过了分数线。"

吴相同情地："平平，你不要难过。"

田平平微笑着："我不难过，还有明年呢。"

吴相又握住田平平的手："对！我相信你！明年，咱们在大学校园里见！"

车站。吴相背着行李，田平平替他提着背包远远走来。

吴相深情地看着田平平："平平，别忘了咱俩的誓言。"

田平平点点头，羞涩地："那还能忘？"

吴相轻声地："海枯石烂……"

田平平轻声接着："心不变！"

吴相："对，心不变！"

平平把绣着并蒂莲的手帕放在吴相手上。

吴相惊喜地轻轻展开："并蒂莲？！你亲手绣的？"

列车徐徐开动，吴相一步跨上火车，田平平随着车向前走。

吴相："平平！明年大学里见！我等你……"

田平平："我会尽力争取的！"

夜，灯光下，田平平在伏案苦读。窗外，繁星点点，一家一家的灯相继灭了。父亲田旺屋里的灯也灭了。最后，全村只剩下田平平屋内一盏灯。

田平平打了个哈欠，朝床上的被子看了一眼，似有睡意。忽然，她一眼看见了桌上小镜子里吴相的照片，耳畔响起吴相的声音：“明年大学见！我等着你，等着你……”田平平精神为之一振，马上站起身，走到屋外，拿起毛巾擦了把脸，又急速返身进屋，拿起了书本。

大学生宿舍里。吴相用手电筒照明，在被窝里看书。

清晨，田平平早早起床，一边跑步，一边背英语单词，田平平回到家里，开始干活，走向院前的农田，田旺拦住她：“平平，不用你干，你好好复习吧！”

田平平：“爸爸，我要干。我可以边复习边干活。爸爸，这庄稼怎么又生虫子了！”

田旺叹了口气：“唉，有啥办法。”

田平平沉思地看了父亲一眼：“爸爸，咱这里年年种这些庄稼，可年年都不增产，这到底是咋回事呀？”

田旺：“你问我，我问谁去？”

田平平自言自语：“有多少问题需要研究啊！”

田旺轻视地看着女儿：“你能研究得了？别胡思乱想了，快复习你的功课去吧，你要能上大学，比啥都强。”

田平平倔强地：“不，我偏要研究研究！为啥咱这里虫害这么严重，为啥老是不增产？”

一位胖大嫂忽然跑来：“田大叔，出事了！刘栓柱打农药中毒了！”

田旺放下手中的活：“好，我去看看！”

田平平思考地：“农药中毒？”田平平也向出事地点跑去。

昏迷不醒的刘栓柱被抬到手扶拖拉机上。田旺大声告诉司机：“快，上县医院！”

田平平默默地目送着拖拉机远去：“不懂农药知识啊！”

夜。田平平做好了饭菜，等父亲回来。田旺终于回来了，一声不响地坐下抽烟。

田平平：“爸爸，刘栓柱怎么样了？”

田旺悲伤地：“没抢救过来，死了！”

田平平大惊："啊？怎么会这样！"

农村传统的葬礼在进行着。田平平呆呆地注视一声不吭。

夜。田平平伏在桌上给吴相等信，表情异常激动。

大学校园里，吴相在读信。田平平的画外音："吴相，咱们家乡还十分落后，农业知识很不普及，不增产的种子年年种，不科学的方法太没用，没有人研究改良它，病虫害搞得人毫无办法，有多少事需要研究啊！刘栓柱的中毒而死，对我刺激很大……我想放弃明年的高考，在农村好好摸摸情况，搞上两年实验，有了一定的实践经验后，再到大学去学习理论，这样学习会更有方向，更有针对性，你能支持我吗？盼你来信！"

吴相读罢信，提笔写信。田平平兴奋地读着，（吴相的画外音）"我现在感到很缺少实践知识，你的想法很好，我完全支持！那就晚两年在大学见吧！"

田平平兴奋地把脸贴在信纸上："吴相，你真好！"然后又拿起桌上的照片，亲了一下。

田平平在坛坛罐罐里培植幼苗、菌种。田平平在自学《生物学》。

胖大嫂进门："田平平！"

田平平出门："大嫂！你那里怎么样了？"

胖大嫂："你再给我们看看去！唉，我一点不懂，真麻烦你。"

田家。田旺生气地抽闷烟，半晌才开口："我看你呀，不务正业。"

田平平："爸爸，我不是不考大学了，现在搞搞科研，对将来有好处，这叫理论结合实际。"

田旺："反正你有理，我说不过你。"

会场上，田平平向一位老教授请教。

胖大嫂家。田平平："大嫂，你找我啥事呀？还这么神秘？"

胖大嫂："你今年多大了？"

田平平："你突然问我年龄干什么？"

胖大嫂："该考虑个人问题了。我想给你介绍一个对象……"

田平平笑道：“谢谢您。大嫂。”大嫂不解地：“怎么，你？”

田平平羞涩地：“大嫂，你知道吴相吗？”

胖大嫂恍然大悟：“啊？你们俩……我的傻妹子，你不要犯傻了！地位一变，有几个不变心的！你可不要傻等着！”

田平平自信地摇摇头：“不会。吴相绝不是那种人。他事业心特别强！……”

胖大嫂：“说不定他现在正和哪个女大学生谈恋爱呢。”

田平平不满地：“大嫂，你越说越没边了！”

胖大嫂自信地：“咱们走着瞧！看我的话应验不应验！”

田平平笑道：“你的话要不应验，我可罚你呀！”

大学校园的花园深处。吴相拿着一本厚厚的书坐在树下翻阅着。亭亭玉立的刘丽莹忽然来到他身旁，不动声色地看着他。吴相并没有发觉，依旧看书。刘丽莹忍不住咳嗽了一声。吴相一扭头：“是你，刘丽莹？”刘丽莹不满地：“我当你不认识我了呢？”吴相不想多说：“别开玩笑。”刘丽莹挨着吴相坐下：“这次，你又考了个全系第一，能传授传授学习经验吗？”

吴相抬起头，稍显不满地：“我的经验只有一条，扎扎实实下苦功，少追求吃穿打扮！”

刘丽莹莞尔一笑：“你说我讲吃穿打扮？你说我啥，我都不生气。”

吴相不耐烦地：“我不管你生气不生气，我要看书了。”

刘丽莹知趣地：“好，我不说话了，咱俩一块看书。”

夜。大学职工宿舍楼的一间房里还亮着灯光。

刘丽莹激动地写情书：“你那翩翩的风度，超群的才华，优异的成绩，不俗的谈吐，凌然的正气，远大的抱负，使我倾倒，使我钦佩，使我不能自已！我不能遏止心中的激情，我要向你表达我最诚挚、最纯洁、最高尚的爱！我愿意把自己的前途、理想、幸福永远和你连在一起！……”

刘丽莹把沉甸甸的一封信扔进信筒，又忐忑不安地回头朝信筒看了看。

吴相读着信，生气地放下，自言自语：“真是乱弹琴，刚上学就谈恋爱！”

宿舍床上，吴相瞑目思考着。

傍晚，吴相挟着一本书向校园角落走去。

刘丽莹不安地远远看着，忽然，她急步追了上去："吴相！"

吴相站住了，冷冷地："你有事吗？"

刘丽莹惶惑地："我给你的信，你看过了吗？"

吴相点点头，面无表情地："谢谢你。不过这是不可能的。"

刘丽莹急迫地："为什么？我知道你怕影响学习，我保证不……"

吴相："告诉你实话，我的心已给了另一个姑娘了。"

刘丽莹失望地："她是谁？现在在哪？"

吴相："我高中时的同学，现在还在老家农村。"

刘丽莹委屈地："我哪点不如她？是知识，是长相，还是家庭条件？你说呀！"

吴相："论条件，你可能都比她强。可我要忠于自己的爱情！"

刘丽莹仍然不甘心："你？……你真的那么爱她？"

吴相点点头："刘丽莹同学，希望你努力学习，我会珍惜我们之间的友谊的！再见！"

刘丽莹委屈地："友谊？友谊……"

吴相在伏案写信。

田平平在家里读着吴相的信。吴相的画外音："……有一个大学校长的女儿很强烈地追求我，但我怎能背叛我们俩那纯真的爱情？平平，你放心吧，我的心永远属于你！"

田平平自言自语："我料到他一定会碰到这类问题！我应该写信表明我的态度！"

田平平拿起笔疾书，同时，吴相在看信。田平平的画外音："爱情，只应在志同道合中产生。如果你觉得她确实是你的知己，这种感情对学习和事业又确实有利，那么，你可以接受她，不要以我为念！我会祝福你们！不过，我还要提醒你一句：她是否真正了解你？她对你的爱是否纯洁，高尚？这种爱情对学习和事业是否有利？如果爱情对我们的成长和进步带来的都是消极的因素，我们就应该放弃它！"

吴相在写信，田平平在读信。吴相的画外音：“你的话，让我很生气！看来你还不十分了解我，你对我的爱情还有怀疑。为了证明我的忠诚，我把她的那封信寄给你，由你保存！”

田平平激动地把信贴在胸口。

田平平沿着旧日走过的小溪走。田平平的画外音：“我知道你的心！希望你不要再在这个问题上纠缠了，为了更好地学习和钻研，我们今后可以少通信！”

吴相激动地放下信，又拿起了田平平的照片。田平平好像微笑着向他走来。

春暖花开。小溪静静地流淌。田平平在房前的自留地里栽种幼苗。田旺从旁边走过，摇头叹息，欲言又止。胖大嫂走来：“我说田平平，你可真有心劲！大学不考了？”

田平平：“我想积累点实践经验，明年再考。”

胖大嫂开玩笑地：“要是还考不上呢，你就待在农村？”

田平平认真地：“考不上，我就在家搞一辈子农业科研；考上了，我学了本事还是回来。”

胖大嫂：“真有志气！那，你的吴相能同意吗？”

田平平脸一红：“他非常支持我。”

胖大嫂：“你真是太幸福了！看来我的话不会应验了，我认罚，你说吧，罚我什么？”

田平平：“你还认真了？好，罚你给我的科研当助手！”

胖大嫂：“太好了，我正想跟你学呢！”

清晨，田平平来到房前的田里，看见发蔫的小苗，伤心地哭起来：“完了，全完了！”

胖大嫂闻声跑过来：“怎么了！别哭！咱们重栽！”

田旺气冲冲地从里屋出来：“不要栽了！再栽，就上别的地里栽，我没有田地让你胡闹！”

田平平委屈地：“这不是胡闹，这是科研！”

田旺：“都是我把你惯坏了！放着大学不考，偏要搞什么科研！没上大学就能搞科研，那谁还上大学干啥？”

胖大嫂劝解地：“田大叔，您别生气嘛！”

田旺更加生气：“我告诉你，我要用这块地种菜，你明天就不要出屋，好好给我复习，考大学！我再不许你胡闹！”

田平平委屈地：“不搞了，我再也不搞了！”

胖大嫂慌了：“别，别，别！不能就这样半途而废呀！”

田平平进屋，赌气地把坛坛罐罐推倒，把数理化书又都掏了出来。

胖大嫂跟着进屋，急拦：“平平，不要这样！乡亲们都希望你搞下去呀！”

田平平：“大嫂，你回去吧，我要复习功课了！”

胖大嫂大失所望，十分委屈地走到门口：“好，我不影响你。你，再好好想想。”

夜。田平平在灯下看书，心烦意乱，放下书本。田平平的目光落在吴相的照片上：吴相正向她深情地注视，吴相的画外音又响起来：“你的想法很好，我完全支持！我完全支持……完全支持……支持！”田平平激动地站起身：“难道我就这样退却了吗？”

敲门声。田平平忙问：“谁呀？”

支书大伯：“平平，你还没休息吗？”

田平平开门：“支书大伯！您怎么来了？”

支书大伯温和地：“听说你想打退堂鼓？”

田平平脸一红：“我……支书大伯，您坐呀！”

支书大伯：“你走的路，对呀！乡亲们都支持你，有困难只管说，可不能打退堂鼓啊！”

田平平忙辩解：“不是我要打退堂鼓，是我爸爸不让我在自留地里搞了！”

支书大伯：“这个老倔头！好，他不让你搞，你到我家的自留地去搞！”

田平平：“大伯！您？”

支书大伯：“我支持你，村里支持你！我们马上研究，争取给你拨点经费！”

田平平激动地：“大伯，您放心，我一定搞下去！非搞成功不可！”

支书大伯宽厚地笑了：“好孩子，有志气！我就看好你。”

田旺忽然进门，面对支书大伯："算了，还是在我的自家地里搞吧！"

支书大伯笑了："老倔头，你想通了？"

田旺："想通想不通，也不能让她糟蹋你的地呀！"

支书大伯失望地："噢，你的思想还没通！我相信你慢慢会通的，这样吧，由生产队划一块地，做她的实验田！"

田旺："你是支书，当然听你的了。"

支书送田平平到城里科研所进修学习。田平平激动地："大伯，放心，我一定好好学习。"

田平平在田里栽秧，胖大嫂在后面浇水。

实验田，田平平在喷药。庄稼苗长高了，田平平在中间做观察记录。

稻浪翻滚。田平平在挑选稻穗，支书大伯也在一旁忙绿。

大堆肥前，田平平在做化验；灯下，田平平在苦读。

苹果累累，田平平喜摘果实，沉浸在无比欢乐之中。

田平平在写《土质改良与作物适应性》论文，一旁摆着她写好的论文《农药的使用和管理》。

田平平的画外音："人有理想、有事业，就有精神支柱！生活就会充实，就会幸福！"

田平平参加农艺师技术职称考试，同比她大二十多岁的人在一起答卷。

白发苍苍的老教授向他们颁发合格证书。老教授握住田平平的手："祝贺你，姑娘！真不简单啊！"

乡间小路上，田平平高兴地唱着歌。一女学生迎面而来："平平姐，你的包裹单！"

田平平高兴地接过来，轻声地："吴相寄来的！"

田平平展开信。看了起来。吴相的画外音："两年期限已到。我天天盼望你。今寄去参考书一套，或许对你有点帮助，我希望在迎接新生的大门口看到你！"

田平平掏出合格证书看了看，笑了。田平平伏在桌子写信，田平平的画外音："亲爱的吴相：接到你的信时，我刚刚领到助理农艺师证书。也许，我没有必要再上大学了，我应该在这个基础上深造，直接考研究生。吴相，我盼望你早点毕业回来，咱们肩并肩，手挽手，一起为改变家乡的落后面貌展露才华！亲爱的吴相，我真想你！当我遇到困难时，想你；当我取得成功时，更想你！……”

秋。大学校园，吴相卷起手中的信，感叹地：“她的进步真快呀，把我都落下了！看来我的努力还不够！”吴相拿一本书，快步向教室走去。

春暖花开，百花争艳。教室里，同学们都回去休息了。吴相一个人还在看书。

赵强拿起书，来到吴相身旁拍了拍：“伙计，别傻用功了，回去睡觉吧！”

吴相头也不抬：“你先走。”赵强不但没走，反而坐在了吴相身旁：“我知道你成绩优秀，可你没有‘天线’，又有啥用？再过五个月，你就得回那穷山沟去，可能要当一名普通的中学教师，你就是有翅膀也飞不起来呀！”

吴相闻言抬起头，默默地注视着赵强。

赵强：“你还不知道哇？咱们班的人都开始活动了！刘丽莹、王翠玉、刘春江他们要留校，耿震正在科委那打通关节呢！对了，夏宁可能去情报研究所……唉，多了！大家都在活动呢！就你还在傻学！你学的再好，有什么用？看看人家，父母都有权有势，关系户一连一大串！”

吴相不解地：“那你怎么不活动、活动呢？”

赵强：“我？我父母都是跟土坷垃打交道的，我跟谁活动去？唉，认命了！说真的，我真替你惋惜！你那么优秀，为什么不找一根天线？找个好工作，一辈子就进保险箱了！”

吴相惊讶地：“找根天线？”

赵强叹了口气，站起身，做个滑稽动作，走了：“有人叹，‘为营步步嗟何急’！”

吴相又低头看书，可是怎么也看不下去了。吴相关上教室门，走向夜空。吴相思索着。

吴相的画外音：“在山沟里当一辈子中学教师？”

吴相回到宿舍，钻进了被窝。翻过来，倒过去，睡不着。吴相的画外音：“怎么办呢？我不能屈服于命运的安排，人在命运面前并不完全是被动的！……

没有天线，找根天线！可是天线在哪里呢？不行，不行！这倒是个好办法！不行，不行！我怎能背叛她？……咳，什么背叛？我干吗这么傻？……”

吴相慢慢进入梦乡。东方泛出鱼肚白色。吴相做梦：一会儿是高楼大厦，现代化家具，一会儿是荒凉山庄，光秃秃一片。一会儿兴奋，一会儿失望。一会儿大笑，一会儿叹息。

刘丽莹拿着饭盒从饭厅中走出来。吴相紧走几步追上来：“刘丽莹，我想跟你说几句话。”

刘丽莹一愣，眨眨眼：“你？你会主动找我说话？怎么？不讨厌我了？”

吴相急切地：“不要这样说，我从来没讨厌过你！走，我们朝这边走。”

吴相和刘丽莹并肩向花池边走来。吴相有意向刘丽莹身边靠了靠，充满柔情地：“丽莹，通过这四年的同窗学习，我才发现，我不仅爱上了你！而且爱得很强烈！”

刘丽莹怀疑地撇着嘴：“你不是爱你家乡的那个田平平嘛！你还会爱上我？”

吴相急辩：“我那时幼稚无知！其实，我跟她志不同、道不合，我真心爱的是你！怎么，你不信？难道你让我把心掏出来吗？”

刘丽莹不为所动地：“你也不用掏心掏肺，你给田平平写一封断绝信就行了！”

吴相一咬牙：“好，我写！”

刘丽莹不露声色地：“那好。我可要看的，我不会轻易相信。”

宿舍里，吴相望着窗外。心声：“平平，对不起了！为了前途，我只好这样做了！”

吴相拿起了似乎很沉重的笔，刚写了一个“平”字，又放下了笔。

吴相扯下了信纸。又在另一张纸上写下了“田平平同志……”几字。再次写不下去了。吴相眼里忽然溢出了泪水。吴相擦了擦眼睛。躺在了床上，过了一会儿，他猛然翻身坐起。吴相又拿起了笔，看着“田平平同志”几字出神。（“田平平同志”几个字的特写）

校园，刘丽莹把手伸向吴相，阴沉着脸：“信写好了吗？拿来我看。”

吴相递了过去，刘丽莹看信。“好，走吧，我要看着你寄出去！”

田平平在田里观察农作物。胖大嫂扬了扬手中的信，高兴地走来：“平平，你最亲爱的人，又给你来信了！”

田平平高兴地一把抢过来：“你快给我吧！”

胖大嫂打趣地：“哟，看你急的！又有啥好消息，快告诉我。”

田平平故意地：“不，我回家再看。”

胖大嫂只好认输：“好好，你可以不告诉我。快看信吧。”

田平平轻轻裁开信封，小心翼翼地拿出信纸看了起来。田平平的脸忽然一下子白了。她想放下信，又不相信地仔细地看了下去。

胖大嫂一直注视着田平平变化的表情，忽然，她一把抱住田平平：“平平，你怎么了？信上写的什么？”

田平平喃喃地：“他……”

胖大嫂急切地：“他怎么了？病了？”

田平平目光呆滞地摇了摇头，泪水顿时溢满了双眼。

胖大嫂急切地问：“他在学校里挨了批评，受了处分？”

田平平摇摇头不语。胖大嫂：“那到底是咋回事呀？”

田平平喃喃地：“他，他变心了……”

胖大嫂一把抢过信：“啊？”飞速地扫了几眼：“这写的是什么乌七八糟的！”说着，就要撕信。田平平一把抢过信：“不要撕！留着，有用！”

胖大嫂忽然抱住田平平大哭起来。田平平反倒平静地安慰她：“大嫂，你不要这样！”

胖大嫂：“好妹妹，我知道你心里难受，你就放声哭吧！”

田平平双眼含泪：“不，不值得！我不想哭。”

胖大嫂吃惊地看着田平平：“什么？你真的一点都不动心？”

田平平坦然地：“这种泪水是毫无价值的！”

胖大嫂不解地：“毫无价值？你和他这么多年的感情啊！”

田平平淡淡地：“我虽然失去了爱情，但我还有精神寄托！”田平平深情地看着眼前的秧苗。

胖大嫂不解地：“精神寄托？”她看了看田平平，又看了看周围的秧苗。

夜。田平平在家里写信。田平平的画外音："你有你的选择，你有这个权利。不过，我还是提醒你：慎重，慎重！三思，三思！我衷心祝你幸福！"

田平平沿着小溪走，回忆起往事，镜头频频闪过过去的图景。

大学生宿舍。吴相冷笑着看完信，把纸揉成一团，划一根火柴，欲点，忽然又吹灭火柴，把信展开，装入信封，放进衣袋，走了出去。

田平平家。田平平轻轻取下吴相的照片，用纸包了起来，放入箱底。

田平平在看书，田旺轻轻走了进来。深情地注视着女儿："好孩子，爸爸没想到，你会这么坚强！"

田平平放下书，用手指了指桌上的书和瓶子里的标本："爸爸，再大的打击我也不会垮！我还有这些呢！"

田旺滚出两颗热泪："我的好孩子，爸爸今天才了解你！从今以后，爸爸给你当助手！"

田平平一下子扑在田旺怀里，大哭："我的好爸爸！"

大学校园里。吴相写信："最亲爱的刘丽莹……"

吴相把田平平的信放在刘丽莹的手上："这是她的回信。"

刘丽莹看了看，不动声色："很好。"

吴相高兴地："这回你可以毫无顾虑地接受我的爱了吧？"

刘丽莹冷笑一声："接受你的爱？你想得多美！"

吴相大惊："你答应过我的！"

刘丽莹异常平静："我什么时候答应过你？"

吴相："你不是让我写信，和田平平断绝关系吗？"

刘丽莹："不错。可我并没有说爱你呀！"

吴相恍然大悟："啊，你欺骗了我！"

刘丽莹得意地："对！这是报复！想当初，我把纯洁的爱献给你，你却粗暴地践踏它！我那时候真傻！你想想，我爸爸是大学校长，我会爱上你这个土包子的后代？"

吴相大怒："你住嘴，不许你侮辱我父母！"

刘丽莹只顾自己说出痛快："告诉你实话，我已经有爱人了，他是国务院一位副部长的儿子！”

吴相气得无话可说。刘丽莹不依不饶地厉声质问：“你说，你是真爱我吗？我知道你肚子里的小九九，你是想攀着我这个高枝，分个好工作！对不对？”

吴相狂吼：“你这个骗子！骗子，你把我毁了！全毁了！”

刘丽莹得意地笑着。

宿舍里，吴相卧床不起。赵强来到他的床边：“吴相，你到底怎么了？不能不吃东西呀！”

吴相面容憔悴，有气无力地：“我吃不下。”

教室里，几个同学坐在一起。赵强颇为同情地：“吴相这次病得可不轻啊！”

刘丽莹在一旁微微冷笑。

医务室。医生在给躺在床上的吴相打针：“你怎么病得这么重呢？”

吴相痛苦地闭上眼睛。

吴相头发蓬乱，无精打采地毫无目的地走着。心时恨恨地念着：“骗子，骗子……你们这些幸运儿！有什么了不起？”

小饭馆里，吴相一个人在自斟自酌，已喝得面红耳赤。赵强推门而进，大惊：“吴相？头一次看见你在这里！怎么一个人喝呢？”吴相站起来，口齿不清地：“来，坐下，喝！”

赵强端起酒碗：“怎么，你不头悬梁、锥刺股了？”吴相摆摆手：“没用！都是空的，这个才最实惠！”

教室里，同学们都在上自习。一同学问：“赵强，吴相呢？”

赵强轻声地：“在宿舍睡大觉呢！”

那个同学轻蔑地笑笑：“巨变，巨变！这太阳好像从西边出来了。”

考场。吴相，赵强与同学们一起考试。吴相抓耳挠腮，赵强偷偷抿嘴笑。同学们都陆续交卷了，吴相急得头冒汗，不安地朝前面看了看，又低下头。忽然，他站起身，不耐烦地卷起卷子交了上去。

老师办公室。老师极为不满地：“吴相，你这次考试成绩让我十分吃惊，也十分失望！我万万没想到，你会考出这么个成绩，好，你回去准备补考吧！”

吴相头发蓬乱，一声不响转头走了。

刘丽莹和赵强在校园走着。赵强感叹地：“吴相考试会不及格，真是个大奇迹！”

刘丽莹：“谁知道他从前的好成绩是怎么获得的！”

老师办公室里。老师拿着一张试卷：“勉强及格。经过补考才勉强及格！这是你的成绩吗？吴相！我简直难以相信！你是怎么搞的？是什么迷住了你的双眼，扰乱了你的思想？你说！人活着不能没有信念，不能没有理想啊！作为一个80年代的青年，还这样混日子，你不觉得脸红吗？请原谅，我言重了！”吴相眼里溢出泪水，低下了头。老教师又换了一下口气：“我希望你毕业以后，在工作岗位上做出成绩来，不要有愧于这个时代！”

呈相慢慢抬起头：“老师……”

教室里，只有吴相一人在写信。吴相充满悲哀的画外音：“平平！……”他用手揉烂了信纸，充满羞愧地：“我还有什么脸给她写信啊！”

田平平在田里边走边在本子上记录。田旺远远喊道：“平平，回家吃饭吧！”

田平平声音响亮地：“哎！爸爸，我真高兴，你看这实验田长得多喜人哪！”

田旺心痛地看看女儿：“好孩子，注意点身体！”

田平平兴奋地：“今年的实验比去年成功！”

胖大嫂飞快走来，边走边喊：“平平，好消息，好消息！”

田平平：“看你急得，啥好消息？”胖大嫂不慌不忙地：“你猜。”

田平平：“我哪猜去？你要不告诉我就算了。”

胖大嫂按捺不住喜悦，朝后面走来的支书大伯看了一眼：“告诉你吧，你被邀请参加全省科学大会了！”

支书大伯走到跟前，接着说：“还要让你在大会上发言呢！”

田平平腼腆地：“我哪行！这可使不得！我不能去！”

支书大伯兴奋地：“先别说不去，我这还有一个消息哪！你被选为出席省团代会的代表！”

胖大嫂开玩笑地：“我说支书大伯，你咋不把好消息全告诉我？你自己还留一手哪！”

支书大伯爽朗地大笑。田旺也高兴地笑了。

全省科学大会上，田平平在主席台上发言，激起一阵又一阵掌声。

“鲁川中学”的牌子醒目地挂在校门口。

吴相背站背包，无精打采地走来，吴相朝校牌上看了一眼，又痛苦地扭头，走进校门。

老校长急忙迎上来，一把抢过吴相的背包，交给一个工友，然后紧紧握住吴相的手：“欢迎你呀！吴老师，你是我们这个公社中学里唯一的大学毕业生！”

吴相应付地：“请校长今后多多帮助。”

老校长察言观色地：“怎么，吴老师身体不好？”

吴相点点头。老校长温和地：“那就好好休息几天吧！有什么困难只管提！老赵，安排吴老师住下！”

清晨，吴相躺在床上，头冒虚汗，回顾简陋的房间，心声：“我就要在这里度过一生了！”

老赵推门进来：“吴老师，您怎么了？病了？”

老赵急忙来到校长室：“校长，新来的吴老师病了！”

校长：“快去请医生！我先去看看他！”

吴相病床前，医生在收拾医疗器具，对校长说：“没有什么大病，过几天就会好的。”

校长放心地点点头，然后拎过一兜苹果和几盒罐头：“吴老师，这是学校和老师、同学们给你买的一点东西，请你收下。”

吴相激动地：“校长！学校对我太好了。”

田家。田平平与田旺在吃饭。田平平：“爸爸，听说吴相毕业回来了，分在了鲁川公社中学。”

田旺：“我不许你再去理他！今后，当着我的面，你也不要提他！一提他，不吃饭，我就饱了！”田旺把半碗剩饭往桌子中间一推，站起身，拿起了烟袋。

“鲁川中学”吴相宿舍。吴相还在床上躺着。

田平平背个小包走过来，正碰上学校校长：“请问，吴相老师在哪住？”

校长用手一指：“就在这个房间。”

屋内，吴相闻言一惊：“是田平平？我不能见她！”吴相站起身，寻找藏身的地点。

屋外，田平平问：“他在吗？”

校长：“在。不过他病了，还没好，你可以去看看他。”

田平平推门进屋，吴相正欲藏身，一见田平平，只好十分尴尬地停住了。

吴相不知所言：“田……你？”

田平平落落大方地：“听说你病了，我来看看你。”

田平平打量着吴相。吴相二目呆滞，衣衫不整，声音沙哑：“我……”

田平平感叹地：“我真没想到，你现在是这样一种精神状态！这就是你四年大学学习的结果吗？”

吴相羞愧得无地自容。田平平不依不饶地：“你说话呀！”

吴相：“我没有什么可说的，我这一辈子全毁了！”

田平平：“是别人给你毁的，还是你自己毁的？既然你自己能毁掉它，那么你自己就不能重新建起它吗？更何况你的一生并没有全毁！”

吴相精神为之一振，眼睛一亮：“我们……我们可以重新再来吗？”

田平平突然严肃起来：“你觉得我们还有这种基础吗？吴相同志！”

吴相打了一个冷战，瘫坐在床上。

田平平：“人生不能没有精神支柱！这个支柱就是理想、信念！如果说还有一根精神支柱的话，那就是纯洁的、高尚的爱情！”

吴相：“可我……”

田平平十分激动地：“没有精神支柱的生活，是可悲的、渺小的！当初，失恋之后，我没有倒下，就是因为我还有精神支柱，其中有根精神支柱，还是你给我的。可是你，自己的精神支柱倒没有了！”

吴相忽然挺身，激动地站起身：“我还会有的！”

田平平不相信地摇了摇头。

吴相看着田平平，忽然信心十足地：“我会有的！你等着看吧！”

田平平点点头：“我会看的。当然，我希望你会有的！”

吴相表情的特写。田平平期待的目光。（定格。）

剧终

（完笔于1983年11月10日15时）

曲　径

（电影文学剧本）

傍晚，郊外一条曲曲折折的小路向前延伸着。一阵清风吹得小径两旁的树叶唰唰作响。

一对青年慢慢走来，两条影子拖得长长，两个人都不说放，谁也不看谁，自顾走着。

朱浮平注视着前方，轻声感叹地：“多么曲折的小路啊！”

王松也颇有感触地吟咏两句诗：“曲径通幽处，禅房花木深。”

朱浮平稍显不解地看了王松一眼，随即变成了钦佩的目光。

王松若有所思地：“人生的路，不也像这小路一样曲折吗？”

朱浮平点头赞同：“是啊！觉得一个人在这世上活着真不容易啊！王松，想当初咱们上学时，多么天真、幸福，无忧无虑。可现在，我连个工作也没有，在社会上抬不起头，在家里直不起腰，什么都要忧，什么都要虑，真难啊！”

王松也叹了一口气：“要不是过去耽误了学业，我的成绩，也不会这么差！”

朱浮平同情地：“其实，你能考出这样的分数，已经很不容易了。”

王松注视着朱浮平：“待业，是让人焦虑烦恼啊，不过，我们可以借着这个机会学点技能。”

朱浮平不在意地：“王松，你知道吗？咱们班的常歌已经有工作了，在市粮食局。”

王松惊讶地："常歌？"

朱浮平："是啊！人家老子是商业局的局长嘛！谁让我是个工人的后代，亲戚中连一个带‘长’字的都没有，只好认命了！"

王松站住了："浮平，不要这么悲观，我们的命运会改变的！"

朱浮平无精打采地："怎么改变？老子无能啊！"

王松坚定地："不，我们不能把希望寄托着别人身上！我们要用自己的努力改变命运！"

朱浮平："我是无能为力啊！"

王松不禁动了气："你怎么这么没有志气？"

朱浮平一惊："我？我……"

王松："浮平，你好像不是从前那个天真烂漫、富有理想的朱浮平了！"

朱浮平："对，我成熟了！"

王松："不，你开始腐烂了！"

朱浮平大惊："腐烂？你这么看我？"

王松缓和了一下语气："浮平，我多么希望你能和我肩并肩、共同前进啊！"

朱浮平不语。王松拉了拉她的手："走吧，再向前走走。"

朱浮平挣开手，看了看西沉的太阳："不走了，你看太阳都落了，我现在是日暮途穷啊！"

王松启发地："干吗那么悲观？你看，那大雁在自由飞翔，因为它有一双有力的翅膀。"

工厂招工简章的特写，王松和朱浮平一起走进考场。

招工录取名单。王松的名字赫然在目。王松在看录取名单，自语："怎么没有她的名字呢？"

一条偏僻的小巷，一排简陋的平房。朱浮平无精打采地推门而进。正在做饭的朱母不满地盯视着她："又干啥去了？我上了一天班，回来还得侍候你！"

朱浮平一声不吭地往里面走。

早早就坐在屋内的张秀丽笑着站起身："又去会王松了？浮平，你可真够钟情的！”

朱浮平强打精神：“秀丽，你啥时来的？”

张秀丽乐哈哈地：“我来了好一会了，专候你的大驾呀！”

朱浮平应付地问：“有什么事吗？”

张秀丽高兴地：“我下个月就结婚了，想请老同学来当伴娘。”

朱浮平意外地：“还是你们快呀！你爸不是不同意你和苏宁的婚事吗？”

张秀丽脸一沉：“什么苏宁？我跟他早就吹了！”

朱浮平一惊：“你们的感情不是……那你跟谁结婚？”

张秀丽脸上又浮起自豪感：“省里的一个副厅长！”

朱浮平更吃惊了：“副厅长？你还找了个副厅长？”

张秀丽：“是啊！这个副厅长刚死了老伴，两个孩子都工作了，家里人口少，要啥有啥，条件真是再好不过了！我真没想到，我的婚事会这么美满！”

朱浮平诧异地：“副厅长——你的丈夫，现在多大岁数了？”

张秀丽得意地：“四十九岁，比我大二十五岁！他女儿比我还大两岁呢，可她也得叫我一声妈！”

朱浮平：“你们年龄相差这么悬殊，那能幸福吗？”

张秀丽：“怎么不能？人家都说男的大才疼老婆了！”

朱浮平：“他帮助你解决了工作？”

张秀丽更得意了：“不，他不用我工作，他工资很高，还有厚厚的家底，所以，他只让我在家侍候他就行了！”

朱浮平惊讶地：“那不成了附属品吗？”

张秀丽不以为然地：“什么附属品？只要能舒舒服服过一辈子，怎么都行！”

朱浮平思索地：“舒舒服服过一辈子？这样就能舒舒服服过一辈子？”

张秀丽戏谑地：“你没听说吗？有句话很流行：干得好，不如嫁得好。我说浮平，你也不要太死心眼了！，那个王松有什么好处？就凭你这脸蛋，找个厅长也不成问题！”

朱浮平不满地站起来：“你别说了！我不想靠婚姻改变命运。”

朱母忽然插进来："就她好！上次别人给她介绍了一个科长，才比她大十一二岁，结果她连面也不见，就盯上了那个王松！那个王松一点后门也没有，我看他一辈子也没多大出息！"

朱浮平生气地："你不要说王松！"

朱母大怒："我就说他了！怎么样？我告诉你，一年之内，你要么工作，要么嫁人，我决不养活你到二十五岁！"

张秀丽对朱母翻翻白眼，又看看朱浮平。

夜。朱浮平躺在床上，辗转反侧。白天发生的一幕幕情景又出现在眼前：

朱浮平自己的画外音："活一个人真不容易啊！"

王松铿锵有力的声音："我们要靠自己的努力改变命运！"

张秀丽轻飘飘的声音："什么附属品？只要能舒舒服服过一辈子就行！"

朱母声色俱厉的声音："我告诉你一年之内，你要么工作，要么嫁人，我决不养活你到二十五岁！"

泪水顺着朱浮平的眼角流到枕巾上。

夜。四周漆黑一片，只有一盏孤灯还亮着。

王松在昏暗的灯光下在苦读"企业管理学"，边读边做笔记。

傍晚，人们吃罢饭，在小街上纳凉。

朱浮平背着一个小包，飞快地走着，周围人注视着她，发出小声的议论。朱浮平心声："就让你们看吧，议论吧！"

朱浮平轻轻走进一个阔气的院子。朱浮平轻轻敲门。

屋里，宋局长一家正在吃饭。局长夫人开门："请进，你找谁？"

朱浮平稍一发窘，然而平静地笑笑："姨姨，您不认识我了？我是街东头的朱浮平啊！"

局长夫人还是想不起来："朱浮平？"

朱浮平笑笑："我小名叫豆豆，常和你家宋刚在一块玩！"

局长夫人辨认着。宋刚放下筷子走过来，眉开眼笑地："对，对，是小豆豆，快坐！我给你拿糖。"宋刚殷勤地进里屋拿糖。

宋局长目不转睛地看着朱浮平。然后点点头，笑着："好，好，姑娘，坐吧，别客气。”

朱浮平从容地坐下：“听说宋伯伯病了，我来看看。打扰你们吃饭了！”

宋局长放下筷子：“我们已经吃完了。”

宋刚讨好地：“对，没关系，你能来看我爸爸，我真高兴。”

局长夫人开始收拾碗筷。朱浮平急忙站起：“姨姨，我来帮您收拾。”

局长夫人忙拦：“不用，不用。”朱浮平麻利地拿起了餐具。

厨房里，朱浮平飞快地刷着碗。

客厅时，宋刚赞美地：“小豆豆可是个好姑娘，越长越漂亮了。”宋局长不满地瞪了他一眼。宋刚转身走进厨房。

朱浮平回到客厅坐下。宋局长温和地：“浮平啊，有什么事需要我帮忙吗？”

朱浮平迟疑了一下：“没有，没有。我是专门来看望您的。”

宋刚抢着说：“那好啊，今后欢迎你常来。”

朱浮平：“好，宋伯伯，我该走了。”

宋刚：“我送你。”

朱浮平：“不用，才多远嘛。”

宋刚：“外面路黑。”

局长夫人热情地：“就让宋刚送送你吧。”

朱浮平顺从地：“那好吧。”

路上，宋刚往朱浮平身边靠了靠：“小时候的事，真难忘啊！”

张秀丽与副厅长的婚礼正在举行。

朱浮平羡慕地坐在一旁。

一个青年走到新人面前，端起酒杯：“我祝新郎新娘相亲相爱、白头到老！”

另一青年打趣地：“不行，你这祝词不妥，咱们副厅长已有白头发了！‘白头到老’，也没有几天了。依我说，你应该祝他们寿比南山！”

众人起哄，张秀丽略显尴尬，但依旧红光满面，兴高采烈。

院外街上，苏宁在痛苦地徘徊，婚礼的声音阵阵传来。王松走了过来，吃惊地：“苏宁？你在这干什么？”

苏宁茫然地：“她，结婚了，嫁给一个比她大二十五岁的人……”

王松拉住苏宁的手："算了，这种人不值得留恋，充其量是一枝绕树生的藤萝而已！"

苏宁依然痛苦地："我没想到，她会这么无情无义！"

王松："走，我领你到另一个世界去。你的痛苦自然就会解脱！"

苏宁在惑不解："另一个世界？你也想……"

王松哈哈大笑："你想哪去了？这另一个世界，是知识的海洋！到了那个世界里，你就会宠辱皆忘，丢掉世间的烦恼！"苏宁不太相信地看着王松。王松推了一把："走吧！"

朱浮平向宋局长家走去。宋局长家门口，局长夫人将要跨入轿车，宋局长将两个提包放入车内。宋局长依依不舍地："你可要早点回来呀，你不在家我可怎么生活哟！"

局长夫人："看你那个熊样？我要死了，你还不活了？"

宋局长："那就另当别论罗！你要真死了，我就可以另娶哦！"

局长夫人动怒："那好，我就死在娘家不回来了！"

宋局长忙笑："别生气，我是说笑话！"

局长夫人撇撇嘴："笑话？别以为我不了解你！你那点花花肠子……"

宋局长略带哀告地："别说了！看看你妈，就快点回来！"

吉普车开走了。朱浮平走进屋来，亲切地叫："宋伯伯！"

宋局长眼睛一亮："噢，是浮平啊！快坐，快坐，吃糖！"

朱浮平问："姨姨呢？出门了？"

宋局长："她老娘生病，打电报催她回去。她一走，就像少了根顶梁柱，我身体又不好，咳！"

朱浮平见机行事："宋伯伯，如果您不嫌弃，我来给您帮忙好了！"

宋局长虚伪地："那怎么好意思呢？"

朱浮平："没关系，我在家也没事，我还想在您身边多听听您的教诲呢！"

宋局长十分高兴地："那可太好了，伯伯不会亏待你！"

朱浮平提一篮菜向宋局长家走去。宋局长在沙发上喷云吐雾。

朱浮平在宋局长家厨房做饭，宋局长翘着腿看着。

朱浮平把做好的饭菜端上桌，宋局长和宋刚有滋有味地吃着。

朱浮平在宋家洗衣服。朱浮平在宋家拖地板。

客厅里。宋刚央求爸爸："爸爸，咱家就缺豆豆这么个人，你就把她给我吧！"

宋局长："想得倒美！你看你那个样子，人家能瞧得上你？"

宋刚："反正你有办法！就看你爱不爱你的独生儿子了！我要娶不上她，就不活了！"

宋局长怒喝："你沾花问柳的事已经不少了！你要能彻底改了，我就替你想办法！"

宋刚大喜："你真是个好爸爸！"

傍晚，郊外曲折的小路上，王松和朱浮平并肩走着，谁也不看谁。

王松："听说你最近常到宋局长家里去？"

朱浮平淡淡地："去过两回。你怎么知道的？"

王松："那家人名声不好，你可要警惕，我看你还是少去为好！"

朱浮平应付地岔开话题："知道。王松，你看这小路真够曲折的，前边十几米的景物，都看不见了！"

王松若有所思地："是啊！有许多人就是看不清自己前面的路。"

朱浮平忽然来了兴致："来，你追我，我保证你追不上我！"说着自己往前跑了几步，回头见王松未动，懈气地："咳！我看你呀，真有点老气横秋了。"

宋局长家里。宋局长坐在桌前，喝得醉醺醺的，他两眼直盯着朱浮平："来，坐我对面，陪我喝两盅！"

朱浮平慌乱地："不，伯伯，我不会喝酒！"

宋局长舌头发直地："从前是那个老太婆陪我，现在，是你陪我。"

朱浮平："宋伯伯，你少喝点吧！"

宋局长站起身，想来拉朱浮平："那个死老婆子走了，我一点也不想她，我巴不得她走呢，有你在我身边，我特别高兴，我就是喜欢你！"

朱浮平吓得一惊："宋伯伯，你醉了！"

宋局长："我没醉，没醉！今天晚上，你就别走了，陪着我！小刚不回来，没外人！”

朱浮平气恼地：“你！你！”

宋局长：“你工作的事，就交给我了！我说过，伯伯不会亏待你！”宋局长动手动脚。

朱浮平夺门而出：“你要再胡闹，我就喊人了！”

宋局长忙摆手：“别喊，别喊，我是和你开玩笑的！”朱浮平哭着跑走了。

朱家，朱浮平躺在被子里，无声地哭着。

天亮，朱浮平坐在床上出神。画外音：“还去不去呢？如果不去，就前功尽弃了！”

朱母的画外音：“我决不养活你到二十五岁！”

朱浮平断然地：“去！看他能把我怎样！”

朱浮平大步走进宋局长家，门开着，无声响。

朱浮平推开卧室门，愣住了：宋局长直挺挺地躺在床上，一动不动。

朱浮平走上前去：“宋……伯伯，你怎么了？”

宋局长慢慢睁开眼，挤出几滴泪：“我，怕是不行了！浮平啊，伯伯昨天喝醉了，才……太对不起你了！我都没脸见人了！”

朱浮平被感动了：“别这么说，到底怎么了？”

宋局长：“从打昨天喝完酒，我就像死了一样，一动都不能动了。”

朱浮平慌忙地：“那我送您上医院！”

医院病房。宋局长与另一病人躺在床上闲谈。朱浮平提一网兜水果进来。

病友：“你这女儿真孝顺哪！又给你拿水果来了！”

宋局长叹息一声：“我要有这么个女儿就好啰！”

病友一惊：“怎么，她……”

朱浮平爽快地：“您要不嫌弃，我就给您当女儿！”

“好！”宋局长感动地点头。

正说着，宋刚面无表情地进来了，冷冷地站在一旁。

病友不解地：“这是——”

宋局长：“这才是我的孩子哪！你看看，他哪有浮平关心我！我住院都三天了，他才来看我！浮平，你真比我亲女儿还亲哪！”

朱浮平笑着：“我哪有您说的那么好？”

宋局长一指宋刚：“你听着！这三天，都是浮平给我送饭，倒屎倒尿，洗脏衣服！这些活，你能干吗？”宋刚低头不语。宋局长接着加重了语气：“你不能！你不如人家浮平！”

宋局长又热泪盈眶地：“浮平啊，我永远忘不了你！”

宋局长家。病愈出院的宋局长坐在沙发上发感慨：“没想到，我这么快就出院了，过两天我给你跑跑工作，等那老太婆回来，你就可以上班了！”

朱浮平感激地：“多谢宋伯伯！”

宋局长语气亲切地：“浮平啊，有男朋友了吗？”

朱浮平害羞地：“我——”

宋局长不等回答，抢着说：“小刚对你很有意思啊！你要能做我的儿媳可是太好了！”

朱浮平慌张地：“这，我，我已经有了……”

宋局长一惊：“有了？到什么程度了？订婚了吗？”

朱浮平放松了：“那还没有。”

宋局长武断地：“那好嘛，恋爱自由嘛！小刚可是真心喜欢你，你好好考虑考虑！”

夜，王松和朱浮平在小巷里走着。

王松：“我不是说了吗？你怎么还往宋家跑？外面都有流言了。”

朱浮平气恼地：“我不用你管！”

王松：“我看你这段时间根本没学习，以前学的也都忘了，这样下去怎么行？”

朱浮平生气地：“我用不着你教训我！”

王松感伤地叹息一声：“我发现，咱俩的分歧越来越大了！”

朱浮平干脆地：“咱俩是两股道上跑的车，走的不是一条路，我看，趁早算了！”

王松大出意外地：“你？你怎么能——”

朱浮平："我看咱们各奔前程吧，看谁的前途光明！好，再见！"

王松心有不甘地："你，你等一等！"朱浮平站住了，但不等王松走过来就哭着跑远了。

宋局长家，局长夫人正打电话。宋局长感叹地："这三个月来，多亏了浮平啊！"

朱浮平帮着收拾东西："宋伯伯，现在姨姨也回来了……"

宋局长马上明白了："啊，你的工作，我也联系好了，只是工种再给你往好里调调。"

朱浮平感激地："伯伯待我真好。"

宋局长忽然像想起了什么："浮平啊，伯伯上次跟你说的事，你考虑得怎么样了？"

朱浮平故意装作不知道："您说的是什么事呀？"

宋局长直截了当地："就是你跟小刚的事呀！"

朱浮平为难地："我……"

宋局长意味深长地："你还不知道吧？你的工作主要是小刚跑的，最后一道手续，还要靠他去办呢。"

朱浮平马上心领神会："我可以考虑，就让我们多了解了解吧！"

宋局长哈哈大笑："这就对了。"

王松抱着一摞书往前走着。朱浮平追上来："王松！"

王松冷冷地："什么事？"朱浮平欲言又止："没事。"

王松："没事我走了，工厂里还等着我去技术攻关呢！"

朱浮平轻蔑地看着王松的背影："当个小工人，看他忙的。"

宋家。宋刚热情地把朱浮平让进自己的卧室："这就是我的世界，以后咱们结婚也住这。"

朱浮平横了他一眼，扫视室内。墙上贴着几张裸体女人像，桌上杂乱地放着象棋、扑克牌和酒瓶，被子胡乱地推在床上。

朱浮平皱了皱眉。宋刚察言观色地："昨天加班，来不及收拾。走，咱们先看电影去。”宋刚和朱浮平走了出去。

局长夫人看着两个人的背影：“太好了，我就喜欢浮平，又漂亮，又有眼色！”

宋局长老谋深算地：“安排好工作，就让他们结婚，让浮平管着小刚点。要不然，那个败家子说不定又会给我捅出什么乱子！”

朱浮平身背背包，高兴得边走边唱：“蓝蓝的天上飘着白云，我们的心中充满欢乐……”

朱浮平走进市粮食局的大门。朱浮平走进办公室。

同学常歌惊喜地站起身：“朱浮平！？真的是你？”

朱浮平也高兴地：“常歌，你好啊！”

常歌亲热地拉朱浮平坐下：“说吧，需要我帮什么忙？”

朱浮平轻轻摇摇头：“不，我什么也不需要。”

常歌有些不解：“那你是专来看我的？”

朱浮平得意地一笑：“不，我是来这工作的。”

常歌更吃惊：“你，来这工作？”

一个主任模样的人走过来：“对，常歌，以后你就和朱浮平一块工作了。”

常歌惊喜地：“这太好了！走，现在没事，我领你先熟悉一下环境！”二人走出办公室。

办公室里两人小声议论：“不知这又是通过什么关系弄进来的？”“门子肯定很硬。”

朱浮平在路边转着，像是在等人。王松满身油污由远走近。

朱浮平轻步迎上前：“王松，你咋才回来？我等你等了半小时了。”

王松不露声色地：“你等我？有事吗？”

朱浮平兴奋地：“我在市粮食局工作了，工作很好……”

王松不无讥讽地：“知道了，我已经听人说了，你很有才华嘛！”

朱浮平的兴奋顿时消逝：“你让我解释清楚嘛……”

王松语气专断地：“没必要，我和你实在无话可说了！再见！”

朱浮平痛苦地：“你，你真不知道我的心……”

王松无动于衷："对，我不知道你现在有一颗什么样的心！"

办公室里，朱浮平在算账。宋刚走进来，扬了扬手中的票："走，看电影去！"

朱浮平头都不抬："还没下班呢。再说，我也不想看。"

常歌看了看宋刚，向朱浮平使眼色："去吧，下班时间也快到了！"

朱浮平不大情愿地收拾桌子，同宋刚走了出去。路上，二人保持着一定距离。

宋刚生硬地拉住朱浮平的手："妈问你：为什么这么长时间不到家里去？"

朱浮平敷衍地："这段时间工作特别忙，业务也不大熟悉……"

宋刚讨好地："妈可喜欢你了，正张罗给你买手表，买衣服呢。"

朱浮平急忙地："不用，你告诉她千万别买。"

宋刚急切地："妈还让我们过两个月就结婚呢。"

朱浮平冷笑一声："结婚？我们之间的了解还很不够，现在还不是说结婚的时候。"

宋刚失望地："你……"

几个流里流气地小兄弟忽然围了过来，油腔滑调地："刚子，这就是你那位？""啧，刚子真有福气，看看，美得像天仙似的！""美人儿，你说我们刚子可爱不可爱？"朱浮平厌恶地皱起了眉头。小兄弟依然不管不顾地打趣："喂，我说刚子，你把咱哥们甩了？""这才几天，你就重色轻友了！""还是跟我们喝酒去吧！""他呀，让美人儿迷住了！"

朱浮平、宋刚继续走路，谁也不说话。宋刚有点恐慌地跟在朱浮平后面。

朱浮平忽然站住，回头问："这些人都是你的好朋友吗？"宋刚："不是，不是，仅仅是认识。"

公园花丛深处，宋刚对朱浮平动手动脚。朱浮平怒喊："你要干什么？"

宋刚赖皮赖脸地："我爱你嘛！"

朱浮平忍无可忍："你要再这么没脸没皮，咱们就算了！"。

宋刚极为不满地："哼，假正经！"

朱浮平走进办公室，所有人都在伏案工作。

一老年会计："小朱啊，要快点精通业务，不要光顾着玩！"

朱浮平不大高兴地："啊，我知道了。"

主任走了进来："接到上级通知，全市二十五日进行业务考核，你们都准备一下吧！"

常歌："那不只剩十天了吗？"

朱浮平也慌了神："时间太紧迫了，怎么早不通知？"

宋局长家。宋局长端着一杯茶："浮平有多长时间没来了？"

局长夫人："有一个多月了，她该不会忘恩负义吧？"

宋局长把杯子在扔茶几上一放："她敢！"

局长夫人："听小刚说，她不愿意搭理他。"

宋局长恼怒地："等着瞧！这个小丫头！"

下班了。常歌与朱浮平相邀走出办公室。

办公室内。有人议论："哼，这就是走后门来的，一个考了46分，一个考了34分。""不知羞耻！"

常歌和朱浮平走到街旁的一个画廊前。一张照片引起常歌的注意。常歌朝照片一指："那不是王松吗？"

朱浮平也看了起来："全省技术练兵大赛第一名——王松，不会是他吧？是重名？"

常歌细看："你看照片呀，就是他嘛！"

朱浮平惊讶地："是他，他竟获得全省第一名！这才几天，他就有这么大的进步？"

常歌不服气地："一个小工人，竟也能这么神气！"

朱浮平懊悔地："人家有那么大的进步，我呢？"

一张招贤榜贴在墙上。周围站满了人，议论纷纷。朱浮平也好奇地挤过来看。

招贤榜上写着："鉴于本厂长期亏损，厂长情愿避位让贤。如有能扭亏为盈改变厂貌者，请毛遂自荐，揭了此榜。"

人们议论着："这个榜可没人敢揭！""可不，这个榜都贴了这么长时间了，还没有人来呢！""扭亏为盈？谈何容易！""除了吃了熊心豹子胆，才敢揭榜！""就是有上天入地的本事，也改变不了咱们这个烂厂！""看来，这个厂完喽！"

王松忽然挤了进来，走到榜前看了起来，大家的目光全集中在他身上。

一老工人见王松走上前，欲阻拦他："王松，你要干什么？"

王松双手拿下招贤榜："这个榜我揭了！"

老工人不相信地："你？你能行？"

王松充满自信地："让事实来回答吧！"

朱浮平激动地叫了一声："王松，你！"

王松看了她一眼，不理她："大声说，如果上级批准，我马上就上任！"

人们又议论开了："有胆量！好样的！""真不知天高地厚！""我看他是初生牛犊不怕虎！"

工厂千人大礼堂里。主席台上，王松刚刚结束他的施政演说，会场群情振奋，爆发出雷鸣般的掌声。王松轻松自信地："刚才，我分析了咱们厂落后的原因和有利条件，也提出了改革措施，回答了大家提出的问题。大家既然拥护我当厂长，我就把我这一副大脑、两双手和这一百多斤全部献给大家了！"

众人又鼓掌。一个老工人站起来："我还可以向新厂长提一个问题吗？"

另一个人站起来："你算了吧，刚才那么多人提了那么多问题，都没有难倒他，你还凑什么热闹？"

老年工人不理他，我想问问："新厂长都学了什么知识？这些知识是什么时候学的？"

王松："我可以告诉大家，我学习了企业管理学、信息理论、政治经济学和与业务有关的知识，这些知识，有一部分是在待业期间学的，有一部分是进厂后利用业余时间学的。我把别人吃喝玩乐的时间，都用在了学习上。"

下面议论声："真是个有心人！"

老个人信服地坐下："好！我给你投一张信任票。"

众人大笑，热烈鼓掌。

朱家。朱浮平在床上辗转反侧，眼前一会出现王松，一会出现宋刚。宋刚殷勤地向她笑，王松板着面孔离她而去。朱浮平烦躁地坐起。宋刚提着大包小包走进来。

朱母殷切地迎着："哟，是宋刚啊，快坐下。还买东西干啥？"

宋刚亲切地"姨，您看我和平平也相处了半年了，什么时候可以结婚？"

朱母试探："你们家的意思是……"

宋刚轻声地："我妈让我们早点结婚……"

朱母讨好地："那好，你们看着办吧！我没有意见。"

宋刚突然提高声音："那就下个月吧！"

朱母高兴地："行啊！那你就抓紧准备吧。"

朱浮平忽然从里屋出来，不满地："不行！宋刚，你进来，我跟你说话。"

宋刚嗫嚅地走进里屋。朱浮平竭力平静地："你坐吧。宋刚，经过一段时间了解，我发现咱俩志不同、道不合。如果硬捏在一起，对谁都没好处。我看还是各奔前程吧！"

宋刚气急败坏地："你，你是个骗子，你忘恩负义！"

朱浮平异常平静地："我没骗人，没忘恩负义，我也没有向你家要过任何东西。"说着，从箱子里拿出一个大包："这是我用节省下的钱给你爸爸买的东西，以后我也不会忘记他的！"

宋刚气恼地："我不稀罕你这点烂东西！我只问你一句，你想好了？"

朱浮平坦然地点点头。宋刚拂袖而去："你可不要后悔，我看你是敬酒不吃吃罚酒！"

朱母急忙追出："宋刚，宋刚，先别走！有话好好说！"

朱浮平和常歌的自行车行驶在上班路上。

常歌敬佩地："听说王松当上厂长后，大刀阔斧搞改革，工人们都挺拥护他呢！”

朱浮平深思不语。常歌问：“你们俩到底为啥吹的？就不能破镜重圆了？”

张秀丽衣衫不整，无精打采地在路边走着。不远处，苏宁站在那里。

常歌停下自行车，故作惊讶地：“这不是副厅长夫人吗？”

张秀丽哭丧着脸：“别提什么副厅长了！那老东西，简直不是人！我给他当牛做马，居然连一点人身自由都没有，连大门都不让出。跟哪个男人说句话，都得向他汇报。”

常歌嘲讽地：“你不是对这桩婚事很得意嘛！”

张秀丽懊悔地：“当初，我哪想这么多！都怪我，总把希望寄托在别人身上。”

常歌：“那你打算怎么办？”

张秀丽干脆地：“没别的办法。离婚！”

朱浮平也一惊：“离婚？你们这才过了多久？”

朱浮平骑自行车前行，突然目光坚定起来。画外音：“悲剧，可笑的悲剧！”

朱浮平在办公室办公。电话铃响，接电话：“啊，是我。好，我下班后过去。”

傍晚，朱浮平推开了宋局长的家门。

宋局长神态严峻地：“坐吧。浮平啊，你和小刚的事怎么样了？”

朱浮平把一大包东西放在桌上，然后小心地坐在椅子上，轻声地：“宋伯伯，我反复想过了，我跟宋刚志趣不投，如果硬要捏在一起，那既害了我，也害了他。”

宋局长勃然大怒，一拍桌子：“什么？你真是过河拆桥呀！想不到，你小小年纪，竟这么有手腕！”

局长夫人大骂：“小人，忘恩负义！”

朱浮平理亏地：“宋伯伯，我不会忘记你们的好处的……我会像亲女儿一样孝敬你们……”

宋局长：“你说，你答应不答应？”

朱浮平哀求地："我实在……"

宋局长："你不要以为你现在稳如泰山了！只要我一句话，你马上就得卷铺盖走人！"

朱浮平忽然也硬起来："你可以那样做，但你就是整死我，我也不会嫁到你家来！"

宋局长大声咆哮："好哇！真是敬酒不吃吃罚酒，小刚，你出来，给我好好教训教训她！"

宋刚出屋，一把抓住朱浮平头发，一个巴掌打得朱浮平嘴角出血。

朱浮平反抗着："就是不同意！"

宋局长下命："把她衣服扒下来！"

宋刚残暴地撕扯朱浮平的上衣。朱浮平大喊："救命啊，救命啊！"

宋局长咛笑着："你要答应，我就可以救你。"

朱浮平哭喊："不答应，就是不答应！"

宋局长大喝一声："上！"

局长夫人和宋刚一齐动手，殴打朱浮平。朱浮平忽然抓起一把菜刀："你们谁敢动，动，我就砍死你们！"静场，局长一家吓得手足无措。

突然响起敲门声。朱浮平迅速开门，进来的是王松。

王松扫视了一下全场，冷笑地："好一场恶战哪！"

宋局长："你，你是谁？你怎么进来的？"

王松轻蔑地："你不会认识我，我可认识你，作恶多端的宋大官人！你们为什么打人？"

朱浮平像遇见了救星："他们逼婚，要往死里打我！"

王松看了朱浮平一眼："也算你自投罗网！好，走吧！宋大官人，我先保护这位小姐走了，你的账以后咱们再算！"

路上，王松安慰朱浮平："你不要怕。"

朱浮平伤心地笑着："都怨我自投罗网！我真后悔啊！"

粮食局办公室。朱浮平留恋地面对常歌："咱俩在一起工作不了几天了。"

常歌同情地："那个宋局长咋那么坏？"

朱浮平平静地："我现在就等着他来报复我呢！"

朱家。朱浮平茶饭不香地坐着。

朱母唠叨着："都是你不听我的话，你要是答应宋刚，哪有这事！"

朱浮平："你别说了好不好？"

朱浮平躺在床上自语："都十天了，怎么还不见动静？莫非他们发了善心？不会，不会！"

朱浮平骑自行车慢慢走着。常歌骑车追了上来："告诉你一个大好消息！"

朱浮平不感兴趣地看了看常歌。常歌高兴地："告诉你吧，那个宋刚因为参加流氓活动，被逮捕了！"

朱浮平一脸轻松地："真的？那可太好了！"

常歌兴奋地："还有一个好消息哪！那个宋局长也被逮捕了！"

朱浮平不太相信地："怎么？他也被捕了？"

常歌："是啊！他利用职权大量索贿受贿，还有生活作风问题！"

朱浮平如释重负地："好，罪有应得！"

常歌："这回好了，你的工作保住了，咱们又可以在一起工作了！"

朱浮平："真是恶有恶报，善有善报啊！"

常歌、朱浮平满面春风地走进办公室。

主任迎上前来："小朱啊！你过来，我有话说。"

朱浮平高兴地："主任，有什么任务，您就吩咐吧！"

主任迟疑了一下："小朱，是这么回事，有人向上边反映，说你的工作是腐败分子宋中利弄的，经有关部门调查属实。因此，上级批下文来，撤销你的工作，退回原地！"

朱浮平大惊失色："主任，我……我……"

主任："本来我们还争取把你留下来，毕竟你也在这工作了很长时间了。可是，大家反映你业务又不精通……上级就是不同意。"

朱浮平哭出了声："我的命，好苦啊！"

主任耐心地："你回去以后，好好学习，学点真本领，那才是最可靠的呀！"

王松在敲朱家的门："朱浮平在家吗？"

过了好一会儿，朱浮平才来开门："你还到我家来干什么？"

王松不放心地："我顺便过来看看你。"

朱浮平："我是一堆臭狗屎了！连踩都没人踩了！你不怕沾身上脏？"

王松开导她："不要这样悲观！说什么臭狗屎？你不过是不小心走错了路，掉进了粪坑，洗干净了，就可以又上路了！"

朱浮平感激地哭了："你还这样信任我？你觉得我还有希望？"

王松亲切地拉起朱浮平："走吧，咱们到外面走走。"

郊外小路上。小路弯曲着向前延伸。

王松颇有感慨地："你看那棵树上，紧紧缠着的是什么？"

朱浮平不解地："是藤萝吧？"

王松语重心长地："藤萝把自己紧紧缠在树上，可是一旦树倒了，藤萝就只有死了。"

朱浮平羞愧地："我懂了，我走了一大圈弯路，在泥坑里滚了一身泥，又回到了原地，而你却走得没影了，让我连影子都看不到了！"

王松继续开导她："人生的路还很长，不在这一朝一夕，也不在一时一事！"

朱浮平像突然醒悟似的："我想追赶你，还来得及吗？"

王松鼓励地："怎么来不及？只要努力，什么时候都不晚！"

朱浮平心急火燎地："我想从明天就开始学习，争取考成人大学。你能帮我吗？"

王松笑了："太好了，那个有理想、有追求的朱浮平，又回来了！不过……不行啊！"

朱浮平有点失望："我知道，你看不起我了。"

王松急忙解释："怎么会呢，因为明天我就要去北京开会，等我回来再说。"

朱浮平吃惊地："你去北京开会？"

王松："是啊！是企业改革的会，省里还要让我说说我们厂改革的情况。说实在的，我们厂刚刚起步，也没有多大成绩，有什么好说的？"

朱浮平肃然起敬了："你？这么落后的一个厂，让你搞得红红火火！"

朱浮平忽然自顾自地跑开了。王松不解地追赶："朱浮平，你怎么了，你跑什么？"

朱浮平自卑地："我没脸和你站在一起。我太渺小了！"

朱浮平向远方跑去，她的神情越来越严峻，步伐越来越坚定。

剧终

（1984年10月5日夜完笔）

正数与负数

（独幕哲理剧）

上场人物：

父亲，68岁，退休工人，劳模，正数

海江：其长子，30岁，解放军某部排长，已在前线牺牲，正数

多福：其次子，某厂工人，26岁，负数

幻影：其女，25岁，无业青年，零

资平：其外甥，30岁，记者

地头蛇：大福的团伙，负数

吴智：市文化局干部

幕启：地点，老劳模家，左侧是大门。中间是小门，通里屋。屋里摆着桌椅床等日常生活用品。正面墙上挂着一个很大的遗像，遗像是为救灾光荣牺牲的解放军排长海江。

幕启时场上无人。

资平：（手拿一大张纸上，上面写着大字母："a+b+c=x"）观众朋友们，我们这场戏叫"正数与负数"。我这里有一个最简单的算式："a+b+c=x"。a代表一个数，b代表一个数，c代表一个数，x是未知数，a+b+c的结果是x，x的大小，是由a、b、c几个数共同决定的。有人可能会觉得，这个算式连小学三年级的学生也难不倒。但是，这道题确实值得我们每个人思考！请大家不要误会，我们这个戏，虽然与数学有关，但却不是讲

数学的。枯燥的数学一定会使大家昏昏欲睡。如果一场戏演得观众呼呼大睡，那岂不是演砸了！哦，戏就要开演了，戏中的人物大家一定都熟识，因为他们就生活在我们中间……请大家边看边思考。（退下）

幕启，多福轻轻把大门推开一条缝，探头进来，见屋里无人，便背一重包进屋。急速地把包放在床下，又开门向外面摆手："进来吧！"随手插上了门。

地头蛇：（推门而进，放下黑皮包，四顾）这就是你的家？真够寒酸的！

多福：（叹了一口气）有什么办法？父母无能啊！那老不死的，一点本事也没有。

地头蛇：（自我吹嘘地）你看看我，一分钱工资没有，比你们月月拿工资的人还滋润。

多福：（自叹不如）我哪敢跟大哥比呀？说实在话，我那点工资还不如大哥的手指一动，来得多呢！

地头蛇：所以，兄弟，今后跟大哥好好干，没亏吃！

多福：全靠大哥！

地头蛇：（越说越得意）有本事不挣有数的钱！我说你家老爷子也太傻了！快七十岁的人了，也退休了，还往厂子里跑个啥劲！

多福：（不满地）人家说要余热发电呢！

地头蛇：发个屁！连自己家都搞成这个样子，还发电呢？用啥发？发给谁？都发给别人了，给自己的儿女就留下几个破柜子！

多福：咳，不说他了！咱们还是把东西藏起来吧？

地头蛇：好，我看看你的收获。

多福：（拿出包）我的东西，没有几件是值钱的。

地头蛇：看看我的！这是金表，这是钱包，还有计算机，还有……

多福：（眼馋地）大哥，你可真行，小弟自愧不如！

地头蛇：（朝墙上看，发现遗像）这张遗像是谁？

多福：我大哥，一个比那老不死的还傻的大兵。当个小排长，在救灾时不管不顾地往里面闯，结果白白送了命！

地头蛇：你们家里人真是傻都一块了！一条命能换多少抚恤金？干吗把遗像放这么大？

多福：是我爸爸放的，说是让我和妹妹天天看，好好受教育。看就看，我才不向那傻瓜学习呢！（急促的敲门声）

地头蛇：（慌了）谁？多福，你快去看看。（门外传来幻影不满的声音：大白天还插门！）

多福：（放心地）我妹妹幻影，放心。你先到里屋躲躲，快把东西藏起来！

（地头蛇把东西装入包内，从中门进里屋。幻影浓妆艳抹上。）

幻影：（不满地）插门干什么？

多福：（不太自然地）我，我想洗洗澡……

幻影：洗澡也不挑个时候？

多福：我哪有你时间充足？啥事也不干，想怎么样就怎么样，想干啥就干啥，二十四五岁了，还要靠家里人养活！

幻影：（愤愤不平地）你？没工作，能怨我吗？我们这一代人真倒霉！刚生下来就挨饿，该上学时没书念，该上大学时下乡，该工作时，在家待业！生活既然这样对待我，我也只好这样对待生活了！

多福：那你就甘心永远让爸爸养活你？

幻影：（撇撇嘴）他养活我？我不但不感谢他，我还恨他呢！

多福：恨他？恨他什么？

幻影：恨他无能！他要有权有势，给我安排一个清闲、舒心的工作，我能还在家待业吗？

劳模：（忽然推门而进。大怒）什么？你恨我无能？你再说一遍！

幻影：说就说，我就是恨你无能，你要是有本事，给我安排一个好工作，我也不会在家里待得快闷死了！

劳模：别说我没有权，就是有权，我也不会那样做！你说你能干什么？你会干什么？你就会吃、会穿、会玩！什么考试，你都不敢参加！前年，你哥哥牺牲了，国家照顾你，给你安排了工作，可你，嫌辛苦又不干了。

幻影：这能怨我吗？那叫啥工作？又苦又累的，我还一肚子怨气呢！

多福：（旁敲侧击地）这么大了，还让爸爸操心，你也不害臊？你看我，多让爸爸放心！

幻影：（不服气地）你好？我不想揭你的老底就是了！

劳模：你俩到一起就吵！（问多福）你今天怎么没上班？

多福：休病假。（做鬼脸）

劳模：（不相信地）假条呢？拿来我看。

多福：（煞有介事地上下摸衣兜）噢，交给车间主任了！

劳模：等一会，我去问问你们车间主任。

多福：问呗，我不怕。

劳模：幻影，人家青年都开始自谋职业了，你在家还待得住？

幻影：你让我去干什么？去修鞋？去卖大碗茶？去开饭馆？去当裁缝？我能干那些活吗？

劳模：我看工程师好，你还当不了！

幻影：那我就在家待着！告诉你实话，我在家可能待不了几天了！等我靠上厅长的儿子，你还要借我的光呢！

劳模：气死我了！你快点滚蛋吧！

幻影：我偏不滚，偏不滚，气死你！

劳模：（感伤地）在厂里，人人尊敬我，可在家里，竟没有人把我当回事！这到底是为什么？

幻影：为什么？因为你对厂里的事关心太多了，对儿女的事关心太少了！

劳模：不， 因为我太感情用事了，太惯你们了！人要感情用事，就会迁就缺点、原谅错误，就会放弃原则和主场！（老劳模开箱子拿钱。）

幻影：爸爸，你又拿钱干什么？

劳模：你别管，我有用。

幻影：你是不是又拿去送人？

劳模：我自己的钱，我愿意怎样用就怎样用，决不留给你糟蹋去！（惊讶地）这钱怎么又少了五十元！是不是又被你拿去美容了？

幻影：你！你怎么什么事都怀疑我？

劳模：（欲出门）怀疑你？哪次我怀疑错了？你们俩好好看看你大哥的遗像，问问自己：心里愧不愧？（转身走出去）

多福：这老头子，真是头脑僵化！

幻影：哼，连骨头都是红的，这样的人，真是世上少有。（对镜子又照了起来，抹口红）唱：“花儿为什么这样红。”

多福：幻影，花无百日红，我说你的对象找的怎么样了？

幻影：还没有一个固定的。

多福：还没有？我看你都找了一个加强排了！

幻影：那算什么，谁让我长得漂亮，惹人爱呢！可惜，小姐的身子，丫鬟的命！

多福：你现在找的是哪里的？

幻影：公安局局长的二公子！

多福：看来，爸爸不是当官的，你是不找啊！

幻影：那当然，我图的是啥？终身有依靠！

（门外吴智喊：幻影！幻影急忙开门。）

吴智：（进屋）你这个家可真不好找！

幻影：我们这穷苦百姓，哪像你们家，深宅大院的！（扑到吴智怀里）吴智，想我了吗？

吴智：当然，一日不见，如隔三秋！

幻影：来，我来介绍一下，这是我二哥多福，在新的食品店工作。

吴智：我叫吴智，在文化局工作。（与多福握手）

多福：好！我妹真有眼力，你今天休息？

吴智：不，这年头，得混就混哪！管他呢！幻影，走，我们看电影去吧，内部参考片！

多福：对，幻影，你们去看看吧！快去，快去！（吴智与幻影走出门。）

多福：（打开里屋小门）出来吧！

地头蛇：（出屋）咳，憋死我了！这半天，你是不是把我忘了？

多福：没有，咱们也快点走吧，把那些东西尽快处理掉。

地头蛇：慢！人的脑子不可一时休息，你知道我在里屋想什么了吗？

多福：我哪知道？

地头蛇：我已拟定了一个周密的行动计划。

多福：行动计划？

地头蛇：对，今晚就行动，据可靠消息，永久机械厂刚刚收到一大笔钱，我们去把它搞到手！晚上厂里只有一个六十多岁的老头，院墙也不太高，咱们翻墙而过。你用木棒顶住门房的门，看住老头，其他一切事都由我来干！

多福：好，还用带别的工具吗？

地头蛇：只把你原来的匕首带上就行了。今晚十一点在王家胡同口会齐。

多福：好！我就想干一次大的，一次得手，可以吃一年。

地头蛇：（忽然向窗户门前走去）小点声，不会有人偷听吧？千万可不能透一点风声！

多福：不会。放心好了。（忽然，目光落在海江遗像上）。

海江遗像：（忽然地）你们的所言，我都听在耳朵里了。你们的所行，我都看在眼睛里了！

多福：（忽然跪倒在遗像前）大哥，饶恕我吧！我再也不干了！

海江的遗像：你们这是犯罪，是自我毁灭！是自己把自己推上绝路！

地头蛇：大哥，你不要危言耸听！

海江遗像：看着你们的所作所为，我感到痛心！难道我们战士流血牺牲，就是为了保卫你们这些败类吗？你们活得可悲，活得可耻！

地头蛇：少唱高调！我们才不当你那样的傻瓜呢！

多福：（一把拉住地头蛇的手，惊恐地）大哥，你说我哥哥会知道咱们干的事吗？

地头蛇：（哈哈大笑）傻瓜！这是一张遗像，它会知道什么？

多福：大哥，我真怕，这种事，我不想干了……

地头蛇：胆小鬼！到这时候想不干了？你已经作恶多端了！人们不会饶过你了！

多福：好，就干这一次。再也不干了！哥哥，你饶恕我吧！（把遗像翻了过去）

地头蛇：走吧，打尖去！

海江遗像：（大喝一声）别动！（多福吓得愣住了）

地头蛇：别管他，那只是个遗像！咱们走！（多福、地头蛇推开门，走了出去）

资平：（资平手拿公文报上，敲门）：舅舅！舅舅！没人，准是又到厂里忙去了！说来有意思，报社给我一项采访任务，采访对象居然是我舅舅，一个退而不休的老劳模。看来，我还得到厂里去找他。

幻影：（垂头丧气上，开门，自语）真倒霉，真倒霉！包里的钱全让人偷了！

幻影：（忽然看见倒过去的遗像）咦？这是谁把大哥的遗像扣过去了？大哥，可是我们家的光荣啊！（把像翻过来，重新挂好）

海江遗像：不要动我！把我翻过去！

幻影：（吓了一跳）为什么？为什么？大哥，你能说话？

海江遗像：我不要这种光荣！我为救灾献出了自己宝贵的生命，那是为祖国，为人民，不是为了家里人光荣！也不想让家里人拿我显摆，我更不许把我当成向人民讨价还价的资本！

幻影：世上真是什么样的人都有！百分之二百的布尔什维克，连骨灰都是红的！

海江遗像：我知道，你在打着我的招牌，向政府要钱，要照顾，要舒适的工作！我决不允许你这样做！

幻影：可我完全有理由这样做！正因为你死，才加重了我抚养老人的负担！正因为你是我的哥哥，组织上才会照顾我！你有本事，可以公开宣布你不是我哥哥呀！

海江遗像：（气极了）你！党啊，不要给这些没有社会责任感、满脑子私心杂念的人任何照顾吧！不要再让他们养尊处优！

幻影：（讥讽地）可惜你不是党！你手中要有大权，还有我的活路吗！我告诉你实话，组织上已经同意照顾我了，就是因为你，我才被照顾的，你能怎么样？

海江遗像：（气极了）你……我为人民牺牲，可不是为了让你享清福的！你……（说不下去了）

幻影：说话呀？你怎么不说了？你的水平不是很高吗？别看你把命都献出来了，名字也上了光荣榜，现在已经没有人记得你了！人们早把你忘了！在公园里散步的，没有一个人会想起你，在戏院里看戏的，没有一个人会想到你；过着舒适幸福生活的，没有一个人会念念不忘你！人们知道肉香，知道蜜甜，知道衣服漂亮，知道电影好看，可是你却一点知觉都没有了！没有了！你看，你有多可怜！

海江遗像：你，无法理解我！

幻影：我是无法理解你，可你能理解我吗？

海江遗像：我也无法理解你！我只知道你活得可怜！

幻影：你不要可怜别人，还是可怜可怜自己吧！你现在连骨头都变成一把灰，只剩下这一张薄纸了！

海江遗像：有的人活着，他已经死了；有的人死了，他还活着！就算我只剩下这一张薄纸，也比你的身体重得多！

幻影：算了，我不想跟死人说话！别看我很讨厌你，对你也没有感情，可我还要把你挂起来，你是我们家的福星，你对我还大大的有用啊！

海江遗像：你把我收起来，我不愿意当你们的招牌！

幻影：你别喊，喊也没用！（泄气地坐在椅子上）真倒霉！一条花裙子、两件新衣服又没了！（思索地）小偷是什么时候偷去的呢？啊，对了！在百货大楼，我看见一个小黑胡子把手伸进了一个老奶奶的衣兜，可我不想吭声。过了一会，有人来挤我。啊！（恍然大悟）一定是那个小黑胡子干的！这些小偷，真可恨！我要是公安局局长，就把这些人统统枪毙！他们全是社会渣滓！（瘫坐在沙发上）哎呀，这一天真累呀！别看我清闲，其实，我比别人都累，一场电影，一场球赛，再跳几小时舞，逛两小时街，还真够累的呢！咳，我得休息了。（无精打采地从右门门下，静场片刻，多福与地头蛇从左门上）

地头蛇：（左顾右盼、贼眉鼠眼地）家里没人吧？

多福：放心，没人。

地头蛇：怎么样？这次跟我出去有什么收获？

多福：什么收获也没有，没有找着机会。

地头蛇：（得意地）看我的！两个钱包，这么一会儿，这么多钱就到手了！

多福：大哥真行，能不能向我传授传授经验？

地头蛇：（更加得意）其实也没什么，关键是看准目标，抓准时机！在百货大楼手表柜前，我看见一个老太太转来转去，心想她兜里肯定有钱，又见她衣兜里鼓鼓囊囊的，就断定那些钱一定在那里，我就悄悄跟了上去，不费吹灰之力就搞到了手。我刚想走，又见旁边有一个姑娘只顾看表，就顺手牵羊，把她的钱包也搞到了手！不过，这个钱包油水不大！

多福：大哥，给我点，可怜可怜我这样的穷人吧！

幻影：（忽然从右门跑出，一口气冲到地头蛇面前，怒气冲冲地注视着地头蛇）不错，正是你！小胡子，你还认识我吗？

地头蛇：（吃惊地）你是谁？

多福：（忙介绍）是我妹妹幻影。（对幻影）你怎么这么没礼貌？这是我的好朋友！

幻影：好朋友？你们干的好事，我全都知道了！二哥，就是他，刚才偷了我的钱包！

多福：（不大相信）真的？不可能！

幻影：这还能假？走，跟我到公安局去！

地头蛇：（忙赔笑）妹妹，不要发这么大火，大水冲了龙王庙，自家不认自家人！大哥把钱如数奉还就是了！何必要伤了和气！

多福：（突然明白了）啊！原来你偷了我妹妹的钱包！

地头蛇：（递过钱包）请妹妹过目，看缺啥不？你说，缺多少，大哥都给你补上！

幻影：（接钱包，看了看）我奉劝你今后不要干这种事，这是很危险的！

地头蛇：大哥领教！不过大哥也是为生活所迫，家里上有老、下有小，全靠我一个人养活哪！

多福：（不解地）大哥，你——

地头蛇：（忙摆手、挤眼）老实说，我一贯本本分分，就干这一回，今后再也不干了，难道妹妹就不能原谅大哥这一回吗？

幻影：好，我不给你说出去就是了！二哥，想不到你也干这种事，这要让老头子知道了，非打折你的腿不可！

多福：（嬉笑）你要不说，老头子就不会知道！妹妹，我知道你爱花钱，今后没钱，就跟二哥要！

幻影：（把手向前一伸）好吧，拿来！

多福：（吃惊地）什么呀？

幻影：钱哪！

多福：这说要就要上了！好，君子一言，大哥，借我点钱！（地头蛇从刚才偷的钱包里抽出一张，递了过来）

幻影：不行，不行！这点钱不行！

多福：哎呀，你要多少？

幻影：起码三张！

多福：好好，先给你两张，以后再给你！这回，我的把柄算落到你手里了！

幻影：（猛然地）听，外面有人敲门，看谁来了！

多福：（去开门，一下子愣住了）这，这是怎么了？

（资平背着半昏迷状态的老劳模进来。）

幻影：（急忙上前）是表哥？我爸爸这是怎么了？

资平：（把劳模放在床上）是这样！厂里有一个小青年由于平时不学习，不懂操作技术，造成了生产事故！被送到医院抢救，可当时在场的人，血型都不合，眼看这个小青年就有生命危险了，舅舅挺身而出，因为他的血型是“O”型，但大夫看他年龄那么大，不忍心抽他的血，在他的再三恳求下，才抽了他的血。舅舅献完血，没顾上休息，就去排除生产事故，结果又被砸伤了！

幻影：哎呀，爸爸，你真傻！你不要命了，你要有个三长两短，可让我怎么活呀！

劳模：（睁开眼睛）不要哭了！我不愿意听你说话！你首先想到的还是你自己！

（内喊：老劳模，老劳模！）

厂长：（上）老劳模！你为厂里立了大功，全厂都感谢你！

劳模：厂长，我是个无能的人，没本事，一辈子没给国家做出多大贡献，现在退休了，每月还拿着这么多退休金，心里不安哪！我知道自个不能多大事了，但每天到厂里干点力所能及的活，发挥一点作用，心里就舒畅啊！

地头蛇：（虚伪地）老劳模为人民真是鞠躬尽瘁啊！

厂长：老劳模，我代表全厂来看您，这是厂里给您的慰问品！

劳模：这我可不能要，快拿回去！再说，我也没有干什么。

（内声：“傅多福是在这里住吗？”）

多福：找我的？（开门，两名全副武装的公安人员上。）

公安人员：（十分严肃地）你就是傅多福？

多福：（惊恐地）是我。你们找我？

公安人员：（对）你参与偷盗活动，请跟我们走一趟！

多福：（几乎瘫倒）啊！

劳模：（不大相信地）同志，请你再说一遍！他干了什么？

公安人员：他多次参加流氓盗窃活动，已构成犯罪，我们将依法拘留！

劳模：（气愤异常地）好啊！你竟偷偷摸摸做出这种事来！该抓，该抓！（公安人员给多福戴上手铐。）

劳模：（怒气难消地）你们要重重地治他！绝不能轻饶了他！唉，我没有管教好他呀！

厂长：（见老劳模昏厥过去）老劳模，你醒醒，不要生气，不要生气！千万别伤了身子。

公安人员：（一扭头）你就是“地头蛇”？你也被捕了！（地头蛇转身欲逃，公安人员一把按倒，给他戴上手铐。）

幻影：（惊恐万状）啊，这太可怕了！（全场定格。）

资平：（跨前两步，拿出开幕前拿出来的纸条）这个戏还没有结束，情节还在发展，不过这些我们先不管它了！各位观众，您还记得戏开演我拿的那个算式吗？a+b+c=x。如果说x代表祖国的事业、代表我们这个社会的文明程度的话，那么前面的a、b、c、d、e、f就代表我们每一个人。在我们这个社会中，有的人是正数，有的人是负数，有的人是零数！在我们这个社会里，每个人都在表现自己的价值，起着自己的作用！我们知道，x的数值，是由a，b，c这些数值决定的。如果a，b，c这些数都是正数，该是什么结果？如果a，b，c都是负数，情形又会如何？如果每个人都表现出正数，那么我们这个社会的文明程度就高；如果表现出负数的人很多，我们这个社会的文明程度就低！好，现在让我们回到这个戏上来，请大家判断一下：老劳模就是一个正数，多福和地头蛇就是一个负数。厂长，你说是这样吗？

厂长：是的，你说得很对。

幻影：（走前一步）那么我呢？你还没有提到我！

资平：（注视着幻影）你？现在还是一个零。因为你既未对社会做出贡献，也未对社会造成什么危害！但是，你从出生到现在，一直吮吸着祖国母亲的乳汁，一直对社会不断索取，却从没有任何回报，最多只能是个零！从你刚才的表现看，你不应该再算是零了！因为你明明知道谁是坏人，却不揭发，反而还向盗窃分子索要账款，你在这时起到的是负数的作用！再说，就算你还是个零，可是在革命事业这个算式上，在社会文明这个算式上，你无足轻重、可有可无，这样的生活地位，你不觉得可悲、可怜吗？

幻影：我？我……我要当正数，我能当正数！（不服气地）那么，请问记者先生，你，是个什么数？

资平：（意外地）我？我现在还是个未知数。因为我不是这台戏中的人物，因为登台很少，所以观众们对我还不甚了解。不过，生活是没有旁观者的，在这个大舞台上，每个人都在充分表演，每个人都表现出各自的价值！不是正数，就是负数，零几乎是不存在的！当然，正数和负数并不是固定不变的，原来是正数的，可以变成负数；原来是负数的，也可以变成正数；原来是小数的，可以变成大数；原来是大数的，可以变成小数，一切都取决于自己的所作所为。观众朋友们，我们欢迎您也来对号入座，也希望你们问问自己：你们对人类、对社会、对祖国壮丽的事业，到底是个正数，还是个负数？（定格。）

全剧终

（1982年春构思，1983年10月21日夜22时54分完笔）

后 记

20世纪80年代前后，我是个痴迷的文学爱好者，对各种文学体裁均有涉猎，虽然多是无功而返，但也有些许收获。现在回头看看当年的习作，尽管都存在这样或那样的不足，但还是在一定程度上反映了当时的社会面貌，也忠实地记录了我的探索和追求，所以我将还能收集到的部分作品选入书中。这些文章对现在的读者也许还有一点认识价值，读者从中可以看出时代前进的步伐，发现我攀登的足迹。

我是以“丑媳妇见公婆”的心态来整理、出版这些旧作的，因此，我非常渴望得到各界读者的指导和帮助。

生活之树常青，任何文学创作都是相形见绌的。我们所能做的是忠实地记录生活，反映时代，为后代留下一点可供参考借鉴的东西。

衷心感谢对本书出版给予帮助的单位和个人，特别要感谢责任编辑姚小云付出的辛勤劳动。

作 者

2015年10月23日